W0281303

ARMIN FUHRER

LIGURISCHES ERBE

ARMIN FUHRER

LIGURISCHES ERBE

KRIMINALROMAN

GMEINER

Bei Fragen zur Produktsicherheit gemäß der Verordnung über die allgemeine Produktsicherheit (GPSR) wenden Sie sich bitte an den Verlag.

Die automatisierte Analyse des Werkes, um daraus Informationen insbesondere über Muster, Trends und Korrelationen gemäß § 44b UrhG (»Text und Data Mining«) zu gewinnen, ist untersagt.

Immer informiert

Spannung pur – mit unserem Newsletter informieren wir Sie regelmäßig über Wissenswertes aus unserer Bücherwelt.

Gefällt mir!

Facebook: @Gmeiner.Verlag
Instagram: @gmeinerverlag

MIX
Papier | Fördert gute Waldnutzung
FSC® C014496

Besuchen Sie uns im Internet:
www.gmeiner-verlag.de

© 2025 – Gmeiner-Verlag GmbH
Im Ehnried 5, 88605 Meßkirch
Telefon 07575/2095-0
info@gmeiner-verlag.de
Alle Rechte vorbehalten
1. Auflage 2025

Satz: Mirjam Hecht
Umschlaggestaltung: U.O.R.G. Lutz Eberle, Stuttgart
unter Verwendung eines Fotos von: © FrankvandenBergh / iStock.com
und JannHuizenga / iStock.com
Druck: GGP Media GmbH, Pößneck
Printed in Germany
ISBN 978-3-8392-0887-8

Personen und Handlung sind frei erfunden. Ähnlichkeiten mit lebenden oder toten Personen sind rein zufällig und nicht beabsichtigt.

KAPITEL 1

Padre Crosetto überquerte den kleinen Vorplatz von San Giovanni Battista und ging direkt auf die Eingangstür der Kirche zu. Die Luft flimmerte zwischen den jahrhundertealten Häusern, die frühe Abendstunde hatte noch keine Abkühlung gebracht. Der Schweiß lief ihm in den Nacken. Padre Crosetto hätte vielleicht geflucht wegen dieser unsäglichen Hitze, die ganz Ligurien schon seit einiger Zeit beherrschte, aber als Mann Gottes war ihm das natürlich untersagt. Und außerdem: War nicht jeder Tag, den der Herr ihm schenkte, ein Grund, dankbar zu sein – ganz gleich, ob es nun unerträglich heiß oder kühl und nass war? Schließlich konnte jeder Tag der letzte sein, den man auf Gottes Erde wandelte. So in seine Gedanken versunken, erreichte er die große, schwere Flügeltür, drückte den Griff herunter, stemmte sich leicht gegen das massive Holz und trat ein. Drinnen spürte er die angenehme Kühle des alten Kirchengebäudes. Padre Crosetto lächelte unmerklich. Er fühlte sich bestätigt – der Herrgott ließ einen eben niemals im Stich, und sei es, dass er einem nur kühle Luft zum Atmen schickte.

Ohnehin liebte er diesen heiligen Ort, dieses Haus Gottes, ein prächtiger Bau aus dem 16. Jahrhundert, in dem er dem Herrn nun schon seit 17 Jahren seinen Dienst erwies. Dass das Altarbild des bekannten Renaissancekünstlers Ludovico Brea den Gläubigen nur zur Hälfte hier, an seinem angestammten Platz, Trost spenden konnte, weil die andere Hälfte im Pariser Louvre ausgestellt war, ärgerte ihn zwar immer wieder aufs Neue. Aber wer war er, die Entscheidungen des Herrn infrage zu stellen? Und wenn Gott meinte, das Altarbild sollte geteilt werden, dann sollte es eben so sein.

Jeweils eine Kerze brannte rechts und links neben dem Altar. Der Padre sorgte höchstpersönlich dafür, dass sie rechtzeitig durch neue ersetzt wurden, bevor sie erloschen. Er befeuchtete die Finger der rechten Hand im Weihbecken und bekreuzigte sich. Etwas Zeit blieb ihm noch, bevor sein Besucher eintreffen würde, und so setzte er sich in die letzte Reihe, um für einen Moment die Aura der Kirche in sich aufzusaugen. Wie jeden Tag seit 17 Jahren. Es war ein Ort der Stille und der Erbauung, an dem er seinen Frieden und seine Ruhe fand.

Wer war nur dieser Mensch, der ihn gestern angerufen und kurzfristig um die Beichte gebeten hatte? Dass Fremde sich in die Kirche San Giovanni Battista verirrten, kam nicht oft vor, mal abgesehen von den Touristen, die durch das Gassengewirr von Montalto Ligure streiften und dann irgendwann auch vor der Kirche standen. Aber diesem Menschen war es nur um die Beichte gegangen. Warum? Padre Crosetto würde ihm diese Frage nicht stellen, denn das ging ihn nichts an. Er musste seine Gründe haben, schließlich lief alles nach Gottes Plan ab. Für den Padre hatte es so geklungen, als gehöre die Stimme am Telefon zu einem jüngeren Mann, aber das konnte auch täuschen. Wie dem auch sei: Natürlich versagte ein Mann Gottes einem Hilfesuchenden den Wunsch, die Beichte abzulegen, nicht. Und außerdem, das musste sich Padre Crosetto heimlich eingestehen, konnte es spannend werden, einmal andere Sünden zu hören als die der Dorfbewohner – genauer gesagt die der wenigen, die überhaupt noch zur Beichte kamen.

Der Pfarrer blickte auf seine Uhr. Es war zwei Minuten vor sechs, sein Besucher musste jeden Moment kommen. Zeit also, sich in den Beichtstuhl zu begeben, der sich in der fensterlosen Seitenwand rechts vom Eingang befand, fast ganz in die Ecke gedrückt. Padre Crosetto stand auf, ging zum Beichtstuhl, öffnete die für den Pfarrer vorgesehene rechte Seite, trat ein und setzte sich auf die Holzbank. Innen war es stockdunkel. Kaum hatte der Padre Platz genommen, hörte er, wie die Kirchentür geöffnet wurde. Pünktlich, dachte der Padre zufrieden. Er vernahm Schritte, die sich schnurstracks auf den Beichtstuhl zubewegten. Merkwürdig, schoss es Padre Crosetto durch den Kopf. Wer sich in San Giovanni Battista nicht auskannte, musste sich normalerweise erst an die schwache Beleuchtung gewöhnen und suchte den Beichtstuhl in seiner dunklen Ecke meist eine Weile.

Padre Crosetto hörte, wie sich die Tür auf der anderen Seite des Beichtstuhls mit einem leichten Knarren öffnete und der Besucher eintrat. Er setzte sich ebenfalls auf die Holzbank, dann herrschte einen Augenblick Stille, nur unterbrochen durch das schwere Atmen des Fremden.

»Schön, dass du gekommen bist, mein Sohn«, sagte Crosetto. »Wie kann ich dir helfen?«

Der Mann hinter dem mit einem dunkelroten Vorhang verhängten Gitterfenster räusperte sich. »Danke, dass Sie so kurzfristig Zeit für mich haben, Padre.« Dann stockte er, bevor er fortfuhr: »Ich möchte die Beichte ablegen.«

Crosetto nickte. »Gerne. Worüber möchtest du reden?«, fragte der Pfarrer.

»Padre, ich werde sündigen.«

Crosetto glaubte, sich verhört zu haben. »Du meinst doch sicher, dass du bereits gesündigt hast«, warf er ein.

»Nein, Padre, ich meinte es, wie ich es gesagt habe: Ich *werde* sündigen«, antwortete der unsichtbare Gast hinter der Wand.

Crosetto war verwirrt, wusste nicht, was er erwidern sollte. Ehe er sich aus seiner Überraschung gelöst hatte, stürmte der andere aus dem Beichtstuhl, riss die Tür auf der Seite des Padres auf und stürzte sich auf ihn, schlang ein dünnes Seil um seinen Hals und zog es zusammen. Crosetto löste sich aus seiner Erstarrung, versuchte, sich zu wehren. Doch der Fremde zog das Seil unbarmherzig fester. Panisch riss der Padre die Augen auf. Er hatte keine Chance. Sein Widerstand wurde schwächer und schwächer, bis Crosetto schließlich in sich zusammensackte.

*

Verwundert stellte Signora Girelli fest, dass die Tür von San Giovanni Battista nicht verschlossen war. Üblicherweise traf Padre Crosetto, mit dem sie an diesem Morgen zur Beichte verabredet war, nach ihr ein. Viel gab es zwar nicht, was sie zu beichten hatte, aber es war besser, das am frühen Morgen zu erledigen und den restlichen Tag mit einer erleichterten Seele zu begehen. So begann sie bereits seit zwölf Jahren jede neue Woche. Vielleicht, so dachte sie, hatte Padre Crosetto sich wegen der Hitze schon sehr früh zu seinem täglichen Zwiegespräch mit dem Herrn in die Kirche begeben. Kein Wunder, denn bereits jetzt, um acht Uhr, stand die heiße Luft zwischen den alten Gemäuern.

Valentina Girelli trat ein, benetzte ihre Finger mit Weihwasser, bevor sie sich bekreuzigte, kurz niederkniete und irgendetwas vor sich hin murmelte, was wie »Geehret seist du, oh Jesus Christus« klang. Dann ging sie direkt zum Beichtstuhl, um sich innerlich auf ihr Gespräch mit dem Padre vorzubereiten.

Kaum hatte sie auf ihrer Seite Platz genommen, überkam sie das Gefühl, nicht allein zu sein. »Padre? Sind Sie schon da?«

Doch der Padre antwortete nicht. Daraufhin zog sie vorsichtig den Vorhang der Zwischenwand zur Seite – und sah ihn. Padre Crosetto lehnte an der Wand und starrte sie mit weit aufgerissenen Augen an. Der Mund stand offen, die Zunge hing heraus. Signora Girelli stockte der Atem, dann schrie sie los. Sie schrie so laut, wie sie noch niemals in ihrem Leben geschrien hatte.

*

Einige Stunden zuvor

Kurven. Immer wieder Kurven. Nahm das denn gar kein Ende? Sebastian Wolf erinnerte sich gar nicht daran, dass die Strecke bergauf sich so hingezogen hatte. Seit er ganz oben auf dem Berg einen kurzen Halt eingelegt hatte, um den Ausblick in das Valle Argentina zu genießen und Jackie die Möglichkeit zu geben, ihr Geschäft zu erledigen, waren doch mindestens 20 Minuten vergangen. Seitdem ging es ständig bergab, die Straße wand sich wie eine Schlange den Berg hinunter, sodass Wolf nicht schneller als 50 Kilometer pro Stunde fahren konnte. Langsam reichte es ihm, immerhin war er seit gestern Morgen unterwegs: von Hamburg über die Autobahn nach Heidelberg, wo er bei seinem alten Herrn für eine Nacht einen Zwischenstopp eingelegt hatte, dann durch Österreich und über den Brenner, schließlich durch Norditalien, vorbei an Mailand und Turin. Bei seinem Vater war es gewesen wie jedes Mal. Man konnte die Gespräche abends beim Wein und morgens beim Frühstück in einem seiner gerne wiederholten Sätze zusammenfassen: »Junge, ich bin unendlich stolz auf dich, aber du musst dir unbedingt wieder eine Frau suchen.« So ging es immer, wenn er den Alten besuchte, seit sechs Jahren, seit Ella gestorben war. »Sie würde wollen, dass du wieder heiratest« – sein Vater war wirklich hartnäckig, was dieses Thema betraf. Für ihn war es unvorstellbar, dass ein Mann mit Mitte 40, ein so erfolgreicher zudem, nicht verheiratet war. Sein Vater hatte Ella gemocht und respektiert, von Anfang an. Ihre Wärme, ihre Intelligenz. Aber nun war Ella bereits so lange tot, da sei es an der Zeit, sich wieder umzuschauen, meinte er.

Immer dieselbe Leier, dachte Wolf, während er in die nächste scharfe Kurve steuerte. Er musste sich konzentrieren. Der warme Fahrtwind war angenehm, die Sonne stand schon tief in seinem Rücken. Als er oben auf dem Gipfel Pause gemacht hatte, hatte er das Hardtop zurückgeklappt. Der weiße Mercedes Benz SL 380 Cabrio mit den grauen Ledersitzen war genau das richtige Auto für diese ligurische Serpentinenstraße. Schnittig lag er in den Kurven, und ja, er bot genau den Fahrspaß, den der Verkäufer Wolf versprochen hatte, als er sich den Wagen das erste Mal angeschaut hatte. Dass er sich dieses Auto geleistet hatte, hatte er bis heute nicht bereut.

Wolf bemerkte, dass er langsam müde wurde. Er drehte sich kurz um. Jackie lag angespannt in ihrem offenen Korb und blinzelte ihn an. Die Kurven machten ihr zu schaffen, ebenso die Hitze – auch für sie waren die elf Stunden im

Auto eine sehr lange Zeit. Vermutlich gefühlt noch viel länger als für ihr Herrchen. Aber für eine sechs Jahre alte, sehr quirlige Jack-Russel-Dame nahm sie die lange Fahrt erstaunlich gelassen hin.

Um sich wach zu halten, schaltete Sebastian Wolf das Radio ein, aber es erklang nur ein eintöniges Rauschen. Er drehte am Knopf, um einen Sender zu finden. Und plötzlich hörte er es: »Ti amo, ti aaamo, ti amo …« Er erstarrte für eine Sekunde. Das durfte doch nicht wahr sein. Musste ausgerechnet jetzt dieses Lied gespielt werden? Eigentlich eine unsagbare Schnulze, aber es war »ihr« Lied gewesen, als sie vor zehn Jahren hier gewesen waren. Ein alter Song, irgendwann aus den Siebzigern, damals ein großer Hit. In den heißen Sommernächten hatten sie das Lied auf der Stereoanlage in der Casa Principessa gespielt, immer und immer wieder, und dazu auf der Terrasse unter dem ligurischen Sternenhimmel geschwoft, bevor sie … Wenn ich eines Tages mal einen kitschigen Liebesroman schreiben wollte, könnte ich diese Szene verarbeiten, dachte er und stellte das Radio wieder ab. Als er die nächste scharfe Kurve nahm, wurde er aus seinen Gedanken gerissen. »Benvenuti a Montalto Ligure« war direkt dahinter auf einem leicht eingedellten und etwas verwitterten Schild zu lesen. Er hatte sein Ziel erreicht, endlich.

Tatsächlich folgte eine weitere Kurve, ehe er wirklich im Ort war. Die Straße wurde noch enger. Auf der Beifahrerseite reihten sich die alten Häuser aus Felssteinen aneinander und darüber schloss gleich die nächste Reihe an, sodass es von unten aussah, als seien sie direkt übereinandergestapelt wie zerbeulte Schuhkartons. Gleich am Ortseingang führte ein schmaler Weg hinauf in das düstere Gassenlabyrinth des Dorfes. Auf der rechten Seite standen kleine Einfamilienhäuser, dahinter ging es steil bergab in das grüne Tal. In der Ferne war der halb offene Tunnel zu sehen, durch den die Straße nach unten führte und dann irgendwann auf die Autobahn stieß. Fuhr man weiter am Meer entlang, kam man zur französischen Grenze bei Ventimiglia. Um diese Jahreszeit, im Juni, begann die Hochsaison. Viele Touristen verbrachten ihren Urlaub am Strand oder fuhren nach Imperia und Sanremo, um zu shoppen oder das leckere Essen in einem der zahlreichen Restaurants zu genießen. Dagegen verirrten sich nach Montalto bestenfalls ein paar Geschichtsinteressierte, die das wahre, historische Ligurien suchten.

Wolf bremste abrupt. Fast wäre er an dem Parkplatz vorbeigefahren, der wie ein Balkon über dem steilen Abgrund hing. Er kriegte gerade noch die Kurve, parkte und ließ das Dach hochfahren. Nun wurde Jackie munter und sprang auf, wie immer, wenn das Auto hielt – für sie das Zeichen, dass es endlich weiterging. Obwohl selbst für einen Jack Russel zierlich und klein, war sie eine energische Hundedame, die ihrem Herrchen nun durch Winseln und Bellen sehr deutlich zu verstehen gab, dass es genug sei mit der langweiligen Autofahrt. »Braves Mädchen«, sagte Wolf, nachdem er ausgestiegen war und die Beifahrertür geöffnet hatte. Er legte ihr das Geschirr an, holte sein Gepäck aus dem Kofferraum und nahm den Hund an die Leine. Jetzt erst bemerkte er, wie heiß die Luft war. Es mussten mehr als 30 Grad sein, aber durch den angenehmen Fahrtwind war ihm das gar nicht aufgefallen. Jackie machten die Temperaturen offenbar nichts aus, sie tanzte an der Leine, sprang und wollte endlich losrennen. »Nicht so schnell, ich bin ein alter Mann«, sagte Wolf, aber Jackie stürmte unbeirrt weiter.

Wolfs Gepäck bestand aus einem großen, schweren Koffer, der alles enthielt, was man in einem italienischen Sommer so brauchte – und das war nicht viel. Sein Gewicht resultierte aus den Büchern, die er im Gepäck hatte. Romane, ein paar Geschichtswerke, keine Krimis. Dazu kam das wichtigste Utensil seiner Reise: seine Olympia Carrera de luxe MD. Eine elektrische Schreibmaschine vom Feinsten, an der er in den nächsten Wochen viele Stunden verbringen würde. Denn Sebastian Wolf wollte unter der italienischen Sonne nicht einfach Urlaub machen, er wollte arbeiten, und zwar hart. Hier sollte sein neuestes Werk entstehen. In der Abgeschiedenheit und weit entfernt vom hektischen Hamburg, wo ihn ständig sein Agent störte, Journalisten wegen eines Interviews anriefen und manchmal sogar Fremde an der Haustür klingelten, weil sie ein Autogramm wollten. Das alles würde ihm in Montalto nicht passieren. Hier kannte ihn niemand und nur ausgewählte Leute wussten überhaupt, dass er sich in diesem kleinen, von der Welt abgewandten Dorf befand. Hier konnte er in Ruhe arbeiten, lange Spaziergänge mit Jackie in der herrlichen Natur unternehmen oder mal einen Nachmittag am Strand verbringen und in seiner selbst gewählten Einsamkeit konzentriert schreiben. Schließlich war sein Ziel, in den nächsten Wochen seinen neuen Thriller zu vollenden, ein Buch über einen Serienmörder im Rotlichtviertel von Hamburg-St. Pauli. Es sollte sein sechster Roman werden und er spürte den Druck von allen Seiten. Die Vorgänger waren große Erfolge gewesen, schon sein Erstling *Das Lachen des Mörders* hatte voll eingeschlagen. »Vielleicht solltest du dich irgendwohin zurückziehen, um ganz ungestört schreiben zu können«, hatte ihm sein bester Freund Martin wegen all des

Trubels um Wolfs Person geraten, als sie vor knapp zwei Monaten in einem schicken, etwas überkandidelten französischen Restaurant essen gewesen waren. Martin war Professor für italienische Geschichte an der Hamburger Universität und verstand, dass ein Autor für sein Schaffen Ruhe brauchte. Die beiden hatten sich vor 25 Jahren während des Studiums kennengelernt.

»Ich weiß nicht, ob das eine gute Idee ist«, hatte Wolf auf Martins Vorschlag geantwortet. »Außerdem wüsste ich auch gar nicht, wohin. Es müsste ein eigenes Haus sein, irgendwo, wo es sehr ruhig ist. Kein Hotel oder so.«

»Fahr in mein Haus in Montalto. Es ist den ganzen Sommer frei, du kannst so lange dort wohnen, wie du möchtest.«

Sebastian war geradezu aufgebraust. »Auf gar keinen Fall!« Mit diesem Haus, mit diesem Ort verbanden ihn zu viele Erinnerungen. Schöne Erinnerungen, die gerade deshalb so schmerzlich waren. Denn in diesem Haus hatte er schon einmal einen Sommer verbracht, zehn Jahre zuvor, mit Ella.

Doch Martin hatte nicht lockergelassen, und er konnte hartnäckig sein, sehr sogar. Also hatte Wolf schließlich widerwillig zugestimmt. Ein paar Wochen später stieg er in sein Auto und machte sich auf den Weg nach Süden. Nach Montalto Ligure, dieses kleine, so wundervolle wie skurrile Bergnest in Ligurien. Diese Reise würde auch ein Ausflug in die Vergangenheit werden, und er hatte Angst, sich der Erinnerung zu stellen.

Nun also war er da. Er kannte den Weg zur Casa Principessa, wie Martins Haus hieß, auch nach zehn Jahren noch genau. Vom Parkplatz führte ein schmaler Pfad ins Zentrum. Mit dem Auto konnte man hier nicht fahren, sodass man alles Gepäck durch die engen Gassen schleppen musste. Wolf ließ Jackie von der Leine, die sofort losstürmte, ohne zu wissen, wohin es eigentlich ging. Die Gasse, die sich zwischen den Hunderte Jahre alten Steinhäusern ihren Weg bahnte, war steil, gleich musste er um die Ecke nach rechts. Das erste Haus war noch immer eine unbewohnte Ruine, aus der Büsche wuchsen, genau wie damals. Er ging weiter, vielleicht 30 Meter, dann bog er links ab. Er passierte die kleine Kapelle, die seit Jahrhunderten gerne von Brautpaaren für romantische Hochzeiten genutzt wurde. »Kapelle« war ein großes Wort – es handelte sich eigentlich nur um einen Raum, der zur Gasse hin offen war und auf der gegenüberliegenden Seite durch unverglaste Fenster einen fantastischen Blick ins Tal bot. Sah man die Gasse entlang, erblickte man bereits die Terrasse der Casa Principessa, die den schmalen Weg überspannte. Wolf ging etwa 30 Meter weiter, bog nach links in einen Gang, der als Tunnel unter dem darüberliegenden Haus führte – und in diesem Tunnel befand sich die dicke weiße Tür, die er zehn Jahre zuvor einen Sommer lang so oft durchschritten hatte.

Wolf war bei dem steilen Aufstieg mit dem schweren Koffer und der sommerlichen Hitze ganz schön ins Schwitzen gekommen. Jackie war längst vorausgelaufen. Hier konnte sie sich austoben, die Leine brauchte sie nicht. Wolf erinnerte sich an die vielen Katzen, die die engen Gassen und unbewohnten, oft zu Ruinen verkommenen Häuser bevölkerten. Als er sie rief, kam Jackie schwanzwedelnd angelaufen. Er stellte den Koffer vor der Haustür ab, öffnete den Reißverschluss einer Seitentasche und kramte das Schlüsselbund heraus: ein großer, dicker und alter Schlüssel und ein deutlich kleinerer, der zum zweiten, modernen Schloss gehörte. Er steckte zuerst den großen Schlüssel in das alte Türschloss, drehte ihn zweimal um und hörte und spürte das Knacken des Bolzens. Dann öffnete er mit dem anderen Schlüssel das zweite Schloss und drückte die schwere Tür auf. Er trat in einen Vorraum, in dem eine alte Truhe aus massivem Holz stand. Drei Schritte neben der Tür führte eine Wendeltreppe hinauf in den ersten Stock. Jackie flitzte an ihm vorbei nach oben. Wolf fluchte über sein Gepäck, das er die enge Treppe hinaufschleppen musste. Als er im ersten Stock angekommen war, stellte er es schnaufend ab. Er befand sich im Wohnraum, und ohne sich umzuschauen, ging er zum Tisch und setzte sich erschöpft auf einen Stuhl.

Als sich sein Atem beruhigt hatte, blickte er sich um. Die Casa Principessa galt früher als das vornehmste Haus im Dorf. Man erzählte sich, dass es von einer Herzogin erbaut worden sei – daher der Name. Der große alte Holztisch, laut Martin ein Stück aus dem 17. Jahrhundert, stand noch am selben Platz wie bei Wolfs letztem Besuch, genauso der uralte Schrank, in dem das Geschirr aufbewahrt wurde. Ein Fernseher war hinzugekommen und das Sofa in einer Nische im hinteren Teil des Raums, in der auch ein kleiner Schreibtisch stand, ebenfalls neu. Sein Blick fiel auf die Küche, neu und ausgestattet mit modernster Technik. Wolf drückte sich aus dem Stuhl hoch, öffnete die Doppeltür mit den Glasfenstern zur Terrasse und trat hinaus. Sofort erfasste ihn wieder die Atmosphäre von damals. Die Terrasse mit ihrem filigranen Geländer war zugleich eine Brücke über die Gasse unter ihm. Blickte man geradeaus, schaute man über die Dächer der Häuser in Richtung der Berge, die sich auf der anderen Seite des Valle Argentina erhoben. Rechts prangte die Wand eines Hauses, das unbewohnt schien, die Fenster waren blind vor Schmutz. Links reihten sich pittoreske alte Häuser aus Felssteinen aneinander, als würden sie sich gegenseitig stützen.

Die Casa Principessa verfügte über drei Schlafzimmer, zwei davon lagen im zweiten Stock. Wolf entschied sich, das Schlafzimmer im ersten Stockwerk zu nutzen. Der Raum war selbst bei strahlendem Sonnenschein düster und angenehm kühl, weil sein Fenster zum Innenhof hin lag, der nur wenige Meter breit und tief war und in den kaum Licht fiel. Im Raum stand eine alte Badewanne mit filigranen geschwungenen Füßen. Wolf erinnerte sich, wie er und Ella damals diese Wanne genossen hatten – nicht nur, um zu baden. Er seufzte. Ihm war von Anfang an klar gewesen, dass diese Reise eine Herausforderung für ihn werden würde, denn es gab fast nichts an diesem Ort, das ihn nicht an Ella erinnerte. »Vielleicht hat dein Trip ja auch eine therapeutische Wirkung«, hatte Martin gesagt. Wolf fing sich wieder und ging eine weitere enge Treppe ins nächste Stockwerk hoch. Die Schlafzimmer würden in den kommenden Wochen leer stehen.

Als er wieder nach unten ging, klopfte es an der Haustür. »Na, das geht ja gut los«, murmelte er leicht verärgert über die Störung, schließlich war er kaum angekommen. Er stieg die Treppe ins Erdgeschoss und öffnete die Tür. Vor ihm stand eine attraktive Frau Mitte 30 und lachte ihn an.

»Überraaaaschung«, sagte sie auf Deutsch und zog dabei das »a« lang. »Ich bin Melanie, aber meine Freunde nennen mich Mel. Mir gehört das einzige Restaurant im Ort und Martin bat mich, Ihnen für heute Abend und morgen früh ein wenig Proviant vorbeizubringen. Er war sich sicher, dass Sie daran selbst nicht denken würden.« Sie hielt Wolf einen Korb entgegen.

*

Commissario Alberti Brignone schwitzte. Diese Hitze! Er wischte sich mit einem Taschentuch über die Stirn. Klein und rundlich, wie er war, stand der Commissario Capo der Polizia di Stato mitten auf dem Platz vor der Kirche San Giovanni Battista, während die Sonne gnadenlos auf die kahle Stelle an seinem Hinterkopf brannte: Schlechter hätte die neue Woche gar nicht beginnen können. Ein Mord, und dann auch noch abgelegen in diesem kleinen Kaff. Auf dem Weg in sein Büro hatte er noch gehofft, sich den ganzen Tag an seinen Schreibtisch vor den Ventilator setzen und so tun zu können, als arbeite er die Akten irgendeines abgeschlossenen Falles auf. Doch kaum war er, leicht verspätet, in der Polizeistation eingetroffen, kam sein junger Kollege ins Zimmer gestürzt. »Wir haben einen Mord!«, hatte der Ispettore aufgeregt gerufen. Das geschah in Imperia und Umgebung nicht alle Tage, und für Mario Flavotti war es tatsächlich der erste Mord in seiner noch jungen und hoffnungsvollen Karriere.

Sein Chef ließ sich kurz darüber Bericht erstatten, was bislang bekannt war. Der Bürgermeister des kleinen Dorfes Montalto hatte den Mord gemeldet. Der Pfarrer sei in seiner Kirche erdrosselt aufgefunden worden. Merda. Brignone erkannte, dass er um diesen Fall nicht herumkommen würde, denn Montalto Ligure fiel nun einmal in seinen Zuständigkeitsbereich. Die hatten dort ja nicht einmal einen Dorfpolizisten. Brignone war ein alter Fuchs, seit 30 Jahren im Dienst für Recht und Ordnung.

Er wusste, wie man lästige Arbeit von sich wegschieben konnte. Warum, so lautete sein Motto, sollte man sie selbst erledigen, wenn andere das auch tun konnten? Doch dieses Mal, das musste er sich eingestehen, gab es keine Möglichkeit, sich zu drücken. Er blickte auf seinen jungen Mitarbeiter, der Feuer und Flamme war. Ein Mord! Eine bessere Chance, sich zu profilieren, konnte es für einen Ispettore, der gerade erst seit ein paar Monaten ins wahre Leben geworfen worden war, doch gar nicht geben.

Missmutig begab sich Brignone, gefolgt von Flavotti, zu seinem Wagen und die beiden machten sich auf den Weg zum Tatort. Imperia lag an diesem Montagmorgen schon unter einer Hitzeglocke, von der leichten Meeresbrise, die hier sonst wehte, war nichts zu spüren. Sie fuhren aus der Stadt nach Westen heraus, die Küstenautobahn am Meer entlang und bogen schließlich auf die SP 548. Von nun an ging es über die kurvenreiche Straße bergauf. Missmutig blickte Brignone aus dem Fenster. Den Weg säumten halb vertrocknete Büsche, Olivenbäume, die in der Hitze zu leiden schienen, und selbst das Knäuelgras, das eigentlich gerade Blütezeit hatte, welkte vor sich hin. Als er an Flavotti vorbei nach links schaute, wo am Rand der schmalen Straße der Abhang steil abfiel, sah er die ligurische Bilderbuchkulisse, für die die Touristen hierherkamen – blauer Himmel, eine bergige Landschaft, hier und da eine alte Kirche oder ein kleines Bergdorf, bei dem man sich fragte, wie die Häuser sich eigentlich an den rasanten Felsen festkrallen konnten, ohne abzustürzen. Und hinten das Meer, das sich irgendwo am Horizont mit dem Himmel zu vereinen schien. Segelboote trieben als kleine weiße Punkte auf dem blauen Wasser.

Schließlich erreichten sie Badalucco und kurz danach Montalto Ligure. Flavotti hielt am Straßenrand. Brignone fluchte, weil er wusste, was ihm jetzt bevorstand – der Gang durch die engen Gassen, die bis zur Kirche steil nach oben führten. Als die beiden bei San Giovanni Battista eintrafen, herrschte auf dem Platz helle Aufregung. Eine kleine Menschenmenge hatte sich versammelt und die Anwesenden diskutierten aufgeregt miteinander. Ein Mann mittleren Alters löste sich aus der Menge und kam den Polizisten mit eiligem Schritt entgegen. »Sind Sie der Commissario aus Imperia?«

Brignone stellte sich und seinen Kollegen vor. »Und Sie sind?«

Sein Gegenüber nahm ein wenig Haltung an. »Rossetto, Filippo Rossetto, der Bürgermeister von Montalto Ligure. Ich habe Sie angerufen.«

Du unglücklicher Mensch, schoss es Brignone durch den Kopf, während er sich für den Anruf bedankte. »Es gibt also eine Leiche? Wo ist sie?«

Der Bürgermeister wies Richtung Kirchentür. »Wenn Sie erlauben, gehe ich vor.« Rossetto genoss sichtlich die Blicke der anderen, als er mit den Polizeibeamten die Kirche betrat.

Brignone atmete auf. Drinnen war es deutlich kühler als draußen, und selbst der junge Flavotti, dem die Hitze sonst nichts auszumachen schien, holte tief Luft. Rossetto führte die Männer zum Beichtstuhl. Beide Türen des Beichtstuhls standen sperrangelweit auf.

Brignone trat näher und blickte ins Innere der rechten Seite. Er brauchte einen kurzen Moment, bis sich seine Augen an die Dunkelheit gewöhnt hatten, dann erkannte er, was es drinnen zu sehen gab. Ein Mann, offensichtlich tot, starrte ihn aus weit aufgerissenen Augen an, der Mund war geöffnet, die Zunge hing heraus. »Aha«, sagte der Commissario, trat zurück und gab Flavotti ein Zeichen, dass er ebenfalls einen Blick hineinwerfen sollte. »Wurde hier irgendetwas angefasst oder gar verändert?«, fragte Brignone an Rossetto gerichtet.

Der Bürgermeister richtete sich etwas auf und antwortete in leicht beleidigtem Ton: »Natürlich nicht! Nachdem man mich informiert hat, habe ich die Kirche sofort schließen lassen, damit sie niemand mehr betreten konnte.«

Die erste gute Nachricht an diesem unglückseligen Tag für Commissario Brignone. »Ich vermute, es handelt sich bei dem Toten um den Pfarrer?«

Der Bürgermeister nickte und bekreuzigte sich mit einer flüchtigen Geste. »Padre Crosetto, ja, richtig. Madonna, wer tut so etwas?«

Brignone schaute sich um, doch auf den ersten Blick fiel ihm nichts Ungewöhnliches auf. Er gab den anderen mit einem Kopfnicken zu verstehen, dass sie die Kirche wieder verlassen sollten.

Sie waren nur wenige Minuten in der Kirche gewesen, aber die Hitze erschlug Brignone fast, als sie wieder hinaustraten. Auf dem Platz wartete immer noch die aufgeregte Menge. »Sagen Sie den Leuten, sie sollen nach Hause oder zur Arbeit gehen. Hier gibt es nichts zu sehen«, forderte er den Bürgermeister auf. Und an Flavotti gewandt: »Das volle Programm, Informieren Sie Dottore Fabbri von der Gerichtsmedizin und Spurensicherung, lassen Sie die Kirche absichern. Danach kommen Sie wieder zu mir. Ich befrage inzwischen denjenigen, der die Leiche entdeckt hat.« Ihm fiel auf, dass er noch gar nicht gefragt hatte, wer den armen Padre im Beichtstuhl eigentlich gefunden hatte, und er stellte die Frage an Rossetto.

»Das war la Signora Girelli, Valentina Girelli«, antwortete dieser.

»Gut, ich möchte sie umgehend sprechen. Wo können wir die Zeugin vernehmen?« Rossetto schlug vor, dafür sein Büro im Rathaus zu nutzen, und Brignone war einverstanden.

»Rathaus« war eine wohlwollende Bezeichnung für das Gebäude. Ursprünglich hatte es als Schule gedient, aber seit mehr als 30 Jahren gab es in Montalto zu wenige Kinder. Die wenigen verbliebenen Schüler mussten daher täglich mit dem Bus ins 35 Kilometer entfernte Imperia fahren. Immerhin hatte das Rathaus eine verputzte Fassade. Es war in einer Farbe irgendwo zwischen dunklem Pink und hellem Lila angestrichen. Auch war es jünger als die meisten anderen Gebäude des Ortes, höchstens 200 Jahre alt. Brignone und Rossetto nahmen in zwei alten Ledersesseln im Büro des Bürgermeisters Platz. Der schwitzende Commissario bedankte sich für das große Glas Wasser, das der Bürgermeister ihm auf den Tisch stellte. Die Tür öffnete sich und eine völlig aufgelöst wirkende ältere Frau betrat in Begleitung Flavottis den Raum. »Das ist la Signora Girelli«, beeilte sich Rossetto, die Dame vorzustellen.

Brignone wies auf den dritten Sessel, und die Frau setzte sich. Flavotti holte sich den Stuhl des Bürgermeisters hinter dem Schreibtisch hervor, setzte sich und forderte sie mit sanfter Stimme auf: »Erzählen Sie doch bitte, was passiert ist.«

Valentina Girelli brach in Tränen aus. »So schrecklich«, schluchzte sie, »so schrecklich. Der arme Padre. So ein guter Mensch!« Eine Weile stotterte sie unzusammenhängend, bis der Kommissar weniger sanftmütig nochmals darum bat, dass la Signora ihm doch bitte berichten würde, wie sie die Leiche gefunden hatte. Er wollte das stickige Büro so schnell wie möglich wieder verlassen.

Signora Girelli sagte schließlich aus, und dem Commissario wurde schnell klar: Diese Frau hatte nicht mehr gesehen als er selbst – den toten Padre, der mit weit aufgerissenen Augen und offenem Mund auf der Bank im Beichtstuhl saß.

»Was war der Padre für ein Mensch?«, fragte er die Frau, die sich noch immer nicht beruhigt hatte.

»Ein so guter«, war die Antwort.

»Geht es etwas genauer?« Brignone wurde langsam ungeduldig.

Bürgermeister Rossetto legte seine Hand auf die der alten, zitternden Frau. Als sie sich gefasst hatte, begann sie zu erzählen, stockend zwar, aber doch zusammenhängend. Padre Crosetto sei vor 17 Jahren als junger Mann aus Neapel nach Montalto gekommen. Er sei allseits beliebt gewesen, auch bei denen, die sich nicht dem Wort Gottes verbunden fühlten, was zum Bedauern der Frau immer mehr wurden. Er habe stets ein Ohr für die Sorgen der Menschen gehabt, habe daran geglaubt, dass der Herr für jeden einen Plan hatte und ihm den Weg weisen würde.

»Hatte er Feinde?«, fragte Flavotti.

»Aber nein, natürlich nicht!«, schoss es förmlich aus Signora Girelli heraus. »Warum auch? Wer hätte ihm etwas Böses wollen?«

Brignone räusperte sich. »Na ja, immerhin wurde er ermordet.«

Die alte Frau heulte auf und versank schluchzend in ihrem tiefen Sessel. Brignone erkannte, dass aus ihr nicht mehr herauszuholen war. Abrupt stand er auf. Bloß raus aus diesem stickigen Büro! Auch Flavotti und Rossetto erhoben sich.

»Was haben wir?«, fragte Flavotti, während er das Auto vorsichtig die Serpentinen hinunterlenkte. Die Polizisten genossen die kalte Luft der Klimaanlage.

»Nichts«, antwortete sein Chef. »Absolut nichts.«

Flavotti war, seit er vor einem halben Jahr den Dienst in Imperia angetreten hatte, nicht nur der Meinung, dass das einzig Außergewöhnliche an seinem Chef sein Vorname war, denn er hieß Alberti und nicht Alberto – die Verbreitung der beiden Namen stand etwa in einem Verhältnis von 1:99 –, er fand auch, dass der Commissario mehr Motivation an den Tag legen könnte. Andererseits: Der gute Mann war 60 und dämmerte seiner Pension entgegen. Er selbst würde niemals so werden, schwor sich der gerade mal halb so alte Flavotti. Aber jetzt, während sie zurück ins Büro fuhren, musste er ihm recht geben: Was diesen mysteriösen Fall betraf, hatten sie tatsächlich nichts in der Hand. Ein hartes Stück Arbeit lag vor ihnen.

*

Er schlug das dicke großformatige Buch an einer willkürlichen Stelle auf und fuhr mit Mittel- und Zeigefinger sanft über die Seiten. Das Licht der Kerze auf dem Tisch war gerade hell genug, um die handgeschriebenen Sätze lesen zu können. »7. August 1621: Das Werk des heutigen Tages ist getan. Es folgen drei weitere Opfergänge. Dann schließen wir das Buch der Sühne für 100 Jahre, auf dass unsere Nachfahren es zur gegebenen Zeit wieder öffnen werden.«

Er blätterte weiter nach vorne. »16. Juli 1521: »Wir haben heute zum zweiten Mal die Pflicht unserer Generation befolgt. Fünf weitere Opfergänge werden folgen«, las er. Die Flamme der Kerze flackerte leicht. »So soll es auch in unserer Generation sein«, sprach er leise vor sich hin. »Auch wir werden unserer Pflicht zur Rache nachkommen. Sieben Mal, so wie es uns der Ahnherr aufgetragen hat. Und dann werden wir die Aufgabe an unsere Nachfahren weiterreichen, auf dass sie in 100 Jahren so handeln, wie wir es tun.« Er schloss das Buch. Liebevoll legte er die flache Hand auf den Buchdeckel, als wollte er eine unsichtbare Kraft, die von dem Buch ausging, in sich aufsaugen. Dann stand er auf, ging zu einem Tresor aus dickem Stahl, öffnete die Tür, legte das Buch hinein und verschloss die Tür wieder mit einem Zahlencode. Kein Unbefugter durfte dieses Buch in die Hände bekommen, niemals! So war es seit Jahrhunderten und so sollte es noch viele Jahrhunderte sein. Er blies die Kerze aus und tastete sich in der Dunkelheit zur Tür, unter der ein schmaler Lichtschein zu sehen war, öffnete sie und verließ zufrieden den Raum. Die Zeit, auf die er seit Jahren gewartet hatte, war gekommen. Er hatte gezeigt, dass er bereit war, die Aufgabe, die ihm gestellt worden war, zu erledigen. Und er würde es wieder tun.

KAPITEL 2

Nachdem sein unerwarteter Besuch sich am Sonntagabend verabschiedet hatte, hatte Sebastian Wolf den Korb in die Küche getragen. Darin befanden sich eine Tupperdose mit einem Nudelgericht, eine weitere mit einer großen Portion Tiramisu, ein kleines italienisches Brot und eine Flasche Weißwein, sogar gekühlt. Dazu ein kleines Stück Käse und eine Packung Kaffee, wohl für das Frühstück. Beim Anblick der Leckereien bekam Wolf Hunger. Sein alter Kumpel hatte recht gehabt: An Verpflegung für den ersten Abend hatte er nicht gedacht, nur eine große Dose mit Futter für Jackie hatte er eingepackt. Er hatte sich mit dem köstlich duftenden Nudelgericht auf die Terrasse gesetzt und dazu den Wein genossen. Inzwischen war es stockdunkel geworden. Auf dem Berg auf der anderen Seite des Tals hatte er ein paar einzelne Lichter entdeckt, vermutlich von frei stehenden Häusern. Kein Geräusch war zu hören gewesen. Wolf hatte einfach nur dagesessen und an nichts gedacht. Oder hatte er vielleicht gerade an Ella gedacht? Jetzt, am Morgen danach, konnte er sich einfach nicht mehr daran erinnern. Irgendwann war die Flasche leer gewesen und der Wein hatte Wirkung gezeigt. Er war noch mit Jackie vor die Tür gegangen, hatte sich danach auf sein Bett gelegt und war in einen tiefen Schlaf versunken.

In dem abgedunkelten Zimmer war es noch angenehm kühl. Wie spät mochte es wohl sein? Die Tatsache, dass Jackie so munter war, deutete darauf hin, dass der Morgen schon ein Stück vorangeschritten sein musste, denn die Hundedame erhob sich gewöhnlich nicht vor 9.30 Uhr. Wolf tastete nach seinem Smartphone. 10.17 Uhr! Er hatte fast zehn Stunden durchgeschlafen, das passierte sonst nie. Wenn nur dieser Hund nicht wäre! Jackie sprang wild auf dem Bett herum, aus dem leisen Knurren war ein lautes Bellen geworden. »Ja, du Terrorterrier, ich mach dir was zu fressen«, sagte er und schwang sich aus dem Bett.

Er stieg die kleine Treppe ins Wohnzimmer hinunter, von dem die offene Küche abging. Er öffnete die Jalousie der Terrassentür und hielt sich eine Hand vors Gesicht. Der helle Tag blendete ihn und die Hitze schlug ihm entgegen. Kein Windhauch war zu spüren, die Sonne brannte vom wolkenlosen Himmel herunter. Er ging in die Küche und gab Jackie ihr Futter. Die Hundedame verschlang es gierig. »Keine Bange, ich fresse dir doch nichts weg«, sagte Wolf. Er kochte sich Kaffee, packte das Brot und den Käse von Melanie auf einen Teller und setzte sich auf die Terrasse, nachdem er den Sonnenschirm aufgespannt hatte.

Was würde er heute tun? Nicht viel. An Schreiben war noch nicht zu denken. Wolf musste sich darauf stets mental vorbereiten wie ein Sportler auf einen wichtigen Wettkampf. Heute musste er erst einmal einkaufen, dann würde er mit Jackie einen Spaziergang machen. Das war der Plan. Während er noch leicht benebelt und in Gedanken versunken unter dem Sonnenschirm saß, hörte er unter sich plötzlich Stimmen. Zwei Frauen kamen die Gasse entlang, sie sprachen laut und aufgeregt miteinander. Kurz bevor sie die Terrasse unterquerten, bemerkten sie ihn. Ein fremder Mann in der Casa Principessa – offenbar war etwas Interessanteres vorgefallen, sonst wäre diese Entdeckung wohl Gesprächsthema Nummer 1 im Dorf gewesen. Die beiden Frauen schauten auf und Wolf grüßte sie. Sie grüßten kurz zurück und vertieften sich sofort wieder in ihre angeregte Diskussion. Dann waren sie auch schon unter der Terrasse und seinem Blick entschwunden.

Gegen Mittag entschloss Wolf sich, mit Jackie eine Runde durch das Dorf zu spazieren. Er lief ohne Ziel los, einfach geradeaus die Via Garibaldi entlang. Die enge Gasse, die sich kaum mehr als zwei Meter breit zwischen den alten Häusern entlangschlängelte, lag in der Hitze wie ausgestorben da. Viele der Häuser, die sie säumten, waren eindeutig unbewohnt, Ruinen, die vermutlich seit Jahrzehnten leer standen. Die Türen waren verbarrikadiert, die Fenster zum Teil zugemauert oder die Scheiben fehlten, und aus manchen wuchsen Büsche heraus. Überall hatten Spinnen ihre Netze gesponnen. Er schritt unter einer Brücke hindurch und kam dann an eine Art Kreuzung. Rechts verlief eine Treppe steil abwärts zwischen den Häusern, bevor sie von einer anderen Gasse gekreuzt wurde. Geradeaus ging es auf der gleichen Ebene weiter. Ja, so hatte er Montalto in Erinnerung – ein Gewirr und Gewimmel von düsteren Gassen, halb verfallenen Treppen, Brücken, Gewölben, Sackgassen, die an einem Hauseingang endeten, Nischen in den Hauswänden, Ruinen … Alles irgendwie unwirklich, wie ein Dorf aus Tolkiens »Der Herr der Ringe«.

Jackie war die Treppe hinabgeflitzt und hinter der nächsten Kurve verschwunden. Doch Wolf entschied sich, die Hauptgasse geradeaus weiterzulaufen. Er erinnerte sich, dass sie zur Kirche führte, vor der ein kleiner umbauter Platz lag. Hierhin waren er und Ella damals in lauen Sommernächten spaziert, denn der Platz strahlte in solchen Nächten eine ganz eigentümliche Atmosphäre aus. Wolf rief seinen Hund und Jackie kam sofort die Treppe wieder hochgeflitzt. Woher sie nur diese Energie nahm, selbst bei dieser Hitze! Wolf passierte ein paar Häuser, vor denen Pflanzen in Kübeln standen und bunte Namensschilder an den Türen angebracht waren – eindeutig bewohnt. Auch ein kleines Geschäft für Kunsthandwerk gab es und eins, das aussah wie eine Schneiderei. Er blieb stehen. Täuschte er sich oder hörte er Stimmen?

Er ging weiter geradeaus und die Stimmen wurden lauter. Und dann entdeckte er vor dem Platz eine Gruppe von Menschen, die sich aufgeregt unterhielten, daneben stand ein Carabinieri. Jackie jagte Richtung Platz. Als Wolf die Menschengruppe erreicht hatte, fiel ihm auf, dass der Platz mit einer Banderole abgesperrt war. Er rief Jackie zurück, für die die Absperrung kein Hindernis darstellte. »Buongiorno«, sagte er zu dem jungen Polizisten, dem es in seiner Uniform sichtlich zu heiß war. »Ist etwas passiert?«

Sein Gegenüber musterte ihn von oben bis unten und antwortete dann: »Ich darf Ihnen leider keine Auskünfte erteilen, Signore.«

Okay, dachte Wolf, dann eben nicht.

»Ein Mord ist passiert, Signore«, sagte ein älterer Mann.

»Der Padre wurde umgebracht«, ergänzte eine Frau. »Der *Padre*«, wiederholte sie und bekreuzigte sich.

Wolf sah sie ungläubig an. Ein Mord? In Montalto? »Weiß man denn schon etwas über die Umstände oder den Täter?«, fragte er und bekam als Antwort ein stummes Kopfschütteln. In diesem Augenblick öffnete sich die Kirchentür und zwei Männer in schwarzen Anzügen rollten auf einer Bahre einen Sarg heraus und steuerten ihn Richtung Dorfausgang. Er vermutete, dass der Leichenwagen dort geparkt war. Betroffen blieb er noch einen Moment stehen, dann ging er mit Jackie zurück zur Casa Principessa. Ein Mord. Kaum war er in diesem abgeschiedenen Dorf angekommen, wo er in Ruhe an seinem neuen Buch arbeiten wollte, geschah genau das, worüber er sonst nur schrieb. Das würde Martin ihm nie glauben.

Den Nachmittag verbrachte Wolf mit einem Buch auf der Terrasse. Später fuhr er zu einem Supermarkt in Taggia, um sich für die nächsten Tage einzudecken. Dreimal musste er bepackt mit Einkäufen den Weg vom Parkplatz zur Casa Principessa zurücklegen. Obwohl die Strecke nur etwa 100 Meter betrug, war er danach schweißgebadet und fix und fertig.

*

Auch Commissario Brignone schwitzte, da half nicht einmal der Ventilator, den er neben den Schreibtisch gestellt hatte. Er hatte Steine auf seine Unterlagen gelegt, damit sie nicht wegflogen. Merda, dachte er, merda, merda, merda! Es hatte sich noch nichts Neues ergeben, er und sein junger Kollege tappten völlig im Dunkeln. Der Bericht des Gerichtsmediziners hatte auch nur das bestätigt, was ohnehin auf den ersten Blick offensichtlich gewesen war. »Der gute Mann wurde erwürgt, sehr wahrscheinlich mit einem dünnen Seil«, hatte Dottore Fabbri ihm mitgeteilt. »Ansonsten konnte ich nichts Außergewöhnliches feststellen. Nur so viel: Der Tod ist irgendwann zwischen 18 und 21 Uhr eingetreten.«

Eine mysteriöse Geschichte war das. Warum wurde ein offenbar allseits beliebter Padre, ein aufrechter Mann Gottes, ermordet? Und dann auch noch in seiner eigenen Kirche? Und das alles in diesem kleinen Dorf? Brignone nahm den Telefonhörer zur Hand und bat Flavotti zu sich. Bei dieser Hitze waren ihm selbst die paar Schritte ins Nachbarbüro zu viel. »Irgendwas Neues?«, fragte er, als der Ispettore eintrat. Als Antwort erhielt er nur ein Kopfschütteln. »Das ist schlecht. Wir müssen warten, was die Spurensicherung sagt. Sie fahren morgen früh nach Montalto und fragen sich durch den Ort, ob irgendjemand irgendetwas gesehen hat.« Flavotti nickte. Brignone stand auf und verabschiedete seinen Mitarbeiter mit dem Befehl, dass er sich morgen nach seiner Rückkehr sofort bei ihm melden solle. Dann verließ er sein Büro und das Kommissariat, setzte sich in sein Auto und fuhr los. Endlich Feierabend, dachte er und freute sich auf das kalte Bier, das zu Hause im Kühlschrank auf ihn wartete.

*

Am nächsten Morgen machte Flavotti sich auf den Weg nach Montalto. Die Straße von Imperia hoch ins Landesinnere war staubtrocken, kein Wunder bei der Dürre, die seit Wochen herrschte. Unterwegs begegneten ihm nur zwei oder drei Autos. Offenbar mieden die Menschen die Straße angesichts der Hitze. Der Ispettore parkte am Ortseingang und machte sich durch die engen Gassen auf den Weg ins Dorfzentrum. Eine Katze trottete ihm entgegen. Als sie ihn bemerkte, verschwand sie im Mauerloch einer Ruine.

Flavotti war gespannt, ob den Bewohnern von Montalto am Sonntagabend, als Padre Crosetto ermordet worden war, irgendetwas Ungewöhnliches aufgefallen war. Er klingelte an einigen Haustüren. Manche Türen öffneten sich, bei anderen hatte er kein Glück. Ob er die Befragung besser abends durchführen sollte, wenn die Leute zu Hause waren? Wie dem auch sei, sein Chef hatte sie für heute früh angeordnet. Obwohl er sein Jackett im Auto gelassen hatte und nur ein Hemd trug, schwitzte er. Etwas zu trinken wäre nicht schlecht, aber in diesem Kaff gab es offenbar kein Lebensmittelgeschäft, und das einzige Restaurant, an dem er vorbeigekommen war, öffnete erst abends. Schade, dachte er, denn es sah einladend aus. Über eine Brücke im ersten Stock gelangte man auf eine angrenzende Terrasse, die vermutlich einen tollen Blick auf das Tal und die grünen Hügel und Berge auf der anderen Seite bot.

Flavotti entschied sich, noch ein paar Häuser an der anderen Seite des Ortes abzuklappern. Wenn man geradeaus vom Kirchplatz die Via San Giovanni Battista hinaufging, brauchte man gut fünf Minuten bis zum Ausgang des Dorfes auf der anderen Seite. Immerhin könnte der Täter ja auch von dort gekommen sein, dachte der junge Polizist. Er passierte ein paar unbewohnte Häuser, bis er eine Art Brücke mit einem verzierten, weiß angestrichenen Eisengeländer erreichte, die an einen großen Balkon erinnerte. Darauf saß ein Mann unter einem Sonnenschirm und las ein Buch. Er hatte offenbar Flavottis Schritte gehört und blickte zu ihm hinab.

»Buongiorno, Signor. Wohnen Sie hier?«, fragte Flavotti.

»Buongiorno. Vorübergehend nur«, antwortete der andere.

Flavotti stellte sich vor und bat darum, dem Mann ein paar Fragen stellen zu dürfen.

Der bejahte und ging nach unten, um dem Besucher die Tür zu öffnen. Er führte den jungen Polizisten auf seine Terrasse und bot ihm einen Stuhl im Schatten des Sonnenschirms an. »Du meine Güte, Sie sehen so aus, als könnten

Sie ein kaltes Getränk vertragen.« Nachdem er ein großes Glas kalten Eistee geholt und Flavotti dankbar einen Schluck genommen hatte, sagte er: »Ich habe mich ja noch gar nicht vorgestellt. Mein Name ist Sebastian Wolf.«

»Sie sind Deutscher?«, fragte der Polizist.

»Richtig«, antwortete Wolf, »ich bin Autor und hierhergekommen, um an meinem neuen Buch zu arbeiten.«

Das interessierte Flavotti. »Welches Genre, wenn ich fragen darf?«

»Thriller.«

Flavotti überlegte laut. »Wolf ... Wolf ... etwa *der* Sebastian Wolf? Der Bestseller-Autor?« Als Wolf nickte, riss Flavotti erstaunt die Augen auf. »Das ist ja unfassbar! Dass ich Sie hier treffe ... Ich habe gerade eines Ihrer Bücher gelesen. Spannend! Ich konnte es kaum aus der Hand legen.«

Wolf bedankte sich. Die Aufmerksamkeit schien ihm unangenehm zu sein. »Ich könnte mir vorstellen, dass Sie wegen des toten Pfarrers kommen?«, fragte er, offenbar, um das Gespräch in eine andere Richtung zu lenken.

Flavotti räusperte sich verlegen, denn tatsächlich fiel ihm der Grund seines Besuches wieder ein. »Ja, das stimmt. Ich suche nach Zeugen, die am Sonntagabend irgendetwas bemerkt haben. Haben Sie?«

Wolf antwortete mit einer Gegenfrage: »Geht es wirklich um Mord, wie mir jemand aus dem Dorf erzählte? Ist tatsächlich der Padre in seiner Kirche ermordet worden?«

»Oh ja, das entspricht den Tatsachen.«

Wolf rückte seinen Stuhl etwas näher an Flavotti heran, weil die Sonne langsam weitergewandert war und ihn blendete. »Ich bin am Sonntag erst angekommen, etwa gegen sechs Uhr am Abend. Wann ist denn der Mord passiert?«

»Irgendwann zwischen dem frühen Abend und etwa 21 Uhr.«

Wolf schüttelte den Kopf. »Hm, ich kann Ihnen leider auch nicht weiterhelfen. Ich habe rein gar nichts bemerkt, leider.«

Damit hatte Flavotti auch nicht wirklich gerechnet. Gerne hätte er noch mit dem bekannten Autor geplaudert, aber die Pflicht rief, und der Mann hatte ja vielleicht auch gar keine Lust dazu. Also nahm er den letzten Schluck des Eistees, der jetzt schon eher lauwarm war, und erhob sich schwerfällig aus seinem Stuhl. »Falls Ihnen doch noch etwas einfällt, melden Sie sich doch bitte«, fügte er hinzu, zückte aus der rechten Gesäßtasche ein kleines Etui mit Visitenkarten und legte eine davon auf den Tisch.

Wolf begleitete ihn die Treppe hinunter und öffnete ihm die Tür. »Machen Sie es gut und viel Erfolg bei der Mörderjagd«, sagte er zum Abschied.

Auf dem Weg zu seinem Auto machte Flavotti noch kurz Halt beim Bürgermeister. Filippo Rossetto war gerade aus Imperia zurückgekehrt, wo er hauptberuflich als Grundschullehrer arbeitete, und saß mit seiner Frau im abgedunkelten Wohnzimmer. Es gehörte zu den Annehmlichkeiten seines Amtes, dass er das Bürgermeisterhaus bewohnen durfte. Früher hatte Montalto mehr als 1.000 Einwohner gehabt. Heute waren es noch 399, das wusste Rossetto genau. Ach nein, seit Sonntag lebten nur noch 398 Menschen hier. Jedenfalls lohnte sich ein hauptamtlicher Bürgermeister für den kleinen Ort nicht mehr, genau genommen war er schon Ende der Achtzigerjahre abgeschafft worden. Rossetto war bereits seit 32 Jahren in Amt und Würden, er war der erste und bisher einzige nebenamtliche Bürgermeister Montaltos.

Rossetto bat den Besucher in sein Büro. »Nun, haben Sie schon etwas herausbekommen?« Flavotti musste verneinen. Nur eine Neuigkeit hatte er, immerhin eine sehr interessante. »Wissen Sie eigentlich, wer gerade in der Casa Principessa wohnt?«

»Nein. Ist Signore Martin Müller, der Professore aus Amburgo, eingetroffen? Er hat sich noch gar nicht bei mir gemeldet, normalerweise kommt er stets kurz nach seiner Ankunft auf ein Glas Wein vorbei, oder zwei.« Rossetto lächelte vielsagend. Offenbar blieb es meist nicht bei den ein bis zwei Gläsern.

»Nein, es ist ein anderer Herr. Ein Schriftsteller mit dem Namen Sebastian Wolf.«

Rossetto zog überrascht seine Brauen nach oben. »Sie meinen doch nicht etwa *den* Sebastian Wolf?«

»Doch, genau den«, sagte Flavotti.

Rossetto pfiff leise durch die Zähne. »Aufregend«, murmelte er, »äußerst aufregend.«

Auf der Rückfahrt nach Imperia musste sich Flavotti eingestehen, dass die Recherche in Montalto ein totaler Reinfall gewesen war. Bis auf sein Treffen mit Sebastian Wolf – wann lernte man schon mal einen berühmten Schriftsteller kennen? Seine gute Laune verdüsterte sich aber, nachdem er Brignone Bericht erstattet hatte.

»Scheiße!«, rief dieser laut und knallte mit der Faust auf den Tisch.

»Gibt es denn schon einen Bericht der Spurensicherung?«, fragte Flavotti.

»Ja, gibt es«, knurrte sein Chef. »Nichts, einfach gar nichts. Keine Hinweise auf den Täter, keine Spur, keine Fingerabdrücke. Offenbar war ein Profi am Werk. Wir haben auch nicht die leiseste Ahnung, was das Tatmotiv sein könnte.« Brignone sackte in seinem Schreibtischstuhl zusammen. »Wir stehen nackt da, wir haben nichts, gar nichts.«

Dieser Einschätzung musste Flavotti zustimmen. Ohne irgendeinen Hinweis, irgendeinen Ansatzpunkt würden sie nicht vorankommen.

*

Er war aufgeregt. Heute fand endlich das große Treffen statt, auf das er lange gewartet hatte – der Rat der Saeculares. Die anderen Mitglieder der Familie waren in den vergangenen Tagen eingetroffen, und jeder hatte das Oberhaupt der Familie und des Rates aufgesucht, seinen Vater. Nun saßen sie im großen Saal um den langen Tisch. Neun Vertreter der Familie, wenn er sich selbst mitzählte, obwohl er kein Mitglied des Rates war. Trotz der späten Stunde drängte die Hitze in den Saal. Das Haus stand in der nobelsten Straße der Stadt, der nur 250 Meter langen und 7,5 Meter breiten Via Guiseppe Garibaldi. Sie wurde umsäumt von mondänen Renaissancepalästen, erbaut in der zweiten Hälfte des 16. Jahrhunderts.

Die Geräusche der Straße drangen nur gedämpft in den Saal im ersten Stock, trotz der geöffneten großen Flügelfenster. In der Via Garibaldi war abends und nachts nicht viel los, denn die meisten der alten Gebäude beherbergten Museen, Banken, Anwaltskanzleien. Kaum jemand konnte sich die Mieten hier leisten. Und auch die Touristen, die sich tagsüber staunend durch die Straße mit ihren fulminanten Renaissancepalästen schoben, kamen abends nicht in diese Ecke Genuas, sondern suchten die belebteren Gegenden der Stadt auf. Er aber war hier aufgewachsen, denn sein Vater nannte einen der eindrucksvollsten Paläste der Prachtstraße, den Palazzo Doria, sein eigen. Sein Vater gehörte zu den reichsten Menschen der Stadt, er war angesehen, kannte jeden, der in Genua wichtig war, und hatte beste Verbindungen nach Rom. Er hatte mit seinen Investments immer wieder ein gutes Händchen bewiesen, und wenn sich einmal eines seiner Bauprojekte als weniger erfolgreich herausstellte, schaffte er es jedes Mal, es rechtzeitig loszuwerden. Nicht wenige aus der besseren Gesellschaft Genuas konnten sich vorstellen, dass er für die konservative Partei als Spitzenkandidat bei der kommenden Bürgermeisterwahl antreten könnte. Es waren schwierige Zeiten und eine Stadt wie Genua brauchte einen starken, zielstrebigen und durchsetzungsfähigen Mann an der Spitze.

Das Familienoberhaupt verschwendete in diesem Moment keinen Gedanken an solche Dinge. Er blickte auf seine sieben Gäste. Mitten unter ihnen saß sein wohlgeratener Sohn. Der junge Mann hatte zwar manche Flausen im Kopf, wollte sich der Wissenschaft widmen, aber das würde er ihm schon noch austreiben. Behutsam natürlich, denn sein Sohn war ein empfindsamer und verletzlicher Charakter. Das lag sicher auch daran, dass er schon als kleiner Junge seine Mutter verloren hatte, die während eines Sommerurlaubs in Saint Tropez im Meer baden gegangen und nicht wieder zurückgekehrt war. Nach langer Suche wurde sie für tot erklärt; ertrunken, vermutlich in einem Strudel. Das war zwar merkwürdig, weil an der Stelle, an der sie verschwunden war, eigentlich keine Strudel bekannt waren, aber die Polizei hatte den Fall zu den Akten gelegt. Es gab das Gerücht, dass sie sich in Wahrheit nicht von der Welt verabschiedet hatte, sondern lediglich von ihrem Mann. Doch ob nun ertrunken oder untergetaucht – sie war weg, und er hatte es dabei belassen. Sein Sohn war in dem sicheren Wissen aufgewachsen, dass seine Mutter tot war.

Seit Jahrhunderten stellte der genuesische Zweig der Familie das Oberhaupt – und nun war er es. Aus verschiedenen Ecken der Welt waren die Familienmitglieder gekommen. Eric aus Boston, Franz aus München, Patrizia aus Mailand und Oliver – mit der weitesten Anreise – aus Sydney saßen auf der linken Seite des Tisches, vom Kopf aus gesehen, an dem selbstverständlich er selbst Platz genommen hatte. John aus Oxford, Claude aus Bordeaux und Mateo aus Alicante saßen ihnen gegenüber. Ihm selbst gegenüber am anderen Ende des Tisches saß sein Sohn, schließlich würde er nun die wichtigste Rolle spielen. Stolz blickte der Vater auf ihn, der sich gerade mit Patrizia unterhielt.

Alle an diesem Tisch hatten es zu etwas gebracht. Unter ihnen waren Investmentbanker, Wissenschaftler, Anwälte – allesamt anerkannte Topleute auf ihren Gebieten. Er gab der Bedienung mit einem Wink zu verstehen, dass sie die Teller abräumen sollte. Sie hatten hervorragend gespeist. Der Hausherr ließ allen Wein nachschenken, stand auf und schloss die beiden großen Fenster, sodass nicht einmal mehr der leichte Hauch des Abendwindes die drückende Schwüle im Saal abmildern konnte. Er ging zur Tür, die inzwischen verschlossen war, und knipste das Licht aus. Dann begab er sich wieder zu seinem Platz, blieb aber stehen und räusperte sich vernehmbar. Der große Raum wurde nur noch von den Kerzen auf dem Tisch schwach erleuchtet. Der ständige Fluss der Stimmen, der den ganzen Abend den Saal erfüllt hatte, verebbte. Nun blickten alle gespannt auf das Familienoberhaupt, dessen Gesicht nur im Halbdunkel zu sehen war.

»Liebe Mitglieder unserer Familie«, setzte er zu einer Rede an. »Nur ein paar Worte möchte ich an euch richten. Ich habe mit jedem von euch in den vergangenen zwei Tagen Einzelgespräche geführt, und ich konnte feststellen, dass es um unsere Familie bestens bestellt ist. Lasst uns zunächst auf unser Wohl trinken«, sagte er, hob sein Glas und nahm einen kleinen Schluck. Die anderen taten es ihm nach. Er sprach Italienisch, denn es gehörte zur Tradition der Familie, dass jedes Mitglied die Sprache des Landes, aus dem sie ursprünglich stammte, beherrschte – ganz gleich, wo der jeweilige Zweig jetzt lebte. »Ihr seid die Oberhäupter eurer Familienzweige«, sagte er, »und ich konnte mich davon überzeugen, dass ihr alle unserem Plan folgt. Ich danke euch dafür! Das ist wichtig, denn nun gilt es, die alte Tradition der Familie fortzusetzen, die uns unser Urahn aufgetragen hat. In diesem Jahr 2021 treten wir nicht zum Familienrat zusammen, der sich jedes Jahr einmal hier in diesem Hause trifft, sondern als Rat der Saeculares. Ihr wisst, dass das nur alle 100 Jahre passiert. Wir haben die Ehre, die Fackel weiterzutragen, wir sind in unserem Jahrhundert die auserwählte Generation!« Er hatte seine Stimme immer weiter gesteigert und den letzten Satz fast ausgerufen. Die anderen klatschten, man hörte Rufe wie »Richtig!«, »So ist es!« und »Ich bin stolz darauf!«. Nur sein Sohn am anderen Ende des Tisches blieb ruhig. Er starrte in die Flamme einer der Kerzen.

KAPITEL 3

Sebastian Wolf hatte die ersten beiden Tage nach seiner Ankunft in Montalto kaum etwas unternommen. Er schlief morgens so lange, wie es die Hitze und Jackie zuließen. Seine Hundedame war es nicht gewohnt, dass ihr Herrchen länger im Bett lag als sie selbst. Zu Hause war er ein absoluter Frühaufsteher. Wolf liebte es, früh morgens zu arbeiten, wenn noch keine Anrufe kamen, das E-Mail-Fach noch nicht verstopft war und der Bote vom Verlag die Post noch nicht vorbeigebracht hatte. Auch abends arbeitete er oft gern und konzentriert. Doch hier, in Montalto, stand er nicht vor zehn Uhr auf. Dorfbewohnern begegnete er kaum. Am dritten Tag machte er sich auf den Weg runter zum Wasser. Der Platz an der Kirche war inzwischen wieder freigegeben, auch das Gebäude war wieder geöffnet. Die alten Leute aus Montalto entzündeten Kerzen für den toten Padre. Wer sein Nachfolger werden würde, stand in den Sternen. Es war nicht einmal sicher, ob es überhaupt einen Nachfolger für die kleine Gemeinde geben würde.

Kurz überlegte Wolf, ob er das Gotteshaus betreten sollte, aber dann entschied er sich dagegen. Er überquerte den rechteckigen Platz und gelangte zu einem Tunnel, der wegen seiner abgerundeten Decke wirkte wie eine halbierte Röhre. Er ging ein paar Schritte und spürte, wie die Luft zwischen den dicken Mauern kühler wurde. Auf halber Strecke hing eine Deckenleuchte, die schwaches gelbliches Licht in den ansonsten dunklen Tunnel warf. Darunter stand ein alter Holzkarren, der so aussah, als sei er schon seit vielen Jahren nicht mehr bewegt worden.

Jackie flitzte mal wieder vor ihm los. Sie hatte in den vergangenen Tagen gelernt, dass es in den Gassen von Montalto viele Katzen gab, die sie herrlich jagen konnte. Was für ein Vergnügen! Wolf erkannte seine kleine, eigentlich so freundliche Hündin manchmal nicht wieder, wenn sie in einigen Metern Entfernung ihre Beute gesichtet hatte. Aber sie tauchte kurz darauf stets wieder auf. Dass sie bei der Katzenjagd nie Erfolg hatte, schien sie nicht zu stören. Inzwischen kannte sie sich besser in diesem Gassengewimmel aus als er selbst. Manchmal öffnete er einfach die Tür der Casa Principessa und ließ sie loslaufen. Jetzt hatte sie das andere Ende des Tunnels schon erreicht, bevor er überhaupt in der Mitte angekommen war. Als er ans Tageslicht trat, bog er nach links ab. Jackie verschwand 30 Meter weiter hinter einer Kurve. Der Schotterweg nach unten war schmal, an einigen Stellen kaum einen Meter breit. Rechts von ihm ging es steil bergab. Wer hinabfiel, landete in einem dichten Gestrüpp aus dornigen Sträuchern.

Der Weg begann etwa auf halber Höhe des Berges und führte stetig bergab. Als er sich umdrehte, sah er über sich den Turm der Kirche, der sich aus dieser Perspektive dem Himmel entgegenzustrecken schien. Hatte man das Dorf endgültig hinter sich gelassen, fiel der bewaldete Hang zur linken Seite steil ab. Auf der anderen Seite blickte man ebenfalls auf einen bewaldeten Berg. Dazwischen lag das schmale Tal, beinahe schon eine Schlucht, die an ihrer tiefsten Stelle vielleicht 100 bis 150 Meter breit war. Er kam an einer Art Plattform vorbei, auf der ein verlassenes Haus stand. Er erinnerte sich, dass die kleine Straße auf der anderen Seite an einigen alten Ruinen vorbeiführte.

Der Pfad schlängelte sich weiter hinab. Plötzlich hörte Wolf ein Rauschen. Schließlich erreichte er den tiefsten Punkt des Tals. Der Weg machte einen Knick nach rechts. Wolf ging durch ein paar Büsche hindurch und war schließlich am Ziel: Vor ihm plätscherte ein Fluss. Er war vielleicht zehn Meter breit, und das Wasser war jetzt, im Sommer, so niedrig, dass man ihn auf großen Steinen überqueren konnte, ohne sich die Füße nass zu machen. Vorausgesetzt, man rutschte nicht aus. Linkerhand erblickte er das, weshalb er hergekommen war: eine Art kleiner, fast gleichförmig runder Stausee, der wie aus den Felsen herausgehauen schien und einen Durchmesser von etwa 30 Metern hatte. Er wirkte wie ein natürlicher Swimmingpool und gab sein Wasser in den Fluss weiter. Darüber erstreckte sich ein großer Felsen, über dem es ein weiteres natürliches Becken gab, von dem aus das Wasser unentwegt über einen laut rauschenden Wasserfall in den Stausee schoss. Es war, als ob die Natur hier einen fantastischen Ort geschaffen hatte, an dem man die Welt vergessen konnte.

Während Jackie begeistert von einem auf den anderen Stein sprang, blieb Wolf stehen und sog die heiße Luft ein. Inzwischen hatte die Sonne ihren höchsten Stand erreicht. Er sah sich nach einem der Schattenplätze um und entdeckte eine Stelle. Dort ließ sich Wolf nieder und lauschte dem Rauschen des Wasserfalls. Kein Mensch außer ihm befand sich an diesem verwunschenen Ort. Nach einer Weile zog er sich aus und tapste in den See. Auf den nassen, rutschigen Steinen dauerte es ein wenig, bis er vollständig im Wasser war. Es war kalt, verdammt kalt. Aber als er ganz eingetaucht war, genoss er die Kälte. Während er zum Wasserfall schwamm, konnte er bis auf den Grund schauen, denn der See war glasklar. In der Mitte war das Becken mindestens fünf Meter tief.

Er schwamm unter den Wasserfall und ließ den Strahl wie eine Dusche auf sich prasseln. Aber es war so kalt, dass er bald zurück zum Rand des Beckens schwamm. Jackie stand auf der Felsplattform zwischen dem oberen und dem unteren Becken und beobachtete ihr Herrchen aufgeregt bellend. Er rief sie zu sich.

Wolf hatte weder Badehose noch Handtuch dabei. Er setzte sich nackt und nass auf den Stein und ließ sich von der heißen Luft trocknen. Wie oft war er damals mit Ella hierhergekommen. Sie hatte diesen Ort geliebt, und gemeinsam hatten sie hier zahllose Stunden verbracht. Sie hatten Bücher gelesen, Wolf hatte am Konzept für sein erstes Manuskript gearbeitet. Sie hatten geplaudert oder einfach nichts gemacht. Sie waren nackt ins Wasser gegangen, so wie er heute. Sie hatten Wein getrunken und sie hatten sich geliebt … Obwohl, das musste er zugeben, das durch das kalte Wasser und die harten Steine gar nicht so einfach gewesen war. Beim Gedanken daran musste er schmunzeln.

*

Commissario Brignone war genervt. Nichts ging voran bei diesem Fall. Seit der Padre tot in der Kirche von Montalto aufgefunden worden war, steckten die Ermittlungen fest. Es gab keine Hinweise auf den Täter. Keine Zeugen, keine Spuren, keine Fingerabdrücke. Kein Garnichts. Er saß an seinem Schreibtisch und ließ sich von seinem Standventilator die Luft ins Gesicht blasen. Verdammt, warum gab es hier nicht einmal eine moderne Klimaanlage! Flavotti hatte gegenüber Platz genommen.

Vor zwei Tagen hatte ihn der Bischof von Genua persönlich angerufen, um sich über den Fortgang der Ermittlungen zu informieren und kundzutun, dass auch der Vatikan größten Wert auf die Aufklärung dieses schrecklichen Verbrechens legte. »Der Vatikan, Vostra Eccellenza?«, hatte Brignone schwitzend gefragt und seine Hand hatte sich dabei um den Telefonhörer verkrampft.

Hochwürden schien über diese Frage erstaunt. »Natürlich der Vatikan, Monsignore Brignone. Ein Vertreter des Herrn wurde Opfer eines gottlosen Verbrechens und der Heilige Vater erwartet natürlich eine rasche und vollständige Aufklärung.« *Der Heilige Vater!* Der Kommissar war kein gläubiger Mensch, aber er wusste, dass die Sache ungemütlich werden konnte, wenn der Heilige Vater persönlich involviert war. Geflissentlich versicherte er, dass die Polizei von Imperia alles tun würde, um den Mord an dem Padre aufzuklären und dem Vatikan bald eine Erfolgsmeldung zu liefern.

»Danke, Commissario, das weiß ich zu schätzen. Gott schütze Sie«, hatte der Bischof gesagt und aufgelegt.

»Sie mich auch«, hatte Brignone geantwortet, allerdings erst, nachdem er das Tuten in der Leitung gehört hatte. Jetzt blickte er missmutig auf Flavotti. »Irgendetwas muss passieren, sonst kommen wir nicht weiter«, murmelte er halb zu sich, halb zu dem anderen.

Dieser nickte zustimmend. »Aber was?«

»Keine Ahnung«, antwortete Brignone. »Aber irgendetwas muss passieren.«

*

»Und, kommen Sie voran?« Professor Battiglione blickte auf den Stapel von Kopien alter Unterlagen, die vor seinem Studenten auf dem Tisch neben seinem Laptop lagen.

»Ja, Professore«, antwortete der andere und lehnte sich in seinem Stuhl zurück. »Gerade versuche ich, die Verwandtschaftsverhältnisse der Familie im 18. Jahrhundert zu entwirren.«

Battiglione blickte wohlwollend auf seinen Doktoranden, der in einer der kleinen Kammern saß, die im großen Lesesaal der Universitätsbibliothek für die promovierenden Studenten abgetrennt waren. »Lassen Sie sich nicht entmutigen, mein Lieber. Irgendwann entwickelt sich alles vor Ihren Augen. Setzen Sie sich nicht unter Druck.«

Einen Doktoranden wie diesen hatte er in seiner fast 20-jährigen Karriere noch nie erlebt. Der junge Mann entstammte der reichsten Familie Genuas. Tradition, Herrschaft und Wohlstand, eine spannende Mischung aus historischer Sicht. Diese Familie hatte ein besonderes Verhältnis zu ihrer Geschichte, glaubte Battiglione, sie war äußerst traditionsbewusst. Als Historiker schätzte er diese Einstellung natürlich. Der junge Mann war von Anfang an mit dem Ziel an sein Seminar gekommen, seine Dissertation über die ereignisreiche Geschichte seiner Familie zu schreiben, die in der Vergangenheit Liguriens immer wieder eine wichtige Rolle gespielt hatte. Er hatte sein Studium zügig absolviert, war ein glänzender Student mit großem Interesse für die regionale Geschichte.

Dass er eine Doktorarbeit über seine Familie schreiben würde, hatte offenbar von Anfang an festgestanden. Und dass er, Professore Renzo Battiglione, der Dekan des Historischen Seminars der Universität Genua, die Rolle des Doktorvaters übernehmen würde, ebenfalls. Nie war er das Gefühl losgeworden, dass er gezielt ausgesucht worden war, und zwar vom Vater, nicht vom Sohn. Das war ein Glück, denn sein Seminar und auch seine eigenen Forschungen profitierten von den Schenkungen und Zuwendungen, mit denen der Vater den Professor und seine Einrichtung immer wieder bedachte. Professore Battiglione zweifelte nicht daran, dass sein Student eine glänzende Arbeit vorlegen würde, und noch größer war die Überzeugung, dass er sie hervorragend benoten würde. Einen Grund, ihn zur Eile zu mahnen, wie er das sonst bei seinen Doktoranden tat, sah er nicht. Sollte er sich ruhig Zeit lassen, je mehr, umso besser. Denn wie es nach der Abgabe der Arbeit mit den großzügigen Zuwendungen und Schenkungen weitergehen würde, war nicht klar. Wohl aber, dass der junge Mann der Geschichtswissenschaft nicht erhalten bleiben würde, denn sein Vater hatte längst verfügt, dass der Sohn nach Abschluss seines Studiums in das väterliche Geschäft einsteigen sollte. Dass sein Student das nicht wollte, lag auf der Hand, aber er würde sich wohl oder übel fügen müssen. Schade eigentlich, dachte Battiglione.

Er mochte den jungen, etwas verschlossenen Mann, der auf ihn jedoch oft fahrig wirkte. Wenn er es nicht besser wüsste, könnte er glatt auf den Gedanken kommen, sein Schützling nähme die eine oder andere Droge, aber das war natürlich bei seiner guten Herkunft undenkbar. Wahrscheinlich lag die nervöse Art des Studenten einfach daran, dass er sich zu wenig den Freuden des Lebens hingab. Manchmal, so fand der Professore, würde es ihm guttun, mehr an den typischen Freizeitaktivitäten seiner Altersgenossen teilzunehmen – einen Tanzclub zu besuchen, ins Kino oder auf Rockkonzerte zu gehen, Spaß mit Frauen zu haben oder sich einfach einmal sinnlos zu betrinken.

Das hatte noch niemandem geschadet, wie Battiglione aus eigener Erfahrung wusste. Dabei hatte er doch richtig Schlag bei den Frauen. Battiglione war keineswegs entgangen, dass viele seiner Studentinnen ein Auge auf den sportlichen Doktoranden mit den weichen Gesichtszügen geworfen hatten. Zumal er aus einer der besten Familien Genuas stammte. Doch dieser junge Mann schien an den schönen Seiten des Lebens einfach kein Interesse zu haben.

Stattdessen konzentrierte er sich voll auf seine Arbeit. In den letzten Wochen wirkte er auf seinen Professor besonders verschlossen, als würde er unter großem Druck stehen. Aber das lag ganz bestimmt nur an dieser unerträglichen Hitze. Battiglione legte ihm eine Hand auf die Schulter und verabschiedete sich.

Eine Stunde später stand er auf, klappte seinen Laptop zu, legte seine Unterlagen ordentlich auf einen Stapel, verließ den Raum und schloss die Tür ab. Er hatte tatsächlich heute Abend noch etwas vor, auch wenn es sich dabei nicht um eine der Aktivitäten handelte, die Professore Battiglione für einen jungen Mann wie ihn vorschwebten.

*

Wolf versank in Erinnerungen an Ella und die Zeit vor zehn Jahren. Er hatte immer wieder versucht, die Gedanken an seine verstorbene Frau zu verdrängen, und meistens gelang ihm das auch ganz gut. Aber hier, an dieser Stelle, wo er vielleicht die schönsten Stunden seines Lebens verbracht hatte, war das nicht möglich. Er hatte gewusst, dass die Rückkehr hierher eine mentale Herausforderung für ihn werden würde – wie die ganze Reise nach Montalto.

Aber er musste sich ihr stellen. Er erinnerte sich daran, wie sie Türme aus kleinen, flachen Steinen gebaut und einen richtigen Wettbewerb daraus gemacht hatten – wer den höchsten Turm schaffte, wurde abends vom Abwasch verschont. Er sah vor sich, wie sie eng umschlungen im kalten Wasser lagen und sich gegenseitig wärmten. Er hörte Ellas Schrei, als sie einmal allein auf die andere Seite des Wasserfalls geschwommen war. Plötzlich schrie sie und schlug mit den Händen panisch um sich. Er war erschrocken aufgesprungen, hatte sich in das kalte Nass gestürzt und war, so schnell er konnte, zu ihr geschwommen, um sie zu retten. Doch der Grund für ihre Panik war eine kleine, völlig ungefährliche Schlange gewesen, die durch das Wasser gezogen und sicher nur vor ihr geflohen war. Tagelang hatte er seine Frau mit ihrer Angst vor der Schlange geneckt.

Er hörte das beständige Plätschern des Wasserfalls, nahm die warme Luft auf seiner inzwischen trockenen Haut wahr. Er spürte irgendein Insekt, das ihm über den Arm krabbelte. Er scheuchte es nicht weg. Er fühlte wieder, wie Ella ihn küsste ... Er machte die Augen auf – keine Ella. Stattdessen hörte er Jackie bellen, sie schien sich zu langweilen. Er musste weggedöst sein. Nachdem er Jackie zu sich gerufen hatte, raffte er sich auf, und die beiden machten sich auf den Rückweg zur Casa Principessa. Wolf beschloss, heute Abend essen zu gehen – im einzigen Restaurant von Montalto.

*

Das Buch lag aufgeschlagen auf dem Tisch vor ihm. Er hatte es fast bis zum Ende der beschriebenen Seiten durch-

geblättert. Auf der vorletzten Seite, geschrieben in den Schriften vergangener Jahrhunderte, las er: »12. Juli 1921. Jahr des Herrn. Ich habe den Auftrag zum sechsten Mal erfüllt. Eine Aufgabe bleibt noch, dann hat unsere Generation ihre heilige Pflicht erledigt und reicht sie an das nächste Jahrhundert weiter.« So sollte es auch jetzt sein. Bald schon, sehr bald, würde der nächste Akt vollendet sein. Der Gedanke machte ihn glücklich. Er schloss das Buch vorsichtig. Das in den dicken Ledereinband eingravierte O, das ein Kreuz umgab, schimmerte ganz leicht im Schein der Kerze. Er stand auf, stützte sich kurz mit beiden Händen auf den Tisch auf, nahm dann das schwere Buch, ging damit zum Tresor und schloss es ein. Das Schloss des altertümlichen Tresors war in dem schwachen Licht kaum zu erkennen, aber wofür hatte er jahrelang geübt, sich auch im Dunkeln zurechtzufinden? Er gab die richtige Zahlenfolge ein, verschloss den Tresor, ging zur Tür und verließ den Raum. Die Vorfreude ließ sein Herz schneller schlagen.

*

Das »La Forchetta d'Oro« in der Via Venezia entsprach genau dem, wie sich deutsche Touristen ein italienisches Restaurant wohl vorstellten. Es gehörte zu den wenigen Häusern in Montalto mit einer verputzten Fassade. Über die eine Seite rankten sich Pflanzen. Eine Lichterkette mit Glühbirnen in verschiedenen Farben erleuchtete die Eingangstür, zwei kleine Bistrotische mit je zwei Stühlen standen vor dem Haus. Touristen kamen hier auch tatsächlich her, selbst aus den Badeorten unten am Meer, denn die ausgezeichnete Küche hatte sich genauso herumgesprochen wie die Tatsache, dass es sich hier angenehm verweilen ließ. Wolf hatte Jackie an die Leine genommen, was seine Hundedame missmutig zur Kenntnis nahm. Aber er kannte sie schließlich – sie würde sogleich den ganzen Laden erkunden und zielstrebig den Weg in die Küche finden, die natürlich hundefreie Zone war. An den Tischen im Gastraum saßen keine Gäste, aber er hörte von irgendwoher Stimmen und Geschirrklappern. Martin hatte ihm von der Dachterrasse erzählt, auf der im Sommer serviert wurde.

»Benvenuto«, sagte eine junge Frau hinterm Tresen.

»Grazie«, antwortete Wolf und zeigte auf Jackie: »Ist der Hund okay bei Ihnen?«

Die Frau kam hinter dem Tresen hervor. »Piccolina!«, rief sie entzückt, als sie Jackie sah. »Sie möchten nach oben auf die Terrasse?«, fragte sie und wies mit der Hand auf eine schmale Treppe. »Da geht es hoch. Ich bringe Ihnen gleich Wasser für den Hund.«

Wolf stieg die Treppe hoch. Sie endete an einer offenen Tür, hinter der man aus dem Haus auf eine schmale Brücke trat. Sie führte auf eine ausladende Terrasse, wo neben einzelnen Tischen längere Sitzgruppen für größere Gesellschaften standen. Über dem hinteren Teil der Terrasse spannte sich ein Dach aus Stroh, an dessen Rändern ebenfalls bunte Glühlampen baumelten. Etwa die Hälfte der Tische war besetzt. Die Luft war erfüllt von heiteren Gesprächen, Gelächter und klingenden Gläsern. Melanie stand an einem alten Buffet und notierte sich gerade mit einem Bleistift etwas auf einen Block. Als sie ihn sah, kam sie auf ihn zu. »Benvenuto«, sagte sie freundlich lächelnd. »Sie haben den Weg zu uns gefunden, also kann das Essen nicht ganz so schlecht gewesen sein.«

»Ganz im Gegenteil«, sagte er, »es war vorzüglich.« In diesem Augenblick fiel Wolf ein, dass er die Tupperware vergessen hatte, und er gestand es Melanie.

»Kein Problem, dann müssen Sie eben bald wiederkommen«, erwiderte sie lachend.

»Ich hätte da vorne einen kleinen freien Einzeltisch, da wären Sie ungestört«, sagte sie dann und wies auf einen Tisch mit zwei Stühlen, der ganz außen unter dem Dach stand. Wolf nickte und Melanie führte ihn hin. Da kam die junge Frau vom Tresen – laut ihrem Namensschild hieß sie Sofia – und stellte einen Wassernapf für Jackie neben den Tisch. »Piccolina, Piccolina!«, rief sie immer wieder entzückt und klatschte dabei in die Hände, dann verschwand sie wieder.

Wolf setzte sich an den Tisch und Melanie reichte ihm die Karte. »Lassen Sie sich ruhig Zeit«, sagte sie. »Ich bringe Ihnen schon mal Wasser.«

Wolf nickte und bestellte gleich noch einen kalten Weißwein dazu. Als sich Melanie entfernt hatte, beruhigte er die noch immer aufgeregte Jackie, die sich daraufhin neben den Tisch legte, aber das Geschehen genau im Blick behielt. Auch Wolf blickte sich um. Unter den Gästen waren einige Touristen, offenbar Engländer und Deutsche. Er saß halb mit dem Rücken zur Mauer, die so hoch war, dass er im Sitzen gerade noch darüber hinwegblicken konnte. Er stand auf, um zu schauen, wie es unten aussah. Es ging knapp zehn Meter in die Tiefe. In der Dunkelheit entdeckte er einzelne Lichter auf der anderen Seite. Wolf sog die Atmosphäre des Ortes auf, spürte die Luft der warmen Sommernacht. Er war entspannt, denn das »La Forchetta d'Oro« war endlich mal ein Ort, mit dem er keine Erinnerungen an Ella verband, die so schön und so schmerzhaft zugleich waren – das Restaurant hatte es nämlich noch gar nicht gegeben, als sie hier vor zehn Jahren gemeinsam ihren Sommer verbrachten.

Nach einigen Minuten kam Melanie mit einer Karaffe Wasser und einem Glas Wein und stellte beides vor ihn auf den Tisch. Eine wirklich attraktive Frau, schoss es ihm durch den Kopf. Heute trug sie kein Kleid wie bei ihrer ersten Begegnung, sondern eine Jeans, die ihre schlanke Figur betonte, darüber ein weites T-Shirt, das sie in die Hose gesteckt hatte. Sie pustete sich eine Haarsträhne aus dem Gesicht, während sie ihn mit ihren großen Augen anstrahlte. Ihre Gesichtszüge hatten etwas Burschikoses, fast Jungenhaftes, was nicht so recht zu ihrem zarten Auftreten passen wollte, aber es war gerade dieser Gegensatz, der Wolf reizte. Irgendwie erinnerte sie ihn an diese amerikanische Schauspielerin, von der er noch kürzlich einen Film im Kino gesehen hatte. Wie hieß sie noch gleich? Der Name wollte ihm partout nicht einfallen.

Er sah, wie sich ihre Lippen bewegten. »Oder soll ich Ihnen ein paar Empfehlungen des Hauses geben?«, fragte Melanie.

»Oh … oh ja, gerne.« Hatte er sie zu lange angestarrt? Melanie ließ sich jedenfalls nichts anmerken und begann ihren kleinen Vortrag. »Ich würde heute die Spaghetti allo Scoglio empfehlen, natürlich mit selbst gemachten Nudeln, die Gnocchi viola con Gamberti oder die Tagliatelle con Ragú di Cervo.«

Wolf entschied sich für die Tagliatelle mit Rinderragout.

»Eine gute Wahl«, fand Melanie. Als sie in Richtung Küche verschwand, rief ihr ein italienischer Gast nach: »Signora Oberdorf, die Rechnung, bitte. Die Gnocchi waren wieder ganz vorzüglich, wie immer!«

Das traf auch auf die Tagliatelle zu, wie Wolf kurz darauf feststellte. Er hatte einen guten Appetit mitgebracht, nahm zum Nachtisch das Tiramisu, das er schon kannte, und schließlich einen Espresso. Melanie setzte sich für einen Moment zu ihm. Sie plauderten über völlig belanglose Dinge. Wolf genoss ihre Nähe, das musste er sich eingestehen. Schließlich rief Sofia ihre Chefin zu sich, weil es unten an der Kasse irgendein Problem gab. Wolf blieb noch zehn Minuten sitzen, dann stand er auf und ging an den Tresen, um zu bezahlen.

Zum Abschied blickte er Melanie in die Augen. »Wir sehen uns wieder«, sagte er.

Sie erwiderte den Blick. »Das hoffe ich doch.«

»Natürlich, ich muss Ihnen doch Ihre Tupperware zurückbringen.«

Ein leichter Schatten huschte über Melanies Gesicht. »Natürlich, klar.«

Draußen hätte Wolf sich am liebsten in den Hintern getreten. Er war aus der Übung, was das Flirten betraf, ganz eindeutig. Aber er war doch auch gar nicht auf Ausschau nach Frauen, nicht wahr?

Er entschloss sich, noch eine Runde durch das Dorf zu spazieren. Zu dieser Stunde waren die Gassen menschenleer. Die Laternen, die an den Seilen zwischen den Häusern hingen, spendeten ein eigentümliches schummrig gelbes Licht. Ob diese Laternen die ganze Nacht brannten, fragte Wolf sich, während er zusah, wie Jackie geschäftig an Hauswänden schnupperte, hierhin lief, dann dorthin und eine Stelle markierte, die sie nach Kriterien ausgewählt hatte, die nur sie kannte. Die Rollläden der bewohnten Häuser waren heruntergelassen, doch viele Fenster standen einen Spalt offen, und aus manchen drangen Stimmen aus dem Fernseher oder leise Musik. Die anderen Häuser, die Ruinen, standen stumm da. Ihre Fenster, vermutlich seit Jahrzehnten ohne Glas, waren mit Spinnweben verhangen. Manche waren zugemauert oder mit Holz vernagelt worden. Manchmal, so schien es Wolf, strömte ein kühler Windhauch aus diesen Häusern. Aber das war sicher nur Einbildung.

Er blickte auf seine Armbanduhr. Wie spät mochte es wohl sein? Er musste den Knopf drücken, um die digitale Anzeige zu erleuchten: 0 Uhr 38. Schon so spät, dachte Wolf. Er hatte sich vorgenommen, am nächsten Tag, oder besser an diesem, mit dem Schreiben zu beginnen. Das Gerüst der Story seines neuen Thrillers stand, er hatte es bereits zu Hause in Hamburg erarbeitet. Er sah sich um. Ohne es zu merken, war er immer weiter durch die Gassen gelaufen. Jetzt stand er auf einer kleinen Brücke, von der aus er auf die Gasse direkt unter ihm blicken konnte. Schräg links von ihm entdeckte er eine Treppe, die zwischen den Häusern hinabführte. Er blieb stehen und stützte sich auf das Geländer. Jackie war ein Stück zurückgeblieben und schnupperte an irgendetwas herum, vermutlich an der Hinterlassenschaft einer Katze. Sie würde ihm heute nicht das Gesicht abschlabbern, so viel war sicher.

Plötzlich vernahm er ein Geräusch. Waren das Schritte, die näher kamen? Sie hallten von den Hauswänden der engen Gassen wider, sodass Wolf nicht ausmachen konnte, aus welcher Richtung sie sich näherten. Er sah, wie jemand die Treppe links von ihm hinuntereilte. Ein Mann, jung oder zumindest sportlich. Er trug helle Sportschuhe, ein graues T-Shirt und auf dem Kopf ein modisches Basecap. In diesem Augenblick bemerkte Jackie den Fremden und setzte zu einem schrillen Bellen an, das durch die Gassen tönte. Der Mann blieb abrupt stehen, drehte sich um und blickte hoch zur Brücke. Er war vielleicht 30 Meter entfernt von Wolf und die beiden schauten sich für einen kurzen Moment an. Der andere wirkte erschrocken. Er drehte sich rasch wieder um und rannte weiter die Treppe hinunter. Dann war er verschwunden.

Merkwürdig, fand Wolf und machte sich auf den Rückweg. Angekommen in der Casa Principessa nahm er noch eine Dusche, denn es war auch zu dieser späten Stunde noch immer drückend warm. Dann legte er sich ins Bett, wo Jackie schon genau in der Mitte liegend auf ihn wartete und nicht einsah, ihm Platz zu machen. Er schlief fast sofort ein. In dieser Nacht träumte er das erste Mal, seit er in Montalto war. Er sah, wie er sich mit Ella im kalten Wasser unten am Fluss liebte, zwischendurch hatte er Melanies Gesicht vor Augen. Er sah einen Mann einen Treppengang hinunterrennen, der kurz stehen blieb, sich umdrehte und ihn mit weit aufgerissenen Augen anblickte. Und anderes konfuses Zeug.

*

Isabella Garofani schimpfte vor sich hin. Aber irgendjemand musste nun mal die Blumen gießen, gerade bei dieser Trockenheit. Als ihr Mann sich nicht erweichen ließ und nach der abendlichen TV-Show einfach ins Bett gegangen war, schnappte sie sich schließlich zwei große Gießkannen, befüllte sie im Badezimmer mit Wasser und schleppte sie vor die Tür ihres Hauses in der Via Ludovica Brea. Wie viele Häuser in Montalto hatte auch das der Garofanis einen kleinen überdachten Vorbau. Hier stand eine Schubkarre geparkt, auf die die Signora Garofani die beiden schweren Gießkannen wuchtete. Dann packte sie die Griffe der Schubkarre und schob sie auf die Gasse. Verdammt, war die schwer. Zum Glück hatte sie es nicht weit, nur etwa 50 oder 60 Meter. Ihr Ziel war eine kleine Grünfläche, die nur höchstens fünf mal drei Meter maß und an der Ecke der schmalen Via Ludovica und der etwas breiteren Via Canto lag.

Das Haus an dieser Stelle stand seit vielen Jahren leer, und irgendwann hatte Isabella die kleine Fläche davor in Beschlag genommen. Seitdem hatte sie hier jedes Jahr Sonnenblumen gepflanzt, die täglich gegossen werden mussten. Jetzt, Ende Juni, waren sie noch klein, aber bald schon würden sie sich stattlich der Sonne entgegenrecken. Das ganze Dorf würde sich über diese Pracht freuen und sie, Isabella Garofani, für ihren grünen Daumen loben.

Ächzend erreichte sie die Sonnenblumen. Sie stellte die Schubkarre vorsichtig ab. Mit der ersten Gießkanne begann sie, die hintere Reihe zu wässern. Plötzlich spürte sie, wie jemand hinter sie trat. Nanu, dachte sie, hat Carlo jetzt doch das schlechte Gewissen gepackt? War er ihr nachgeeilt, um ihr zu helfen? Zu spät, mein Lieber, aber morgen war ja auch noch ein Tag. Gerade, als sie sich umdrehen wollte, um ihm genau das ins Gesicht zu sagen, fühlte sie, wie etwas um ihren Hals gelegt wurde. Bevor sie reagieren konnte, wurde die Schlinge zugezogen. Sie schlug um sich, wollte um Hilfe schreien, doch außer einem Krächzen kam kein Laut aus ihrem Mund. Sie hatte keine Chance. Die Schlinge um ihren Hals schnürte sich gnadenlos enger, bis ihr schwarz vor Augen wurde und sie bewusstlos zwischen die Sonnenblumen sank. Signora Isabella Garofani hatte den Kampf verloren.

Als Carlo Garofani am nächsten Morgen ziemlich früh aufwachte, stellte er verwundert fest, dass seine Frau nicht neben ihm im Bett lag. Vielleicht konnte auch sie wegen der Hitze nicht mehr schlafen oder sie musste einem menschlichen Bedürfnis nachgeben. Er blieb noch eine Weile liegen, dann stand er auf. Er ging in die Küche, goss sich Wasser in ein Glas und nahm einen langen Schluck. Isabella war nirgends zu sehen. Er rief ihren Namen, einmal, zweimal, beim dritten Mal so laut, dass man ihn nirgendwo im Haus überhören konnte. Zumal seine Frau für ihr Alter noch ein bemerkenswert gutes Gehör hatte, das musste er ihr lassen. Leider aber auch ein lautes Organ.

Wo war sie bloß um diese Uhrzeit? Er ging zur Haustür, öffnete sie und trat einen Schritt hinaus. Die Via Ludovica Brea lag still da, kein Mensch war zu sehen. Aber in dieser kleinen Gasse wohnte kaum noch jemand, daher wirkte sie immer wie ausgestorben. Die Garofanis lebten hier seit ihrer Hochzeit, seit 42 Jahren also. Als die Kinder aus dem Haus waren, hatten sie mal darüber nachgedacht, aus Montalto wegzuziehen, aber der Ort war ihre Heimat, beide waren hier geboren und hatten ihr ganzes Leben hier verbracht. Nein, wegziehen kam nicht infrage, sie wollten ihr Leben hier beschließen.

Carlo blickte nach rechts. Eine Katze streifte an einer Hauswand entlang, sonst war nichts zu sehen. Dann blickte er nach links. Er stutzte: Stand dort hinten nicht ihre Schubkarre? Nur mit einem Schlafanzug und Hausschuhen bekleidet setzte der alte Mann sich langsam in Bewegung, dann wurde er schneller. Ein mulmiges Gefühl breitete sich in ihm aus. Als er am Beet mit den Sonnenblumen angekommen war, zuckte er unweigerlich zurück. Er hatte seine Frau gefunden.

KAPITEL 4

Commissario Brignone traf schwer genervt um kurz nach sieben im Kommissariat ein – 45 Minuten nachdem ihn der diensthabende Beamte angerufen hatte. Brignone und Flavotti ließen sich von ihm Bericht erstatten, aber viel war bisher nicht bekannt. Bürgermeister Rossetto aus Montalto hatte den Tod von Isabella Garofani gemeldet. Offenbar war sie umgebracht worden.

»Wissen wir, auf welche Weise?«, fragte der Commissario. »Möglicherweise erdrosselt, sagt der Bürgermeister, Commissario.«

Brignone nickte Flavotti zu. »Informieren Sie den Gerichtsmediziner und die Spurensicherung und dann los.«

Auf dem Weg nach Montalto machten sie Halt bei einem Bäcker und kauften sich ein paar Croissants und Kaffee. »So viel Zeit muss sein«, sagte Brignone und traf bei seinem jungen Kollegen auf volle Zustimmung. »Krümeln Sie mir nicht mein Auto voll«, mahnte der Chef, immer noch schlecht gelaunt.

Als sie um kurz nach acht Uhr bei Rossetto klingelten, war Brignone schon wieder schweißgebadet. Dass es in diesem verdammten Dorf ständig steil rauf und runter gehen musste!

Der Bürgermeister selbst öffnete die Tür. »Eine Tragödie«, sagte er zur Begrüßung. »Die arme Signora Garofani!«

»Wer hat sie gefunden?«, fragte der Commissario trocken.

»Ihr Mann. Er sitzt in meinem Büro, völlig aufgelöst.«

»Bitten Sie ihn zu warten, bis wir wiederkommen. Los, Flavotti, auf zur Leiche.« Sie mussten nur um zwei Ecken gehen, dann sahen sie Signora Garofani. Die Fundstelle war unbewacht, normalerweise ein Unding, aber die Wahrscheinlichkeit, dass um diese Zeit an diesem Ort jemand vorbeikam, strebte gegen null. Trotzdem regte diese Feststellung den Commissario weiter auf.

Die tote Frau saß an die Hauswand gelehnt, halb verdeckt von den Pflanzen. Ihre aufgerissenen Augen starrten die beiden Polizeibeamten an. »Nicht zwischen die Pflanzen treten«, mahnte Brignone, aber das wusste Flavotti längst. Schließlich konnten so Fußabdrücke oder andere Spuren verloren gehen. Sie blieben vor dem Beet stehen, aber auch aus dieser Entfernung von wenigen Metern waren die Striemen am Hals der Toten zu erkennen. Sie deuteten darauf hin, dass sie mit einem dünnen Seil oder einer Schnur erdrosselt worden war.

»Genau wie bei Padre Crosetto«, stellte Flavotti fest. Aus irgendeinem Grund reizten seinen Chef diese Worte noch mehr.

Brignone schaute sich um. Das Beet lag an einer Ecke, an der sich zwei Gassen kreuzten. Die eine schien auf den ersten Blick fast ausschließlich aus unbewohnten Häusern zu bestehen, aber in diesem Kaff konnte man ja nie so genau sagen, ob ein Haus bewohnt war oder nicht. Auch die andere, größere Gasse lag noch wie ausgestorben da, aber das würde sich ändern, sobald sich herumgesprochen hatte, was hier passiert war. Die Chance, dass hier jemand etwas gesehen hatte, war gering, konstatierte der Commissario missmutig.

»Von hier aus wirkt es, als habe die Leichenstarre schon eingesetzt«, sagte Flavotti.

»Scheint so, aber genau wissen wir das erst, wenn die Spurensicherung kommt. Außerdem muss hier dringend alles abgesperrt werden. Wo bleiben unsere Leute denn eigentlich?«

Genau in diesem Augenblick kamen die Kollegen um die Ecke, auch sie waren zunächst zum Bürgermeisteramt gelaufen, um zu erfahren, wo sich der Fundort der Leiche befand. »Dottore Fabbri, guten Morgen. Wenn Sie erste Erkenntnisse haben, melden Sie sich bitte sofort bei mir«, knurrte Brignone. Flavotti nickte dem Gerichtsmediziner freundlich zu. Sein Chef sah ihn stirnrunzelnd an und sagte dann: »Kommen Sie, wir müssen mit dem Ehemann reden.« So begaben sich die beiden zurück zum Bürgermeisterhaus. Immerhin waren die Wege in diesem kleinen Dorf kurz, dachte der Commissario.

Carlo Garofani saß völlig aufgelöst im Büro des Bürgermeisters. Er zitterte und schluchzte. Rossettos Gattin hatte dem alten Mann etwas zu trinken gebracht, sich zu ihm an den Tisch mit den drei Sesseln gesetzt und bemühte sich, ihn zu beruhigen, während ihr Mann an seinem Schreibtisch saß und nervös mit einem Stift in der Hand spielte.

Als die Polizeibeamten eintraten, sprang der Bürgermeister auf. »Commissario, was ist hier los? Eben habe ich in meiner Schule angerufen und angekündigt, dass ich zum zweiten Mal in dieser Woche nicht zur Arbeit kommen kann. Was geht hier vor? Wissen Sie schon etwas? Wurde Isabella ermordet?«

Ein aufgeregter, nervtötender Provinzbürgermeister – genau das konnte Brignone jetzt nicht gebrauchen. Er ignorierte ihn und wandte sich an Garofani. »Sind Sie der Mann der Verstorbenen?« Der Angesprochene nickte nur. »Mein herzliches Beileid«, dazu konnte der Commissario sich immerhin durchringen. »Können Sie mir erzählen, was passiert ist? Wann haben Sie Ihre Frau das letzte Mal gesehen? Hatten Sie vorher Streit? Ist Ihnen irgendetwas Ungewöhnliches aufgefallen?«

Garofani versuchte, sich zu sammeln, während Rossettos Frau seine Hand hielt. Dann begann er zu erzählen, stockend und umständlich. Brignone fasste ein paarmal ungeduldig nach. Flavotti hielt sich zurück, aber sein Blick verriet, dass er die unsensible Art seines Chefs missbilligte. Immerhin hatte der Zeuge gerade seine Frau verloren.

Als Garofani seine kurzen Schilderungen beendet hatte, fragte der Kommissar: »Gehen wir nach aktuellem Stand von Mord aus – haben Sie eine Ahnung, wer Ihrer Frau nach dem Leben getrachtet hat?«

Der Witwer schluchzte auf und schüttelte den Kopf: »Wer sollte denn meiner Isabella nach dem Leben trachten? Das ist doch völlig undenkbar.«

Nun, irgendwer hatte es offenbar getan, dachte Brignone, brachte aber doch genug Anstand auf, diesen Gedanken nicht auszusprechen. Jetzt nicht.

»Hatte sie mit irgendjemandem Streit, gab es Drohungen gegen sie?«, schob Flavotti nach.

Erneut schüttelte Garofani den Kopf.

»Die Signora war allseits beliebt im Dorf, kannte jeden und wusste über viele Dinge hier Bescheid. Sie war so etwas wie der gute Dorfgeist«, beeilte sich Rossetto zu sagen.

Das klang, als habe sie überall ihre Nase hineingesteckt, fand Brignone, und damit hatte sie sich ganz bestimmt nicht bei allen Leuten beliebt gemacht. Er behielt auch diesen Gedanken für sich. Stattdessen stand er auf. Flavotti tat es ihm gleich. Brignone legte Garofani, der nach wie vor völlig geknickt in seinem Sessel saß, eine Karte auf den Tisch: »Wenn Ihnen noch etwas einfällt, rufen Sie mich bitte an.« Dann verabschiedeten sich die beiden Polizisten und verließen den Raum.

Die Rückfahrt nach Imperia verlief schweigend. Der Ispettore schien zu ahnen, dass er seinen Chef besser nicht ansprach. So verging fast die ganze Autofahrt. Nur einmal schlug der Commissario mit der Faust gegen die Tür auf der Beifahrerseite. »Merda«, sagte er, »merda, merda, merda.« Dann blickte er wieder still und starr auf die Straße.

*

War er zufrieden mit sich? Wollte er tun, was er tat? Gab es eine Alternative zu seinem Handeln? Das waren gar nicht die Fragen, die sich stellten. Er war der Auserwählte, niemand sonst. Nur er konnte, nur er durfte die große, ehrenvolle Aufgabe erledigen. Auf ihn hatte die Entwicklung zugesteuert, seit vielen Jahren, seit Jahrhunderten. Er trug die Geschichte in sich, das hatten sie ihm immer wieder eingeschärft. Daran gab es nichts zu rütteln. Er lag im Bett und starrte in die undurchdringliche Dunkelheit. Er würde weitermachen, weiterhin tun, was die Geschichte und Tradition verlangten. War er also zufrieden mit sich, im Reinen? Egal, er musste weitermachen, immer weitermachen, bis er seine Aufgabe erfüllt hatte.

*

Wieder wachte Wolf nach zehn Uhr morgens auf. Er hatte sich an den neuen Rhythmus gewöhnt – aber warum auch nicht? Er duschte, machte Frühstück, öffnete Jackie die Tür und hörte sie kurz danach wütend bellen. Wahrscheinlich war sie wieder einmal auf Katzenjagd. Wolf hatte keinen Zweifel, dass sein kleiner Hund unter den Katzen des Dorfes längst als Monster verschrien war. Irgendwann kam sie hechelnd zurück und ließ sich im Schatten eines Stuhls auf der Terrasse nieder.

Zum ersten Mal seit seiner Ankunft in Montalto nahm Wolf seine Notizen für das neue Buch zur Hand. »Bring mir 500 Seiten mit«, hatte sein Verleger Rudolf Berber gesagt, als er sich wenige Tage vor seiner Abreise mit ihm getroffen hatte. Es sollte um mysteriöse Morde an Prostituierten gehen, die den Kiez auf St. Pauli in Angst und Schrecken versetzten. Berber hatte sich begeistert gezeigt, als Wolf ihm seine Idee präsentiert hatte. Der Endvierziger gehörte zu den erfolgreichsten Verlegern Deutschlands und hatte beste Kontakte zu großen internationalen Verlagshäusern. Er hatte Wolfs Potenzial für mitreißende Geschichten und sein erzählerisches Talent auf Anhieb erkannt, als der damals völlig unbekannte Autor mit seinem ersten Manuskript in seinem Büro gesessen hatte. Der Erfolg hatte ihm recht gegeben. Wolfs Romane hatten Berber viel Geld eingebracht – Wolf selbst natürlich auch. Ohne all die Honorare und die Lizenzeinnahmen aus mehreren Ländern hätte er sich die große Dachgeschosswohnung mit riesiger Terrasse in einer von Hamburgs besten Gegenden in Alster-Nähe niemals kaufen können. Seitdem Ella nicht mehr da war, war das Apartment eigentlich viel zu groß für ihn.

Als Wolf gerade darüber nachdachte, wie der Mord an der ersten Prostituierten geschehen sollte, hörte er unten im Haus eine Stimme, eine weibliche. »Hallo, ist jemand zu Hause?« Jackie, die gerade weggedöst war, sprang aufgeregt auf und rannte nach unten. Wolf erkannte die Stimme sofort – es war Melanies. Sie sprach mit Jackie.

»Kommen Sie doch einfach hoch, ich bin auf der Terrasse.« Während Jackie bereits nach oben geflitzt war, hörte er die Schritte seiner Besucherin die Treppe hochkommen.

»Puh, ist das schon wieder heiß«, sagte sie, als sie vor ihm stand. Melanie stellte einen Einkaufskorb ab, an dem Jackie sofort interessiert schnüffelte. Sie warf einen Blick auf die Notizen. »Werde ich etwa Zeuge, wie gerade ein neuer Bestseller entsteht?«, fragte sie mit einem schelmischen Lächeln.

»Sie wissen …«

»Natürlich weiß ich, wer Sie sind. Unser gemeinsamer Freund Martin hat nicht aufgehört zu betonen, dass Sebastian Wolf, der berühmte Krimiautor, eine Zeit in der Casa Principessa wohnen werde. Und dass er manchmal etwas weltfremd sei und daher Verpflegung für den ersten Abend und den ersten Morgen bräuchte.« Melanie zwinkerte, als hätte sie in einer delikaten Situation etwas Anzügliches gesagt.

Wolf wusste nicht, was er schlimmer fand: dass Martin seine Identität verraten hatte oder dass er ihn als weltfremden Trottel darstellte. Er würde mit seinem alten Freund mal ein ernstes Wort reden müssen.

Sie plauderten eine Weile, bis Melanie schließlich fragte: »Haben Sie schon von dem neuesten Vorfall in Montalto gehört?« Als Wolf sie fragend anblickte, klärte sie ihn auf. La Signora Garofani war tot in einem Sonnenblumenbeet gefunden worden. Ermordet, munkelte man. Angeblich erdrosselt, so wie der Padre wenige Tage zuvor.

»Wann hat man sie gefunden?«, fragte Wolf.

»Heute Morgen soll der arme Carlo seine Frau entdeckt

haben. Sie muss irgendwann in der vergangenen Nacht gestorben sein.«

Vergangene Nacht ... Plötzlich fiel es Wolf wieder ein. Er hatte doch diesen Mann gesehen, der so gehetzt vor ihm davongelaufen war. Schon in der letzten Nacht war ihm sein Verhalten merkwürdig vorgekommen. Konnte er etwas mit dem Mord zu tun haben? Wolf erzählte Melanie davon. »Ich sollte meine Beobachtung der Polizei mitteilen. Dieser junge Kommissar war vor ein paar Tagen hier und hat mir seine Visitenkarte dagelassen. Ich sollte ihn anrufen.«

Melanie hatte einen anderen Vorschlag: »Ich fahre jetzt auf den Markt nach Imperia. Was halten Sie davon, wenn Sie mitkommen und wir auf dem Weg dorthin bei der Polizei Halt machen? Das Kommissariat befindet sich in der Nähe des Marktes.«

Wolf gefiel der Vorschlag. Es war wohl besser, persönlich mit den Beamten zu sprechen als am Telefon. Und außerdem konnte er Zeit mit Melanie verbringen ... Er sprang auf. »Okay, ich mache mich fertig.« Erst jetzt fiel ihm auf, dass er die ganze Zeit nur mit Boxershorts und einem alten T-Shirt vor seiner Besucherin gesessen hatte. »Ich ziehe mich mal um«, sagte er und lächelte verlegen.

»Besser ist das«, antwortete Melanie.

Du Trottel, dachte er ärgerlich, während er im Schlafzimmer verschwand. Vielleicht lag Martin ja doch nicht ganz so falsch.

*

Flavotti war gerade von seiner Mittagspause zurückgekehrt, als das Telefon auf seinem Schreibtisch klingelte.

Sein Chef war dran. »Kommen Sie rüber«, bellte er in den Hörer. Als Flavotti das Büro betrat, saßen auf der Couch eine ihm unbekannte Frau – und Sebastian Wolf. »Buongiorno«, sagte er und schüttelte beiden die Hand. Er blickte fragend zwischen Wolf und Brignone hin und her.

»Das ist Herr Wolf aus Deutschland, der derzeit in Montalto wohnt, und das ist Frau Melanie Oberdorf, ebenfalls aus Deutschland. Sie betreibt in Montalto ein Restaurant«, erklärte Brignone. Die Worte »Herr« und »Frau« sagte er auf Deutsch.

»Signor Wolf und ich kennen uns bereits«, sagte Flavotti, nickte ihm sowie Melanie Oberdorf freundlich zu.

»Bevor Sie mir erzählen, warum Sie hergekommen sind, Herr Wolf, können Sie mir vielleicht kurz Auskunft darüber geben, wo Sie genau herkommen, wie alt Sie sind und was Sie beruflich machen?«

Während sich auf Melanie Oberdorfs Gesicht eine kleine Lachfalte schlich, blickte Flavotti betreten ins Leere. Es konnte doch nicht sein, dass sein Chef den Namen Sebastian Wolf noch nie gehört hatte. Er gehörte zu den bekanntesten Thrillerautoren – fast auf einer Stufe mit Dan Brown oder John Grisham. Wolf dagegen ließ sich nichts anmerken und gab bereitwillig Auskunft. Wahrscheinlich hatte der Kommissar durch seine Fragen eher Pluspunkte gesammelt.

»Und was glauben Sie nun, zur Aufklärung beitragen zu können?«

Wolf berichtete, was er in der Nacht zuvor gesehen hatte.

Als er fertig war, fragte Brignone: »Würden Sie diese Person wiedererkennen?«

»Möglich«, entgegnete Wolf.

»Gut«, sagte Brignone, »falls wir den Mann ausfindig machen, melden wir uns für eine Gegenüberstellung.« Er erhob sich ruckartig und kam hinter seinem Schreibtisch hervor – das Signal, dass das Gespräch zu Ende war.

*

Nach ihrem Besuch bei der Polizei bummelten Wolf und Melanie wie geplant auf den Wochenmarkt in der Via XX Settembre. Melanie hatte recht gehabt, es war tatsächlich nur ein Katzensprung vom Kommissariat. Auf dem Markt wurde vor allem Obst und Gemüse angeboten. Melanie nahm fachmännisch das eine oder andere in die Hand, drückte hier auf die Schale, schnupperte dort. Immer wieder grüßten sie Händler oder Marktfrauen. Sie hielt kurze Schwätzchen, lachte viel, zeigte sich aber bei Preisverhandlungen hart und professionell. Schnell war ihr großer Einkaufskorb gefüllt. Die restliche Ware würde der Koch später mit seinem Kleintransporter abholen.

Als sie alle Einkäufe erledigt hatte, sagte sie: »Puh, ich könnte etwas Kaltes zu trinken gebrauchen.« Wolf stimmte zu und sie gingen zu einem kleinen Café in einer ruhigen Seitenstraße. Auch hier wurde sie vom Kellner begrüßt wie eine alte Bekannte. Sie plauderten über alles Mögliche, und die Zeit verging wie im Fluge. Schließlich sah Melanie auf ihre Armbanduhr: »Oje, es ist schon spät geworden, ich muss los.« Wolf übernahm die Rechnung, dann fuhren sie zurück nach Montalto. Sie hatten Wolfs Wagen genommen und Melanie genoss offensichtlich die Fahrt im offenen Cabrio.

Wolf sah immer wieder verstohlen zu ihr hinüber. Ihr Gesicht strahlte in der Nachmittagssonne. In Montalto hielt er an dem nächstgelegenen Zugang zum »La Forchetta d'Oro«. Melanie stieg aus, hob ihren prall gefüllten Einkaufskorb vom Rücksitz und bedankte sich.

»Ich muss mich bedanken für diese angenehmen Stunden«, antwortete Wolf. Nachdem er losgefahren war, sah er im Rückspiegel, wie sie in der kleinen Gasse zwischen den alten Häusern verschwand. Er fuhr ein paar Hundert Meter halb um den Ort herum, um zur Casa Principessa zu gelangen.

*

Am nächsten Tag klopfte es an der Tür zu Brignones Büro. »Herein«, sagte der Commissario.

Ein Polizeibeamter trat ein, eine Mappe in der Hand. »Commissario, die Ergebnisse der Spurensicherung und der Gerichtsmedizin sind da.« Brignone gab dem Mann mit einem kurzen Kopfnicken zu verstehen, dass er die Mappe auf den Schreibtisch vor ihn legen solle. »Richten Sie Flavotti aus, dass er herkommen soll«, gab er ihm mit auf den Weg.

Der Bericht war kurz: Isabella Garofani war erdrosselt worden, mit einer Schlinge oder einem dünnen Seil, das deutliche Spuren am Hals hinterlassen hatte. Genau wie bei Padre Crosetto, dachte Brignone. Das war ein deutlicher Hinweis darauf, dass es sich um ein und denselben Täter handelte. Ansonsten gab es keine Spuren. Nicht einmal Fußspuren, die waren im Blumenbeet verwischt worden. Kaum hatte Flavotti das Büro betreten, reichte ihm Brignone den Bericht.

Er las ihn im Stehen und schaute ratlos zu seinem Chef. »Also wieder ein Mord. Es scheint so, als hätten wir es in beiden Fällen mit demselben Täter zu tun«, sagte er.

»Ja«, sagte sein Chef gereizt, »darauf bin ich auch schon gekommen.«

Flavotti ließ sich offenbar von der schlechten Laune seines Chefs nicht einschüchtern. »Fassen wir zusammen«, fuhr er fort. »Der Tatgegenstand fehlt – der Täter muss ihn mitgenommen haben. Und er hat seine Fußspuren nach dem Mord verwischt. Er scheint also die Nerven behalten zu haben, was für eine geplante Tat spricht. Gehen wir also davon aus, dass er Signora Garofani nicht zufällig begegnet ist, sondern ihr aufgelauert hat. Das bedeutet, dass er wusste, dass sie spätabends die Blumen gießen würde. Wie beim ersten Opfer: Padre Crosetto befand sich nach den Aussagen der Anwohner am Sonntagabend nie in der Kirche. Er muss also mit dem Täter verabredet gewesen sein.«

Brignone musste anerkennen, dass Flavottis Argumentation schlüssig war. »Ja, das kann stimmen«, sagte er nur. Ein Lob kam nicht über seine Lippen. Sie hatten einen ersten, wenn auch vagen Ermittlungsansatz. Und es gab einen möglichen Tatverdächtigen: den Mann, den dieser deutsche Schriftsteller in der Nacht gesehen haben wollte. Sie mussten ihn nur finden. Vielleicht war er wirklich der Täter. Fall gelöst, bum. Aber der Kommissar hatte seine Zweifel. Wer wusste schon, was sich so ein Autor mit seiner überbordenden Fantasie alles ausdenken konnte? Es war Freitagnachmittag. Zeit, ins Wochenende zu gehen. Doch Brignone befürchtete, dass daraus nichts werden würde. Er stand auf. »Wir müssen nach Montalto und diesen Verdächtigen finden.«

Dort angekommen begaben sich die Polizisten direkt zum Haus des Bürgermeisters. Die Signora öffnete die Tür und führte sie in das Büro ihres Mannes. Dieser saß am Schreibtisch und korrigierte Aufsätze seiner Schüler. Als Brignone und Flavotti das Zimmer betraten, sprang er auf, doch der

Commissario gab ihm mit einer beschwichtigenden Geste zu verstehen, dass er sitzen bleiben solle. »Gibt es etwas Neues?«, fragte Rossetto.

»Möglicherweise haben wir tatsächlich eine Spur«, antwortete Brignone. Er berichtete, was Sebastian Wolf erzählt hatte. »Nun«, fügte er am Ende hinzu, »dieser Deutsche ist Schriftsteller, ein brotloser zwar, aber zweifellos mit einer blühenden Fantasie gesegnet. Wir wissen nicht, ob er sich möglicherweise nur wichtigmachen möchte.«

Rossetto sah den Kommissar entgeistert an. Dann blickte er in Richtung Flavotti, der kaum merklich die rechte Augenbraue hob. Rossetto räusperte sich. »Sie kennen Sebastian Wolf nicht?« Als Brignone unwillig den Kopf schüttelte, klärte er ihn auf: »Er ist einer der erfolgreichsten lebenden Autoren weltweit und hat mehrere Bestseller geschrieben. Ich habe kürzlich gelesen, dass sein letzter Thriller *Das schwarze Gewölbe* verfilmt werden soll, und es ist eine Reihe berühmter Namen für die Hauptrollen im Gespräch. Dass er in unserem kleinen Ort residiert, bedeutet eine große Ehre für uns. Er wohnt in der Casa Principessa, die ja dem deutschen Professore Müller gehört. Ich muss ihm dringend einen Besuch abstatten und ihn im Namen der Gemeinde offiziell begrüßen.«

Jetzt war es Brignone, der entgeistert dreinblickte. Das hatte er nicht gewusst. »Warum haben Sie mir das nicht gesagt?«, schnauzte er seinen jungen Kollegen an.

Zum Glück klopfte in diesem Moment die Frau des Bürgermeisters an der Tür und brachte auf einem Tablett Gläser mit kalten Getränken, die die drei Männer dankbar annahmen. Neugierig blieb sie im Zimmer stehen, um den Grund für den Besuch der Polizeibeamten zu erfahren.

»Danke, mein Schatz. Fängt jetzt nicht deine Vorabend-Show im Fernsehen an?«, fragte ihr Mann süßlich lächelnd und nickte unmerklich mit dem Kopf Richtung Tür.

La Signora verstand. »Das ist ja so schrecklich alles, so schrecklich«, sagte sie und verließ den Raum.

»Kommen wir zum Grund unseres Besuchs. Haben Sie eine Idee, wer diese Person, die Herr Wolf gesehen haben will, sein könnte?« Wieder sprach Brignone das Wort »Herr« auf Deutsch aus.

»Ja, das habe ich«, sagte Rossetto, ohne lange zu überlegen. »Wenn es ein junger, sportlicher Mann mit einer Baseballkappe war, könnte es Eugenio gewesen sein. Eugenio Patrelli.«

»Was macht Sie so sicher?«, fragte Flavotti.

»Unser Ort hat ja nur 399 Einwohner, nein, Pardon, jetzt sind es ja nur noch 397. Da kennt man alle, die einen gut, die anderen wenigstens flüchtig. Und unter diesen 397 Menschen gibt es nicht sehr viele Männer im passenden Alter.« Er erzählte, dass die jungen Leute so schnell wie möglich aus Montalto wegzögen, wenn sie die Schule beendet hatten, denn es gab hier weder Arbeit noch Freizeitmöglichkeiten. »Und die Beschreibung des Signore Wolf passt gut auf Eugenio Patrelli. Er besucht noch das Liceo und macht im kommenden Jahr sein Esame di Stato.«

Das war ja einfacher als befürchtet, dachte Brignone. Endlich mal eine gute Nachricht. »Und wo finden wir diesen jungen Mann?« Rossetto nannte die Adresse und beschrieb den Weg.

Die Ermittler verließen den Bürgermeister und gingen die paar Hundert Meter zum Haus der Familie Paretti. Es war eines der Häuser, bei denen auf den ersten Blick zu erkennen war, dass jemand darin wohnte. Ein großes, buntes Schild, auf dem der Familienname in Handschrift geschrieben stand, zeigte den Polizisten, dass sie richtig waren. Auf beiden Seiten der Haustür standen große Yucca-Pflanzen, mindestens zwei Meter hoch, und neben der Tür hing eine kleine Glocke, die einer Kirchenglocke nachgebildet war. Als Flavotti an der Schnur zog, ertönte ein lieblicher Klang. Es dauerte einen Augenblick, dann wurde die Tür geöffnet. Eine Frau um die 40 in einem geblümten Kleid stand vor ihnen und blickte die Männer fragend an. »Guten Tag, wie kann ich Ihnen helfen?«, fragte sie.

Brignone stellte sich und seinen Kollegen vor und fragte die Frau dann, ob sie einen Sohn namens Eugenio habe. Als sie bejahte, sagte er in einem Tonfall, der keinen Widerspruch duldete: »Wir müssen ihn sprechen.«

Die Signora war verwirrt. »Was ist denn überhaupt los?«

Woraufhin Brignone wiederholte: »Signora Paretti, wir müssen Ihren Sohn sprechen – es geht um die Todesfälle von Padre Crosetto und Isabella Garofani.«

Giulia Paretti wirkte vollkommen überfordert, die Nachricht traf sie wie ein Schlag. »Das ist doch völliger Unsinn«, stieß sie hervor.

»Das wird sich zeigen. Wo ist Ihr Sohn?«

»Oben in seinem Zimmer«, antwortete sie zögernd.

»Los, Flavotti«, befahl Brignone. Sein junger Kollege war eindeutig sportlicher als er selbst, und der Verdächtige konnte jederzeit fliehen oder sich wehren. Flavotti ging vor und klopfte an die Zimmertür. Nichts. Er klopfte noch einmal. Wieder gab es keine Reaktion. »Eugenio Paretti, hier ist die Kriminalpolizei. Öffnen Sie die Tür, sonst kommen wir rein.« Als sich wieder nichts regte, drückte Flavotti die Klinke herunter. Die Tür war nicht verschlossen, und so trat er ein. Eugenio lag auf seinem Bett und hörte über Kopfhörer Musik. Offenbar so laut, dass er von dem Klopfen und Rufen nichts mitbekommen hatte.

Als er Flavotti bemerkte, riss er sich die Kopfhörer herunter und sprang erschrocken auf. »Was ist denn hier los? Wer sind Sie? Was wollen Sie?«

Hinter Flavotti war auch Brignone ins Zimmer getreten. Er schob seinen Kollegen beiseite und sagte an den Jungen gerichtet: »Eugenio Paretti, wir müssen Sie zu den Morden an Padre Crosetto und Isabella Garofani befragen. Sie wurden in der Mordnacht gesehen.«

Eugenio blickte die zwei Polizisten mit weit aufgerissenen Augen an. »Was? Ich verstehe nicht …«

»Kommen Sie bitte mit. Dann unterhalten wir uns im Kommissariat ganz in Ruhe über das, was am Sonntagabend und Donnerstagnacht passiert ist. Los, Flavotti, Handschellen, wegen Fluchtgefahr.«

Giulia Paretti war völlig aufgelöst. »Sie können den Jungen doch nicht einfach mitnehmen, er hat doch gar nichts getan.«

»Das wird sich zeigen«, entgegnete Brignone. »Sie sollten sich um einen Anwalt für Ihren Sohn kümmern.«

Flavotti legte dem Jungen Handschellen an, obwohl er das selbst übertrieben fand. Aber immerhin könnte ihr Verdächtiger zwei Menschen ermordet haben, wer wusste also schon, wozu er noch fähig war? Dann verließen Brignone und Flavotti mit Eugenio das Haus.

Auf der Rückfahrt nach Imperia fiel kaum ein Wort. Nur einmal wandte sich Brignone an den Festgenommenen auf der Rückbank: »Wir bringen dich in eine Zelle ins Kommissariat. Das ist praktischer, als dich nach Genua bringen zu lassen. Morgen Vormittag, sobald dein Anwalt da ist, vernehmen wir dich.« Innerlich verfluchte der Commissario diesen unglückseligen jungen Mann. Es war unerträglich heiß, aber wegen ihm musste er am Wochenende arbeiten. Im Moment lief wirklich alles gegen ihn.

Im Kommissariat übergaben sie Eugenio einem Polizisten, der ihn in eine der drei Zellen brachte. Dann besprachen Brignone und Flavotti die nächsten Schritte.

»Wie geht es weiter, Chef?«, fragte der Jüngere.

»Wir haben jetzt 48 Stunden Zeit«, antwortete dieser. »Wenn wir ihm bis dahin nichts nachweisen können, müssen wir ihn laufen lassen, vorerst jedenfalls.«

KAPITEL 5

Während er sich ein Abendessen zubereitete, musste Wolf sich eingestehen, dass er irgendwie beschwingt war nach den gemeinsamen Stunden mit Melanie. Er war kein guter Koch, aber für einfache Gerichte reichten seine Künste aus. Er setzte sich auf die Terrasse, aß und ließ den Tag Revue passieren. Jackie hatte er hinausgelassen, nachdem sie ihr Fressen verschlungen hatte. Es war Freitagabend, eine gute Zeit für Katzenjagd.

Nach dem Essen spülte Wolf das Geschirr ab und machte oberflächlich die Küche sauber. Dann fand er, dass es Zeit war, sich eine Flasche Wein zu öffnen. Er setzte sich auf die Terrasse und genoss die Stille. Nichts war zu hören in diesem verlassenen Dorf, nur einmal gingen Leute unter der Terrasse vorbei. Er goss sich Wein nach. Inzwischen war es dunkel geworden und Jackie war von ihrem Streifzug zurückgekehrt.

Nach einem dritten Glas Wein bekam Wolf plötzlich Lust auf Musik. Es gab eine Stereoanlage mit einer Sammlung von Platten, sicher 70 oder 80. Da musste er doch etwas Passendes finden, zumal sich sein eigener Musikgeschmack mit dem seines Freundes Martin wenigstens zum Teil deckte. Er ging ins Wohnzimmer zu dem Regal mit den Schallplatten, das neben dem Rack stand, und durchstöberte sie. Jazz war dabei, das war nicht sein Ding. Es gab Pop-Klassiker, das weiße Album von den Fab Four zum Beispiel. Schon besser. Wolf war musikalisch gesehen ein Kind der Neunziger, aber er stand vor allem auf melodiösen Softrock. Auch davon gab es einiges. Er nahm ein Album aus dem Regal, eine berühmte Platte, auf der dieser legendäre Song über ein mysteriöses Hotel in Kalifornien war. Er betrachtete das aufklappbare Cover, las die Titel der Songs. Ihm fiel ein, dass er dieses Album selbst besaß, aber seit einer Ewigkeit nicht mehr gehört hatte. Unverständlich eigentlich. Er merkte es sich und steckte es zurück zwischen die anderen. Dann suchte er weiter.

Plötzlich stockte er. Er hatte ein Cover entdeckt, das die Mona Lisa zeigte, doch unter ihrem Rahmen waren die nackten Beine einer Frau in einer kurzen weißen Sporthose zu sehen. Sie trug Sportschuhe. Die Collage sollte wohl suggerieren, dass die Mona Lisa in Sportdress durch die Gegend lief. Unten rechts prangte das Gesicht eines lockenköpfigen Mannes, der Rest des Covers war weiß. Wolf hatte es schon immer misslungen gefunden, aber er erkannte es sofort wieder. Auf der Platte befand sich der Song »Ti amo«.

Sebastian Wolf schluckte. Schnell schob er die Platte wieder ins Regal und versuchte zu vergessen, was er gerade entdeckt hatte. Er durchstöberte weiter Martins Sammlung und fand noch ein paar Alben, die ihm gefielen. Welche sollte er auflegen? Doch dann griff er wieder nach *dem* Album. Als wäre er fremdbestimmt. Er konnte nicht anders, als das Cover mit der Mona Lisa herauszuziehen. Er atmete tief durch, klappte den Deckel des Plattenspielers auf, legte die schwarze Scheibe auf den Teller und drückte auf »Automatik«, sodass die Nadel ohne sein Zutun auf die Platte aufsetzte. »Ti amo« eröffnete Seite eins. Als die ersten Klänge dieser machtvollen Schnulze ertönten, nahm er sein volles Weinglas vom Tisch und leerte es mit einem Zug. Er verstand selbst nicht, warum er ausgerechnet dieses Lied hörte, in dem sich alle seine schönen und zugleich schmerzhaften Erinnerungen so bündelten wie unter einem Brennglas.

Er stand wie angewurzelt vor dem Plattenspieler. Nach dem Anfang des Songs, der schon das Motto des Stücks andeutete, nahm sich die Musik zurück, der Song wurde leiser. Dann begann der Sänger zu singen, nein, eigentlich war es eher ein Sprechen. »Ti amo …« und so weiter. Nach einer Minute wurde der Sänger etwas lauter, aus dem Sprechen wurde ein Singen. So kitschig dieses Lied auch war, so mitreißend war es. Wieder 30 Sekunden später steigerte der Sänger sich, nun wurde der Song richtig dramatisch. Wolf zog sich einen Stuhl heran und setzte sich vor den Plattenspieler. Er drehte die Lautstärke auf und hörte das Lied bis zum Ende an. Er war wie erschlagen. Ella und er hatten die Platte während eines Bummels in Sanremo gekauft, dann aber bei ihrer Abreise vergessen. In Hamburg hatten sie sie nochmals gekauft und den Song manchmal zu Hause gehört, zum Beispiel, wenn sie italienisch kochten. Es war eine süße Erinnerung an eine wundervolle Zeit, die für eine Ewigkeit hätte andauern müssen. Sie hatten oft gelacht, wenn sie das Lied zusammen hörten, aber allein hätte er sich diese Platte nicht aufgelegt. Und seitdem Ella fort war, hatte er sie niemals wieder gehört. Ganz bewusst nicht.

Der Song war zu Ende. Er ging zum Kühlschrank, goss sich ein weiteres Glas Wein ein und war unschlüssig, was er als Nächstes tun sollte. Inzwischen lief der zweite Song auf Seite A, in dem es irgendwie um Kolumbus ging. Doch er konnte nicht anders. Er setzte sich mit dem Weinglas vor den Plattenspieler, hob die Nadel mit zitternden Fingern an und legte sie auf die erste dicke Rille der Platte. Erneut begann der Sänger: »Ti amo …« Wolf lehnte sich zurück und blickte in das dunkle Wohnzimmer. Er sah sie. Sie stand auf der Terrasse der Casa Principessa, nur wenige Meter entfernt von dem Stuhl, auf dem er jetzt saß. Sie hatte sich eine leere Weinflasche gegriffen und sie als Mikrofon benutzt. Sie bewegte den Mund nach dem Text, ballte die freie rechte Hand zu einer Faust, tat so, als steigere sie sich so theatralisch wie der Sänger in die Musik, verzog das Gesicht … Er hatte ihr zugeschaut, leicht betrunken, so wie sie. »Ich liebe dieses Lied!«, hatte sie gerufen, als es zu Ende war. Sie war ins Wohnzimmer gelaufen und hatte den Song von Neuem gespielt. Dann war sie zurückgekehrt auf die Terrasse und sie tanzten eng umschlungen in der lauen, dunklen Sommernacht. »Und ich liebe dich«, hatte er ihr ins Ohr geflüstert. Als das Lied verklungen war, hatte er sie ins Schlafzimmer geleitet, während es auf der Platte wieder um Kolumbus ging. Doch davon hatten beide gar nichts mehr mitbekommen …

Wolf schaltete den Plattenspieler ab, nahm die schwarze Scheibe vom Teller, packte sie in die Hülle und stellte sie wieder ins Regal. Verdammt, dachte er, verdammt, verdammt, verdammt. Das war genau das gewesen, wovor er sich gefürchtet hatte, weswegen er nicht an diesen Ort hatte zurückkehren wollen. Ausgerechnet hierher. Gefürchtet davor, dass ihn die Erinnerungen übermannen würden, die er immer wieder verdrängt hatte in den vergangenen Jahren, so gut es eben ging. Warum nur war er zurückgekommen? Warum hatte er auf Martin gehört? Verdammt! Er setzte sich auf die Terrasse, nicht ohne noch einen Umweg zum Kühlschrank zu machen. Statt der ohnehin fast leeren Weinflasche griff er ins Eisfach, füllte ein Glas mit Eiswürfeln und öffnete eine Flasche Whisky. Mit der Flasche in der Hand ging er hinaus und setzte sich an den Tisch. »Auf dich, Ella«, sagte er leise und hob das Glas. Er blieb eine ganze Weile sitzen und schenkte sich mehrmals nach. Irgendwann torkelte er ins Schlafzimmer, schaffte es gerade noch, sich bis auf die Unterhose auszuziehen, und schlief sofort ein.

*

Alberti Brignone war noch schlechter gelaunt als sonst. Es war Samstagmorgen um kurz nach acht Uhr und er saß gemeinsam mit seiner Frau am Frühstückstisch. Sie war extra aufgestanden, um ihm Kaffee zu kochen. Kurze Zeit später machte er sich auf den Weg ins Kommissariat. Kaum war er eingetroffen, informierte ihn die Sekretärin, dass ein Anwalt versucht habe, ihn telefonisch zu erreichen. Es ging um den festgenommenen Jungen. Der Anrufer hatte angekündigt, gegen 10.30 Uhr vorbeizukommen. Zunächst wollte er mit seinem Mandanten sprechen und anschließend bei der Vernehmung dabei sein. »Wieder einer dieser Rechtsverdreher«, brummte Brignone. Da klopfte es an der Tür und Flavotti trat ein. »Guten Morgen, Chef«, sagte er.

Flavotti hatte zur Begrüßung gleich eine schlechte Nachricht. »Ein Journalist vom *Giornale di Liguria* hat angerufen und gefragt, ob wir schon einen Täter oder sonstige Informationen zu den Morden haben.«

Brignone lief vor Wut rot an. Das hatte noch gefehlt, die Schmierfinken von der Presse! Wie hatten die nur wieder von den Vorfällen in Montalto erfahren? Irgendjemand aus diesem unglückseligen kleinen Kaff musste geplaudert haben, gegen Geld wahrscheinlich. »Was haben Sie gesagt?«

»Dass er sich an die Pressestelle in Genua wenden soll.«

Brignone seufzte. »Wir müssen diesen Schreiberlingen ein bisschen was geben, aber nur unwesentliche Infos. Ich will auf keinen Fall, dass mir die Journaille dazwischenfunkt, mit den Leuten redet und Unsinn verbreitet. Erledigen Sie das bitte.«

Flavotti nickte und zog ab.

Kurz darauf klopfte es erneut an der Tür. Wie im Taubenschlag, dachte Brignone, und das an einem Samstagvormittag. Es war der Anwalt in Begleitung von Eugenios Eltern.

»Fusselli, Benito Fusselli«, stellte er sich vor. Er trug trotz der Hitze einen Anzug, aber immerhin mit offenem Hemdkragen. »Signora Patrelli kennen Sie ja schon, und das ist Signor Patrelli, der Vater meines Mandanten.«

Der Commissario nickte den beiden zu, ohne eine Miene zu verziehen. »Leider können Sie Ihren Sohn nicht sehen«, teilte er den Eltern mit. »Bitte nehmen Sie im Warteraum Platz.«

»Wir dürfen unseren Sohn nicht sehen?«, fragte der Vater empört.

Brignone musterte ihn. Der Mann war mittelgroß und braun gebrannt, was sein türkisblaues Poloshirt betonte. Seine Frau hatte gerötete Augen, sie schien geweint zu haben. Aber Vorschrift war nun mal Vorschrift, das wusste auch der Anwalt, der nur leisen Widerspruch erhob, wohl, um den Eltern zu zeigen, dass er für sie und ihren Sohn kämpfte. Brignone geleitete die Patrellis in den Warteraum und begab sich wieder in sein Büro, während ein Carabinieri Fusselli in Eugenios Zelle führte. Nach etwa 30 Minuten betrat der Anwalt wieder Brignones Büro und kündigte an, dass die Vernehmung beginnen könne.

Eugenio war inzwischen in den Vernehmungsraum gebracht worden und die Polizisten und der Anwalt begaben sich ebenfalls dorthin. Man sah dem Jungen an, dass er eine harte Nacht hinter sich hatte. Er wirkte aufgelöst, hatte sicher keine Minute geschlafen, und Brignone musste sich eingestehen, dass er Mitleid mit ihm hatte. »Ist so weit alles gut?«, fragte er den Jungen.

»Was wollen Sie denn von mir? Ich habe doch überhaupt nichts getan!«, brach es aus Eugenio heraus.

Fusselli legte beschwichtigend seine Hand auf die des jungen Mannes. »Bitte, halte dich daran, was wir besprochen haben.«

Brignone räusperte sich und sagte dann in einem förmlichen Ton: »Eugenio Patrelli, Sie werden verdächtigt, mit dem Tod von Padre Crosetto und Isabella Garofani in Verbindung zu stehen. Möchten Sie etwas dazu sagen?«

Eugenio sah Brignone entgeistert an. »Das ist doch nicht Ihr Ernst!«, brachte er hervor.

»Es gibt einen Zeugen, der Sie in der Nacht zum vergangenen Donnerstag, als Signora Garofani ermordet wurde, in der Nähe des Tatortes in der Via Ludovica gesehen haben will. Haben Sie sich dort aufgehalten?«

Fusselli nickte dem Jungen zu. Der begann zu reden: »Ich … ich … also … ja, ich war in der Nacht unterwegs, das stimmt.«

Na bitte, dachte Brignone. »Und was hast du gemacht? Hast du Signora Garofani aufgelauert?«

Eugenio hatte die Ellenbogen auf die Tischplatte aufgestützt und verbarg das Gesicht in seinen Händen. »Nein!«, sagte er.

»Was sagst du?«, fragte Brignone scharf.

Der Junge nahm die Hände weg, schaute wieder hoch und sah ihm direkt in die Augen: »Das ist nicht wahr, ich habe niemanden ermordet!«

Er zappelt noch, aber gleich haben wir ihn, dachte der Commissario zufrieden. »Was hast du dann in der Mordnacht so spät draußen gemacht?«

Eugenio blickte zu seinem Anwalt.

Fusselli ermunterte ihn: »Es muss sein, du musst es erzählen.«

Eugenio schien seinen ganzen Mut zusammenzunehmen. »Ich … ich … ich habe jemanden besucht.«

»Ja, und wen?« Brignone wurde langsam ungeduldig.

»Signora Martinelli.«

»Wen?«

»Maria Martinelli.«

»Und was hast du bei ihr gemacht?«

»Ich … wir … wir sind zusammen.«

»Wie meinst du das? Zusammen?«

»Wir führen eine Beziehung. Aber sie ist geheim, es darf niemand etwas davon wissen.«

»Und wer ist diese Maria Martinelli?«

»Sie … sie wohnt im Ort.«

Brignone runzelte die Stirn. »Und warum darf das niemand wissen?«

»Weil Maria meine Lehrerin ist.«

Brignone konnte seine Überraschung nicht verbergen.

An dieser Stelle mischte sich Flavotti ein und sagte an seinen Chef gewandt: »Eugenio ist volljährig.«

Brignone bedeutete seinem Kollegen mit einer Handbewegung, dass er schweigen solle. »Und diese Maria Martinelli kann bezeugen, dass du in der Nacht bei ihr warst?«

Eugenio nickte. »Davon darf niemand etwas wissen, bitte, das müssen Sie mir versprechen.« »Wir werden sie fragen müssen, ob sie uns deine Aussage bestätigen kann«, sagte Brignone.

Eugenio schlug sich wieder die Hände vors Gesicht und schluchzte.

Flavotti griff ein. »Wir werden das so diskret wie möglich machen.« Das brachte ihm einen bösen Blick seines Chefs ein.

Nun meldete Fusselli sich zu Wort. »Mein Mandant möchte sich vorerst nicht weiter zu den Vorwürfen äußern.«

Der Junge starrte nur vor sich hin.

»Gut, dann sind wir zunächst fertig hier. Signor Patrelli bleibt über das Wochenende bei uns und wird am Montag nach Genua verlegt. Sein Alibi werden wir überprüfen«, entgegnete Brignone.

»Moment mal«, sagte der Anwalt. »Was Sie als Begründung für den Verdacht anbringen, steht auf äußerst schwachen Füßen. Nur weil ein Zeuge ihn gesehen haben will, bedeutet das noch lange nicht, dass mein Mandant zwei Morde begangen hat. Und gab es überhaupt schon eine Gegenüberstellung mit dem Zeugen?«

Das musste Brignone verneinen. Ihm war bewusst, dass sie stichhaltige Beweise brauchten, um ihren Verdächtigen weiter festhalten zu dürfen. Aber was nicht war, konnte ja noch werden, dachte er sich. Er war nicht bereit, die Geschichte, die dieser Junge ihm aufgetischt hatte, einfach so zu glauben.

»Gut, dann haben Sie ja wohl nichts dagegen, wenn ich meinen Mandanten mitnehme«, sagte der Anwalt. Er versuchte offenbar, den Commissario mit seinem dominanten

Auftreten einzuschüchtern. Aber da war er bei Brignone an der falschen Adresse.

»Nichts da«, sagte der. »Der junge Mann bleibt hier. Noch heute machen wir die Gegenüberstellung. Außerdem können wir ihn ohnedies für 48 Stunden festhalten und im Zweifel bei einem Richter eine Verlängerung erwirken.« Er stand so entschieden auf, dass sein Stuhl fast nach hinten gekippt wäre. »Das war es fürs Erste.« Ohne einen weiteren Widerspruch des Anwalts zuzulassen, verließ er den Raum. Flavotti verabschiedete Fusselli freundlich, während der völlig aufgelöste Junge zurück in die Zelle geführt wurde. Als der Ispettore sich im Büro seines Chefs auf einem Sessel niedergelassen hatte, brummte Brignone: »Holen Sie mir diesen Schriftsteller her. So schnell wie möglich.«

*

An diesem Morgen erwachte er mit ungewohnt guter Laune. Bei dieser Hitze gönnte er sich eine ausgedehnte kühle Dusche. Alles war genauso abgelaufen, wie er es geplant hatte. Die alte Frau war aus dem Haus gekommen, hatte ihre Schubkarre mit zwei Gießkannen die Gasse bis zu ihrem Beet geschoben und dann die erste herausgewuchtet. Dann hatte sie das Beet betreten, war die wenigen Schritte bis zur Hauswand gegangen und hatte angefangen, die Blumen zu gießen. Die vollen Gießkannen waren schwer, zumindest für eine zierliche alte Frau. Fünfmal hatte er sie in den vergangenen Wochen abends beobachtet, wie sie sich mit der Schubkarre zu ihrem Beet schleppte. Er hatte sich im Dunkel der Gasse im Eingang eines verlassenen Hauses versteckt. Nur einmal war ihr Mann es gewesen, der die Pflanzen gegossen hatte. Dieser faule Schlappschwanz, dachte er. Aber er begrüßte es, dass die Signora gewöhnlich abends allein das Beet goss, denn er benötigte ein älteres, weibliches Opfer. Die Signora Garofani passte perfekt. Sie war ihm aufgefallen, als er ein paar Monate zuvor mehrmals im Ort gewesen war, um das Dorf und seine Menschen kennenzulernen. Er musste sich hier auskennen, und nach den vielen Nächten, die er sich in Montalto Ligure herumgetrieben hatte, kannte wohl keiner das kleine Bergdorf besser als er. Er war vertraut mit jeder Ruine, kannte jede Gasse, jede Abkürzung, jedes mögliche Versteck. Er konnte es selbst kaum glauben, dass er bei seinen Ausflügen niemals irgendjemandem aufgefallen war.

All dieser Aufwand hatte sich gelohnt, stellte er befriedigt fest. Er stieg aus der Dusche, trocknete sich ab, zog Shorts an und ging in die Küche. Erst einmal ein Frühstück, dachte er.

*

Sein Smartphone klingelte unbarmherzig. Wolf brauchte eine Weile, bis er zu sich kam, aber gerade, als er seine wenige Kraft zusammennehmen und sich aus dem Bett aufraffen wollte, verstummte das Telefon. Er atmete auf, ließ seinen schweren Kopf auf das Kissen zurückfallen und versuchte, sich zu sammeln. Was war passiert? Warum fühlte er sich so mies? Warum konnte er sich kaum bewegen? Warum dröhnte sein Schädel so?

Langsam kam die Erinnerung zurück. Er hatte sich die Flasche Whisky geschnappt und sich einen Drink nach dem anderen eingeschenkt. Warum eigentlich? Ach ja, er hatte diese Platte gefunden, »Ti amo«. Er hatte sie gehört, immer und immer wieder. Und sich erinnert an damals, an die Zeit vor zehn Jahren hier in der Casa Principessa. Die Erinnerung hatte ihn überwältigt, sie war zu stark für ihn gewesen. Er war abgestürzt. Wie er es ins Bett geschafft hatte, wusste er nicht mehr. Im Zimmer war es dunkel, aber die Hitze von draußen war schon wieder zu spüren. Irgendetwas fehlte. Genau – wo war eigentlich Jackie? Keine Spur von dem Hund. Er tastete nach seiner Armbanduhr auf dem Nachttisch. 11.25 Uhr. Er musste so fest geschlafen haben, dass nicht einmal Jackie ihn wach bekommen hatte. Das war ungewöhnlich. Erneut sammelte er seine Energie und schaffte es, sich zu erheben. Jetzt, als er sich in die Senkrechte begeben hatte, breitete sich ein mulmiges Gefühl in seinem Magen aus. Er ging die Treppe hinunter und fand die Haustür offen vor. Sie war also die ganze Nacht offen gewesen. Das war eigentlich kein Problem, weil an der Casa Principessa sowieso so gut wie nie jemand vorbeikam. Jackie war wohl, so vermutete er, ohne Frühstück frustriert zu einer morgendlichen Tour durch das Dorf losgezogen.

Wolf schleppte sich wieder die Treppe hoch. Als er auf die Terrasse treten wollte, klingelte das Handy erneut. Jetzt vernahm er es nicht mehr als schrillen Sirenenton, es klang eher so, als wären seine Ohren in Watte gepackt. Er ging einmal quer durch das Zimmer zu dem kleinen Schreibtisch in der Nische, auf dem er es abgelegt hatte, und nahm den Anruf entgegen. »Ja?«

»Guten Tag, Signor Wolf, Ispettore Flavotti hier. Ich hoffe, ich störe Sie nicht.« Wolf brummte irgendetwas Unverständliches und Flavotti fuhr fort: »Schön, schön. Wir haben einen jungen Mann aus Montalto festgenommen, von dem wir glauben, dass es die Person ist, die Sie neulich Nacht gesehen haben.«

Wolf wurde einen Tick wacher. »Na, das ging ja schnell. Glückwunsch.«

»Ich habe eine Bitte – könnten Sie zu uns kommen und den Verdächtigen identifizieren?«

Klar konnte Wolf. »Der Polizei helfe ich doch gerne«, versicherte er seinem Gesprächspartner großmütig. Er bot an, morgen oder am Montag vorbeizukommen.

Flavotti hüstelte. »Sehr zuvorkommend. Aber es müsste schneller passieren. Heute, um genau zu sein.«

»Wann wäre es Ihnen denn am liebsten?«, fragte Wolf und ahnte sofort, dass das ein Fehler gewesen war.

»Ach, wenn Sie so freundlich fragen – könnten Sie sich jetzt auf den Weg machen?« Wolf hätte sich am liebsten sein Smartphone gegen die Stirn geschlagen, aber in seinem Kopf pochte es auch so schon heftig genug. Er zögerte, bevor er antwortete: »Okay, ich brauche hier noch einen Augenblick, dann fahre ich los.«

Nachdem er das Gespräch beendet hatte, entschied sich Wolf für eine Dusche, um zu sich zu kommen. Danach brauchte er dringend Kaffee. Etwas zu essen, kam nicht infrage, sein Magen revoltierte schon bei dem Gedanken daran. Wolf ging genau in dieser Reihenfolge vor. Just als er sich einen Kaffee zubereitete, kam Jackie in die Küche gerannt. Sie sprang wild an ihm hoch, in purer Freude, ihr Herrchen zu sehen. »Na, du kleines Biest, wo warst du denn so lange?«, fragte er und bekam als Antwort heftiges Schwanzwedeln. Er stellte ihr Futter hin, das sie gierig verschlang. »Heute nehme ich dich mit«, versprach er ihr.

Im Kommissariat gingen Wolf und Jackie zunächst durch einen Vorraum, der als eine Art offenes Sekretariat diente. Die Frau hinter dem Schreibtisch sah aus, als hielte sie

Wache. »Buongiorno«, sagte sie, als Wolf eintrat. Als sie Jackie entdeckte, sprang sie von ihrem Stuhl auf, kam hinter ihrem Schreibtisch hervor, kniete sich hin und rief entzückt: »Och, ist die niedlich. Die bleibt hier! Sie sind vermutlich Signor Wolf? Commissario Brignone erwartet Sie schon. Ich rufe ihn rasch an.«

Schon kam der Gerufene aus seinem Büro. Jackie bedachte er mit einem misstrauischen Blick, dann geleitete er den Besucher in sein Büro, in dem Flavotti schon wartete.

»Ich danke Ihnen, dass Sie es so kurzfristig einrichten konnten«, sagte Brignone bemüht freundlich. Wolf spürte, dass der Commissario ihn nicht leiden konnte.

»Aber ich bitte Sie, das ist doch selbstverständlich«, antwortete Wolf und versuchte, möglichst frisch zu wirken. Wenn man hier bei ihm einen Alkoholtest machen würde, dann hätte er ein Problem, da war er sich sicher. Immerhin war er mit dem Auto gefahren.

»Nun denn, ich habe den jungen Mann ins Vernehmungszimmer bringen lassen. Dort machen wir die Gegenüberstellung.«

Wolf nickte und folgte den Polizisten in den Raum, in dem der Verdächtige bereits wartete.

Der Commissario forderte den jungen Mann auf, sich zu erheben. Der tat, wie ihm geheißen. »Nun, Herr Wolf, erkennen Sie in diesem jungen Mann die Person wieder, die Sie in der Nacht, als la Signora Garofani ermordet wurde, gesehen haben?«

Der Angesprochene musste nicht lange überlegen. Es gab keinen Zweifel, dass er diesen Jungen gesehen hatte. Zwar war es dunkel gewesen und der Verdächtige hatte ein Basecap getragen, aber Wolf war sich sicher. Auch der

Rest passte, die Größe, die Körperhaltung. »Ja«, sagte er, »das ist er.«

»Gut, dann bedanke ich mich und möchte Ihre Zeit nicht länger in Anspruch nehmen, Herr Wolf«, sagte Brignone. »Signor Flavotti wird Sie hinausgeleiten.« Der Jüngere der beiden Polizeibeamten deutete Richtung Tür, ging dann vor und hielt sie für Wolf auf.

Brignone schien hochzufrieden. »Gut, mein Sportsfreund, nun zu dir«, hörte Wolf ihn sagen, als er den Raum verließ.

Konnte der junge Mann die Morde begangen haben? Körperlich war er dazu in der Lage, aber er wirkte auf Wolf zu sensibel, zu weich. Doch wer wusste besser als Sebastian Wolf, dass die Mörder oft genug gerade diejenigen waren, die besonders harmlos wirkten? Er selbst hatte in seinen Romanen mehr als einmal diesen Trick angewendet, um die Spannung zu erhöhen und die Leser zu überraschen. Aber vor allem, so dachte er sich, ging ihn die ganze Sache zum Glück gar nichts an. Er musste ja nicht ermitteln.

Jackie hatte sich in der Zwischenzeit prächtig amüsiert. Die Sekretärin verabschiedete sich lautstark von der kleinen Hündin, der Ispettore freundlich von Wolf. Dann verließ er mit Jackie das Kommissariat. Die Hitze draußen erschlug ihn fast, und er fühlte sich müde. Aber er kannte sich selbst: Wenn er sich jetzt in der Casa Principessa hinlegen würde, wäre der restliche Tag gelaufen. Außerdem war Samstagnachmittag – die Zeit, in der er normalerweise etwas mit Jackie unternahm. Und so entschloss er sich, mit ihr eine kleine Wanderung auf dem Colle d'Oggia zu machen, den nächstgelegenen Gipfel von Montalto. Vielleicht war es dort, in mehr als 1.000 Meter Höhe, ja etwas kühler.

Er fuhr nach Hause, nahm eine Dusche, füllte eine Flasche mit Wasser und ging mit Jackie zurück zum Auto. Der Weg zum Gipfel war leicht zu finden, denn durch Montalto führte nur die SP 21. Sie verlief auf der einen Seite talabwärts und auf der anderen nach oben. Er musste einfach die Strecke zurückfahren, auf der er nach Montalto gekommen war.

Mehrere Hügel zogen sich in sanften Wellen fast bis ans Meer – auf jeden Gipfel folgte ein Tal, dann der nächste Anstieg. Die Erhebungen waren eigentlich zu hoch, um als Hügel bezeichnet zu werden, dachte er, denn das bedeutete das Wort »colle«. Einen Gipfel im eigentlichen Sinne gab es auf dem Colle d'Oggia nicht, eigentlich handelte es sich um eine Art Hochplateau. Wolf liebte diese Gegend. Selbst im Sommer blieben die Hänge grün und bewaldet. Oben wirkte es, als befinde man sich auf einer ausgedehnten, welligen Graslandschaft.

Wolf hatte das Verdeck seines Mercedes aufgeklappt und genoss den warmen Fahrtwind. Immer wieder schweifte sein Blick ins Tal, das an dieser Stelle besonders schmal war. Auf der gegenüberliegenden Felswand entdeckte er Höhlen, die ihm schon bei seiner Ankunft aufgefallen waren. Er würde gern in die eine oder andere hineinklettern. An diesem Samstagnachmittag kam ihm kein Auto entgegen, bis schließlich eines von hinten aufschloss und ihn überholte. Wolf selbst fuhr die erlaubten 50 Kilometer pro Stunde, in den Kurven bremste er allerdings ab. Das war dem anderen, der aus der Region kam, wie das Nummernschild verriet, wohl zu langsam. Ein Mann in seinem Alter in einem klapprigen Opel, vermutlich war er genervt von diesen Touristen, die hier ängstlich die Straße hochschlichen.

Schließlich kündigte ein Warnschild eine besonders scharfe S-Kurve an. Die Felsen auf der rechten Seite waren inzwischen großen alten Tannen gewichen, sodass Wolf das Gefühl hatte, durch eine Schlucht zu fahren. Er fuhr langsam in die Kurve und musste aufpassen, dass der Motor nicht ins Stottern geriet. Wie gut, dass sein Mercedes ziemlich PS-stark war. Als er nach etwa 200 Metern den Ausgang der Kurve erreicht hatte, wurde er von grellem Sonnenlicht geblendet. Die Baumreihen endeten und der Blick war frei auf die leicht wellige Graslandschaft vor ihm. »Perfekt für unsere Wanderung«, sagte Wolf zu Jackie. Nach wenigen Hundert Metern erreichte er einen Kiesparkplatz. Er stellte das Auto ab, fuhr das Verdeck hoch und ließ Jackie aus dem Wagen. Sie flitzte sofort los und schenkte der Aussicht, die sich ihnen bot, keine Beachtung. In weiter Ferne entdeckte Wolf schneebedeckte Berggipfel.

Und das Beste: Es war kein Mensch weit und breit zu sehen. Jackie und er waren allein. Er breitete die Arme aus wie ein Segelflugzeug, drehte sich um sich selbst und schrie, so laut er konnte. Jackie, die sich bisher darum gekümmert hatte, was es hier zu erschnüffeln gab, kam freudig bellend angerannt. Bald wurde Wolf so schwindelig, dass er stehen bleiben musste. Er setzte sich auf den Boden und nahm einen kräftigen Schluck aus seiner Wasserflasche. Dann formte er mit der linken Hand eine Art Napf und goss etwas Wasser hinein. Sofort schlabberte Jackie daraus. Hier oben war es zwar nicht so drückend wie im Tal, aber noch immer heiß. Die Erfrischung tat gut.

»Also, los, du Rabauke«, sagte er und stand auf. Rasch hatte Jackie sich einen Vorsprung erlaufen. Ein schmaler Sandweg führte mitten durch die Grasebene. Ein Schild zeigte an, dass es bis zum Panorama d'Oggia 1,2 Kilometer waren. »Das schaffen wir locker«, sagte er halb zu sich, halb zu seinem Hund. Er genoss die Aussicht und die reine Luft und einmal kletterte er auf eine Felsengruppe, begeistert wie ein kleiner Junge. Schließlich erreichte er das Panorama, einen Schotterplatz, unter dem ein Abhang fast senkrecht hinunterging. Wolf ließ seinen Blick schweifen. Das Blau des Himmels vermischte sich am Horizont mit dem Blau des Meeres. Eine Bank zum Ausruhen gab es nicht, aber irgendjemand hatte hier einen alten Holzstuhl aufgestellt. Er hob Jackie hoch und setzte sich darauf. »Damit du nicht aus Versehen den Abhang runterspringst«, sagte er.

Nach einer kurzen Pause setzte Wolf seinen Weg fort. Sie erreichten den Wald, den er schon von Weitem gesehen hatte. Dichte Nadelbäume reihten sich aneinander und es war angenehm schattig und kühl. Doch plötzlich änderte sich die Landschaft: Die Bäume, die an die Tannen anschlossen, waren verkohlt, es standen nur noch Stumpen herum – hier musste es gebrannt haben, und das Feuer konnte noch nicht lange her sein. Wolf ging ein Stück durch diese bizarre Landschaft. Ein unbehagliches Gefühl kroch in ihm hoch. Er beschloss umzukehren, denn er hatte sich schon ziemlich weit vom Auto entfernt.

Als er den Parkplatz erreichte, setzte die Dämmerung bereits ein. Inzwischen waren im Westen ein paar Wolken aufgezogen, durch die nur noch vereinzelte Sonnenstrahlen blitzten. Dieses Schauspiel erinnerte Wolf an die Bilder barocker Kirchengemälde, in denen irgendwo ein Engel, von der Sonne beschienen, vom Himmel herabschaute. Nur der Engel fehlte, dachte er.

*

Als er aufwachte, dämmerte es. Er lag auf dem Bett und lauschte. Alles war so still, kein Wunder, es war früher Sonntagmorgen. Heute war es wieder so weit. Und heute war die Aufgabe besonders schwer. Ein Kind … Warum ausgerechnet ein Kind? Er wusste, dass es sein musste. Dass er es tun musste. Aber ein Kind war eine besondere Herausforderung. Doch es stand nun einmal so geschrieben, also musste es geschehen. Er trug dieses Wissen schon lange schwer mit sich herum. Aber jetzt, so kurz vor seiner Tat, schien es ihm fast so, als lege sich die Schlinge um seinen eigenen Hals und drücke ihm die Luft ab, bis er nicht mehr atmen konnte. Durfte er sich weigern? Nein, das durfte er nicht. Er war zu Gehorsam erzogen worden. Er stand auf. Bevor er sich anzog, ging er zum Tisch, öffnete eine kleine Dose und ließ etwas weißes Pulver auf einen Spiegel rieseln, rollte ein Stück Papier zusammen und zog das Pulver damit in die Nase. Befriedigt verschloss er die Dose wieder. Gleich würde er sich stark fühlen. Unaufhaltsam.

*

Roberto Malavisi zählte durch, aber er kam nur auf sieben. Zwei fehlten noch. Diese Kinder, schimpfte er innerlich. Wieso konnten sie nicht einmal pünktlich sein? Zwei der Jungen balgten sich lautstark auf ihren Sitzen. »Ruhe!«, rief Roberto, aber die beiden beachteten ihn nicht. Roberto Malavisi fuhr den Schulbus und brachte die Kinder täglich von Montalto Ligure nach Imperia und zurück. Die einzige Bushaltestelle des Ortes befand sich am unteren Ausgang gleich neben dem kleinen Denkmal für die im Ersten Weltkrieg gefallenen Söhne Montaltos. An dieser

Haltestelle hielt genau zweimal täglich ein Bus – morgens früh und nachmittags, wenn er die Schüler zurückbrachte.

Auch an diesem Sonntagvormittag hatte er Fahrdienst, aber es ging nicht in die Schule, sondern nach Pantasina, einem Ortsteil von Vasia. Hier fand an einem Sonntag im Monat eine Heilige Messe für Kinder in der Chiesa parrocchiale della Trasfigurazione di Gesù statt. Dafür reisten Kinder aus der ganzen Region an. Gewöhnlich brachte er neun Kinder zur Messe, vier Jungen und fünf Mädchen. Wenn eines von ihnen krank war, riefen ihn dessen Eltern vorher an, sodass er Bescheid wusste. Roberto blickte ungeduldig auf die Uhr: 8.55 Uhr. Nun wurde es aber wirklich Zeit, wenn sie noch pünktlich kommen wollten, denn nach Pantasina musste man rund 45 Minuten rechnen. Der Ort war zwar nicht weit entfernt, aber die Strecke zog sich wegen der kurvenreichen und engen Straße, die erst hinauf auf den Berg führte und auf der anderen Seite wieder hinunter. Beide Orte lagen auf einer Höhe von rund 400 Metern, aber eben auf der jeweils anderen Seite des Berges.

Plötzlich kam ein Junge die Straße entlanggelaufen. »Na, Alessio, nun wird es aber auch höchste Zeit!« Der Junge entschuldigte sich für sein Zuspätkommen, stieg in den Bus und stürzte sich sofort in das Gerangel der anderen Schüler.

Jetzt fehlte nur noch Andrea. Ein eher stiller Junge von der braveren Sorte. Ungewöhnlich, dass er zu spät kam, dachte Roberto. Als Andrea nach weiteren fünf Minuten noch immer nicht da war, entschied er sich, ohne ihn loszufahren. Bestimmt war etwas dazwischengekommen und die Eltern hatten vergessen, Roberto zu informieren. Er startete den Motor und fuhr los.

*

Als Sebastian Wolf an diesem Sonntag aufwachte, fühlte er sich wie neugeboren. Der Rausch von Freitagnacht war verflogen. Er hatte ruhig geschlafen und gestern Abend nicht an Ella gedacht, sondern an Melanie. Sollte er später ins Restaurant gehen? Oder lieber noch ein, zwei Tage verstreichen lassen? Aber warum eigentlich? Zwischen ihnen herrschte doch eine ungezwungene Stimmung. Er verschob die Entscheidung.

Am Vormittag widmete er sich seinen Aufzeichnungen für den Roman und dachte über die Figur der Hauptperson, also des Kommissars, nach. Langsam nahm sein Buch Form an. Seine Notizen machte er niemals am Laptop, sondern stets handschriftlich, so konnte er besser denken. Er genoss die Stille, die zwischen den Gassen und Hauswänden Montaltos herrschte. Wie jeden Tag seit seiner Ankunft brannte die Sonne von einem wolkenlosen blauen Himmel. Er arbeitete konzentriert, notierte sich Gedanken und konzipierte zwei Schlüsselszenen. Nach drei Stunden, als es auf der Terrasse selbst unter dem großen Sonnenschirm zu heiß wurde, entschloss er sich, mit Jackie runter zum Wasser zu gehen. Die Hundedame war begeistert, es war ihr vermutlich völlig egal, wohin es ging, Hauptsache, es passierte überhaupt etwas.

Die Zeit unten am Fluss verging wie im Fluge. Wolf kühlte sich im Wasser ab, während Jackie aufgeregt bellend um das Becken herumflitzte. Er versuchte vergeblich, sie zu überzeugen, auch ins kühle Nass zu kommen. Wolf legte sich in den Schatten, doch die Hitze hatte ihn bald wieder im Griff und das permanente Plätschern des Wasserfalls sorgte für eine wohlige, dösige Schwere, sodass er einschlummerte. Wie lange er so dagelegen hatte, wusste er nicht, aber als er aufwachte, fühlte er sich motiviert, seine

Vorarbeiten für das Buch fortzusetzen. So machte er sich auf den Weg zurück ins Dorf, das in der bleiernen Nachmittagshitze auf dem Hang über ihm lag.

Er gelangte durch den gewölbeartigen Tunnel unter der Kirche in die Gassen Montaltos und entschied, kurz beim Restaurant vorbeizugehen, um einen Tisch für den Abend zu reservieren, am liebsten den von seinem letzten Besuch. Das Restaurant fand er verschlossen vor. Einem Schild konnte er entnehmen, dass es im Sommer sonntags erst um 18 Uhr öffnete. »Na gut, dann versuchen wir nachher unser Glück«, sagte er zu Jackie, die schwanzwedelnd vor der Tür stand und darauf wartete, dass sie sich öffnete.

Wolf nahm die Via Venezia und stieg nach einer Weile eine steile Treppe hinab. Unten gelangte er auf eine schmale Gasse, die Via Argentina. Die Häuser hier wirkten unbewohnt. »Na los, meine Kleine, zeig mir den Weg nach Hause«, forderte er Jackie auf. Doch plötzlich blieb sie stehen und fing an zu knurren. Ihr Nackenfell sträubte sich und sie starrte unentwegt auf einen Spalt in der Hausmauer. Dieser war einen knappen Meter breit und höchstens zwei Meter hoch. Ein Busch wuchs aus ihm heraus. Möglich, dass hier früher einmal eine Marienstatue oder etwas Ähnliches gestanden hatte. Diese waren an manchen bewohnten Häusern noch immer zu finden. Doch jetzt spendete keine Jungfrau Maria den Passanten Schutz und Trost. Als Wolf den Spalt erreicht hatte, erkannte er den Grund für Jackies Aufregung. Die Entdeckung war so unwirklich, dass er einen Moment brauchte, um zu begreifen, was er da sah.

Vor ihm stand ein kleiner Junge von vielleicht sieben oder acht Jahren. Die Augen waren weit aufgerissen, und obwohl der Junge aufrecht stand und im Spalt ein Halbdunkel herrschte, war unschwer zu erkennen, dass er tot war. Wolf versuchte, Jackie zu beruhigen, und trat dann näher an den Spalt. Doch er konnte wegen des schummrigen Lichts nicht viel mehr ausmachen.

Sebastian Wolf lief, so schnell er konnte, nach Hause und stürzte zu seinem Handy, das er absichtlich auf dem Esstisch hatte liegen lassen. Daneben lag die Visitenkarte Flavottis. Er wählte die Nummer, und erst als er das Tuten hörte, fiel ihm ein, dass der Ispettore vermutlich am Sonntag gar nicht erreichbar war. Doch er täuschte sich. Er hörte, wie der Hörer abgenommen wurde und Flavotti sich meldete. Nachdem Wolf ihm von seinem Fund erzählt hatte, antwortete Flavotti knapp: »Wir kommen.«

KAPITEL 6

Flavotti rief seinen Chef an, aber niemand nahm ab. Er wartete fünf Minuten und versuchte es noch einmal. »Los, komm schon«, sagte er leise. Aber wieder ging niemand an das Telefon. Es sah so aus, als müsste er wohl oder übel allein nach Montalto fahren und die Ermittlungen aufnehmen. Er wählte die Nummer des Kommissariats und fluchte, weil auch hier anscheinend niemand erreichbar war. Als sich schließlich der diensthabende Polizist meldete, raunzte Flavotti ihn ohne Begrüßung an: »Ich dachte schon, ihr hättet euch alle den Sonntag freigenommen.«

Der Kollege am anderen Ende schien überrascht – so kannte er den sonst immer freundlichen Ispettore gar nicht. »Entschuldigung«, stammelte er. »Was ist los?«

Flavotti erklärte knapp die Lage und ordnete dann an, dass die Kollegen der Gerichtsmedizin und der Spurensicherung sich auf den Weg machen sollten.

»Ich muss erst einmal schauen, ob ich da jemanden erreiche.«

»Gibt es etwa keinen Bereitschaftsdienst?«, fragte Flavotti hörbar genervt. Den gab es natürlich, aber er war seit Jahren am Wochenende nicht mehr gerufen worden, und daher nahmen die Kollegen diesen Dienst nicht allzu ernst. Zumal es draußen 35 Grad waren und sich die meisten an einem der Strände in der Umgebung von Imperia aufhielten.

»Ich tue mein Bestes«, sagte der Polizist am anderen Ende.

»Und ich hoffe, das reicht aus«, entgegnete Flavotti. Ich klinge gerade wie Brignone, dachte er. Er wusste selbst nicht, was ihn so reizte. War es die Tatsache, dass er bei dieser Bullenhitze Dienst hatte? Oder dass sein Chef sich offensichtlich einen faulen Lenz machte? Dabei bot sich eigentlich eine gute Chance – endlich konnte er beweisen, dass er einen Mordfall auch allein aufnehmen konnte.

*

Flavotti raste in seinem Wagen die Straße nach Montalto hoch. An diesem Sonntag kamen ihm einige Autos entgegen – Einheimische und Touristen, die auf dem Weg zu den Stränden waren.

»Heute allein?«, fragte Wolf, als Flavotti endlich an der Tür der Casa Principessa klingelte.

»Wie Sie sehen, ja. Mein Chef war leider nicht zu erreichen.«

»Kommen Sie, ich zeige Ihnen die Stelle.«

In der Hitze, die jetzt am Nachmittag zwischen den Häuserwänden stand, rannten sie die kurze Strecke in die Via Argentina. Kurz bevor sie die Stelle erreichten, sagte Wolf: »Da ist es. Aber machen Sie sich auf etwas gefasst.«

Flavotti, der völlig durchgeschwitzt war, trat an den Spalt in der Hauswand, auf den Wolf deutete, und zuckte unwillkürlich zusammen. Es war so, wie Wolf es ihm beschrieben hatte. Ein kleiner Junge stand aufrecht in dem Spalt, die Augen aufgerissen. Er war tot, das sah Flavotti auf den ersten Blick. Ob er Würgemale am Hals hatte, war im Schatten der Einbuchtung nicht zu erkennen. Wohl aber ahnte der Polizist, warum dieser tote Junge aufrecht stand: Er war offensichtlich in dem Spalt, der nach hinten schmaler wurde, zwischen die Wände geklemmt, sodass er nicht nach vorne kippen konnte. Es sah aus, als sei er regelrecht drapiert worden.

Wer brachte einen kleinen Jungen um? Wer war zu so einer Tat fähig? Flavotti musste sich einen Augenblick sammeln, dann drehte er sich um, machte ein paar Schritte Richtung Wand und übergab sich.

»Alles in Ordnung?«, fragte Wolf.

Der andere nickte, nahm ein Taschentuch aus seiner Hosentasche und wischte sich damit über den Mund. »Entschuldigung, da muss ich noch an mir arbeiten.« Er hatte sich schnell wieder im Griff und trat erneut vor den Spalt. »Ob er wie die anderen erdrosselt wurde, kann ich von hier aus nicht erkennen. Aber ich würde mal davon ausgehen«, sagte er in möglichst professionellem Ton, ohne den Blick von der Leiche abzuwenden.

»Das bedeutet, dass es jetzt drei Morde gibt und der Mörder noch frei herumläuft. Denn der bisher Tatverdächtige kann es ja offensichtlich nicht gewesen sein, schließlich sitzt er immer noch in seiner Zelle.«

Ja, dachte Flavotti, das stimmte leider. Sein Chef würde fluchen.

Zunächst mussten sie herausfinden, wer der Junge war. »Wir holen am besten den Bürgermeister«, schlug Flavotti vor. Sie begaben sich zu dessen Haus und hatten Glück, denn er hatte sich vor der Hitze in seinem einigermaßen kühlen und abgedunkelten Wohnzimmer verkrochen, wo im Fernseher irgendeine Nachmittagsshow lief.

Filippo Rossetto war fassungslos, als die beiden Männer ihm von Wolfs Fund berichteten. »Ein Junge?«, fragte er ungläubig. Seine Frau, die das Gespräch mit angehört hatte, fing an zu weinen.

»Kommen Sie mit uns zum Fundort, vielleicht können Sie den Jungen identifizieren«, forderte Flavotti ihn auf. Mit zitternden Knien folgte Rossetto ihnen in die Via Argentina. Kurz vor der Nische blieben sie stehen. Rossetto schaute Flavotti an, dann Wolf. Dieser nickte und machte eine Handbewegung in Richtung der Stelle. Der Bürgermeister atmete tief durch und trat näher. Als er die Leiche sah, entfuhr es ihm: »Oh mein Gott! Das ist Andrea Sponelli. Ein Junge hier aus dem Dorf. Einzelkind, sehr nette Eltern. Es wird ein unglaublicher Schlag für sie sein.«

In diesem Moment trafen zwei Beamte der Spurensicherung ein – die Frau des Bürgermeisters hatte ihnen den Weg gewiesen. »Wo ist denn der Rest der Truppe?«, fragte Flavotti ungehalten.

»Wir haben sonst niemanden erreicht«, antwortete einer der beiden.

»Na gut, machen Sie sich an die Arbeit«, sagte Flavotti und war selbst überrascht, wie unwirsch er klingen konnte. An Rossetto gewandt sagte er: »Sie kommen am besten mit zu den Eltern. Es wird schlimm für sie werden, da ist es vielleicht ganz gut, wenn jemand dabei ist, den sie kennen.«

Dem Bürgermeister war anzusehen, dass er sich davor scheute, aber er widersprach nicht. Auch wenn diese Aufgabe sicher nicht zur normalen Arbeit eines Bürgermeisters gehörte, schien er dem Polizisten recht zu geben. »Wollen Sie auch mitkommen?«, fragte Flavotti Wolf.

Auch dieser konnte sich offenbar Angenehmeres vorstellen, aber er nickte.

»Was können Sie mir über die Eltern sagen?«, fragte Flavotti den Bürgermeister.

»Sehr nette Leute«, wiederholte Rossetto. »Er stammt aus dem Dorf, sie ist zugezogen, aus dem Süden, glaube ich. Sie arbeitet als Krankenschwester im Kreiskrankenhaus in Imperia, ihr Mann bei der Steuerbehörde.«

»Und der Junge?«, warf Wolf ein.

»Soweit ich weiß, eher ein stilles, zurückhaltendes Kind. Grüßt immer höflich und ist ein guter Schüler.« Rossetto schluckte. »*War* ein guter Schüler.« Derweil bogen die drei Männer um eine Ecke und Rossetto wies auf das Haus mit der Nummer 3: »Hier wohnen die Sponellis.«

Flavotti hätte gerne einem der anderen beiden den Vortritt gelassen, aber ihm war klar, dass es seine Aufgabe war, den Eltern die Nachricht zu überbringen. So trat er vor und betätigte den Klingelknopf. Sanft erklang der Ton von Big Ben und fast unmittelbar danach rief eine Frauenstimme: »Ich gehe schon.« Und dann: »Ich komme.« Als die Tür geöffnet wurde, stand eine attraktive Frau Mitte 30 vor den drei Männern, sie trug eine kurze Hose und ein T-Shirt. Erstaunt blickte sie Flavotti an. »Ja, bitte, kann ich Ihnen helfen?« Ehe er antworten konnte, erkannte sie den hinter ihm stehenden Bürgermeister. »Filippo, was ist los? Ist etwas passiert?«

Doch anstelle des Bürgermeisters antwortete Flavotti: »Guten Tag, Signora, sind Sie Francesca Sponelli?«

Als sie nickte, fuhr er fort: »Mein Name ist Mario Flavotti, ich bin Ispettore der Kriminalpolizei in Imperia. Dürften wir eintreten? Wir müssen Ihnen etwas mitteilen. Bürgermeister Rossetto kennen Sie ja. Das hier ist Signor Wolf, Sie werden gleich verstehen, warum er uns begleitet.«

Sichtlich irritiert machte Francesca Sponelli einen Schritt zur Seite. Aus einem Raum am Ende des Flurs trat ein Mann im selben Alter wie die Frau, ebenfalls in

Shorts und mit einem offenen Hemd bekleidet. »Was ist los, Francesca?«

Seine Frau schüttelte nur den Kopf.

»Vielleicht könnten wir uns ins Wohnzimmer setzen?«, fragte Flavotti, und als die Frau wortlos eine Handbewegung machte, traten die drei ein.

Als sie alle auf zwei Sofas Platz genommen hatten, stellte sich auch Francescas Mann Guiseppe vor. Dann fragte er: »Ispettore, ist irgendetwas passiert? Womit können wir Ihnen helfen?«

Der Angesprochene schluckte. Das war zweifellos der mit Abstand unangenehmste Moment in seiner bisherigen Karriere als Polizeibeamter. Auf der Polizeischule hatten sie zwar solche Situationen durchgenommen, und es waren Psychologen in den Unterricht gekommen, um richtige Verhaltensweisen einzustudieren. Doch dabei war es stets um die Gefühle der Menschen gegangen, denen man eine schlimme Nachricht überbringen musste, und nicht um die Gefühle derjenigen, die diese Nachricht überbringen mussten. Und das hier war auch keine Übungssituation mehr, sondern Realität, bittere Realität. Flavotti fühlte sich hilflos, aber er nahm sich zusammen. »Haben Sie einen Sohn namens Andrea?«, fragte er.

»Ja«, antwortete der Vater.

»Und wo ist er jetzt?«

Diesmal antwortete die Mutter: »Er fährt einmal im Monat zur Sonntagsmesse nach Pantasina, mit dem Bus, zusammen mit ein paar anderen Kindern aus Montalto. Er müsste eigentlich schon längst zurück sein, aber wahrscheinlich haben die Kinder nach der Messe noch zusammengesessen und ein Eis bekommen oder so etwas. Wir erwarten ihn jede Minute zurück.«

Flavotti suchte nach den nächsten Worten. Dann sagte er ihnen, dass ihr Sohn nicht nach Hause kommen würde – nie wieder.

Nachdem sie den Eltern die schlimme Nachricht überbracht und versucht hatten, ihnen im ersten Schock beizustehen, so gut es eben möglich war, gingen die drei Männer stumm den Weg zum Fundort der Leiche zurück. Dort waren die Kollegen der Spurensicherung noch bei der Arbeit. »Ist keine Unterstützung mehr gekommen?«, fragte Flavotti.

Der Kollege schüttelte den Kopf, kündigte aber an, dass die Leiche bald abgeholt werden würde. »Der Junge wurde mit einem dünnen Seil erdrosselt, genau wie die anderen Mordopfer. Anschließend wurde die Leiche an der schmalsten Stelle der Nische so zwischen den Wänden fixiert, dass sie nicht umkippen konnte. Weiß der Himmel, warum. Oder besser: die Hölle.«

»Todeszeitpunkt?«

»Ich bin zwar nicht der Gerichtsmediziner, aber jetzt ist es 17 Uhr, also denke ich mal, es ist zwischen acht und zehn Uhr plus minus passiert.«

Und nun? Flavotti war ratlos. Dann wandte er sich an Wolf. »Kommen Sie bitte gleich morgen früh auf das Kommissariat. Sie müssen Ihre Aussage darüber machen, wie Sie die Leiche gefunden haben. Ich bin mir sicher, der Commissario hat auch noch ein paar Fragen.« Danach verabschiedete Flavotti sich von den anderen beiden und ging zu seinem Auto. Auf der Rückfahrt nach Imperia erfasste ihn Wut. Was zur Hölle ging in diesem kleinen Dorf vor? Wer brachte innerhalb einer Woche drei Menschen um? Was hatten ein Padre, eine alte Frau und ein kleiner Junge gemeinsam, dass sie die Opfer dieser brutalen Morde geworden waren? Wo sollten der Commissario und er jetzt ansetzen? Flavotti fluchte. Er fuhr ins Kommissariat, setzte sich an seinen Schreibtisch und wählte die Nummer seines Chefs.

Der Commissario und seine Gattin waren inzwischen nach einem ausgedehnten Tag am Strand nach Hause zurückgekehrt. Er hatte sich gleich nach der Ankunft ein kaltes Bier aus dem Kühlschrank geholt und genoss es. Er wollte nicht spät ins Bett gehen, denn für den nächsten Morgen hatte er eine Pressekonferenz angesetzt, auf der er von den Mordfällen in Montalto berichten und zugleich verkünden wollte, dass er, Alberti Brignone, sie möglicherweise in Windeseile gelöst hatte. Ein Triumph! Anschließend musste er diesen Jungen nochmals verhören, bevor er nach Genua ins Untersuchungsgefängnis überstellt werden würde. Der Rest war in erster Linie lästiger Schreibkram, den konnte Flavotti erledigen.

Gerade als er einen weiteren Schluck aus der Flasche nehmen wollte, klingelte das Telefon. Wer konnte das sein? Brignone brummte etwas, stand auf, ging zu dem Buffet, auf dem der Telefonapparat stand, nahm ab und sagte unwillig: »Ja?« Als er vernahm, wer am anderen Ende der Leitung war, schnauzte er unwirsch: »Flavotti! Hat das nicht bis morgen Zeit?«

»Nein, Chef, das hat es nicht.« Und dann erzählte er, was passiert war, während Brignone sich einen netten Tag am Strand gegönnt hatte.

»Sagen Sie das noch mal«, presste der Kommissar heraus und musste sich auf den Stuhl neben dem Buffet setzen. »Ein Junge? Sieben Jahre alt? Scheiße. Noch ein Toter. Das bedeutet: Wir haben nichts. Absolut nichts. Wir sehen uns morgen früh um neun Uhr auf dem Kommissariat.« Wütend legte er auf, ging zu seinem Bier zurück, setzte die Flasche an den Mund und leerte sie mit einem Zug.

*

Er klopfte mit dem Löffel gegen sein Weinglas. »Ich bitte um Ruhe«, sagte er, und die Gespräche verstummten. »Ich begrüße euch zur zweiten und letzten Sitzung des Rates der Saeculares. In den nächsten Tagen reist ihr wieder nach Hause. Die weiteren Vorgänge werdet ihr aus der Ferne beobachten, ich werde euch natürlich ausführlich informieren. Ich wünsche euch allen eine gute Heimreise. Wir sehen uns in einem Jahr hier wieder zum regulären Familienrat.« Ein zustimmendes Gemurmel setzte ein. Der Patriarch hob die rechte Hand zum Zeichen, dass er weiterreden wolle. »Seit unserem ersten Treffen heute vor einer Woche hat sich viel getan und man kann sagen: Wir waren erfolgreich. Wir sind auf dem richtigen Weg!« Er klatschte laut in die Hände und die anderen taten es ihm gleich. »Lasst uns das Glas erheben auf die Erfolge, die wir schon verbuchen können und die wir zweifelsohne noch verbuchen werden.« Es wurde ein langer Abend im herrschaftlichen Renaissancepalast. Und es war der letzte Rat der Saeculares für eine lange Zeit. Der nächste würde erst in genau 100 Jahren zusammentreten, und keiner von ihnen würde dann noch Teil davon sein.

*

Die Nachricht von der dritten Leiche innerhalb einer Woche verbreitete sich in Montalto wie ein Lauffeuer. Die

Polizei hatte die Via Argentina abgesperrt, doch der Sarg, der durch den halben Ort getragen wurde, blieb natürlich nicht unbemerkt. Viele Bewohner des Ortes hatten Andrea Sponelli gekannt und gemocht. Ebenso, wie sie die Eltern mochten. Das Mitgefühl war groß. Aber die Angst auch. Wieso waren ausgerechnet in ihrem kleinen, verschlafenen Dorf innerhalb kurzer Zeit drei Menschen ermordet worden? Konnte man sich überhaupt noch aus dem Haus trauen? Was unternahm die Polizei, um den oder die Täter zu finden? Was hatte das alles zu bedeuten?

Signora Valentina Ricci ahnte es, oder nein: Sie wusste es. Die alte Frau lag in ihrem abgedunkelten Schlafzimmer im Bett, während der Deckenventilator sich mit mäßigem Erfolg bemühte, die Hitze einigermaßen in Schach zu halten. Gerade hatte ihr Sohn ihr von dem dritten Mord erzählt. Nun war es an der Zeit zu reden, fand Valentina Ricci. Höchste Zeit.

*

Wolf sah den toten Jungen in der Mauernische, er sah seine aufgerissenen Augen, er sah die verzweifelten Eltern, die mit der Nachricht zurechtkommen mussten, dass ihr Sohn ermordet worden war. Und er sah einen Mann, der sich nachts über ihn beugte, während er im Bett lag und schlief … Er riss die Augen auf und blickte in das Gesicht von Commissario Brignone, der eine dünne Schnur um seinen Hals gelegt hatte und ihn würgte, bis er keine Luft mehr bekam, bis die weit aufgerissenen Augen fast aus den Augäpfeln quollen … Röchelnd fuhr Wolf auf und brauchte eine Weile, bis er begriff, dass er in seinem eigenen Bett lag. Er hatte so stark geschwitzt, dass sein T-Shirt vollkommen durchnässt war. Jackie hatte sich auf den Sessel im Schlafzimmer zurückgezogen.

Wolf schaute auf seine Armbanduhr: 7.19 Uhr. Er fühlte sich wie gerädert, obwohl er am Abend keinen Alkohol getrunken hatte und zeitig ins Bett gegangen war. Nach der Rückkehr in die Casa Principessa hatte er sich etwas zu essen gemacht und sich damit auf die Terrasse gesetzt. Hier war er lange sitzen geblieben, hatte beobachtet, wie die Dämmerung der Dunkelheit gewichen war. Er versuchte zu verstehen, was an diesem Tag geschehen war. Er dachte an den kleinen Jungen. Das war jetzt der dritte Mord, seit er in Montalto angekommen war. Das hätte er sich für ein neues Buch kaum ausdenken können. Sebastian Wolf musste sich eingestehen, dass er dieses Erlebnis nicht so einfach wegsteckte. An Arbeit war nicht zu denken und genauso wenig an den eigentlich geplanten Besuch im »La Forchetta d'Oro«. Das Restaurant musste warten … und Melanie auch. Wolf seufzte.

Eigentlich war es noch zu früh, um aufzustehen, aber ihn hielt nichts mehr im Bett. Er ging ins Badezimmer, um eine Dusche zu nehmen. Dann begab er sich ins Wohnzimmer und zog die dicken, dunklen Vorhänge auf, die das Sonnenlicht so gut aussperrten. Doch an diesem Morgen war etwas anders als sonst. Es dauerte einen Moment, bis ihm klar wurde, was es war: Von der Sonne, die sonst von einem wolkenlosen Himmel strahlte, war heute Morgen nichts zu sehen. Eine eintönig graue Wolkendecke hing über Montalto. An der Temperatur hatte das nichts geändert, es war nach wie vor drückend warm, selbst am frühen Morgen. Ein Gewitter lag in der Luft. Vielleicht brachte es endlich Abkühlung, hoffte Wolf.

Er fütterte Jackie und ließ sie hinaus, machte sich ein Frühstück und setzte sich damit auf die Terrasse. Der starke schwarze italienische Kaffee tat gut und belebte ihn, aber die schwüle Luft schlug auf die Sinne. Er saß eine Weile da und dachte an nichts. Er fühlte sich leer und antriebslos. Das ärgerte ihn, denn gerade hatte er gespürt, wie sich die Lust aufs Schreiben mehr und mehr in ihm aufgebaut hatte. Davon war nichts mehr übrig. St. Pauli musste noch auf seinen Serienkiller warten. Leider.

Apropos Serienkiller – Wolf hatte Flavotti versprochen, heute Morgen auf das Kommissariat zu kommen, um seine Aussage zu machen. Viel konnte er nicht berichten, denn er hatte ja nicht mehr gesehen als Flavotti und Bürgermeister Rossetto. Aber er hatte den Jungen gefunden, darum war seine Aussage natürlich wichtig, das verstand er. Auf diesen nervigen, missgelaunten Kommissar hatte er allerdings keine Lust. Sein junger Kollege dagegen war in Ordnung. Er blickte in das trübe Grau des Himmels, stand auf und schaute hinunter auf die Gasse. Wo blieb nur dieser Hund? Hoffentlich hatte Jackie nicht schon wieder eine Leiche gefunden! Genau genommen war es ja sie gewesen, die den Toten entdeckt hatte. Gut möglich, dass Wolf an der Mauernische vorbeigelaufen wäre, hätte Jackie nicht Alarm geschlagen. Er rief Jackies Namen, einmal, dann noch ein Mal – und tatsächlich kam sie angeflitzt. »So ein braves Mädchen bist du«, lobte er sie und Jackie wedelte freudig mit dem Schwanz.

Obwohl es noch früh war, herrschte auf dem Kommissariat schon reges Treiben. Wolf ließ sich bei Brignone melden, der Flavotti schickte, um ihn am Empfang abzuholen. Als die beiden eintraten, saß der Commissario hinter seinem Schreibtisch und deutete auf die Sessel. Als Wolf und Flavotti sich hingesetzt hatten, fragte er: »Kaffee?« Wolf schüttelte den Kopf und bedankte sich. Brignone räusperte sich, tat so, als blätterte er in irgendwelchen Unterlagen, und sagte dann: »Herr Wolf, Sie haben also den toten Jungen gefunden. Können Sie mir erzählen, wie es dazu kam?«

Wolf schilderte, wie er die Leiche gefunden hatte.

»Ist Ihnen an diesem Tag irgendetwas Ungewöhnliches aufgefallen? Ein Fremder vielleicht, der sich auffällig verhielt, oder etwas in der Art?«

Da musste Wolf nicht lange überlegen. »Ich bin ja erst seit einer Woche in Montalto, da ist für mich praktisch jeder fremd.«

Dem konnte Brignone nichts entgegensetzen. »Haben Sie sonst noch etwas beizutragen?« Das verneinte Wolf, und damit war die Vernehmung auch schon beendet.

*

Als Flavotti nach der Pressekonferenz das Büro seines Chefs betrat, erkannte er sofort, dass Brignone innerlich kochte. Die Pressevertreter hatten ihn ordentlich gegrillt – statt eines Triumphes war der Termin äußerst peinlich verlaufen, denn der Commissario musste nicht nur eingestehen, dass es einen neuen Mord gab, sondern auch, dass die Polizei völlig im Dunkeln tappte. Zu allem Überfluss saßen ihm nun die Eltern von Eugenio Patrelli sowie der Anwalt der Familie gegenüber. Die Mutter wirkte erleichtert, dass ihr Sohn als Mordverdächtiger ausschied, der Vater ebenfalls, aber auch wütend. »Sie haben voreilig einen unschuldigen Jugendlichen unter Mordverdacht gestellt und ein ganzes Wochenende in einer Gefängniszelle festgehalten. Das ist unerhört!«

Die Schläge kamen an diesem Montagmorgen wirklich ohne Pause, dachte Flavotti. Anwalt Fusselli versuchte, Guiseppe Patrelli zu beruhigen. Der sprang auf und sagte zu seiner Frau: »Komm, Francesca, wir holen unseren Jungen.«

»Sie können ihn im Vorraum in Empfang nehmen«, sagte Brignone.

Die Eltern verließen wortlos das Büro. Bevor Fusselli ihnen folgte, wandte sich der Anwalt an den Kommissar: »Sie haben sich wirklich nicht gerade mit Ruhm bekleckert.« Dann verließ auch er das Büro.

Brignone schien innerlich zu toben. Der Einzige, an dem er diese Wut auslassen konnte, war Flavotti. »Da hat uns Ihr neuer Freund ja ganz schön in die Scheiße geritten«, sagte er bissig.

Sein junger Untergebener war erstaunt. »Wieso Freund?«

»Na, ich sehe doch, wie eng Sie miteinander sind.«

Flavotti ahnte, dass es besser war, nichts dazu zu sagen, denn sein Chef war ohnehin schon auf 180.

»Aber wissen Sie, was mir aufgefallen ist?«

Der Ispettore schüttelte den Kopf.

»Es gab drei Morde, seit der Herr Schriftsteller aus Deutschland in Montalto angekommen ist. Einmal hat er uns auf eine falsche Fährte gesetzt, als er uns einen Verdächtigen präsentierte. Und die dritte Leiche will er gleich selbst gefunden haben.«

Flavotti war verwirrt. »Nun ja, er hat uns keinen Verdächtigen präsentiert, sondern lediglich eine Person genannt und identifiziert, die er zum Tatzeitpunkt in der Nähe des Tatortes gesehen hat. Aber was wollen Sie eigentlich mit Ihrer Bemerkung genau sagen?«

Brignone blickte ins Leere, dann antwortete er leise: »Gar nichts. Vorerst gar nichts.«

KAPITEL 7

Bürgermeister Rossetto hatte sich entschieden, am Montag wie gewohnt zur Schule zu fahren und zu unterrichten, obwohl ihm natürlich überhaupt nicht danach zumute war. Business as usual schien ihm jetzt die beste Strategie, um die Situation nicht noch weiter anzuheizen. Als er am frühen Nachmittag nach Hause kam, hatte seine Frau eine Nachricht für ihn. »Der Sohn von Valentina Ricci war vorhin hier. Sie bittet dich, zu ihr zu kommen, weil sie dir etwas Wichtiges mitzuteilen habe.« Kein passender Zeitpunkt, fand Rossetto, er hatte schließlich andere Sorgen. Aber Valentina Ricci war mit ihren 101 Jahren immerhin die Dorfälteste und verdiente Respekt. Sie verließ schon seit Jahren kaum noch ihr Schlafzimmer. Körperlich war sie gebrechlich, aber geistig voll auf der Höhe. Nicht zuletzt war sie auch eine Wählerin – man hatte für sie bei den letzten beiden Wahlen eine Ausnahme gemacht und unter Aufsicht ihren Stimmzettel zu Hause abgeholt, weil sie nicht mehr ins Rathaus kommen konnte.

Rossetto nahm sein Mittagsmahl ein und ruhte sich ein wenig aus, aber die jüngsten Ereignisse gingen ihm nicht aus dem Kopf. Der arme Junge und seine armen Eltern, die das alles wirklich nicht verdient hatten. Für morgen war die Beerdigung von Padre Crosetto auf dem kleinen Friedhof unterhalb des Ortes angesetzt. Das halbe Dorf würde dort sein, mindestens, schätzte Rossetto. Auch wenn ihm nicht nach einer Plauderei mit der alten Dame war, begab er sich schließlich doch zu Signora Ricci. Noch immer lag drückende Schwüle in der Luft. Der Himmel war wolkenverhangen, ein Gewitter braute sich zusammen, aber es entlud sich nicht. Noch nicht.

Der Bürgermeister klopfte und betrat das Zimmer der alten Frau. Der Raum war abgedunkelt, der Deckenventilator summte. Valentina Ricci lag auf dem Bett. Ihr Sohn, der älter war als Rossetto, hatte geheimnisvoll getan, als der Bürgermeister an der Haustür geklingelt hatte.

»Filippo, mein Junge, komm herein«, sagte Valentina Ricci zur Begrüßung. Sie nannte eigentlich jeden der erwachsenen Männer »mein Junge« und sie hatte jeden von ihnen, zumindest diejenigen, die in Montalto geboren worden waren, aufwachsen sehen. Sie hatte viele Hochzeiten, noch mehr Taufen und zahlreiche Beerdigungen miterlebt. Die Alteingesessenen kannten sie persönlich und die Zugezogenen wussten zumindest, wer sie war, selbst wenn sie ihnen noch nie begegnet war. Ihre Enkelkinder, fünf an der Zahl, waren längst aus dem Haus und wohnten in Genua, Sanremo, Arezzo und Rom. Ihr Mann war vor 27 Jahren gestorben.

»Valentina, wie geht es Ihnen?«, fragte ihr Besucher.

Sie winkte mit einem Taschentuch in der Hand ab. »Es muss ja, es muss ja.« Sie zeigte auf einen Stuhl, der vor einem Schminktisch stand, und forderte Rossetto auf, sich damit an ihr Bett zu setzen.

Als er vor ihr saß, erschrak er. Wie alt diese Frau mit ihrem knochigen Gesicht und ihrer faltigen Haut aussah. Rossetto besuchte sie jedes Jahr zu ihrem Geburtstag, um die Glückwünsche der Gemeinde zu überbringen, stets mit einem riesigen Blumenstrauß. Padre Crosetto hatte regelmäßig mit der Signora gebetet, weil sie nicht mehr zur Kirche gehen konnte.

»Also, womit kann ich Ihnen helfen?«, fragte der Bürgermeister, als er auf dem Stuhl Platz genommen hatte.

»Du mir?«, fragte sie zurück. »Ich werde dir helfen.«

Aha, dachte Rossetto und sein Entschluss, den Besuch möglichst kurz zu halten, verfestigte sich.

»Es sind ja schlimme Sachen im Dorf passiert, sehr schlimme Sachen. Aber das war vorherzusehen, mich wundert das nicht.«

Na, das kann ja heiter werden, dachte der Bürgermeister. Aber er tat interessiert und beugte sich noch ein wenig näher zu ihr.

»Ich muss dir etwas erzählen, etwas sehr Wichtiges«, krächzte sie. »Ich habe es jahrelang Padre Crosetto erzählt, aber er wollte mir nicht glauben. Nichts hat er unternommen gegen die drohende Gefahr. Und jetzt ist er tot.«

Rossetto wusste nicht, was er dazu sagen sollte, und gab nur ein lang gezogenes »Hmmm« von sich.

Valentina Ricci hustete, sammelte sich kurz und sagte dann: »Also hör zu.«

*

Als Sebastian Wolf zur Casa Principessa zurückkehrte, klemmte ein zusammengefalteter Zettel zwischen Tür und Rahmen. Er zog ihn heraus und schloss auf. Zuerst forderte Jackie seine ganze Aufmerksamkeit. »Na, meine Kleine, ich habe dir doch versprochen, dass es nicht lange dauert.« Nach ihrer wilden Begrüßung zu urteilen, sah sie das mit der Dauer etwas anders. Bereits im kleinen Vorraum entfaltete er den Zettel.

»Lieber Sebastian, ich habe die Geschichte mit dem Jungen gehört und dass Sie ihn gefunden haben. Wie schrecklich! Es tut mir so leid. Haben Sie Lust auf etwas Abwechslung heute Abend? Das Restaurant hat heute geschlossen, ich habe also frei. Soll ich uns etwas kochen? Vielleicht rufen Sie mich kurz an. Liebe Grüße, Melanie.« Darunter hatte sie ihre Telefonnummer aufgeschrieben und daneben eine Weinflasche gemalt. Augenblicklich hellte sich Wolfs Laune auf, die sich bislang dem grauen Himmel angepasst hatte. Melanies Gesellschaft war genau die Abwechslung, die er heute Abend brauchen konnte. Er nahm sein Handy aus der Tasche und wählte die Nummer auf dem Zettel. Es tutete nur dreimal, dann meldete sich ihre Stimme: »Ja, bitte?«

»Ich bin's«, sagte er, »Sebastian Wolf. Danke für den Zettel. Was für eine schöne Idee! Ich bin natürlich dabei.« Sie vereinbarten, dass Melanie heute Abend zwischen acht und halb neun in die Casa Principessa kommen würde. Sie würde alles mitbringen, was sie zum Kochen brauchte.

*

Alberti Brignone war immer noch außer sich, doch er musste sich zusammenreißen. Er hatte alle verfügbaren Polizeikräfte zu einer Besprechung einberufen. Viele waren es nicht. Zusätzlich zu ihm und Flavotti gab es noch ein weiteres Ermittlerduo, das aber mit einer Diebstahlserie während des Schlagerfestivals von Sanremo im letzten Februar beschäftigt war. Dazu kamen die Kollegen der Polizia di Stato und die Carabinieri. Brignone leitete das Kommissariat und ihm waren auch die Carabinieri faktisch unterstellt.

Nachdem er den anderen einen kurzen Abriss über den Stand der Dinge gegeben hatte, meldete sich einer der Kollegen zu Wort. »Planen Sie irgendwelche Vorkehrungen? Schutzmaßnahmen oder ständige Kontrollen?«

Brignone blickte zu Flavotti, der neben ihm saß, bevor er antwortete: »Das haben wir kurz in Erwägung gezogen, uns aber dagegen entschieden. Das würde die Bevölkerung nur unnötig in Angst und Schrecken versetzen. Wir werden aber die Leute dazu auffordern, abends zu Hause zu bleiben.« Dieses sparsame Vorgehen hatte er zuvor auch mit der oberen Dienstbehörde in Genua besprochen. »Aber ab sofort werden alle zwei bis drei Stunden Carabinieri durch den Ort patrouillieren, und zwar Tag und Nacht. So lange, bis wir den Täter gefasst haben.« Brignone erhob sich und gab damit das Zeichen, dass die Sitzung beendet war.

Kurz darauf saß er mit Flavotti in seinem Büro. »Es ist zum Kotzen. Wir stochern vollkommen im Nebel, das darf doch nicht wahr sein. Haben wir irgendeinen Anhaltspunkt?«, fragte er und sah seinen jungen Kollegen auffordernd an, als erwarte er, dass dieser im nächsten Augenblick den Täter präsentieren würde.

Stattdessen sagte Flavotti: »Wir haben noch immer kein Motiv, keinerlei Spuren. Wenn wir nur wüssten, wie die drei Opfer zusammenhängen. Was sie verbindet.«

Was den Padre, die alte Frau und den kleinen Jungen miteinander verband – darüber zerbrach sich Brignone auch den Kopf, immer und immer wieder.

»Die Frage ist, ob es noch mehr Opfer geben wird«, fuhr der Ispettore fort.

»Malen Sie ja nicht den Teufel an die Wand«, brummte sein Chef. Aber er wusste natürlich, dass der andere recht hatte. Warum sollte es nach den drei Morden nicht weitergehen? Flavotti runzelte die Stirn. »Sollten wir nicht doch mehr tun, um die Bevölkerung zu schützen?«

Der Kommissar schüttelte den Kopf. »Wie ich schon sagte, das würde die Menschen nur verunsichern. Außerdem müssten wir Verstärkung von auswärts holen, weil wir das allein gar nicht bewerkstelligen könnten. Und darauf kann ich gut und gerne verzichten, denn dann würde es ja so aussehen, als ob wir den Fall nicht selbst lösen könnten.«

*

Filippo Rossetto war verwirrt. Konnte an Valentina Riccis Geschichte wirklich etwas Wahres sein? Und wie sollte er damit umgehen? Zu Hause berichtete er seiner Frau, die gerade für ihn Diktate von Viertklässlern korrigierte, was er erfahren hatte. »Was soll ich tun?«, fragte er.

»Zur Polizei gehen und denen alles erzählen? Das wäre doch das Naheliegendste, oder?«

Rossetto war skeptisch. Der Kommissar würde die Geschichte ins Lächerliche ziehen. Bestenfalls. Sie klang ja auch zu fantastisch, um wahr zu sein. Andererseits: Es gab drei Tote im sonst so friedlichen Montalto, darunter ein kleiner Junge. Musste man vor diesem Hintergrund nicht jeder Spur nachgehen, und sei sie noch so abwegig? Er wog ab, ob die Chance, sich bis auf die Knochen zu blamieren, größer war als die Möglichkeit, den Fall zu lösen, und kam zu dem Ergebnis, dass die erste Variante die deutlich wahrscheinlichere war. Also keine Polizei. Aber was konnte er sonst tun? Plötzlich kam ihm eine Idee.

*

»Herr Bürgermeister, was verschafft mir die Ehre Ihres Besuches?«, fragte Wolf, nachdem er zwei Gläser mit Eistee aus der Küche gebracht hatte.

Rossettos Blick fiel auf die Notizen des Autors, während er antwortete: »Als gewählter Vertreter unserer Gemeinde möchte ich Sie ganz herzlich willkommen heißen. Wir sind sehr stolz darauf, einen so bekannten und erfolgreichen Schriftsteller bei uns begrüßen zu dürfen.«

Das war genau das, was Wolf eigentlich hatte vermeiden wollen. Er wollte hier ungestört an seinem Buch arbeiten, doch die Ereignisse der letzten Tage hatten diesen Plan längst zunichtegemacht. Mit einem leichten Kopfnicken deutete er seinen Dank an.

»Vielleicht«, fuhr der Bürgermeister fort, »vielleicht spielt unser kleines beschauliches, nun ja, normalerweise beschauliches Dorf sogar eine Rolle in Ihrem neuen Buch?«

Wolf schüttelte den Kopf: »Leider nicht, denn das Buch spielt im kriminellen Milieu meiner Heimatstadt Hamburg, im Rotlichtviertel.«

Die beiden plauderten eine Weile über das Schreiben und über Martin Müller, den Besitzer des bekanntesten Hauses im Dorf. »Er ist hier sehr beliebt, immer nett, immer freundlich«, sagte der Bürgermeister. »Ich weiß auch nicht, ob sich jemand anders finden würde, der dieses wundervolle alte Haus erhalten würde.«

Nach ein paar Minuten ging ihnen der Gesprächsstoff aus, und Wolf hoffte insgeheim, dass sein Gast das auch so sehen würde. Doch Rossetto blieb sitzen. »Ist noch etwas, Herr Bürgermeister? Kann ich irgendetwas für Sie tun?«

Sein Gegenüber atmete tief durch: »Nun denn, ja, wenn Sie so fragen. Tatsächlich möchte ich Ihnen etwas erzählen, was ich soeben erfahren habe. Ich brauche Ihre Hilfe.«

Wolf blickte ihn erstaunt an. Wie sollte er dem Bürgermeister von Montalto helfen? »Hat es etwas mit den drei schrecklichen Morden zu tun?«

Rossetto wirkte ertappt und erleichtert zugleich. »Genauso ist es, Signor Wolf.« Und dann erzählte er Wolf, was Valentina Ricci ihm kurz zuvor berichtet hatte.

Als er fertig war, sah Wolf ihn verständnislos an. »Glauben Sie etwas davon? Das klingt doch sehr fantastisch. Diese Geschichte hätte ich als Krimiautor kaum besser erfinden können.«

»Ich weiß, ich weiß«, sagte Rossetto, dem die Sache sichtlich unangenehm war. »Aber Valentina Ricci ist hier die Dorfälteste, sie kennt die alten Geschichten aus Montalto und weiß, was hier in früheren Zeiten passiert ist. Auch vor ihrer Geburt.«

»Hmm«, machte Wolf. »Aber warum erzählen Sie mir das? Gehen Sie zur Polizei damit.«

»Zur Polizei? Glauben Sie wirklich, dieser Commissario Brignone würde diesen Hinweis auch nur ansatzweise ernst nehmen? Er würde mich aus seinem Büro werfen und auffordern, ihn mit so einem Blödsinn in Ruhe zu lassen.«

Da hatte sein Gegenüber wohl recht, dachte Wolf. »Trotzdem meine Frage: Was habe ich damit zu tun?«

Rossetto wand sich. »Könnten Sie mit mir zu Signora Ricci gehen, damit sie Ihnen diese Geschichte selbst erzählt?«

Für eine gute Geschichte war ein Romanautor immer zu haben. Also stimmte Wolf zu. »Und was haben Sie davon?«, fragte er.

Rossetto schien nach Worten zu suchen.

Wolf verstand. »Sie meinen, weil ich Schriftsteller bin, habe ich eine blühende Fantasie und könnte herausfinden, was es mit der Geschichte auf sich hat?«

Rossetto nickte spürbar erleichtert.

»Gut, ich kann mir das ja mal anhören, aber ganz unverbindlich! Wann wollen wir denn die alte Dame zur Märchenstunde besuchen?«

Rossetto antwortete zögerlich: »Am besten jetzt sofort.«

Wolf seufzte, packte seine Papiere zusammen und sagte: »Okay, dann los. Je früher wir das hinter uns bringen, desto besser. Ich habe nämlich heute noch etwas vor.«

*

Die beiden Männer gingen durch die menschenleeren Gassen. Ob die Anwohner sich aus Angst vor dem Mörder, der in Montalto sein Unwesen trieb, nicht vor die Tür trauten? Oder lag es schlicht an der schwülen Hitze? Als sie vor Valentina Riccis Haus standen, läutete Rossetto an der Tür. Der Sohn öffnete. »Hallo, Alfonso, wir möchten noch mal mit deiner Mutter sprechen.«

Alfonso Ricci nickte nur stumm, als hätte er einen erneuten Besuch schon erwartet. Er begrüßte Wolf und deutete mit dem Kopf Richtung Treppe: »Geht einfach hoch, ich denke, sie ist wach. Sie ist seit einigen Tagen sehr aufgewühlt.«

Als Rossetto klopfte, ertönte ein krächzendes »Herein«.

Sie traten ein. Im Schlafzimmer war es so dunkel, dass Wolf einen Moment brauchte, bis sich seine Augen an das schwache Licht gewöhnten.

»Hallo, Filippo, mein Junge, da bist du ja wieder. Und wen hast du mir mitgebracht?« Wolf und der Bürgermeister traten näher. Rossetto stellte seinen Begleiter vor. »Ein Deutscher?«, fragte Valentina Ricci. »Mein Mann Roberto hat gegen euch gekämpft. Erst im ersten Krieg, dann im zweiten. Aber das ist Vergangenheit.«

Wolf nickte.

»Sie sind Schriftsteller, junger Mann?«

Wolf bejahte, während er die alte Frau ansah. Sie lag in einem dünnen weißen Nachthemd auf der Bettdecke. Wie sie so dalag, wirkte sie wie aus einer anderen Zeit, aber das war sie ja auch. Wolf spürte den beständigen leichten Wind vom Deckenventilator, der gleichmäßig rotierte und leise summte. Valentina Ricci richtete sich etwas auf und schob zwei große Kissen in ihren Rücken. Sie reichte Wolf ihre linke Hand in einer herrschaftlichen Geste – wie Königinnen bei ihren Untergebenen. Wolf ergriff die Hand, sie fühlte sich schlaff an. Valentina Ricci hustete, hielt sich kurz ein Taschentuch vor den Mund und sagte dann: »Holt euch von dort hinten zwei Stühle und setzt euch zu mir.«

Als die Männer neben dem Bett saßen, sagte Rossetto: »Signora Ricci, können Sie meinem Freund hier die Geschichte erzählen, die Sie mir vorhin geschildert haben? Er ist sehr interessiert daran und wir halten sie für wichtig.« Das entsprach zwar nicht ganz der Wahrheit, aber Wolf ließ es unkommentiert.

»Sie möchten hören, was ich zu den drei Morden zu sagen habe, die in den vergangenen Tagen hier in Montalto Ligure passiert sind? Sie sind wirklich interessiert daran?«

Wolf nickte.

»Nun denn«, sagte die alte Frau. Sie nahm umständlich ein Glas Wasser vom Nachttisch. Rossetto wollte ihr helfen, doch sie schaffte es allein. Sie trank einen kleinen Schluck und reichte dem Bürgermeister das Glas, der es zurück auf den Nachttisch stellte. »Nun denn«, krächzte sie erneut. »Dann hören Sie gut zu, mein junger Freund. Ich fange ganz von vorne an. Alles begann im Jahr 1121 in unserem Nachbarort Badalucco, vielleicht kennen Sie ihn.«

Wolf kannte ihn, er war vor zehn Jahren einige Male mit Ella dort gewesen. Der Ort lag nur knapp drei Kilometer entfernt und war von einer ähnlichen Struktur wie Montalto, allerdings etwa dreimal so groß und deutlich belebter. Es gab dort ein paar Geschäfte, mehrere Restaurants, und soweit er sich erinnern konnte, waren fast alle Häuser bewohnt. Ganz oben befand sich die Ruine einer kleinen, uralten Burg.

»Vor 900 Jahren herrschte von dort aus Graf Oberto, der sich auch Oberto Badalucco nannte«, fuhr Valentina Ricci fort. »Die Geschichte seines Geschlechts geht noch weiter zurück, und es wird vermutet, dass spätestens ab etwa 1000 die Vorfahren Obertos über Badalucco und die Umgebung geherrscht hatten. Die Grafschaft war weder groß noch bedeutend, doch sie hatte es immer wieder geschafft, sich gegen Angriffe von außen zu verteidigen. Viele der Obertos galten als gute Herrscher, die nicht nur ihren eigenen Wohlstand zu mehren versuchten, sondern auch das Wohl ihrer Untertanen im Sinn hatten. Doch Graf Oberto war von anderer Art. Er galt als gierig, tyrannisch und herrschsüchtig. Dementsprechend war er denkbar unbeliebt bei den Menschen, die unter ihm leben mussten, also den Bewohnern des Ortes und den Bauern der Umgebung.«

Valentina Ricci hustete und tastete nach dem Wasserglas, doch diesmal war Rossetto schneller und reichte es ihr. Sie nahm einen Schluck, und er stellte das Glas zurück auf den Nachttisch. Dann leckte sie sich mit der Zunge über die Lippen und fuhr fort. »Das alles wäre heute gar nicht mehr der Rede wert, wenn nicht im Sommer 1121 etwas passiert wäre, was den Lauf der Geschichte änderte. Wissen Sie, was das ius primae noctis ist?«, fragte sie Wolf.

Der nickte. »Ja, dabei handelt es sich um das sogenannte Recht der ersten Nacht. Das bedeutet, dass der Herrscher nach der Hochzeit eines Paares in seinem Reich als Erster mit der Braut Beischlaf verüben darf, noch vor dem Bräutigam.«

Der Blick der Alten ruhte auf Wolf. »Sie haben den kleinen Geschichtstest bestanden, mein junger Freund.«

Rossetto beeilte sich zu erklären: »Signora Ricci war früher Geschichtslehrerin, müssen Sie wissen. Als es noch eine Schule hier in Montalto gab.«

Während der Ventilator unentwegt über ihren Köpfen seine Runden drehte, lauschten die Männer weiter der Geschichte. »Eines Tages in jenem Sommer 1121, also vor genau 900 Jahren, heiratete in Badalucco ein junges Paar. Die beiden mussten sich sehr geliebt haben, sonst wäre es nicht zu den folgenden Ereignissen gekommen. Nicht nur der Bräutigam war von seiner bildschönen Braut angetan, sondern auch Oberto. Und so geschah, was geschehen musste: Er forderte sein ius primae noctis, sein Recht der ersten Nacht. Er wollte mit der jungen Frau Beischlaf verüben, wie Sie es eben etwas verkrampft ausgedrückt haben, junger Mann.«

Wolf räusperte sich verlegen. Warum er diese altmodische Formulierung gewählt hatte, war ihm selbst nicht ganz klar, schließlich war er in seinen Romanen alles andere als verklemmt, und das würde besonders für sein neues Buch gelten, das ja immerhin im Rotlichtviertel von St. Pauli spielte.

»Hätte sich die junge Braut nicht mit Händen und Füßen dagegen gewehrt, wäre alles gut gewesen. Sie hätte sich fügen können, wie es von ihr erwartet wurde – doch das kam für sie nicht infrage. Oberto war nicht nur ein unansehnlicher Mann – er war vor allem ein grausamer und selbstherrlicher Herrscher. Der Gedanke, sich ihm widerstandslos hinzugeben, war für sie unerträglich. Sie widersetzte sich – und der Bräutigam tat es ebenso. Er konnte nicht zulassen, dass seine Frau diesem Mann ausgeliefert wurde. Sind Sie verheiratet, junger Mann?«, fragte Valentina Ricci an Wolf gerichtet.

Der hatte mit dieser Frage nicht gerechnet und brauchte einen Augenblick, um sich zu sammeln. »Nicht mehr. Meine Frau verstarb vor sechs Jahren.«

Valentina Ricci sah ihn mitfühlend an. »Zurück zur Geschichte. Das junge Paar entschied gemeinsam, dass die Braut Obertos Forderung nicht nachgeben würde. Sie wurden dabei von ihren Verwandten und Freunden unterstützt. Für viele Menschen in Badalucco und Umgebung bedeutete diese Verweigerung mehr als die Weigerung einer jungen Frau, sich ihrem Herrscher hinzugeben. Sie sahen darin eine Auflehnung gegen den unbeliebten und ungerechten, tyrannischen Herrscher. Und Oberto sah das genauso, abgesehen davon, dass er sich bereits auf die Nacht mit der jungen Braut gefreut hatte. So bestand er auf dem, was er als sein Recht ansah, das es nach den jahrhundertealten Regeln ja auch war. Der Unmut unter den Bewohnern Badaluccos wurde größer und größer, aber Oberto war keineswegs gewillt, die Sache einfach auf sich beruhen zu lassen. Obwohl die erste Nacht nach der Hochzeit längst vergangen war, machte schließlich das Gerücht die Runde, er wolle die Frau unter Zwang in sein Schlafgemach bringen und ihren Ehemann im Burggefängnis einsperren und dort für immer versauern lassen. Als das junge Paar davon hörte, entschloss es sich zur Flucht. Obertos kleine Grafschaft reichte damals im Norden ein Stück ins Landesinnere, endete im Süden aber bereits kurz hinter der Stadtgrenze. Jenseits der Grenzen seines kleinen Reiches hatte Oberto keinerlei Verfügungsgewalt und konnte auch das junge Paar nicht verfolgen. So entschlossen sich die beiden, nach Süden in Richtung des Meeres zu fliehen – bereits der nächste Berg gehörte zu einer anderen Grafschaft. Und weil Oberto die Familien des Paares verfolgen ließ – die meisten konnten noch rechtzeitig entkommen –, zogen auch sie an diesen neuen Ort. Dort gründeten sie das Dorf Montalto.«

»Wir profitieren noch heute von dieser Geschichte, Montalto übt noch immer einen romantischen Reiz auf junge Paare aus«, ergänzte Rossetto. »Vor rund 200 Jahren wurde daher die kleine Hochzeitskapelle gleich unterhalb der Casa Principessa gebaut. Sie wissen schon, dieser nach zwei Seiten überdachte Raum mit den Säulen im offenen Fenster, das zum Tal zeigt. Es gibt sogar einen alten Altar. Viele junge Paare, nicht nur aus der Umgebung, sondern sogar aus Genua und Ventimiglia an der französischen Grenze, heiraten dort. Und bei jeder Hochzeit klingelt es in unserer Kasse.«

Diese kleine Kapelle kannte Wolf natürlich, er kam jedes Mal, wenn er das Dorf auf dem nächstgelegenen Weg verließ, an ihr vorbei. Sie lag nur etwa 60 bis 70 Meter von der Haustür der Casa Principessa entfernt, war allerdings von der Terrasse aus nicht zu sehen, weil sie mit einem alten, leer stehenden Haus überbaut war.

Valentina Ricci ließ sich wieder das Wasserglas reichen und nahm einen Schluck. Kurz schloss sie die Augen und verharrte regungslos im Bett. Wolf meinte, einen leichten Windhauch vom Fenster her zu spüren, aber er konnte sich täuschen. Ein, zwei Minuten war es still im Raum, abgesehen von dem Summen des Ventilators. Dann öffnete Valentina Ricci wieder die Augen. »Entschuldigen Sie, wenn ich so lange spreche, brauche ich hin und wieder eine Pause. Man ist ja schließlich nicht mehr die Jüngste.« Vermutlich wollte sie lachen, aber dieses Lachen ging in einem lauten, trockenen Husten unter. Sie fuhr sich mit dem Taschentuch über den Mund, dann sank sie in die Kissen zurück. Schließlich fragte sie Wolf: »Können Sie mir bis hierher folgen, junger Mann?«

Wolf nickte. Ja, das konnte er durchaus. Aber er begriff nicht, warum die alte Frau ihm diese Einführung in die Gründungsgeschichte Montaltos gegeben hatte. Was war daran so wichtig? Und vor allem: Was hatte das mit den drei Morden zu tun? Es schien so, als erahnte die alte Frau seine Gedanken.

»Sie fragen sich jetzt sicher, warum ich Ihnen das alles erzähle und wo der Zusammenhang ist zu den Ereignissen, die unser kleines Dorf in den vergangenen Tagen erschütterten?«

»So ist es«, sagte Wolf.

»Na, warten Sie ab, ich bin noch nicht fertig. Der wichtigste Teil folgt jetzt.«

Rossetto, der die Geschichte bereits kannte, nickte und machte ein ernstes Gesicht.

Valentina Ricci fuhr fort: »Oberto hatte zwar keine Möglichkeit, sich an den Geflohenen zu rächen, doch von seiner Burg aus sah er den neuen Ort und beobachtete, wie die ersten Häuser gebaut wurden. Das meiste aber, zum Beispiel die heute noch existierenden Kirchen, entstand erst lange nach seinem Tod. Er starb sieben Jahre später, ohne dass er etwas gegen das junge Paar ausrichten konnte, denn der Graf, in dessen Machtbereich der kleine Ort lag, war mächtiger als er. Dieser Graf begrüßte seine neuen

Untertanen und erlaubte ihnen, sich an der Stelle anzusiedeln, wo Montalto entstand, und er hielt seine schützende Hand über sie. Aber Oberto schwor Rache. Er trug seinem Sohn ein Vermächtnis auf: Von nun an sollten in jedem Jahrhundert, jeweils im 22. Jahr, sieben Bewohner dieses verhassten Ortes Montalto umgebracht werden, als Rache für die Verweigerung des Rechts, das Oberto zugestanden hatte.«

»Warum im 22. Jahr?«

»Weil sich die Geschichte 1121 zugetragen hat, also im 22. Jahr des damaligen Jahrhunderts. Obertos Sohn gleichen Namens gab dieses Vermächtnis an seine Nachkommen weiter, und so wurde es von Generation zu Generation weitergetragen. Angeblich wurden in Montalto ab 1221 alle 100 Jahre sieben Menschen ermordet, also 1321, 1421 und so fort. Und dieses Vermächtnis soll noch immer gelten. Wie eine Art ligurisches Erbe.«

Wolf starrte die alte Frau ungläubig an. Das Vermächtnis eines gekränkten Grafen wirkte 900 Jahre später noch immer? Aber tatsächlich schrieb man das Jahr 2021 und drei Menschen waren binnen einer Woche in Montalto von unbekannter Hand getötet worden. Konnte diese Erzählung tatsächlich wahr sein? »Aber wer sollte heute die Morde begehen?«, fragte er.

»Das ist eine berechtigte Frage, junger Mann«, sagte Valentina Ricci. »Es müsste jemand sein, der sich seinem Vermächtnis verpflichtet fühlt, warum auch immer.«

»Und woher kennen Sie diese Geschichte?«

Die Alte blickte ihn an, ohne den Kopf auf dem Kissen zu bewegen. »Meine Mutter erzählte mir diese Legende, als ich etwa 18 oder 20 Jahre alt war. Sicher war ich damals nicht die Einzige, die sie kannte, aber die anderen aus meiner Generation sind tot und die Jüngeren interessieren sich heute nicht mehr für so etwas.«

»Glaubte Ihre Mutter diese Legende denn? Sie sagen ja selbst, dass es sich um eine Legende handelt.«

Wieder sah Valentina Ricci Wolf direkt an, aber diesmal hob sie den Kopf schwerfällig an. »Sie hatte keinen Zweifel daran, dass sie stimmt.«

»Und Sie? Glauben Sie daran?«

Noch immer hatte die alte Frau den Kopf leicht angehoben. Mit ihrer krächzenden Stimme sagte sie so klar und fest, wie es ihr möglich war: »Ja, auch ich habe keinerlei Zweifel daran, dass sie stimmt.«

Bürgermeister Rossetto räusperte sich. »Nun gut, es ist und bleibt eine Legende. Aber Fakt ist, dass es drei Ermordete gibt.«

Dem konnte Sebastian Wolf nicht widersprechen, aber trotzdem sträubte sich alles in ihm dagegen, in der Erzählung dieser alten Frau mehr zu sehen als eine gruselige Geschichte, die zweifellos einen guten Plot für einen Thriller abgeben würde.

Noch einmal hob Valentina Ricci ihren Kopf leicht an und wandte sich an Wolf. »Bitte, Signor, tun Sie etwas. Die Polizei wird dieser Geschichte keinen Glauben schenken, aber Sie, Sie sind doch ein Mann mit Fantasie, der Bücher schreibt! Sie müssen etwas tun, sonst werden noch mehr Menschen sterben. Es gibt ja erst drei Tote, das heißt, vier fehlen noch. Vier unschuldige Menschen werden sterben müssen, wenn dem Täter nicht Einhalt geboten wird. Helfen Sie Montalto.« Dann sank ihr Kopf in die Kissen zurück und sie schloss die Augen.

Rossetto gab Wolf ein Zeichen, dass es Zeit war zu gehen. Das lange Gespräch hatte die alte Frau sichtlich erschöpft.

KAPITEL 8

Als Wolf und Rossetto wieder auf der Straße standen, hatte sich der Himmel weiter verdüstert. Es konnte nicht mehr allzu lange dauern, bis sich die Luft entladen würde. »Was denken Sie?«, fragte der Bürgermeister.

»Ich bin gerade ziemlich verwirrt«, gestand Wolf. Es klang alles zu fantastisch, als dass aufgeklärte Menschen aus dem 21. Jahrhundert diese Geschichte ernst nehmen konnten, zumindest den Teil, der die Gegenwart betraf. Doch ihm kam ein Gedanke. »Ich habe da eine Idee«, verkündete er Rossetto.

»Wollen Sie die Polizei informieren?«, fragte dieser.

»Oh nein, ganz bestimmt nicht.« Wolf unterdrückte ein Grinsen, als er daran dachte, wie er dem muffeligen Commissario Brignone diese Geschichte auftischen würde. »Nein, ich erzähle Ihnen davon, wenn es so weit ist.« Er riet dem Bürgermeister, die Legende vorerst für sich zu behalten. Montalto war ein kleines Dorf, unter den Menschen herrschte Angst, da konnte man nie vorhersagen, was eine solche Geschichte auslösen würde. Die Unruhe im Ort war nach den drei Morden ohnehin schon groß genug. Die beiden Männer verabschiedeten sich voneinander und Wolf versprach dem Bürgermeister, sich zu melden, sobald er mehr wisse. Daran, dass er jemals mehr wissen würde als diese bizarre Geschichte der alten Valentina Ricci, glaubte er allerdings nicht ernsthaft.

Es war früher Abend, als er in die Casa Principessa zurückkehrte. Jackie empfing ihn freudig. Er legte sich aufs Bett, aber die Hündin forderte seine Aufmerksamkeit ein, und so tobten sie eine Weile herum. Schließlich gab er ihr Futter und ließ sie dann aus dem Haus. »Bleib aber nicht so lange, es wird bald ein Gewitter geben.« Manchmal vergaß er schlicht, dass Jackie ein Hund war, und sprach mit ihr wie mit einem Menschen. Als sie losgelaufen war, ging er ins Wohnzimmer und wählte eine Nummer, die er auswendig wusste. Es dauerte nicht lange, dann meldete sich eine vertraute Stimme.

»Signor Müller, hier ist Signor Wolf.«

»Sebastian, bist du es? Was für eine Überraschung!«

Wolf tat es gut, Martins Stimme zu hören. Wolf mochte die intellektuelle Präsenz des anderen, aber vor allem schätzte er Martin als Freund. Die beiden genossen regelmäßig gemeinsame Abende in schicken Hamburger Bars oder verbrachten ein Wochenende auf Sylt, »ohne Weiber«, wie Martin scherzhaft sagte. Dabei ging es niemals darum, seine Frau Anna zu betrügen. Das war undenkbar für seinen Freund, Anna und er waren wie füreinander gemacht. Früher, als Ella noch lebte, hatten die Paare häufig etwas zusammen unternommen. Wolf rechnete den beiden hoch an, dass sie sich um ihn gekümmert hatten, als die Sache mit Ella passiert war. Er hatte in der ersten Zeit nach ihrem Tod niemanden an sich herangelassen – außer Martin und Anna.

Wolf und Martin plauderten eine Weile, bis Wolf seinem Freund die Neuigkeiten aus Montalto berichtete. »Drei Ermordete? Das ist doch unmöglich!«, entfuhr es Martin. Er fragte nach den Namen, und als Wolf sie ihm nannte, rief Martin: »Jesus!« Den Padre hatte er persönlich gekannt. Manchmal hatte er mit Crosetto gefachsimpelt, denn Martin war Professor für Geschichte, und zwar mit dem Schwerpunkt italienische Geschichte des Mittelalters und der frühen Neuzeit, und der Padre war ein geschichtsbegeisterter Mann gewesen. »Das war ein guter Typ, allseits beliebt bei den Leuten. Er glaubte an den göttlichen Plan, wie er immer betonte. Tragisch, dass sein Leben so enden musste.«

»Es gibt da noch etwas. Vielleicht kannst du mir weiterhelfen«, sagte Wolf.

»Schieß los, mein Freund«, forderte Martin ihn auf.

Wolf berichtete, was Valentina Ricci ihm erzählt hatte. Er endete zunächst mit dem Tod des Grafen Oberto – genau wie die alte Frau es getan hatte.

»Ja, ich kenne diese Legende«, sagte Martin zu Wolfs Überraschung. »Aber ich kann nicht sagen, ob ich mal ein Dokument dazu gesehen habe oder ob sie mir jemand erzählt hat oder ich in irgendeinem alten Buch darüber gelesen habe. Jedenfalls ist es eine der Legenden, von denen es aus der Zeit des Mittelalters eine ganze Reihe gibt. Sie wurden meistens mündlich überliefert von Generation zu Generation, weil damals kaum jemand lesen konnte und es Bücher nur in den Klöstern gab. Während dieser Überlieferungen wurde viel verändert, hinzugedichtet oder vergessen. Das sollte man immer im Hinterkopf haben. Was hat diese Legende mit den Morden in Montalto zu tun?«

»Genau das habe ich Valentina Ricci auch gefragt. Die Geschichte geht aber noch weiter.« Und dann erzählte Wolf seinem Freund am anderen Ende der Leitung den Rest.

Martin Müller war genauso sprachlos, wie es Sebastian Wolf gewesen war. »Klingt skurril«, sagte er.

»Kannst du dir so etwas vorstellen?«, fragte Wolf.

»Hmmm«, machte Martin, »was wollt ihr tun? Wollt ihr diese Spur aufnehmen?«

Wolf stutzte. »Wieso wir? Ich habe doch mit der ganzen Sache gar nichts zu tun, außer dass ich eine Leiche gefunden und einen potenziellen Tatverdächtigen gesehen habe, der sich als unschuldig herausstellte.«

Er hörte Martin trocken lachen. »Ach komm, alter Junge, ich spüre doch, wie es dir in den Fingern juckt. Du bist doch schon mittendrin und kannst gar nicht anders, als dieser Geschichte nachzuspüren. Sonst hättest du mich nicht angerufen.«

Wolf musste sich eingestehen, dass sein Freund recht hatte.

Der fragte weiter: »Also, willst du die Polizei einweihen?«

Wolf lachte auf. »Du würdest nicht fragen, wenn du diesen Kommissar aus Imperia kennen würdest. Außerdem bin ich für den ein rotes Tuch, weil ich ja Romane schreibe, und solche Leute scheinen für ihn grundsätzlich Spinner zu sein. Und ich glaube, Deutsche mag er auch nicht besonders. Sein junger Kollege dagegen ist in Ordnung, aber er hat nichts zu melden.«

Da hörte er Anna im Hintergrund. »Ich spreche gerade mit Sebastian«, sagte Martin zu ihr.

»Haaallo, Sebastian!«, rief sie. »Alles gut bei dir? Wie ist das Wetter? Gibt es irgendwas Neues in Montalto? Vor allem aber: Hast du Melanie vom Restaurant schon kennengelernt?«

»Ja, sie hat mir am ersten Abend Essen vorbeigebracht, weil sie glaubte, ich sei nicht zur Selbstversorgung fähig.« Dass Melanie damit recht gehabt hatte, erwähnte er natürlich nicht.

»Sie ist nett, nicht wahr? Und sehr attraktiv! Ein paar Jahre jünger als du. Und Single!«

»Ist Kuppelei nicht nach wie vor strafbar?«, grummelte Wolf und verabschiedete sich von Anna. An Martin gewandt sagte er: »Zurück zu Montalto und der Legende. Wenn es wirklich in jedem Jahrhundert im 22. Jahr sieben Morde in Montalto gab, dann müsste das also auch vor 100 Jahren so gewesen sein, oder?«

»Kluges Kerlchen«, sagte Martin.

»1921 müsste es doch eine Zeitung in der Region gegeben haben. Und sieben Morde – das müssen doch Schlagzeilen gewesen sein.« Wieder stimmte Martin seinem Freund zu. »Du bist doch der Experte für Italien – weißt du, welche Zeitung das gewesen sein könnte und ob ich in irgendeinem Archiv die entsprechenden Ausgaben finde?«

Den Namen der Zeitung wusste Martin nicht. »Aber wenn es noch alte Ausgaben gibt, müssten sie in der Universitätsbibliothek in Genua liegen. Zufällig kenne ich den dortigen Direktor. Ich rufe ihn gleich morgen früh an und bitte ihn, sie heraussuchen zu lassen. Ab morgen Mittag kannst du sie einsehen, melde dich einfach bei ihm und berufe dich auf mich.«

»Danke, mein Bester, damit hast du die Sache mit Melanie wieder geradegerückt.« Sie verabschiedeten sich und Wolf legte auf.

Apropos Melanie. Wolf blickte auf die Uhr und erschrak. Es war inzwischen halb acht. Jackie war zurück und lag im Wohnzimmer auf dem kühlen Steinboden. Die kunstvollen Verzierungen darauf stammten aus dem 18. Jahrhundert, wie Martin ihm versichert hatte. Wolf warf einen Blick nach draußen. Der dunkle Himmel wirkte bedrohlich. Plötzlich zuckte ein Blitz über den Bergen, kurz darauf noch einer. Aber sie waren noch so weit entfernt, dass kein Donner zu hören war. Es schien ein unruhiger Abend zu werden. Wolf schnupperte unter seinen Achseln und entschied, dass es dringend nötig sei, eine Dusche zu nehmen, bevor Melanie auftauchen würde. Anschließend zog er sich eine weite Leinenhose und ein Hemd mit kurzen Ärmeln über, ebenfalls aus Leinen. Dann wartete er.

Als es unten an der Haustür klingelte, schreckte er hoch. Er musste kurz eingedöst sein und brauchte einen Moment, um zu sich zu kommen, dann rief er: »Die Tür ist offen!« Jackie raste los und spulte ihr übliches Begrüßungsritual ab. Er hörte jemanden lachen und eine Stimme, die freundlich mit Jackie sprach. Eine Stimme, die ihm fast schon ein bisschen vertraut vorkam: Melanie.

*

Er war bereit. Einmal mehr bereit. Draußen braute sich etwas zusammen, ein Gewitter oder ein Sturm vielleicht. Kein Luftzug durchwehte das Haus. Er betrat die Bibliothek, ging zum Tresor, der neben dem Bild des Grafen Oberto VI., einem Porträt irgendwann aus dem 16. Jahrhundert, in die Wand eingelassen war. Er kannte die Zahlenfolge, mit der er den Stahltresor öffnen konnte. Er zog die schwere, dicke Stahltür auf, nahm das Buch heraus und trug es zum Schreibtisch. Er schlug das Buch in der Mitte auf und las: »12. August 1721. Der letzte Schritt ist getan. Damit hat unsere Generation die Aufgabe, die ihr gestellt wurde, erfüllt. In 100 Jahren wird es an der nächsten Generation sein, es uns nachzutun. Mit Stolz und Genugtuung schließen wir das Buch für 100 Jahre.« So würde er es auch schreiben können, bald schon. Inzwischen hatte er durch einen kurzen Besuch in Montalto herausgefunden, wer in der Casa Principessa wohnte. Er hatte einfach ein paar alte Männer in der kleinen Bar an der Straße gefragt. Ein Schriftsteller aus Deutschland. Er würde als Letzter an die Reihe kommen. Sie würden ihm danken und ihn ehren, sein ganzes restliches Leben, das noch lang sein konnte, sehr lang. Er hörte Stimmen und dann Schritte auf dem Steinboden im Flur. Mit Bedacht klappte er das große, schwere Buch zusammen und legte es in den Tresor zurück. Zeit, sich schlafen zu legen, schließlich war morgen ein bedeutender Tag.

*

Der Commissario hatte alle zu einer Besprechung gerufen, bevor es in den Feierabend ging. »Morgen ist ein wichtiger Tag«, betonte er vor den anwesenden Kollegen. »Sie alle müssen vor Ort äußerste Wachsamkeit walten lassen.« Zwei Kommissare und Flavotti saßen ihm gegenüber sowie etwa zehn Carabinieri. Er hatte sie zusammengerufen, weil sie alle am nächsten Vormittag einen Einsatz in Montalto hatten, wo der ermordete Padre auf dem kleinen Friedhof beigesetzt werden sollte. Das halbe Dorf würde dort sein, mindestens, und vermutlich auch noch ein paar Auswärtige.

»Wie ist der Plan?«, fragte einer der Polizisten.

Brignone stand hinter dem Pult und sah auf die Notizen, die vor ihm lagen. »Der Plan ist ganz einfach«, erläuterte er. »Wir müssen uns unter die Leute mischen und Ausschau halten. Es gibt nur einen Ein- und Ausgang zu dem Friedhof, zu dem ein schmaler Weg führt. Er liegt etwas außerhalb des Ortes und ist von einer zwei Meter hohen Mauer umgeben. Tragen Sie bitte Zivil. Und parken Sie so weit vor dem Ort, dass die Polizeiwagen nicht auffallen.«

Der Polizist, der die Frage gestellt hatte, hakte nach: »Wonach sollen wir denn überhaupt Ausschau halten?«

Das war eine berechtigte Frage, aber Brignone konnte sie nicht wirklich beantworten. Tja, wonach sollten die Männer suchen? Sie hatten keinen Anhaltspunkt, der auf den Täter hindeutete. Die vage Hoffnung war, dass der Mörder zur Beisetzung seines Opfers kommen würde. Vielleicht aus Eitelkeit, vielleicht aus einem anderen Grund. Und vielleicht würde er sich irgendwie verraten oder verdächtig verhalten. »Das ist eine schwache Hoffnung für einen so großen Polizeieinsatz«, hatte Flavotti bemerkt, als sie die Sache zwei Stunden zuvor besprochen hatten. Dass ein Täter zur Beerdigung seines Opfers erschien, kam hin und wieder vor. »Aber warum sollte jemand, der drei Morde verübt hatte, ohne irgendeine Spur zu hinterlassen, bei einer solchen Gelegenheit einen Fehler begehen?« Brignone wusste natürlich, dass Flavotti recht hatte, und das reizte ihn. Doch der Kommissar wollte diese Chance, und war sie auch noch so klein, nicht einfach verstreichen lassen.

Jetzt blickte Brignone im Besprechungsraum in die Runde und sagte: »Beobachten Sie einfach alles, was vor sich geht. Achten Sie auf Ungewöhnliches, auf Dinge, die nicht zu einer Beerdigung passen.« Das war nicht viel, das wusste er selbst. Er zeigte auf zwei Carabinieri und ordnete an: »Petrocelli und Esposito, Sie sichern den Ausgang.« Die beiden Männer nickten und Brignone beendete die Besprechung. Er hörte das Gemurmel, als die Teilnehmer den Raum verließen.

Brignone konnte die Skepsis seiner Leute verstehen, aber irgendetwas musste er doch tun. Er stand unter dem Druck, Ergebnisse liefern zu müssen. Vor allem, seit sein Chef aus Genua am Vormittag angerufen und sich nach dem Stand der Ermittlungen erkundigt hatte. Drei Morde, wenn auch in der tiefsten Provinz, das erweckte Aufsehen. »Wir starten morgen gemeinsam hier um 9.30 Uhr. Einen schönen Feierabend«, rief er Flavotti noch zu, bevor er das Kommissariat verließ.

*

Sie sah umwerfend aus. Sie trug eine luftige Bluse zu beigefarbenen Shorts, dazu flache Ledersandalen und dezenten Goldschmuck. Ihr Make-up war natürlich. Gerade so, wie es Wolf gefiel. »Ich hatte noch nie eine so hinreißende Köchin«, sagte er. Na also, es geht doch noch, du hast noch nicht alles verlernt, dachte er.

Sie lächelte ohne eine Spur von Verlegenheit. »Sie Charmeur. Dabei sagt man den Hamburgern doch nach, sie seien so unterkühlt.« Sie hatte in jeder Hand einen vollgepackten Korb und sah sich suchend um.

Wolf wies hinter sie: »Stellen Sie die Sachen doch auf dem Tisch in der Küche ab.« Gemeinsam packten sie aus, was Melanie mitgebracht hatte. »Was gibt es denn Feines?«

»Ach, eigentlich gar nichts Besonderes. Das Beste ist, dass das meiste schon fertig ist. Das Restaurant ist ja heute geschlossen, aber mein Koch und ich haben die Zeit genutzt, um einiges vorzubereiten für die nächsten Tage, und da konnte ich quasi nebenbei ein paar Dinge für heute Abend zubereiten.« Melanie packte verschiedene mit Folie abgedeckte Schüsseln aus und stellte sie auf den Tisch.

»Verraten Sie es mir trotzdem?«, insistierte er.

Sie lächelte. »Also gut, hier haben wir als Vorspeise Fiori di zucchine in pastella con mozzarella, also frittierte Zucchiniblüten mit Mozzarella. Dann gibt es Rigatoni al forno, sie müssten gleich noch einmal kurz im Ofen erhitzt werden. Weiter haben wir Arancini, frittierte und gefüllte Reisbällchen. Und zum Nachtisch mein selbst gemachtes Tiramisu.« In diesem Augenblick blitzte es und kurz darauf war Donner zu hören, irgendwo in den Bergen auf der anderen Seite des Tales.

»Klingt fantastisch«, sagte Wolf, »ich kann es kaum erwarten.«

Sie beratschlagten, ob sie den Tisch auf der Terrasse decken sollten oder wegen des drohenden Gewitters besser im Wohnzimmer Platz nahmen. Sie entschieden sich für die Terrasse, und während Melanie die Rigatoni in den Ofen schob, deckte er den Tisch. Er stellte eine große Kerze in einem Glasbehälter in die Mitte. Als sie mit der Vorspeise kam, lächelte sie: »Sehr romantisch.«

Wolf musste sich eingestehen, dass er dieses Lächeln bezaubernd fand, so wie eigentlich alles an ihr. Er holte eine Flasche Wein aus dem Kühlschrank, entkorkte sie, während es wieder blitzte und noch verhalten donnerte, und füllte die zwei Gläser auf dem Tisch. Sie stießen an und die Gläser klirrten leise. »Danke fürs Kochen«, sagte er.

»Danke für die Einladung«, entgegnete sie.

Beim Essen plauderten sie ungezwungen über Gott und die Welt. Später, nachdem Wolf kurz mit Jackie vor die Tür gegangen war, genossen sie das Tiramisu – das beste, das er jemals gegessen hatte, wie Wolf mehrmals versicherte. Gerade als er sich den letzten Löffel in den Mund geschoben hatte, traf ihn ein dicker kalter Regentropfen. Und dann noch einer und noch einer.

»Uuh, es geht wohl los«, sagte Melanie. Im selben Moment setzte ein heftiger Platzregen ein.

Sie sprangen auf. »Schnell, alles rein!«, rief Wolf in gespielter Panik. Als sie alles in Sicherheit gebracht hatten, setzten sie sich nebeneinander auf das Sofa im Wohnzimmer und Wolf füllte die Weingläser nach. Sie waren inzwischen bei der zweiten Flasche angekommen. Melanie hatte ihre Schuhe ausgezogen und ihre Beine angewinkelt.

»Also«, sagte sie. »Erzählen Sie.«

Er sah sie fragend an: »Was meinen Sie?«

Sie sah ihm ins Gesicht. »Warum sind Sie nicht verheiratet, was ist mit Ihrer Frau passiert?«

Wolf verfluchte Martin und Anna, die beiden hatten also irgendetwas gegenüber Melanie fallen lassen. »Das möchten Sie wirklich wissen?« Sie nickte. Er hielt kurz inne und dann begann Sebastian Wolf zu erzählen, erst stockend, dann immer flüssiger.

Er erzählte von Ella, davon, wie er sie kennengelernt hatte, was er an ihr besonders geliebt hatte, sogar von dem kleinen Leberfleck zwischen ihren Schulterblättern, den er so gerne geküsst hatte. Er erzählte von dem gemeinsamen Sommer vor zehn Jahren in Montalto, hier in diesem Haus. Und von ihrem Unfall. Ein Autofahrer hatte eine rote Ampel übersehen, mitten in der Hamburger Innenstadt. Er hatte sie einfach überfahren, mit überhöhter Geschwindigkeit, während sie über den Zebrastreifen gegangen war. Sie war sofort tot gewesen. Wolf erzählte von dem Moment, als ein Polizist ihm mitgeteilt hatte, dass seine Frau tot war. Von den Wochen und Monaten danach, als er vollkommen am Ende gewesen war, jeden Lebensmut verloren hatte, selbst daran gedacht hatte, Schluss zu machen. Als er völlig unfähig gewesen war, auch nur einen Satz zu schreiben. Dann war die Phase gekommen, in der er sich in die Arbeit gestürzt hatte. Vom sozialen Leben hatte er sich vollkommen zurückgezogen, nur Martin und Anna hatten in dieser schwierigen Zeit Zugang zu ihm gefunden. Und ein wenig auch sein Vater, der in Ella die Tochter gesehen hatte, die er nie gehabt hatte. Er erzählte, dass seine Freunde ihn langsam zurück ins Leben geholt hatten, sehr behutsam. Dass er es ohne die beiden niemals geschafft hätte, wieder ein normaler Mensch zu werden und ein normales Leben zu führen, auch wenn der Schmerz weiter in ihm arbeitete, nur jetzt eben tiefer als anfangs. Und zuletzt erzählte er von Jackie, die er sich auf Anraten Martins und seines Therapeuten angeschafft hatte. Der Hund hatte sich längst unbemerkt zwischen Wolf und Melanie gelegt. Sie kraulten Jackie und manchmal berührten sich dabei zufällig ihre Finger.

Unaufhörlich prasselte der Regen gegen die Fenster und auf die Terrasse. Inzwischen war das Gewitter direkt über Montalto angekommen. Die Blitze machten aus der Dunkelheit für ein paar Sekunden Tag, der Donner grollte und hallte laut in den Bergen nach. Doch die beiden nahmen kaum wahr, was um sie herum geschah.

Als Wolf mit seiner Geschichte geendet hatte, blickte Melanie ihn an. Weinte sie? Sie nahm einen kräftigen Schluck aus ihrem Glas und sagte: »Das tut mir unendlich leid. Das muss schlimm gewesen sein, ist es bestimmt immer noch.«

Wolf hatte außer Martin und Anna keinem Menschen jemals einen so tiefen Einblick in sein Innerstes gegeben wie gerade Melanie. Jetzt war es ihm fast schon wieder ein bisschen peinlich. »Na ja, wie Sie sehen, lebe ich noch. Und mein Leben ist ja nicht schlecht – ich fahre ein schickes Auto, bin erfolgreich und viele Frauen sind hinter mir her.« Dabei gelang es ihm zu lachen, wenn auch etwas bemüht.

Melanie lächelte.

»Aber genug von mir. Jetzt sind Sie dran«, sagte er.

»Ja, das ist nur fair.« Melanie rückte sich ein wenig auf dem Sofa zurecht. Dann erzählte auch sie. Wolf hörte atemlos zu, und während er ihren Worten lauschte, wurde ihm klar, dass er nicht der einzige Mensch auf der Welt war, der einen schweren Schicksalsschlag erlitten hatte.

Melanie hatte vor zwölf Jahren einen Mann kennen- und lieben gelernt, einen Arzt. Sie war damals Mitte 20 und hatte den Traum, ein eigenes Restaurant zu eröffnen. Ihr Mann war Italiener und es zog ihn in seine Heimat zurück. Er stammte aus der Gegend, und so fuhren sie jedes Jahr hierher, um seine Familie zu besuchen, die sie aufnahm wie ihre eigene Tochter. Schnell lernte sie Italienisch, und das Land wurde bald zu ihrer zweiten Heimat. Eines Tages erfuhr sie, dass in einem kleinen, etwas bizarren Bergdorf namens Montalto Ligure ein Restaurant billig zu kaufen sei, weil der bisherige Besitzer verstorben war. Sie schaute sich das Restaurant an und wusste, dass es genau das war, was sie sich erträumt hatte. Also kratzte Melanie ihr Geld zusammen, nahm einen Kredit auf und kaufte das Restaurant. Sie stürzte sich in die Arbeit, und die Gäste kamen aus der ganzen Gegend und bald auch aus den Touristenorten unten am Meer. Alles lief gut. Doch dann erkrankte ihr Mann an Krebs. Unheilbar, so lautete die Diagnose der Ärzte. Seine eigenen Kollegen behandelten und pflegten ihn aufopferungsvoll, aber der Verfall war rapide. Drei

Monate später war er tot. »Das war vor vier Jahren. Seitdem ist das Restaurant mein Leben, einen Mann gab es nicht mehr.«

Wolf wusste nicht, was er sagen sollte. Damit hatte er nicht gerechnet. Diese Frau, die neben ihm auf dem Sofa saß, wirkte so voller Lebensfreude und Tatendrang, sie hatte fast immer ein Lächeln im Gesicht – er wäre niemals auf den Gedanken gekommen, dass sie so viel hatte durchmachen müssen. Stumm blickte er Melanie an. Und plötzlich wusste er, was er zu tun hatte. Er beugte sich ein Stück zu ihr herüber, strich sanft über ihr Haar – und küsste sie zart auf die Lippen.

Sie blieben noch eine Weile auf dem Sofa sitzen, küssten sich und lauschten dem Donnergrollen, das regelmäßig ertönte. Dann stand Wolf langsam auf und zog Melanie an der Hand mit hoch. Als sie standen, zog er sie weiter. »Achtung, Stufen«, sagte er, als sie die kleine Treppe erreicht hatten, die ins Schlafzimmer führte. Auf dem großen Bett zogen sie sich langsam gegenseitig aus. Alles lief ohne Worte ab, doch das Donnergrollen zerriss die Stille, die sonst nur durch das permanente Plätschern des Regens gestört wurde. Immer wieder zuckten Blitze, die den Raum für Sekundenbruchteile in ein grelles Licht hüllten, während sie miteinander schliefen. Später, irgendwann in der Nacht, hörte das Gewitter auf, doch davon bekamen die beiden nichts mit.

*

Er fühlte sich gut an diesem Morgen. Heute würde er schon sehr früh am Tag mit seinem Auftrag beginnen. Während er sich fertig machte, versuchte er, nicht an das zu denken,

was er gleich tun würde. Jeder Schritt war genau geplant. Er war mehrere Male in Montalto gewesen und hatte sein Opfer bei der Arbeit beobachtet. Wenn er es nur richtig anstellte, bot dessen Arbeitsplatz eine gute Möglichkeit, sein nächstes Werk zu vollenden. Aber er musste dennoch vorsichtig sein, denn sein nächstes Opfer war ein junger Mann, der durch die viele körperliche Arbeit zudem noch ziemlich kräftig war. Aber das war er selbst auch, schließlich hatte er sich jahrelang auf seine Aufgabe vorbereitet. Nicht zuletzt hatte er das weiße Pulver, das ihn stark machte.
Er duschte und trank einen Kaffee in der Küche. Hunger hatte er nicht, an Essen war nicht zu denken. Er ging zurück in sein Zimmer und holte aus einem Schrank ein dünnes, sauber aufgerolltes Seil, das er liebevoll streichelte. Nun war es höchste Zeit! Er sah durch das große Fenster, dass die Dämmerung schon hereingebrochen war. Draußen war es noch ruhig, das Leben würde erst in einer Stunde langsam erwachen. Die Zeitung lag unter dem Türschlitz, durch den der Bote sie wie jeden Morgen geworfen hatte. Er hob sie auf und wollte sie auf ein kleines Tischchen legen, doch da fiel sein Blick auf eine Überschrift gleich neben der großen Schlagzeile des Tages: »Drei Morde in Montalto – Polizei ratlos«. Er starrte darauf. Aber dann entspannte er sich. Es war doch klar, dass nicht vor der Öffentlichkeit verheimlicht werden konnte, was in Montalto geschah. Kein Grund zur Sorge. Und die gute Nachricht war, dass die Polizei offensichtlich nicht den geringsten Ansatz einer Spur hatte. Dabei sollte es auch bleiben, nahm er sich vor. Er trat vor die Tür. Er setzte sich in seinen Wagen und fuhr los auf der noch menschenleeren Straße.

*

Als Ernesto Gallo den Friedhof betrat, war noch alles still. In ein paar Stunden würde hier eine Menge los sein, denn heute sollte Padre Crosetto beigesetzt werden. Die Zeremonie würde Padre de Luca aus Vasia vornehmen, mit dem der Ermordete befreundet gewesen war. Ernesto konnte immer noch nicht glauben, was geschehen war. Wie oft hatte er in den vergangenen zehn Jahren Beerdigungen auf dem Friedhof vorbereitet? Er war jetzt 29 und hatte nach dem Schulabschluss die Pflege der Gräber und des Friedhofs übernommen und sich auch um die beiden Kirchen des Ortes gekümmert. Immer, wenn es kleinere Reparaturen durchzuführen gab, erledigte er sie. Das sparte der Kirche viel Geld, denn Handwerker waren teuer und auch Ernestos Gehalt war nicht gerade üppig. Weil diese Aufgabe nicht tagesfüllend war, hatte er manchmal andere Erledigungen für den Padre übernommen.

Er entschloss sich, die kleine Kirche bereits zu öffnen. Vielleicht fand sich ja eines der Gemeindemitglieder ein, um vor der Beisetzung noch Zwiesprache mit dem Herrn zu halten. Normalerweise taten die Gläubigen das oben in der großen Kirche, aber heute war alles anders. Ernesto schloss die Kirche auf und trat ein. Eine mystische Stille umgab ihn. Er war ein gläubiger junger Mann, und so kniete er nieder und ging dann bis zur vordersten Reihe der Sitzbänke und setzte sich. Als er seinen Gedanken ihren Lauf ließ, glaubte er plötzlich, hinter sich ein Geräusch gehört zu haben. Er drehte sich um, doch die Kirche war leer. Vielleicht hatte er sich das Geräusch nur eingebildet. Dann stand er auf, trat aus der Reihe, kniete im Gang nieder, bekreuzigte sich und ging zum Ausgang. Es gab schließlich noch einiges zu tun.

Er betrat den Friedhof durch das kleine Tor und wandte

sich nach links, wo ein altes Steinhäuschen stand, in dem all die Utensilien und Werkzeuge und Geräte aufbewahrt wurden, die man so brauchte, um einen Friedhof in Ordnung zu halten. Das Häuschen war nie abgeschlossen, und so öffnete er die Tür und griff sich eine Harke und einen alten Leinensack. Er ging zur Mitte des Friedhofs. Hier, an der Mauer des größten Mausoleums, in dem Mitglieder einer der wichtigsten und reichsten Familien Montaltos die letzte Ruhe gefunden hatten, lagen einige Blätter verstreut. Ernesto machte sich an die Arbeit und begann zu harken. Just als er einen Haufen Blätter in den Leinensack füllen wollte, hörte er wieder ein Geräusch. Merkwürdig, dachte er, ich habe doch niemanden auf dem Friedhof gesehen. Er ging mit der Harke in der Hand ein, zwei, drei Meter um die Ecke des Mausoleums.

Gerade als er um die Ecke blickte, vernahm er ein Knacken, aber bevor er sich umdrehen konnte, spürte er, wie jemand hinter ihn sprang und ihm etwas Schmales um den Hals legte. Im selben Augenblick blieb Ernesto Gallo die Luft weg. Er ließ die Harke fallen und versuchte zunächst vergeblich, mit beiden Händen unter das Seil oder was immer sich um seinen Hals gelegt hatte, zu kommen, um den Druck abzumildern. Der Angreifer musste ein kräftiger Typ sein, aber Ernesto hatte den Eindruck, dass er kleiner war als er selbst. Er ruderte mit den Armen und versuchte, den anderen von hinten zu umgreifen. Aber das Seil blieb eisern um seinen Hals. Und dann merkte er, wie ihn die Kraft verließ und ihm langsam schwarz vor Augen wurde.

*

Die Straße war komplett zugeparkt, die Autos standen schon über hundert Meter vor der unteren Ortseinfahrt. Die Blechlawine schlängelte sich um mehrere Kurven. Kommissar Brignone fluchte. Jetzt hatte es endlich geregnet, aber angenehmer war das Wetter deshalb nicht. Die feuchte Schwüle ließ sein Hemd unter dem schwarzen Anzug am Körper kleben. Es war Dienstagmorgen. Ein paar Minuten zuvor waren die Polizisten eingetroffen, um an der Beerdigung von Padre Crosetto teilzunehmen. Der gute Mann musste wirklich beliebt gewesen sein, wenn man die Menschenmassen sah, die sich auf den Weg zum Friedhof gemacht hatten. Die Anlage war viel zu klein, um sie alle aufzunehmen, und so würde eine ganze Reihe der Trauergäste auf dem Weg vor dem kleinen Eingangstor stehen müssen. Obwohl die Beisetzung erst in 45 Minuten beginnen sollte, drängten sich bereits zahlreiche Menschen auf dem Friedhof.

Brignone machte sich gefolgt von Flavotti auf den Weg zu der Kirche, die deutlich kleiner war als San Giovanni Battista oben im Dorf. Dafür war die Pfarrkirche Sano Giorgio älter, sie stammte vermutlich aus dem 14. Jahrhundert. Brignone nickte in Richtung der Kirche und Flavotti betrat sie, um sich einen kurzen Eindruck zu verschaffen. Man wusste ja schließlich nicht, was heute noch alles passieren würde.

Eine angenehme Stille empfing den jungen Polizeibeamten in der Kirche. Vier massive Steinsäulen trugen das Gewölbe. Der Stil war eine Mischung aus romanischer und gotischer Architektur, schätzte Flavotti, aber er besaß darüber nur rudimentäres Wissen aus Schulzeiten. Eine Steinmauer mit einem eingebauten Rednerpult trennte den

Bereich, der für die Zelebranten reserviert war, von den Gläubigen. Im Hintergrund erkannte Flavotti prächtige Fresken, die jünger wirkten als der Rest der Kirche. Aber auch da konnte er sich täuschen. Gerne hätte er sich auf eine der Holzbänke gesetzt. Nicht, weil er gläubig war und beten wollte, sondern um die Stille und den Frieden, den dieser Ort ausstrahlte, einen Augenblick zu genießen. Doch er ahnte, dass Brignone draußen schon ungeduldig wartete, und so verließ er die Kirche wieder.

»Haben Sie noch Zwiesprache mit dem Herrn gehalten?«, fragte sein Chef spöttisch, als er wieder nach draußen trat. Flavotti ließ es über sich ergehen. Er wusste, dass der Commissario angespannt war.

Kein Wunder, denn heute Morgen hatten die Zeitungen das erste Mal über die Ereignisse in Montalto berichtet. »Serienkiller verunsichert ligurisches Dorf«, »Polizei ratlos: Wer ermordete drei Menschen?« und »Wann schnappt die Polizei endlich den Serienkiller?«, lauteten die Schlagzeilen. Selbst bis in die überregionalen Blätter hatten es die Nachrichten aus dem Dorf in Ligurien gebracht. In jedem Artikel wurden bohrende Fragen zur Arbeit der Polizei gestellt und Brignone wusste natürlich, dass diese Artikel auch von seinen Vorgesetzten in Genua und sicher auch im Ministerium in Rom gelesen wurden. Er hatte getobt, als er die Zeitungen auf seinem Schreibtisch gesehen hatte. »Schmierfinken« und »Kanaille« waren noch harmlosere Schimpfworte gewesen. Flavotti hatte versucht, ihn zu beruhigen, aber damit war er vollständig gescheitert. Erfreut war natürlich auch er selbst nicht. Mitgefangen, mitgehangen, so hieß es doch schließlich. Und er war mitgefangen – würde er auch bald mithängen?

Der Himmel über dem Valle Argentina hing nach dem nächtlichen Gewitter noch immer voller Wolken, aber es taten sich erste Lücken auf, durch die das Blau blitzte. Die Natur schien zu dampfen, aber wer nach dem Regen auf einen Wetterumschwung gehofft hatte, würde wohl enttäuscht werden. Der Regen in der Nacht war so heftig gewesen, dass auf dem Weg runter zum Friedhof eine Furche zu erkennen war, in der das Wasser wie ein kleiner Sturzbach abgelaufen war.

Brignone hatte für solche Beobachtungen keinen Nerv. »Los, los, wir müssen weiter«, raunzte er seinen Kollegen an und die beiden mischten sich unter den Menschenstrom, der sich zumeist schweigend in Richtung Friedhof bewegte. Schließlich erreichten sie das kleine Eingangstor, das den einzigen Zugang durch die Mauer bot. Es handelte sich um einen typischen italienischen Friedhof mit kleinen Mausoleen für die Angehörigen der besser betuchten Familien und in die Mauer eingelassenen Schiebegräbern für die Normalsterblichen. An vielen dieser Gräber, die Flavotti immer an die Kühlfächer in der Gerichtsmedizin erinnerten, in denen die zur Obduktion bestimmten Leichen aufbewahrt wurden, waren Bilder der verstorbenen Personen angebracht. Dazu das Geburts- und Sterbedatum. Für sonstige Inschriften, die die Verstorbenen ehrten, war kein Platz.

»Los, wir postieren uns möglichst weit vorne. Die Kollegen stellen sich in den Ecken auf und mischen sich unter die Trauergäste«, sagte Brignone. Flavotti folgte ihm.

*

Sebastian Wolf wachte als Erster auf. Sein Kopf fühlte sich schwer an, kein Wunder, immerhin dürfte er am Abend zuvor eine ganze Flasche Wein getrunken haben. Er schlug die Augen auf und blickte in ein Gesicht. Aber diesmal war es nicht das von Jackie, sondern das von Melanie. Sie schlief offenbar noch, wenigstens hatte sie ihre Augen geschlossen. Er drehte sich vorsichtig um, weil er sie nicht wecken wollte. Es war an der Zeit, allmählich aufzustehen. Er wusste, dass Melanie heute zur Beerdigung von Padre Crosetto gehen wollte.

Nachdem sie aufgewacht war, plauderten sie ein wenig, während Jackie es sich zwischen ihnen bequem machte. Dann sagte Melanie unvermittelt: »Es war sehr schön mit dir letzte Nacht.«

Wolf dachte genauso, aber irgendwie war er verkrampft. Warum nur? Er nickte und sagte: »Das kann ich nur bestätigen.«

Sie schaute ihn amüsiert an: »Du kannst das bestätigen? Also von einem Romanautor hätte ich mir eine etwas romantischere Antwort erwartet.« Sie schauten sich kurz an und dann prusteten sie so laut los, dass Jackie zwischen ihnen den Kopf hob und aufgeregt bellte. Er strich mit der Hand durch Melanies Haare. »Du gehst also gleich zu der Beerdigung von Padre Crosetto?«

»Ja«, sagte sie. »Ich muss vorher noch nach Hause und mich umziehen. Und was ist mit dir? Kommst du mit?«

Wolf hatte sich noch immer nicht entschieden, und in der Nacht hatte er Besseres zu tun gehabt, als darüber nachzudenken, ob er am nächsten Tag zu einer Beerdigung gehen würde. »Hmm, ich weiß nicht. Ich bin nicht aus dem Ort und gehöre dort eigentlich nicht hin.«

»Das sehe ich anders«, sagte sie. »Es hat sich inzwischen

herumgesprochen, dass der berühmte Sebastian Wolf aus Amburgo in Montalto weilt, um seinen neuen Roman zu schreiben. Ich glaube, die Menschen würden es als schöne Geste sehen, wenn du ihrem Padre die letzte Ehre erweisen würdest.«

Wolf wog ab. Vielleicht hatte Melanie recht. Und so entschied er sich, sie zu begleiten. Aber Wolf hatte für diesen Tag noch etwas anderes geplant. »Ich fahre heute Mittag nach Genua«, sagte er. Dann erhob er sich, klatschte einmal in die Hände und rief: »Zeit für ein Frühstück!«

*

Nach dem Frühstück verließ Melanie die Casa Principessa und ging nach Hause. Sie hatten vereinbart, dass sie Wolf auf dem Weg zum Friedhof wieder abholen würde. Als sie zurückkehrte, trug sie ein schwarzes Kleid. Ihr Anblick verschlug Wolf die Sprache. Er schämte sich sofort für seine Gedanken. Immerhin ging es zu einer Beerdigung und da war so etwas doch wohl fehl am Platze. Als die zwei den Friedhof erreichten, herrschte dort ein regelrechtes Gedränge.

»Lass uns doch am besten hier hinten bleiben«, sagte Melanie.

»Guter Vorschlag. Ich möchte nur kurz meine beiden Freunde von der Polizei begrüßen«, sagte er und kämpfte sich nach vorne. Flavotti entdeckte er als Erstes. Er schüttelte ihm stumm die Hand.

Plötzlich kam Bewegung in die Menge. Der Padre aus Vasia kam an der Spitze einer kleinen Gefolgschaft durch das Tor geschritten. Vier Männer aus dem Dorf trugen den Sarg hinter ihm her. Die Trauergäste, die auf dem Hauptweg standen, machten still Platz. Als der Padre vorne angekommen war, begann die Zeremonie. Eine Messe war für den Nachmittag in der Chiesa San Giovanni Battista angesetzt. Montalto stand an diesem Tag ganz im Zeichen der Trauer um seinen ermordeten Pfarrer. Es waren auch ein paar Journalisten mit ihren Fotografen erschienen. Wolf hoffte, dass sie sich pietätvoll verhielten, aber er hatte auch Verständnis, denn drei Morde innerhalb kurzer Zeit, das war nun einmal eine »gute« Geschichte, die viele Leserinnen und Leser interessierte. Padre de Luca sprach irgendetwas, aber er redete so leise, dass Wolf nichts verstehen konnte. Manchmal antworteten die Trauergäste mit »Amen«. Die Sonne bahnte sich derweil immer öfter den Weg durch die Wolken, sodass es zunehmend heißer wurde. Melanie neben ihm lauschte angestrengt den Worten des Pfarrers.

Dann ertönte wieder ein »Amen« und es schien so, als würde das Schiebegrab, in dem Padre Crosetto seine letzte Ruhestelle finden sollte, geöffnet. Doch plötzlich brach lautes Gemurmel aus, Unruhe ergriff die Trauergemeinde. Wolf reckte den Kopf, aber er konnte nichts erkennen.

»Was ist passiert?«, fragte Melanie. Wolf schüttelte den Kopf als Zeichen, dass er selbst keine Ahnung hatte, aber ein Mann, der vor ihr stand, drehte sich um und sagte: »Angeblich soll in dem Grab schon eine Leiche liegen.«

»Was?«, fragte Wolf. »Was sagen Sie da?«

»Es soll schon eine Leiche in Padre Crosettos Grab liegen, heißt es weiter vorne. Mehr weiß ich auch nicht.«

Wolf schaute in das fragende Gesicht Melanies und sagte zu ihr: »Warte hier, ich komme gleich wieder.« Ehe sie irgendetwas erwidern konnte, drängte er sich durch die Menge nach vorne. Er sah Padre de Luca, Commissario Brignone und Flavotti vor dem Grab in der Mauer stehen.

Brignone fuchtelte wild mit den Armen herum und gab Anweisungen an seine Männer. Sein Kollege sorgte dafür, dass kein Unbefugter sich dem Grab näherte. De Luca stand stumm und sichtlich um Fassung ringend vor dem Grab und starrte in die Öffnung in der Mauer. Wolf trat auf Flavotti zu und fragte ihn, was geschehen sei. »Der Mörder hat offenbar wieder zugeschlagen«, antwortete der Ispettore. »Und diesmal auf eine besonders effektvolle Weise.«

Wolf stand nahe genug vor dem Grab, um hineinzuschauen. Er sah einen leblosen Körper, der mit dem Kopf in Richtung der Tür lag. Ganz so, als wollte die Person aus einem Guckloch nach draußen schauen. Wolf schluckte. »Wissen Sie schon, wer das ist?«

»Ja«, antwortete Flavotti, »das ist einfach, weil ihn viele der Gemeindemitglieder kennen. Es handelt sich um Ernesto Gallo, der hier als Friedhofsgärtner und Mädchen für alles arbeitete.« Ein lautes Weinen erklang. Es kam von Signora Girelli, die gut eine Woche vorher Padre Crosetto tot in der Kirche gefunden hatte. Jetzt war ein weiterer ihrer Bekannten gestorben. Ein Zufall?

Kommissar Brignone dirigierte seine Männer. »Räumt den Friedhof! Aber lasst euch am Ausgang von jedem Name und Adresse geben.« Dann trat er ein paar Schritte auf Wolf zu und sagte: »Na, Herr Wolf. Da hat sich das Kommen doch gelohnt, nicht wahr? Ist das nicht genau das Spektakel, das Sie sich erhofft hatten? Oder vielleicht sogar vorhergesehen?«

Sebastian Wolf sah ihn verständnislos an. Was redete dieser Mann da nur? Er drehte sich um und ließ den Commissario wortlos stehen.

KAPITEL 9

Melanie hatte am Eingangstor des Friedhofs auf Wolf gewartet. Er berichtete ihr, was er wusste, ließ aber das merkwürdige und dreiste Benehmen des Commissarios aus.

Melanie war schockiert. »Ich kenne Ernesto. Ein gutmütiger Kerl, er hat mir ein paarmal geholfen, wenn ich schwere Lieferungen zum Restaurant tragen musste.«

Vor dem Ausgang hatte sich eine Schlange gebildet, weil sich alle Anwesenden von der Polizei registrieren lassen mussten, bevor sie den Friedhof verlassen konnten. Die Leute wirkten verwirrt, viele von ihnen ängstlich. Es schien, als könnte jeder das nächste Opfer sein. Die Polizei musste handeln, um die Menschen zu beruhigen.

Nachdem sie die Kontrolle passiert hatten, gingen sie gemeinsam bis zur Casa Principessa. Hier verabschiedeten sie sich. »Was hast du jetzt eigentlich vor?«, fragte sie.

Er wich aus und antwortete, dass er etwas in Genua zu erledigen habe.

Melanie beließ es dabei, auch wenn sie zu ahnen schien, dass er etwas vor ihr verbarg. Als sie gegangen war, setzte Wolf sich auf die Terrasse, aß ein Stück knuspriges frisches Brot mit Käse und dachte nach. Er konnte sich einfach keinen Reim aus den Vorkommnissen machen. Jeder neue Mord gab noch mehr Rätsel auf. Gut, eigentlich ging ihn das Ganze ja gar nichts an und er konnte einfach seine Sachen packen und nach Hause fahren, wenn es ihm in Montalto zu unruhig oder zu gefährlich würde. Aber konnte er das wirklich? Nach dieser Nacht? Es war das erste Mal seit Ellas Tod, dass er Gefühle für eine Frau entwickelte, und dann gleich mit einer solchen Geschwindigkeit. Es war fast wie eine Explosion. Wo würde das hinführen? Wo enden? Betrog er nicht Ella, wenn er eine andere Frau in sein Leben ließ? Und dann auch noch ausgerechnet hier, in Montalto Ligure, wo er vor zehn Jahren die schönsten Wochen seines Lebens verbracht hatte? Mit einem Ruck, der Jackie erschreckte, stand er auf. Er wollte sich diesen Gedanken nicht hingeben. Es würde so kommen, wie es kommen sollte. Und er hatte jetzt erst einmal etwas zu erledigen. Jackie freute sich, weil sie glaubte, sie würden gemeinsam rausgehen, doch er musste sie enttäuschen. Dieser Hund konnte so unendlich traurig gucken, dass es ihm fast das Herz brach, aber Wolf musste hart bleiben.

*

Für die 150 Kilometer nach Genua brauchte Wolf über zwei Stunden. Er hatte das Verdeck seines Mercedes aufgeklappt, genoss den Fahrtwind und den atemberaubenden Ausblick auf das Meer, den die Strecke immer wieder bot. Genua selbst bot ein weniger angenehmes Bild. Die alte Hafenstadt, einst eine blühende und reiche Handelsmetropole, wirkte ziemlich heruntergekommen und war für Autofahrer ein Albtraum. Wolf hatte sich vorher schlau gemacht, wo die Bibliothek der Universität zu finden war. Sie lag im ehemaligen Jesuitenkolleg in der Via Balbi. Er pfiff leise durch die Zähne, als er die mächtige Vorhalle durchschritt. Dahinter öffnete sich ein mehrgeschossiger Innenhof, von dem einige prächtige Treppen abgingen und der von einer Gartenanlage in der Mitte dominiert wurde. Er fragte am Schalter in der Eingangshalle, wo er den Direktor finden könne.

»Haben Sie einen Termin?«, fragte eine Frau mittleren Alters mit Dutt und blickte ihn dabei über die tief auf ihrer Nase sitzende Brille an.

»Ja«, antwortete er, »mein Name ist Wolf. Sebastian Wolf.«

Sie bat ihn, kurz zu warten, und wählte eine Nummer auf ihrem Telefonapparat. Es dauerte kaum 20 Sekunden, da wandte sie sich wieder an den Besucher: »Signor Moretti bittet Sie, in sein Büro zu kommen.« Sie beschrieb Wolf den Weg. Er musste eine der Seitentreppen hinauf in den zweiten Stock gehen, dann links durch eine große Glastür. Ein Schild wies diesen Teil des Gebäudes als Direktionstrakt aus. Dann ging er, wie ihm erklärt worden war, bis zum Ende des Ganges direkt auf eine große Doppeltür zu. Andrea Moretti, Direttore della Biblioteca Universitaria, war auf einem Schild neben der Tür zu lesen. Er klopfte an, und als ein »Herein« erklang, trat er ein. Eine Sekretärin lächelte ihn an. »Signor Wolf? Der Signor Direttore erwartet Sie, gehen Sie einfach durch.« Dabei zeigte sie auf eine Tür.

Als er das Büro betrat, erhob sich Direttore Moretti hinter seinem Schreibtisch und kam ihm entgegen.

»Ach, bitte, bleiben Sie doch sitzen«, sagte Wolf, doch Moretti ließ sich nicht stoppen.

»Ich bitte Sie, Signor Wolf, wir haben nicht jeden Tag einen so berühmten Mann zu Gast!« Er wies auf zwei Sessel in einer Ecke des Raums, zwischen denen ein kleiner Beistelltisch stand.

Wolf seufzte innerlich. Er wusste genau, was jetzt kommen würde – und er hatte nicht die geringste Lust darauf. Er kannte das schon. Die immer selben Fragen nach seiner Arbeit. So war es auch heute. Wolf saß wie auf heißen Kohlen, aber er wusste, dass er diese Prozedur über sich ergehen lassen musste, denn ohne Moretti würde er sicher zwei bis drei Tage auf die Bereitstellung der Zeitungen warten. Da waren die 20 Minuten, die das Gespräch dauerte, letztlich doch das kleinere Übel.

»Nun gut, Signor Wolf. Ich möchte Sie auch gar nicht aufhalten. Unser gemeinsamer Bekannter Martin Müller bat mich gestern, Ihnen alte Zeitungen aus dem Jahr 1921 heraussuchen zu lassen«, sagte der Direttore schließlich. Wolf entging nicht, dass er das Wort »gestern« betonte, wohl um nochmals seine großzügige Hilfe in Erinnerung zu rufen. »Ich gehe davon aus, Sie benötigen sie für ein neues Meisterwerk?«

Wolf ließ ihn in dem Glauben. Er wollte ihn nicht beunruhigen, indem er ihm von dem Zusammenhang mit den Morden von Montalto berichtete, von denen vermutlich auch sein Gegenüber inzwischen erfahren hatte. Zumindest von den ersten drei, denn der vierte war ja noch so frisch, dass die Zeitungen erst morgen darüber berichten würden. Moretti bot an, seinen Gast persönlich in den Lesesaal zu geleiten, und ließ sich auch von dessen abwehrender Geste nicht abhalten. So gingen die beiden Männer also in den ersten Stock, wo sich der große Lesesaal befand. »Unser Prunkstück«, sagte Moretti stolz, als sie den Saal betreten hatten. Wolf musste zugeben, dass er allen Grund hatte, auf diesen fantastischen barocken Saal stolz zu sein. Moretti ging vor bis zu dem Tresen, an dem ein Angestellter saß, der für die Ausgabe der bestellten Bücher und Zeitungen zuständig war. Der junge Mann fuhr erschrocken zusammen, als der Direttore plötzlich vor ihm stand. Dieser instruierte ihn, wandte sich dann an Wolf und sagte: »So, ich hoffe, Sie finden das, was Sie suchen. Sollten Sie noch irgendwelche Fragen haben oder Hilfe benötigen – stets zu Ihren Diensten, Signor Wolf.« Dabei deutete er eine leichte Verbeugung an und entfernte sich.

Der junge Mann hinterm Tresen wies auf einen Tisch in der zweiten von ungefähr 30 Tischreihen und bedeutete Wolf, dort Platz zu nehmen. Dann holte er die bestellten Zeitungen. Wolf blickte sich um. Die Wände waren bis zur Decke vollgestellt mit Bücherregalen. An die oberen Reihen gelangte man mit Leitern, die an die Regale gelehnt waren. Die Decke schmückten barocke Malereien. Auf jedem Tisch stand eine eigene Lampe, die man zum Lesen anknipsen musste, denn der Raum war abgedunkelt. Und, wie Wolf dankbar bemerkte, klimatisiert. Der Angestellte kam mit einem kleinen Wagen zurück, auf dem sich ein dicker und großformatiger grauer Band befand. »Das ist der Jahrgang 1921 der Zeitung *Corriere delle Liguria*«, erklärte er. Er zeigte auf weiße Handschuhe, die auf dem Wagen lagen: »Ich muss Sie bitten, diese anzuziehen.« Er wuchtete den schweren Band auf Wolfs Tisch und nickte ihm zum Abschied zu.

Wolf zog sich die dünnen weißen Handschuhe über und öffnete den leicht muffig riechenden Band. »Corriere delle Liguria«, las er auf der Titelseite der ersten Ausgabe, die vom 2. Januar 1921 datierte. Der Mord an Padre Crosetto war am 28. Juni geschehen – gut möglich, dass das auch vor 100 Jahren etwa zu dieser Zeit der Fall gewesen war. Vorausgesetzt, es hatte damals tatsächlich eine Mordserie gegeben. Also blätterte er rasch weiter, bis er die Mitte des Monats Juni erreicht hatte. Von da an durchblätterte er aufmerksam jede Ausgabe. Die Frage war, ob schon der erste Mord gemeldet worden war oder erst der zweite – oder vielleicht sogar erst der dritte? Er dachte nach. Wie war es diesmal? Tatsächlich hatte die Zeitung schon den ersten Mord groß auf der Titelseite aufgemacht – ein Mord war vor 100 Jahren schon eine echte Sensation, die sich die Journalisten nicht entgehen ließen.

Schließlich gelangte er zum Anfang des Monats Juli und fand die Meldung über den zweiten Mord, über den ebenfalls breit berichtet wurde. Er blätterte um auf den 5. Juli – und stockte. »Die Polizei meldet den dritten Toten in Montalto Ligure«, lautete die Schlagzeile. Wolf hielt den Atem an und las weiter: »Wie die Polizei uns mitteilte, wurden in den vergangenen zehn Tagen drei Personen in dem Dorf Montalto Ligure getötet. Der Leiter der Polizei in Montalto berichtete, dass das erste Opfer Padre Spinolli von der Chiesa di San Giovanni Battista gewesen sei. Wie zu erfahren war, reagierte die Bevölkerung äußerst empört. Bei den zwei weiteren Todesfällen handelt es sich um eine ältere Bewohnerin und ein kleines Mädchen.« Anschließend beschrieb der Artikel die Opfer näher, wobei er sich besonders dem Padre widmete. Am Ende des Artikels wurde darauf verwiesen, dass die Polizei noch keine Erkenntnisse über den Täter habe, dass die Zeitung aber weiter berichten werde. Das hatte sie getan, wie Wolf feststellen konnte, als er die folgenden Seiten durchblätterte. Alle paar Tage hatte es einen weiteren Mord gegeben. Die Polizei hatte keine Spur, die Bevölkerung geriet nach dem vierten Mord an einem jungen Olivenbauern in Panik und versammelte sich täglich in der Kirche zum Gebet. Der Bischof hatte kurzfristig einen neuen Padre geschickt. Nach dem fünften Mord hatte das Innenministerium in Rom nach Absprache mit der Armeeführung Soldaten nach Montalto geschickt, die den Ort beschützen sollten. Trotzdem waren zwei weitere Morde geschehen.

In der Ausgabe vom 9. Juli wurde zwar nicht über einen Todesfall berichtet, aber etwas anderes erregte Wolfs Interesse. Es gab einen langen Artikel über eine Legende, die die Alten von Montalto erzählten. Sie ging zurück auf eine Begebenheit aus dem 12. Jahrhundert. Damals sollte der Graf Oberto I., der Herrscher von Badalucco, ewige Rache geschworen haben, weil ihm das ius primae noctis durch eine junge Untertanin verweigert worden war. Weil er nicht lockergelassen und die junge Frau und ihren frischvermählten Mann damit bedrohte habe, sie ins Gefängnis werfen zu lassen, sei das junge Paar ein paar Kilometer weiter auf den nächsten Berg geflohen und habe sich dort niedergelassen. Hier konnte ihnen Oberto nichts anhaben, denn der Berg gehörte zu einer anderen Grafschaft und deren Herrscher stellte die beiden unter seinen Schutz. Laut dem Artikel tat er das nicht aus reiner Nächstenliebe, sondern in der Hoffnung, dass sich dort eine neue Siedlung entwickeln könnte, in der bald Handel florierte. Und so konnte der kluge Mann auf neue Steuereinnahmen hoffen.

Oberto soll ewige Rache geschworen haben, indem er seinen Nachfahren auftrug, alle 100 Jahre sieben Menschen in Montalto umzubringen. Warum sieben Menschen und warum genau alle 100 Jahre – das blieb sein Geheimnis. Laut den Alten des Ortes war das tatsächlich geschehen. Und zwar stets im Sommer des 22. Jahres des jeweiligen Jahrhunderts. Der Autor des Artikels ließ offen, ob die Ereignisse wirklich so stattgefunden hatten – doch zwischen den Zeilen wurden seine Zweifel spürbar.

Wolf blätterte weiter durch die Ausgaben. Er musste das alte Papier vorsichtig anfassen, denn es war sehr brüchig. Die Fingerspitzen der weißen Handschuhe waren vom Staub der vergangenen 100 Jahre dunkelgrau verfärbt. Er fand Artikel über drei weitere Morde. Dann hörten sie plötzlich auf. Wolf blätterte bis weit in den September hinein, aber es gab keine neuen Berichte über weitere Opfer. Überhaupt folgten keine Beiträge mehr zu den Morden von Montalto. So wohltuend sachlich die Artikel im Vergleich zur modernen Berichterstattung waren, so erstaunlich war andererseits, dass die Redaktion offenbar nie nachgehakt hatte, ob die Polizei Fortschritte bei den Ermittlungen machte.

Wolf pfiff leise durch die Zähne. Schon vor 100 Jahren war also über diese Legende berichtet worden. Und es hatte damals exakt sieben Morde gegeben. Das bewies nicht, dass an der Legende etwas Wahres war. Aber die Parallelen zwischen den Ereignissen von 1921 und 2021 waren unheimlich. Bislang hatte es vier Morde gegeben. Als Erstes war der Padre umgebracht worden, und alles war zwischen Ende Juni und Anfang Juli geschehen. Und die Polizei war damals genauso ratlos gewesen, wie sie es heute war. Er nahm sich einen kleinen Notizblock, der auf jedem der Tische lag, dazu einen Bleistift und machte sich Notizen. Wolf hatte alles, was er brauchte. Er ging zum Tresen und erklärte dem Angestellten, dass er den Zeitungsband nicht mehr benötigte, und verließ den Lesesaal.

Auf der Rückfahrt musste er die neuen Erkenntnisse erst einmal sacken lassen. Was sollte er überhaupt damit anfangen? Es ging ja nicht um einen Roman, den er aus dem Stoff entwickeln könnte, obwohl die Geschichte gar nicht mal schlecht wäre. Nein, es ging um die brutale Wahrheit. Er entschied sich, Martin am Abend anzurufen.

*

Er war schon am Vormittag nach Hause zurückgekehrt. Alles war nach Plan verlaufen. Der andere hatte sich gewehrt und er war kräftiger gewesen als die vorherigen Opfer. Das viele sportliche Training der letzten Jahre hatte sich ausgezahlt, denn er hatte mit der Kraft des anderen, der 20 Zentimeter größer gewesen war, mithalten können. Natürlich hatte ihn auch das Pulver stark gemacht – und angstfrei. Er fühlte sich schmutzig und nahm eine Dusche, obwohl er bereits am Morgen geduscht hatte. Er blieb lange unter dem Strahl des Wassers stehen, um alles abzuspülen, alle Erinnerung an das, was er einige Stunden zuvor getan hatte. Doch er ahnte, dass das Vergessen unmöglich war. Er ahnte, dass ihn das, was er getan hatte, was er hatte tun müssen, sein restliches Leben verfolgen würde, täglich, bis in den Schlaf hinein. Aber er wollte stark bleiben. Er wusste, dass es keine Alternative gab. Und es war eine Ehre, der Auserwählte seines Jahrhunderts zu sein, das durfte er niemals vergessen! Das musste er sich immer wieder in Erinnerung rufen. Hunger hatte er immer noch keinen, nachdem er geduscht hatte. So entschied er, seinem gewohnten Tagesablauf nachzugehen. Er musste sich schließlich möglichst unauffällig verhalten. Und schon bald wäre schließlich alles vorbei und er würde sein normales Leben weiterführen können.

*

Alberti Brignone tobte. »Das kann doch alles nicht wahr sein!« Nachdem der Friedhof geräumt worden war, blieben nur der Commissario, Flavotti und ein paar Carabinieri auf dem ummauerten Gelände zurück. Er blickte in das Grab, das für Padre Crosetto gedacht gewesen war und in dem jetzt Ernesto Gallo lag.

»Was soll denn jetzt mit Padre Crosetto passieren?«, fragte einer der Carabinieri.

»Die Leiche muss zurück nach Imperia ins Leichenschauhaus. Sein Grab ist schließlich ein Tatort«, bestimmte Brignone.

»Das werden viele hier als pietätlos empfinden, insbesondere, weil es sich ausgerechnet um den Padre handelt«, warf Flavotti ein.

Sein Chef zuckte die Schultern. »Was soll ich sonst tun?«

Er hatte natürlich recht, das wusste auch sein Kollege. »Wollen wir warten, bis die Gerichtsmedizin und die Spurensicherung kommen?«, fragte Flavotti.

»Das kann ja noch mindestens eine Stunde dauern. Wir fahren zurück. Das Ergebnis wird nicht sonderlich überraschend sein: Mord. Und das Opfer wurde mit einem dünnen Seil erdrosselt. Wollen wir wetten?«

Nein, dachte sich Flavotti, diese Wette würde ich ziemlich sicher verlieren.

Als sie nach ihrer Rückkehr den Vorraum des Kommissariats betraten, rief ihnen die Sekretärin entgegen, dass einige Journalisten angerufen hätten, die um Rückruf baten. Diese Schmierfinken, dachte Brignone. Die sollen mich meine Arbeit machen lassen. »Alles umleiten nach Genua. Und rufen Sie dort an und teilen mit, dass Flavotti in einer Stunde der Pressestelle einen telefonischen Bericht erstatten wird«, bellte er im Befehlston. Flavotti hatte Verständnis für die Gereiztheit seines Chefs, nicht aber dafür, dass er sie an seinen Leuten ausließ. »Gleich in mein Büro«, raunzte Brignone ihn an.

Er setzte sich an seinen Schreibtisch und nestelte an seinem offenen Hemdkragen herum. »Es wird schon wieder heiß.« Er klopfte mit den Fingern der rechten Hand nervös auf den Tisch und fragte dann: »Also, was haben wir?«

»Eine vierte Leiche«, entfuhr es Flavotti, der sich sofort auf die Lippen biss. Bloß nicht seinen Chef noch zusätzlich reizen.

Brignone sah ihn böse an. »Danke für die Information.«

Flavotti hatte das Gefühl, irgendetwas sagen zu müssen. »Es scheint so, als sei das Muster das gleiche wie bei den anderen Toten. Also dürfen wir wohl davon ausgehen, dass es sich um denselben Täter handelt, auch wenn wir noch nicht einmal wirklich wissen, wie Ernesto Gallo gestorben ist.«

»Das bedeutet, wir haben eine Leiche mehr, sind aber keinen Schritt weiter«, setzte Brignone den Gedankengang seines Kollegen fort. »Wir haben nach wie vor keine Ahnung, wer der Täter sein könnte, warum er seine Opfer ermordete und was diese mit ihm oder untereinander verband. Wir sind voll am Arsch, die Journaille wird uns grillen.«

Flavotti befürchtete, dass Brignone recht hatte.

Das Telefon klingelte und Brignone griff zum Hörer. »Ja?« Am anderen Ende meldete sich jemand. »Ah, Dottore Fabbri. Haben Sie schon etwas für uns? Ich vermute, es wird keine große Überraschung sein?« Der Dottore antwortete, aber Flavotti verstand nicht, was er sagte. »Das habe ich mir doch glatt gedacht. Gibt es irgendwelche Zweifel daran, dass er erdrosselt wurde? Und natürlich wieder mit einem dünnen Seil? ... Ah ja, alles klar. Können Sie den Todeszeitpunkt eingrenzen? ... Noch keine vollständig ausgebildete Leichenstarre, aha. Der Tod vermutlich nur zwei bis höchstens drei Stunden, bevor die Leiche gefunden wurde, aha. Danke, Dottore, danke. Wenigstens einer, der mal schnell Ergebnisse liefert. Ihren endgültigen Bericht dann bitte so schnell wie möglich. Auf Wiederhören.« Brignone knallte den Hörer auf die Gabel. »Scheiße!«

Flavotti schwieg betreten. Es musste doch irgendeinen Ansatzpunkt geben, irgendeine Spur, irgendeinen Fehler, den der Täter gemacht hatte. Vier Morde gab es nun schon!

»Ideen?«, fragte sein Chef. Als sein Kollege mit dem Kopf schüttelte, sagte Brignone: »Natürlich nicht. Aber sagen Sie mal, was ist eigentlich mit diesem Herrn Schriftsteller aus Deutschland, diesem Herrn Wolf?«

Flavotti sah ihn fragend an. »Was soll mit Signor Wolf sein?«

Der Commissario wurde durch die Denkfaulheit seines Kollegen nur noch gereizter. »Überlegen Sie doch mal. An dem Tag, an dem dieser feine Herr in Montalto ankam, gab es den ersten Mord. Dann präsentierte er uns nach dem zweiten Mord einen Tatverdächtigen, der sich als völlig unschuldig herausstellte, was uns ziemlich dumm aussehen ließ. Die dritte Leiche fand er gleich selbst und als der vierte Tote gefunden wurde, war er am Tatort.«

»Und?«

»Wie, und? Finden Sie diese Zufälle, wenn es denn welche sind, nicht sehr merkwürdig?«

Der Ispettore fand den Gedanken, dass Sebastian Wolf etwas mit den vier Morden zu tun hatte, absurd. »Also genau genommen hat er uns keinen Tatverdächtigen präsentiert, sondern nur eine Aussage gemacht, dass er zur möglichen Tatzeit eine Person in der Nähe des Tatortes gesehen hat. Und auf dem Friedhof waren heute Morgen bestimmt 200 Leute. Die müssten dann auch alle tatverdächtig sein.«

Brignone schnippte mit den Fingern und winkte ab. »Los, informieren Sie die Pressestelle und fertigen Sie einen kurzen Bericht über den aktuellen Stand zusammen, den ich nach Genua weiterleiten kann.« Brignone selbst ordnete telefonisch an, dass rund um die Uhr zwei Carabinieri in Montalto Streife gehen sollten. Das würde für Sicherheit sorgen und vor allem die Einwohner beruhigen.

*

Als Wolf zurück in die Casa Principessa kam, tollte er ein paar Minuten mit Jackie auf dem Bett herum. Raufen gehörte zu den absoluten Lieblingsbeschäftigungen des Hundes. Dann öffnete er die Tür und ließ sie hinaus. »Besser, du findest nicht noch eine Leiche«, rief er ihr nach, als sie davonpreschte. Wolf setzte sich auf die Terrasse, aber er war zu aufgedreht, um stillzusitzen. Was er gelesen hatte, wühlte ihn einfach zu sehr auf. Konnte das stimmen? Konnte es möglich sein, dass Montalto alle 100 Jahre von einer Mordserie heimgesucht wurde – und es jetzt gerade wieder so weit war? Alles in ihm sträubte sich, so etwas zu glauben. Das klang zu sehr nach einem Märchen. Oder? Er rief Martin an.

»Du schon wieder?«, fragte der Freund. »Dann vermute ich mal, dass du in Genua etwas herausgefunden hast?«

Wolf berichtete von seiner Entdeckung. Als er fertig war, pfiff Martin durch die Zähne. »Klingt fast nach deinem übernächsten Buch«, sagte er.

»Ja, nur dass es sich möglicherweise um die bittere Realität handelt. Eine Realität, die vier Menschen das Leben gekostet hat und für drei weitere den Tod bedeuten könnte.«

»Entschuldigung, du hast natürlich recht«, sagte Martin. »Und was willst du tun? Willst du überhaupt etwas tun?«

Eine gute Frage, dachte Wolf und gestand, dass er keine Ahnung hatte.

»Du hast doch genau drei Optionen: Entweder du informierst diesen Kommissar oder du recherchierst auf eigene Faust.«

Das waren erst zwei Optionen. »Und die dritte?«, fragte Wolf.

»Du tust einfach gar nichts.«

»Der Commissario würde mich zum Teufel jagen und für verrückt erklären. Und selbst recherchieren wird schwierig, ich bin ja kein Polizist.«

»Aber Krimiautor, das ist doch fast das Gleiche«, warf Martin ein.

Wolf überlegte. Sollte er die Sache auf sich beruhen lassen? Aber was, wenn tatsächlich ein Serienmörder unterwegs war und wieder zur Tat schreiten würde? Vielleicht so lange, bis die Zahl sieben erreicht war? Nein, nichts zu tun, war keine Option. Er würde sich niemals verzeihen, wenn weitere Menschen starben und er nichts unternommen hatte, um das zu verhindern.

Schließlich kam ihm eine andere Idee. Wie wäre es, wenn er anstatt mit diesem unsäglichen Brignone mit dessen Kollegen Flavotti sprechen würde? Der machte einen freundlichen und aufgeschlossenen Eindruck, war aber noch nicht lange im Dienst und verfügte daher nicht über sehr viel Erfahrung. Egal, er könnte mit ihm reden. »Danke, mein Lieber, du hast mir sehr geholfen«, sagte er zu Martin.

»Stets zu Diensten«, sagte der. »Eine Frage noch: Wie läuft es mit Melanie?«

Wolf knurrte, dass er ihn wegen Kuppelei anzeigen werde, wenn er erst einmal zurück in Hamburg war, und dann verabschiedeten sich die beiden Freunde. Martin schien zu ahnen, dass er mit seiner Frage ins Schwarze getroffen hatte.

Nachdem Wolf das Gespräch beendet hatte, schmiedete er einen Plan: Morgen früh würde er Flavotti anrufen und ihn um ein Treffen außerhalb des Kommissariats bitten. Er wollte ihm berichten, was er herausgefunden hatte. Doch heute Abend hatte er erst einmal etwas Besseres vor: Er wollte im »La Forchetta d'Oro« etwas Gutes essen und Melanie treffen. Weil es noch zu früh war, legte er sich aufs Bett und schlief kurz darauf ein. Irgendwann spürte er etwas Feuchtes im Gesicht – die Zunge von Jackie. Er warf einen Blick auf den Wecker: 19.23 Uhr. Zeit, sich fertig zu machen.

*

Spät am Abend, nachdem sie die letzten Gäste verabschiedet hatte, machte sich Melanie auf den Weg zur Casa Principessa, wo sie die Nacht verbrachte. Am nächsten Morgen schliefen sie aus, duschten zusammen, nahmen ein kleines Frühstück ein und dann verabschiedeten sie sich voneinander. »Ich hoffe, wir sehen uns sehr bald wieder«, sagte Melanie, befeuchtete ihren Zeigefinger und tippte ihn zum

Abschied auf Wolfs Lippen. Jackie begleitete sie ein Stück auf ihrer Morgenrunde und kehrte nach etwa 20 Minuten zurück zur Casa. Inzwischen war es wieder so heiß wie vor dem Gewitter. Die Hitze machte alle träge – selbst Jackie.

Wolf suchte die Visitenkarte von Ispettore Flavotti und wählte die Nummer. Dieser meldete sich sofort. »Signor Wolf? Womit kann ich Ihnen helfen?«

Wolf erklärte, dass es um die vier Morde ginge. »Können wir uns treffen?«

»Gerne, kommen Sie doch einfach zu uns aufs Kommissariat«, schlug Flavotti vor.

Genau das wollte Wolf vermeiden. »Ich würde gerne Sie allein sprechen, ohne Commissario Brignone.«

»Hmhm, ooookay«, sagte dessen Kollege, »aber ich weiß nicht, ob ich das tun sollte. Gibt es einen bestimmten Grund, warum mein Chef nicht dabei sein soll?«

Den gab es. »Ich denke, er würde mich für verrückt erklären, wenn er hören würde, was ich zu berichten habe. Er hat nicht die notwendige Offenheit dafür.«

»Und Sie glauben, ich besitze sie?«, fragte Flavotti und fühlte sich von den Worten des Schriftstellers offenbar geschmeichelt.

Er überlegte kurz, bevor er sagte: »Nun gut. Es ist zwar gegen jede Vorschrift, aber wir können uns ja während meiner Mittagspause treffen. Es geht meinen Chef schließlich gar nichts an, was ich in dieser Zeit mache.« Flavotti schlug Wolf ein Café in der Innenstadt von Imperia vor und nannte ihm die Adresse. Sie verabredeten sich für 13 Uhr.

Beim Essen erzählte Wolf dem Polizeibeamten, was er in Genua herausgefunden hatte. »Glauben Sie diese Geschichte?«, fragte er Flavotti, der stumm zugehört hatte.

»Keine Ahnung, was ich glauben soll. Aber wenn ich mal aus dem Nähkästchen plaudern darf: Wir tappen bisher absolut im Dunkeln. Sowohl was den Mörder als auch sein Motiv betrifft. Da ist das, was Sie mir erzählen, immerhin mal eine Spur, wenn auch eine sehr vage.« Er zögerte kurz, dann fuhr er fort: »Falls an Ihrer Theorie etwas dran ist, bringt uns das leider trotzdem nicht weiter.«

Wolf sah ihn ernst an. »Das würde ich nicht sagen – ich habe da so eine Idee. Aber ich würde vorschlagen, Sie schauen sich die Zeitungsartikel erst einmal selbst an. Könnten Sie heute Nachmittag mit mir nach Genua fahren, ohne dass Ihr Chef etwas davon mitbekommt?«

Ein paar Stunden später standen sie am Tresen im Lesesaal der Universitätsbibliothek. Sie hatten Glück, dass der junge Angestellte den Zeitungsband noch nicht zurück ins Archiv gebracht hatte. Wolf wusste ja, welches Datum er suchen musste: den 5. Juli 1921. Schnell hatte er die Seite gefunden und schob Flavotti den Band hin. Dieser begann zu lesen – zuerst den Eintrag vom 5. Juli, dann die anderen Artikel, die Wolf entdeckt hatte.

Nach einer knappen Stunde verließen sie das Gebäude wieder. Schweigend gingen sie zum Auto. Wolf ließ das Verdeck herunter und sie fuhren los. Es war Feierabendverkehr und Genuas Straßen waren überfüllt. An dieses ständige Gehupe der Italiener würde er sich niemals gewöhnen, dachte Wolf. Es dauerte eine Weile, bis sie endlich die Autostrada Richtung Ventimiglia erreicht hatten, die Route zurück nach Imperia. »Und – was sagen Sie?«, fragte Wolf schließlich.

»Das ist wirklich erstaunlich«, antwortete Flavotti. »Ich habe keine Ahnung, was wir damit machen sollen.«

»Ich aber«, sagte Wolf. »Wir müssen als Nächstes herausfinden, ob es in den historischen Quellen wirklich Hinweise zu Morden in früheren Jahrhunderten gibt. Das könnte sehr schwierig werden, aber vielleicht haben wir ja Glück.« Er wusste auch schon, wen er um Hilfe bitten konnte: natürlich seinen Freund Martin. Er setzte Flavotti in Imperia ab, weit genug vom Kommissariat entfernt, dass Brignone nichts davon mitbekam. »Ich recherchiere weiter und melde mich so bald wie möglich, ich hoffe, spätestens übermorgen«, sagte er zum Abschied.

Flavotti bedankte sich. »Meinem Chef erzähle ich erst einmal nichts von der Sache.«

»Das wird das Beste sein«, entgegnete Wolf, startete den Wagen und fuhr los.

KAPITEL 10

Brignone saß missmutig hinter seinem Schreibtisch. Wo steckte eigentlich der Ispettore? Die vier Morde von Montalto hatten Priorität, das musste dem jungen Kollegen doch klar sein. Das Telefon klingelte und Brignone nahm den Hörer ab. »Machetti hier. Staatssekretär Machetti«, bellte es aus dem Hörer.

Brignone richtete sich augenblicklich auf und schluckte. »Guten Tag, Herr Staatssekretär. Was für eine Überraschung!« Das war weiß Gott nicht gelogen, den Staatssekretär aus dem Innenministerium in Rom hatte man nicht jeden Tag am Telefon.

»Guten Tag, Herr Kommissar. Ich hoffe, es geht Ihnen gut?«, sagte Machetti in einer Freundlichkeit, die Brignone nicht einzuschätzen wusste. Aber er ahnte, dass es besser war, Vorsicht walten zu lassen. Er hatte zwar noch nie persönlich mit Alfredo Machetti gesprochen, aber er hatte bei zwei Fortbildungsseminaren die Gelegenheit gehabt, Vorträgen des Staatssekretärs zu lauschen. Ein strammer und zugleich aalglatter Typ, mit dem vermutlich nicht gut Kirschen essen war. Jedenfalls keiner, mit dem man am Abend gerne noch ein Bier trinken ging. Allerdings hätte der Politiker es zweifellos ohnehin unter seiner Würde empfunden, mit einem kleinen Polizeikommissar anzustoßen. Machetti war der Aufsteiger im Innenministerium und womöglich darüber hinaus – das war immer mal wieder in der Zeitung zu lesen.

Ohne Brignones Antwort abzuwarten, ließ Machetti seine Worte auf den Commissario niederprasseln. »Habe gelesen, was in diesem kleinen Kaff passiert ist, wie war gleich noch mal der Name? ... Richtig, Montalto Ligure ... Schlimme Sache, können wir gar nicht gebrauchen. Es reicht doch schon, dass uns die Mafia ... und jetzt so etwas ... Müssen wir schnell unterbinden ... Baue da ganz auf Sie, Commissario! Haben Sie den Fall im Griff? Will mich gar nicht mit Details befassen.«

Brignone schnappte nach Luft. »Ja, Herr Staatssekretär, hier läuft es bestens.« Er hüstelte. »Wir haben ... interessante Spuren, ähem, und ich rechne damit, dass wir ... nun ja ... bald erste Ergebnisse liefern können.« Das war eine äußerst optimistische Darstellung des Ermittlungsstandes, aber Brignone war klar, dass er unmöglich die Wahrheit zugeben konnte – dass sie einfach noch gar nichts in der Hand hatten.

»Erste Spuren? Mein Lieber, das ist nicht das, was ich hören möchte. Wir brauchen Ergebnisse, verstehen Sie? Ergebnisse! Im nächsten Jahr wird gewählt und der politische Gegner wartet doch nur darauf, dass uns so etwas passiert. Geht gar nicht. Bin mir aber sicher, dass Sie das machen. Halten Sie mich auf dem Laufenden, viel Erfolg und alles Gute.«

Ehe Brignone noch irgendetwas sagen konnte, hatte der Staatssekretär aufgelegt. Der Kommissar war völlig erschlagen. Er legte den Hörer langsam auf die Gabel und ließ sich in seinen Stuhl sinken. Er brauchte einen Augenblick, um den Anruf zu verarbeiten. Dann ballte er die rechte Hand zur Faust und knallte sie auf den Tisch. »So ein Scheiß«, sagte er halblaut zu sich selbst. Erst der Bischof, dann die Presse, jetzt der Staatssekretär. Commissario Brignone spürte, wie der Druck auf ihn wuchs. Fast, als würde sich auch um seinen Hals eine Schlinge zuziehen. Wo, verdammt noch mal, war nur Flavotti?

*

Wolf hatte Martin von seinem Treffen mit Flavotti erzählt. »Ich brauche wieder Ihre Hilfe, Herr Professor.«

Martin ahnte, was sein Freund vorhatte, und er lag genau richtig. Wolf wollte versuchen, in alten Unterlagen Hinweise auf frühere Morde zu finden, also in den Jahren 1821, 1721, 1621 und so weiter. »Vielleicht finden wir auf diese Weise Spuren zum Täter«, erklärte Wolf.

»Hm, so eine Suche kann sehr lange dauern, glaub mir, als Historiker weiß ich das«, sagte Martin. Für sein letztes Buch über das Klosterleben in Mittelitalien vom 12. bis 15. Jahrhundert hatte er mehr als drei Jahre lang alte Unterlagen und Dokumente in mehreren italienischen Archiven gewälzt. Für die Aufklärung der aktuellen Mordfälle hatten sie diese Zeit nicht.

»Ich weiß natürlich, dass die Chance, in alten Archiven etwas zu finden, gering ist. Aber es ist besser, als gar nichts zu tun – und ich habe keine andere Spur. Ich brauche unbedingt deine Hilfe. Kannst du mir den Kontakt zu einem Professor der historischen Fakultät der Universität Genua herstellen? Du hast doch als Historiker ein glänzendes Renommee.«

Wie immer, wenn Wolf das sagte, wehrte Martin ab, halb mit echter, halb mit gespielter Bescheidenheit. Doch Wolf hatte nicht übertrieben, denn tatsächlich war Professor Martin Müller auf seinem Gebiet eine absolute Koryphäe, er war sogar schon für ein Jahr als Gastdozent nach

Harvard eingeladen worden. »Wie dem auch sei, du hast Glück. Denn tatsächlich kenne ich den Leiter des Seminars, Professor Renzo Battiglione, recht gut. Ich habe ihn unterstützt, als er zu Forschungszwecken in Deutschland war, daher habe ich noch was gut bei ihm. Ich werde ihn gleich morgen früh anrufen. Mit noch etwas mehr Glück verschafft er dir zeitnah Zugang zu den alten Akten und stellt dir vielleicht noch einen seiner Kollegen zur Verfügung.«

»Mensch, Martin, ich weiß gar nicht, wie ich dir danken soll«, sagte Wolf hörbar gerührt.

»Ein gutes Essen und ein paar ausgesuchte Whisky werden reichen«, lachte der andere.

*

Kaum hatte Wolf das Gespräch beendet, klingelte sein Handy erneut. Er nahm den Anruf an und hörte eine vertraute Stimme. »Guten Abend«, sagte Melanie. Sie hatte nicht viel Zeit und schlug ihm vor, gegen 22 Uhr in die Casa Principessa zu kommen.

Wolf stimmte erfreut zu. »Aber zu essen mache ich mir heute selbst etwas«, kündigte er an. Nachdem er sich verabschiedet hatte, schaute er auf die Uhr und stellte fest, dass ihm noch mehr als zwei Stunden blieben. Er ging in die Küche, stellte Jackie ihr Futter hin und setzte Nudelwasser auf. Dann ließ er den Hund hinaus. »Zeit für deine Abendrunde«, sagte er. Die Hitze hemmte offenbar nicht Jackies Jagdinstinkt, jedenfalls hörte er zwei Katzen aufjaulen, die wohl irgendwo ganz in der Nähe der Casa Principessa auf den warmen Steinen gelegen hatten, bis Jackie aus dem Haus gestürmt war.

Wolf bereitete sich sein Essen zu: eine große Portion Spaghetti mit einer Fertigsauce. Das Gericht konnte bei Weitem nicht mit Melanies Köstlichkeiten mithalten, aber der Hunger ließ ihn darüber hinwegsehen. Gerade hatte er das Geschirr abgespült und sich mit einem Glas Wein auf die Terrasse gesetzt, um die Aussicht auf die grünen Berge zu genießen, da klingelte erneut das Telefon.

»Hey, alter Kumpel, lange nichts voneinander gehört!« Es war Martin. »Gute Neuigkeiten: Ich habe Professor Battiglione erreicht. Er hatte natürlich von den vier Morden gehört, scheint ja ein großes Thema bei euch zu sein. Ich musste ihn oberflächlich einweihen, damit er versteht, worum es geht, aber ich denke, du kannst ihm vertrauen. Du wirst es nicht glauben – es gibt einen Doktoranden, der gerade seine Dissertation über die Geschichte des Hauses Oberto schreibt. Anscheinend ein Nachfahre. Daher liegen viele Dokumente, die sonst erst langwierig gesucht werden müssten, schon zur Einsicht bereit.«

Damit hatte Wolf nicht gerechnet. Er war davon ausgegangen, dass die weitere Recherche daran scheitern würde, dass die Suche nach den Dokumenten in irgendwelchen verstaubten Archiven zu umständlich war. Schließlich konnten sie mehrere Hundert Jahre alt sein. »Das ist unglaublich, Martin! Ich kann dir gar nicht genug danken.«

»Kein Ding, mein Lieber, kein Ding. Battiglione sagt, du bist herzlich willkommen und kannst gerne gleich morgen Vormittag vorbeikommen. Und er freut sich, den berühmten Sebastian Wolf kennenzulernen.«

Zufrieden beendete Wolf das Gespräch. Er überlegte, ob er Flavotti mitnehmen sollte, entschied sich aber dagegen. Er würde ihm von seinen Rechercheergebnissen berichten, das musste ausreichen. Plötzlich kam Jackie auf die Terrasse gesprungen und unten hörte Wolf Schritte.

»Hallo, jemand zu Hause?« Es war Melanie. Wolf rief zurück und sie kam nach oben, eine Flasche Wein in der Hand. Er stand auf, ging ihr entgegen und sie küssten sich. Er kannte sie erst wenige Tage, aber ihre Anwesenheit wirkte vertraut, ein Gefühl, das er schon Jahre nicht mehr gespürt hatte. Genau genommen, seit Ella von ihm gegangen war, aber den Gedanken schob er sofort wieder beiseite. Er wollte den Augenblick genießen, wer wusste schließlich schon, wie lange er andauern würde?

Sie setzten sich auf die Terrasse. Inzwischen war es dunkel. Sie plauderten ein wenig, tranken den mitgebrachten kalten Wein und Jackie machte es sich auf Melanies Schoß bequem. »Ich glaube, ich bin hier akzeptiert«, sagte sie lachend.

Schließlich fragte Wolf sie nach der Stimmung im Dorf. »Hast du etwas mitbekommen? Was denken die Leute?«

»Es herrscht große Aufregung. Manche haben ihre Kinder zu Verwandten außerhalb von Montalto gebracht, andere fragen sich, ob Montalto nicht aus Sicherheitsgründen geräumt werden müsste. Heute gingen Polizisten von Haustür zu Haustür, um die Leute dazu zu bringen, abends zu Hause zu bleiben, sich nicht allein durch das Dorf zu bewegen und die Türen und Fenster geschlossen zu halten. Letzteres tut hier ohnehin fast jeder, bei der Hitze. Vor Bürgermeister Rossettos Haus fand sogar eine Demonstration statt. Aber wogegen die Leute demonstriert haben, war ihnen offenbar selbst nicht ganz klar. Gegen einen Mörder kann man schlecht demonstrieren, er wird deswegen kaum aufhören«, meinte Melanie. »Aber man kann den Menschen nicht verdenken, dass sie Angst haben. Alle fragen sich, ob es weitere Morde geben wird.«

Wolf dachte nach, dann sagte er: »Ich befürchte, davon müssen wir ausgehen.« Als Melanie ihn fragend ansah, erzählte er ihr alles, was er herausgefunden hatte. Als er fertig war, sah sie ihn schockiert an.

»Davon habe ich ja noch nie etwas gehört«, gestand sie. Das war ein gutes Zeichen, offenbar kannte außer Valentina Ricci kaum jemand in Montalto diese Oberto-Legende. Das sollte auch so bleiben, fand Wolf. Als Melanie fragte, ob man die Menschen nicht darüber informieren sollte, sagte er: »Ich bin mir nicht sicher, ob das der richtige Weg wäre, denn dadurch würden sich Angst und Unsicherheit noch weiter verbreiten. Und wir wissen doch gar nicht, ob es nur Zufall ist, dass gerade das Gleiche passiert wie vor exakt 100 Jahren.« Daran glaubte er zwar immer weniger, aber einen Beweis, dass die Mordserien zusammenhingen, gab es tatsächlich nicht.

»Und die Polizei?«, fragte Melanie.

»Bisher weiß nur Ispettore Flavotti Bescheid. Falls ich Beweise für Mordserien in früheren Jahrhunderten finde, muss ich natürlich ganz offiziell diesen Kommissar Brignone informieren.«

Melanie nickte. »Da hast du wohl recht.« Sie stand auf, holte die angebrochene Weinflasche aus der Küche und schenkte beiden nach. Sie setzte sich wieder, schaute Wolf ernst an und sagte dann: »Auch wenn die Umstände gerade ziemlich dramatisch sind: Ich bin froh, dass wir uns kennengelernt haben.« Dann beugte sie sich vor und küsste ihn.

Wolf spürte ihre weichen Lippen auf seinen, ihre Haare in seinem Gesicht. Er schloss die Augen, um den Moment zu genießen, doch plötzlich sah er Ella vor sich. Er zuckte zurück.

»Was ist?«, fragte Melanie.

»Nichts. Alles gut. Komm, lass uns schlafen gehen.«

*

Nachdem Melanie am nächsten Morgen gegangen war, brach Wolf erneut nach Genua auf. Die Strecke kannte er schon, denn die Historische Fakultät war in einem Gebäude neben der Bibliothek untergebracht. Er fand schnell den Weg zum Büro von Professore Battiglione, der ihn freundlich empfing. Er trug eine khakifarbene Hose, ein blaues Hemd, die schon angegrauten Haare fielen ihm über den Kragen. Er wirkte in seinem Auftreten recht leger. »Signor Wolf, wie schön, Sie bei uns empfangen zu dürfen!«

Wolf bedankte sich dafür, dass der Professor so kurzfristig Zeit für ihn hatte. Nachdem sie auf zwei ebenso modernen wie unbequemen Sesseln an einem kleinen Tisch Platz genommen hatten, breitete Battiglione seine Arme aus und fragte: »Also, Signore Wolf, was können wir für so einen berühmten Schriftsteller tun? Unser gemeinsamer Freund Martin erwähnte lediglich kurz, dass es um die Oberto-Legende ginge und die Angelegenheit sehr eilig sei.«

Wolf hatte während der Fahrt darüber nachgedacht, wie viel er dem Professor verraten sollte. Ganz im Ungewissen konnte er ihn nicht lassen, so viel war klar. »Professore, Sie haben sicherlich von den vier Mordfällen in Montalto gelesen oder darüber etwas in den Nachrichten gesehen?«

Sein Gegenüber nickte. »Aber wieso fragen Sie? Was hat das mit der Oberto-Legende zu tun?« Battiglione wiegte nachdenklich den Kopf und beantwortete seine

Frage dann selbst: »Hm, ja, vier Mordfälle binnen kurzer Zeit. Aber die Sachlage ist doch anders, oder? Schließlich sollten nach der Oberto-Legende doch sieben Menschen sterben, aber binnen 100 Jahren, oder?«

Wolf korrigierte den Professor. Der zog überrascht seine buschigen Augenbrauen hoch. »Tatsächlich? Dann scheint es auf den ersten Blick also Ähnlichkeiten zu geben. Sieben Morde in Montalto, stets im 22. Jahr eines Jahrhunderts und stets im Sommer. Aber dann müsste es doch eigentlich vor 100 Jahren auch eine solche Mordserie gegeben haben. Haben Sie das schon geprüft?« Wolf berichtete ihm von seiner Zeitungsrecherche. Battiglione zog wieder die Augenbrauen hoch. »Verblüffend. In der Tat verblüffend.«

»Martin Müller vermutet, dass es historische Belege für die früheren Mordserien gibt und diese im Archiv der Universität Genua aufbewahrt werden.«

»Das ist wahrscheinlich, aber es kann durchaus sein, dass diese Dokumente im Laufe der Zeit an einen ganz anderen Ort gelangt sind«, erklärte Battiglione. »Und dann bedarf es aufwendiger Archivrecherchen, um die Unterlagen zu finden.« Der Professor widmete seine Aufmerksamkeit einem Fussel auf seiner Hose, den er aufnahm und auf den Boden fallen ließ. »Aber Sie haben Glück, wie Ihnen Martin möglicherweise schon mitgeteilt hat. Denn wir haben einen Doktoranden, der seit Jahren mit diesem Material arbeitet. Es handelt sich dabei um ein Mitglied der Familie Oberto, Gianluca. Ein sehr fähiger junger Mann, der sich gerne auf Dauer der historischen Wissenschaft verschreiben würde. Nur leider ist der Vater dagegen, Fabrizio Oberto. Vielleicht haben Sie von ihm gehört?«

Wolf schüttelte den Kopf.

»Nun, er ist vermutlich der reichste Mann Genuas, sehr

einflussreich, und er erwartet, dass sein Sohn eines Tages sein Immobiliengeschäft übernehmen wird.«

»Oberto heißt die Familie? Handelt es sich um Nachfahren des Grafen?«

»Sie haben es erfasst, Signor Wolf«, sagte Battiglione.

»Könnte ich denn die Dokumente kurzfristig einsehen?«, fragte Wolf.

Der Professor bejahte. »Sie liegen sehr wahrscheinlich in Gianluca Obertos Studierzimmer in der Bibliothek. Jeder Doktorand bekommt einen solchen abgeschlossenen Arbeitsplatz, um ungestört recherchieren zu können. Die Bücher und Unterlagen, die er benutzt, kann er in einem Handapparat ablegen. Sie müssen allerdings stets auch für andere Nutzer zugänglich sein. Da ich ja weiß, dass Sie es eilig haben, könnten wir hinuntergehen und nachschauen. Vielleicht haben wir Glück und Gianluca ist gerade dort und arbeitet.«

»Prima«, sagte Wolf erfreut.

Der Professor gab seiner Sekretärin ein paar Instruktionen und die beiden Männer begaben sich in das Nachbargebäude, wo sich der Lesesaal der Bibliothek befand, den Wolf nun schon zum dritten Mal aufsuchte. Am Tresen saß heute nicht der junge Angestellte, sondern eine Frau, die nur kurz aufblickte und Battiglione grüßte.

Sie mussten den Saal einmal durchqueren, um zu den etwa acht bis zehn kleinen Zimmern für die Doktoranden zu kommen. Der Professor steuerte eines in der Mitte der Reihe an und klopfte an die Tür. Als niemand antwortete, öffnete er sie. »Die Türen dürfen nicht abgeschlossen sein, damit die Unterlagen für jeden zugänglich sind«, erklärte er. »Und es muss in Listen, die vorne am Tresen liegen, stets vermerkt werden, wo die Dokumente sich gerade befinden. Das hat auch damit zu tun, dass viele der Unterlagen mehrere Hundert Jahre alt sind.«

In dem kleinen etwa drei mal drei Meter großen Raum war nur Platz für einen Schreibtisch, ein Regal und einen Tisch zum Ablegen der alten Unterlagen. Auf diesem waren ein paar dicke, alte Einbände gestapelt. Wolf zählte insgesamt sieben. Darauf lag ein Zettel, auf dem in großen Buchstaben »Familiendokumente Oberto, 15. bis 18. Jahrhundert« stand. Battiglione zog zwei Paar weiße Einmalhandschuhe aus der Hosentasche, reichte Wolf eins davon und sagte: »Bitte gehen Sie sehr vorsichtig damit um. Einige dieser Dokumente sind von unschätzbarem Wert und werden selten aus dem Archiv geholt.«

Wolf warf einen Blick darauf und schätzte, dass es sich um mindestens 300 Blatt handeln musste. »Ganz schön viel«, warf er ein.

»Oh, das ist nur ein kleiner Teil. Gianluca Oberto hat mir vor Kurzem erzählt, dass er derzeit den Stammbaum untersucht. Wir können nur hoffen, dass wir Hinweise finden.«

»Wo wollen wir anfangen?«, fragte Wolf.

»Nun, wir müssen wohl versuchen, Unterlagen aus dem 22. Jahr der jeweiligen Jahrhunderte zu finden. Aber es ist gut möglich, dass auch andere Jahre Hinweise liefern.«

Wolfs Enthusiasmus verflüchtigte sich. Während der Professor auf dem Stuhl vor dem Ablagetisch Platz nahm, hob Wolf einen der schweren Bände auf den Schreibtisch. Dann schlug er ihn auf und blickte auf eine Seite mit verschnörkelter Schrift. Und plötzlich ging ihm etwas auf, an das er gar nicht gedacht hatte: Diese Dokumente waren natürlich auf Latein geschrieben. »Oh, ich kann kein Latein«, sagte er und blickte sich um zu Battiglione.

Der zog wieder mal die Augenbrauen hoch und sagte: »Hmhm, das macht die ganze Sache kompliziert. Zumal es sich nicht einmal um das klassische Latein handelt, sondern um das Latein, das im Mittelalter und der frühen Neuzeit geschrieben wurde.«

Wolf lehnte sich genervt zurück: »Okay, da haben wir wohl ein Problem.«

In diesem Augenblick öffnete sich die Tür und ein junger Mann betrat den Raum. Er schaute erstaunt zuerst zu Battiglione, dann zu Wolf und anschließend wieder zum Professor. »Was ist denn hier los? Was tun Sie in meinem Zimmer?«

Battiglione räusperte sich. »Mein lieber Gianluca, kein Grund zur Unruhe. Das hier ist Signor Sebastian Wolf aus Deutschland. Ich weiß nicht, ob Ihnen sein Name geläufig ist. Er ist ein bekannter Romanautor.« Und an Wolf gewandt sagte er: »Und das ist Gianluca Oberto, von dem ich Ihnen ja bereits erzählt habe.«

Wolf erhob sich, drehte sich zu dem jungen Mann, der irgendwo zwischen 25 und 30 Jahre alt sein dürfte. Er war etwa so groß wie er selbst und wirkte in seinen Jeans, den Turnschuhen und dem Poloshirt ziemlich sportlich. Wolf streckte ihm die Hand entgegen.

In Gianlucas Blick lag etwas Feindseliges, als er antwortete: »Ich weiß, wer Signor Wolf ist.« Die entgegengestreckte Hand beachtete er nicht. »Aber was machen Sie hier, warum wühlen Sie in meinen Sachen herum, Professore?«

Battiglione hob beschwichtigend beide Hände. »Aber wir wühlen doch nicht, mein lieber Gianluca. Signor Wolf ist auf der Suche nach Informationen. Es geht um die Oberto-Legende, und er glaubt, dass es eine Verbindung zu den Morden in Montalto geben könnte. Mit der

Legende sind Sie ja bestens vertraut.« An Wolf gewandt erklärte er: »Sie müssen wissen, dass unser junger Signor Oberto sehr bescheiden ist, wenn es um seine historischen Kenntnisse geht. Dabei gehört er zu den fähigsten Studenten, die ich jemals hatte.«

»Vielleicht können Sie mir weiterhelfen«, begann Wolf. »Haben Sie denn Anhaltspunkte dafür gefunden, dass es so etwas in der Vergangenheit tatsächlich gab?« Gianluca wand sich sichtlich. Wolf hatte keinen Zweifel, dass der junge Mann etwas bei seinen Recherchen gefunden hatte, immerhin beschäftigte er sich seit Jahren mit diesem Thema. »Na?«, fragte er nochmals. Dann hatte er einen Einfall. »Wenn Sie uns nicht erzählen, was Sie wissen, dann muss ich die Unterlagen von der Polizei beschlagnahmen lassen. Sie können sich vorstellen, wie lange die brauchen, bis sie alles übersetzt und ausgewertet haben. Anschließend gehen die Bände an die Staatsanwaltschaft und später vielleicht an das Gericht. Wenn Sie Pech haben, warten Sie fünf Jahre oder länger, bis Sie sie wiederhaben. Wollen Sie das wirklich riskieren?«

Wolf bluffte, denn er hatte natürlich überhaupt keine Befugnis, die Polizei zu beauftragen, die Dokumente zu beschlagnahmen. Und er konnte sich lebhaft vorstellen, wie Commissario Brignone auf Wolfs Vorschlag reagieren würde. Aber das wusste dieser bockige Doktorand ja nicht.

Battiglione versuchte abzuwiegeln. »Na, na, lieber Signor Wolf, so weit wird es schon nicht kommen müssen.« Er blickte aufmunternd lächelnd zu Gianluca Oberto. Wolfs Druck zeigte Wirkung.

»Ja, öhm, da gibt es wohl einige Dokumente, in denen diese Geschichte erwähnt wird.«

Wolf wurde es langsam zu viel. »Na, jetzt erzählen Sie schon, Mann!«

Gianluca zuckte förmlich zusammen. Er schien wenig Selbstvertrauen zu haben. »Also, ich habe Unterlagen aus mehreren Jahrhunderten dazu gefunden.«

»Und haben Sie Hinweise gefunden, dass es früher Mordserien gab?«

Der junge Oberto nickte langsam. »Ja.« Zögernd ging Gianluca zu dem Ablagetisch und zog den dritten Band von oben heraus. Dann legte er ihn auf den Schreibtisch und blätterte vorsichtig eine Reihe der alten Dokumente um. Das Papier knisterte und Wolf fürchtete, es könnte einfach in der Hand des jungen Mannes zerbröseln. Schließlich stoppte Gianluca und zeigte mit dem Finger auf ein Blatt: »Hier.«

Wolf und Battiglione standen auf und sahen über Gianlucas Schulter. »Können Sie das vielleicht auch für Normalsterbliche übersetzen?«, fragte Wolf ungeduldig.

Daraufhin begann Gianluca zu erklären, dass es sich bei dem Dokument um eine Chronologie handelte. »Vielleicht kennen Sie den *Sachsenspiegel*? Der ist bei Ihnen in Deutschland ein vergleichbares Dokument, nur viel bedeutender. Ein Rechtsbuch aus der ersten Hälfte des 13. Jahrhunderts.«

Davon hatte Wolf irgendwann mal während seines Jurastudiums gehört. »Und was steht hier?«

»Dieses Schriftstück ist auch eine Art Rechtsbuch, allerdings aus dem 16. Jahrhundert. Hier wird eine Mordserie aus dem dritten Jahrzehnt des 15. Jahrhunderts erwähnt. Anschließend werden Regeln aufgestellt, was mit dem Täter oder den Tätern zu tun wäre, wenn sie entdeckt worden wären.«

»Sie wurden also nicht enttarnt?«, fragte Wolf.

»Nein, das wurden sie nicht. Sie sollten auf einem Scheiterhaufen verbrannt werden, denn sie wurden gewissermaßen mit Hexen gleichgesetzt.«

Jetzt mischte sich Battiglione ein: »Warum das denn? Das ist ungewöhnlich. Mörder wurden doch üblicherweise nicht verbrannt. Tatsächlich wurden sie entweder mit einer Mazzalota, also einer schweren Keule, erschlagen, gevierteilt oder gehängt.«

»Das stimmt, aber dieser Fall war anders. Es handelte sich nicht um eine Serie gewöhnlicher Morde.«

»Sondern?«, fragte Wolf.

»Sondern angeblich um Morde, die die Nachkommen des Grafen Oberto I. von Badalucco begangen haben sollten. Sie sollten den Gerüchten zufolge ein Racheakt wegen einer Schmähung dieses Obertos gewesen sein.«

»Steht da, wann es zu dieser Schmähung gekommen war?«

»Es wird das Jahr 1121 genannt.«

»Und der Ort?«

»In Badalucco.«

Wolf faltete seine Hände hinter dem Kopf zusammen und reckte sich. »Haben Sie vergleichbare Stellen in anderen Rechtsbüchern gefunden?«

»Nein, nicht in Rechtsbüchern. Es ist nur dieses eine aus der Region bekannt. Aber wohl in anderen Quellen. Es würde aber eine Weile dauern, bis ich sie finde.«

Wolf hatte das Gefühl, dass diese letzte Behauptung gelogen war, aber ehe er etwas sagen konnte, mischte sich Battiglione wieder in das Gespräch ein: »Würden Sie das auch der Polizei so berichten, mein lieber Gianluca?«

Der junge Mann nickte zögernd.

Gut, das reicht, zumindest fürs Erste, dachte Wolf und

stand auf. »Ich danke Ihnen für Ihre Hilfe«, sagte Wolf nicht gerade freundlich. Dann verließen er und der Professor den Raum. Als die beiden Männer am Tresen des Lesesaals vorbeikamen, fragte Wolf: »Liegen hier die Listen mit den ausgeliehenen Dokumenten?«

Der Professore nickte.

»Ob ich mal einen Blick hineinwerfen darf?«

Wieder nickte Battiglione. Er flüsterte kurz mit der Mitarbeiterin, die daraufhin einen Ordner holte und ihn mit einem freundlichen Lächeln auf den Tresen legte. »Bitte«, forderte Battiglione Wolf auf und der ließ sich das nicht zweimal sagen.

Er blätterte durch die Listen, aber verstand nicht, was er las. »Können Sie mir sagen, ob man irgendwo die Gesamtzahl der entnommenen Dokumente oder Dokumentenbände ablesen kann?«, fragte er die Angestellte. Sie blätterte auf die letzte Seite und zeigte wortlos auf eine Spalte. Dort war fein säuberlich eine Zahl eingetragen: 8.

Er bedankte sich bei der Frau und verließ gemeinsam mit Battiglione den Lesesaal und das Gebäude. Als sie nach draußen traten, war es, als würden sie eine Hitzewand durchschreiten. »Ich hoffe, Ihr Besuch hat Ihnen weitergeholfen«, sagte Battiglione.

»Auf jeden Fall. Aber ich kann Ihnen noch nicht sagen, was das alles bedeutet«, antwortete Wolf. Er verabschiedete sich von Battiglione und ging zu seinem Auto. Wieder musste er sich durch den Verkehr kämpfen, bis er endlich die Stadt mit ihren Hafenanlagen hinter sich gelassen hatte. Er dachte über seine Begegnung mit Gianluca nach. Warum hatte sich dieser Junge so merkwürdig benommen? Was hatte ihn so nervös gemacht? Und warum war er sofort eingeknickt, als Wolf mit der Polizei gedroht hatte? Und dann fiel ihm noch eine Sache ein. In der Liste der Ausleihen aus dem Archiv war vermerkt, dass Gianluca Oberto insgesamt acht Bände zur Benutzung entnommen hatte. Auf dem Tisch in seinem Studierzimmer hatten aber nur sieben Bände gelegen. Wo war der achte? Und warum fehlte er?

Diesen Abend verbrachte Wolf allein. Er unternahm eine Runde durchs Dorf mit Jackie, die sich so über den gemeinsamen Spaziergang freute, dass sie sich nicht einmal vom Anblick zweier Katzen von seiner Seite locken ließ. Wolf traf auf zwei Carabinieri, die ihren Kontrollgang durch die dunklen engen Gassen machten. Vor dem Einschlafen ließ er den Tag Revue passieren. Was bedeutete die Entdeckung, dass es tatsächlich in alten Unterlagen Hinweise auf vergleichbare Verbrechen in früheren Jahrhunderten gab? Und warum hatte sich dieser Gianluca Oberto so merkwürdig verhalten? Nur weil er der Familie entstammte, die ihre Wurzeln auf jenen Oberto I. zurückführte, war er doch nicht automatisch verdächtig. Das schien angesichts seiner Stellung als Mitglied einer wohlhabenden und einflussreichen Familie sogar ziemlich unwahrscheinlich. Warum hätte er für irgendeine Dummheit seine zweifellos glänzenden Zukunftsaussichten gefährden sollen? Über seine Gedanken schlief Wolf schließlich ein.

*

Diesmal wartete Flavotti schon, als Wolf beim Café ankam. Er hatte sich draußen unter einen Sonnenschirm gesetzt. Die Hitze flimmerte, es schien heißer denn je zu sein. Die beiden Männer begrüßten sich freundlich und Wolf setzte sich. Sie bestellten beim Kellner wieder Salat und Getränke.

»Also, was haben Sie für mich?« Der junge Polizeibeamte schaute Wolf erwartungsvoll an. Der erzählte ihm zunächst von den Einträgen in dem Rechtsbuch aus dem 16. Jahrhundert. Der Ispettore hörte auf zu kauen und sah ihn an. »Das bedeutet, dass wir es vielleicht tatsächlich mit einer Wiederholung der Ereignisse von vor hundert Jahren zu tun haben«, stellte er fest.

»Ja, und ebenso mit einer Wiederholung von Ereignissen aus früheren Jahrhunderten, wobei wir nicht wissen, ob es wirklich lückenlos zu Wiederholungen kam.«

Flavotti knackte mit seinen Zähnen eine Nuss aus seinem Salat, nahm einen Schluck aus seinem Glas und sagte: »Meinen Sie, wir haben es mit einem Trittbrettfahrer zu tun? Es müsste aber ein historisch sehr gebildeter Trittbrettfahrer sein. Die Tatsache, dass die Ereignisse jetzt, also im Sommer des 22. Jahres unseres Jahrhunderts stattfinden – das kann doch eigentlich kein Zufall sein, oder?«

Wolf zuckte mit den Schultern. »Eine andere Erklärung als einen Trittbrettfahrer habe ich nicht«, gestand er.

»Aber warum sollte jemand planen, sieben Menschen umzubringen, nur weil das einer alten Tradition entspricht? Das klingt doch verrückt. Vollkommen verrückt.«

Wolf konnte ihm nur zustimmen. »Da ist aber noch etwas, was ich Ihnen erzählen möchte.« Er berichtete von seiner Begegnung mit Gianluca.

»Ein Oberto? Auch Zufall?«, fragte Flavotti.

Wolf zuckte mit den Schultern. »Jedenfalls hat er sich merkwürdig benommen.«

»Was meinen Sie mit ›merkwürdig‹?«

Wolf erzählte von der auffälligen Nervosität des jungen Mannes und wie widerwillig er ihm Auskunft über den Eintrag in dem alten Dokument gegeben hatte. »Ich könnte mir vorstellen, dass er mich glatt angelogen hätte, was diese anderen Einträge betrifft, wenn nicht Professore Battiglione anwesend gewesen wäre.« Dann erzählte er noch von seiner kleinen Lüge mit der polizeilichen Beschlagnahme der alten Dokumente.

Flavotti lachte: »Von Ihnen kann ich wirklich was lernen, Signor Wolf.« Dann wischte er sich mit einer Serviette den Mund ab und schaute Wolf an. »Ich befürchte, wir sind an einem Punkt angekommen, an dem wir meinem Chef von der Sache erzählen müssen.«

Wolf verzog das Gesicht, aber er wusste, dass der Ispettore recht hatte. Es gab keine Beweise, dass die aktuellen Morde irgendetwas mit den früheren zu tun hatten, und ihm war bewusst, dass die Theorie einer möglichen Verbindung schräg klang. Vor allem in den Ohren eines Mannes wie Commissario Brignone. Aber trotzdem konnten sie ihm die Erkenntnisse nicht vorenthalten, was immer er damit anfangen würde.

Flavotti atmete tief durch. »Ich werde mit ihm reden.«

Wolf hatte Mitleid mit dem jungen Polizisten. Er war ihm sympathisch – im Gegensatz zu diesem unwirschen und mürrischen Brignone. Sie nahmen noch einen Espresso und verabschiedeten sich dann. »Wünschen Sie mir Glück«, sagte Flavotti.

Wolf klopfte ihm auf die Schulter. »Das wird schon.« Dann trennten sich ihre Wege.

*

Den Ispettore graute es vor dem Gespräch mit seinem Chef. Doch er wusste, dass er ohnedies nicht darum herumkommen würde und es besser war, es hinter sich zu bringen. So klopfte er nach seiner Rückkehr gleich an Brignones Tür und trat ein, nachdem er ein mürrisches »Herein« vernommen hatte.

Der Commissario saß hinter seinem Schreibtisch und blickte auf. »Ach, Ispettore, wie schön, dass Sie es auch mal wieder einrichten können.«

Flavotti überhörte die Spitze. »Ich muss mit Ihnen reden, Chef.«

Brignone wies mit der Hand auf den Stuhl auf der anderen Seite des Schreibtischs, auf dem sich sein Kollege stets fühlte wie auf einem Verhörstuhl. »Also? Schießen Sie los.«

Flavotti erzählte alles, was Wolf ihm berichtet hatte, und er ließ auch seinen Besuch in der Universitätsbibliothek gemeinsam mit dem Schriftsteller nicht aus. Sein Chef hörte die ganze Zeit regungslos zu. Als der andere fertig war, blieb er zunächst noch einen Moment still sitzen und blickte Flavotti stumm an. Dann polterte er los. »Sind Sie vollkommen verrückt geworden? Haben Sie so etwas auf der Polizeischule gelernt? Haben Sie nichts Besseres zu tun, als sich von diesem Schriftsteller verrückt machen zu lassen?« So tobte Brignone ein paar Minuten. Er redete sich dermaßen in Rage, dass Flavotti Angst hatte, er würde gleich einen Herzinfarkt erleiden. Schließlich beruhigte Brignone sich. Er sah seinem Kollegen scharf in die Augen und sagte mit leiser, aber schneidender Stimme: »Ich will von diesem Blödsinn nie wieder etwas hören. Das sind Märchen, entsprungen dem Hirn eines Romanciers. Ich rate Ihnen, sich von dem Mann fernzuhalten. Haben Sie mich verstanden?«

Flavotti nickte stumm.

»Was haben Sie gesagt?«

»Ja, Commissario«, presste Flavotti heraus.

»Gut«, sagte Brignone fast flüsternd, aber weiterhin mit einer schneidenden Schärfe, die es Flavotti eiskalt den Rücken herunterlaufen ließ. Er ahnte, dass es für seine Karriere besser sein würde, die Füße stillzuhalten. »Und jetzt raus«, bellte sein Chef ihn an und machte eine entsprechende Kopfbewegung Richtung Tür.

*

Nachdem Flavotti den Raum verlassen hatte, ballte Brignone seine Faust. Idiota! Schriftsteller! Was bildete sich dieser Mensch eigentlich ein? Das Leben, das wahre Leben, hatte nichts mit den Fantasiewelten in seinen billigen Kitschromanen zu tun, in denen er so tat, als habe er Ahnung von der Polizeiarbeit. Während sich sein junger, unerfahrener Kollege von diesem Autor hatte bezirzen lassen, hatte Brignone nicht untätig herumgesessen. Und er war zu einem Ergebnis gekommen: Er würde sich diesen Herrn Wolf aus Deutschland mal genauer anschauen. War sein Verhalten nicht verdächtig?

KAPITEL 11

Als Wolf in die Casa Principessa zurückkehrte, bemerkte er, dass er eine Sprachnachricht auf dem Handy hatte. Es war Melanie: »Hallo, Sebastian. Ich könnte mir heute freinehmen, Sofia übernimmt den Laden solange. Vielleicht hast du Lust, etwas zu unternehmen. Ruf doch einfach mal an.«

Natürlich hatte er Lust. Er rief sie zurück und hatte auch schon einen Vorschlag: »Es ist ja wieder so unglaublich heiß – was hältst du davon, wenn wir unten ans Wasser gehen und uns abkühlen?«

Melanie gefiel die Idee. »Ach ja, dort war ich diesen Sommer überhaupt noch gar nicht. Ich packe uns ein bisschen Verpflegung ein. Soll ich dich abholen?« Sie verabredeten sich für 15 Uhr und verabschiedeten sich. Wolf fühlte sich wie ein verliebter Teenager.

Diesmal zog er sich Badeshorts für den Ausflug an. Eine zweite Hose brauchte er nicht, denn bei den Temperaturen würden die Shorts schnell wieder trocknen. Endlich klingelte Melanie unten an der Tür. »Ich komme runter«, rief er. Jackie stand schon aufgeregt in dem kleinen Vorraum und drehte sich im Kreis. Das tat sie oft, wenn sie sich ungeduldig auf etwas freute. Als er die Tür öffnete, nahm sie Melanie derart in Beschlag, dass er sie kaum zur Begrüßung küssen konnte. Sie sah fantastisch aus in ihrem roten T-Shirt, der kurzen roten Hose und ihren Sportschuhen. Er nahm ihr den Rucksack ab. »Nur ein bisschen Verpflegung für ein kleines Picknick«, sagte sie.

Die Nachmittagshitze flimmerte, kein Windhauch war zu spüren, als sie den schmalen Weg entlanggingen. Wolf hoffte, dass unten am Wasser keine anderen Menschen sein würden, damit sie ungestört wären. Schließlich öffnete sich der Blick auf den natürlichen Pool und den kleinen Wasserfall, der sein monotones Plätschern von sich gab. Dahinter erhoben sich der bewaldete grüne Berg und weiter hinten ein makelloser blauer Himmel. Wolf hatte Glück – der romantische Ort gehörte ihnen ganz allein. Er hielt Ausschau nach Jackie, die den Fluss abwärts über große Steine hüpfte, die aus dem Wasser ragten. Wolf staunte immer wieder, mit welcher Sicherheit sie sich bewegte.

Er steuerte zielsicher den Felsblock an, der wie eine natürliche große Sonnenliege wirkte. »Hier?«, fragte er.

Melanie nickte. »Genau hier.« Sie breiteten ihre Badehandtücher aus und ließen sich nieder. »Mir ist so heiß, ich brauche erst mal eine Abkühlung«, sagte sie und Wolf stimmte zu. Nach einem Bad im eiskalten Wasser legten sie sich auf die Handtücher. Er küsste sie auf den Mund und sie erwiderte den Kuss. Sie plauderten über belangloses Zeug, dann lagen sie eine Weile still nebeneinander. Der Wasserfall rauschte beruhigend und die Sonne wärmte ihre Körper rasch wieder auf. Er genoss den Moment, ohne an irgendetwas zu denken. Schließlich hob Melanie den Kopf, blinzelte ihn an und fragte: »Hunger?«

Und wie er Hunger hatte, das wurde ihm erst in diesem Augenblick bewusst. Sie packte ihre mitgebrachten Leckereien aus – frisches Brot, Käse, Salami und einige andere Kleinigkeiten. Zum Nachtisch gab es für jeden ein Stück Kuchen. Sie zauberte eine Flasche Wein und zwei Plastikbecher aus dem Rucksack hervor. »Du hast ja wirklich an alles gedacht.«

Sie aßen und tranken Wein und erzählten sich von früheren Urlauben. Zu den Geschichten gehörten auch Ella und Melanies verstorbener Mann. »Ich war mit Ella auch häufig an diesem Ort, damals, vor zehn Jahren.« Es klang fast wie ein Geständnis.

Melanie blinzelte ihn an. »Ach, das wusste ich nicht. Hätten wir nicht hierherkommen sollen?«

Tatsächlich spürte er die schmerzhafte Erinnerung in sich aufsteigen, aber er versuchte, sie zu unterdrücken. Das gelang nicht ganz.

Melanie ging es wohl ähnlich. »Ich musste in den vergangenen Tagen, seit ich dich kenne, einige Male an meinen Mann denken. Manchmal fühlt es sich an, als würde ich ihn mit dir betrügen.«

Wolf blickte sie an. »Das geht mir genauso. Vielleicht ist das ganz normal, wenn es für uns beide das erste Mal ist, dass wir uns nach unserem Verlust wieder einem anderen Menschen öffnen.« Sie lagen jetzt wieder nebeneinander, sagten nichts und starrten in den blauen, wolkenlosen Himmel. Insekten schwirrten um ihre Köpfe, eine große Libelle brummte vorbei. In ihm kämpften die Erinnerungen an Ella gegen diesen Moment. Was würde Martin sagen? »Genieß den Augenblick, du bist viel zu jung, um allein zu sein.« Er hörte Melanie tief atmen. Plötzlich war er sich sicher, dass sein Freund recht hatte. Ella war tot, das war nicht zu ändern. Er musste nach vorne sehen. Und da sah er Melanie.

Er hob den Oberkörper und beugte sich über sie. Melanie hatte die Augen geschlossen. Als sie sie öffnete, küsste er sie wortlos. Es wurde ein langer, intensiver Kuss, und er wusste, dass er das Richtige tat. Sie liebten sich an diesem heißen Nachmittag, an diesem mystischen Ort, und sie spürten, sie würden blaue Flecke von dem harten Steinboden bekommen. Manchmal mussten sie lachen, weil einer von beiden »Aua« rief. Es war perfekt und Wolf genoss das Hier und Jetzt.

»Noch mal ins Wasser?«, fragte er.

»Bist du verrückt?«, lautete ihre Antwort. Jackie hatte sich längst zu ihnen gelegt und ruhte sich von ihren Erkundungen aus. Nach einer Weile gingen sie zurück zur Casa Principessa. Sie blieb die Nacht bei ihm und verabschiedete sich erst nach dem Frühstück am nächsten Morgen.

*

»In mein Büro«, bellte Brignone in den Telefonhörer.

Tolle Begrüßung, dachte Flavotti und legte auf. Irgendwie hatte er das Gefühl, dass sein Chef sich nach seinem gestrigen Wutausbruch noch nicht beruhigt hatte. Er ging zu dessen Büro, klopfte an und öffnete die Tür, nachdem er ein Brummen gehört hatte. »Guten Morgen, Chef«, sagte Flavotti, während er eintrat. Als Antwort wies der stumm auf den freien Stuhl und schnippte mit den Fingern. Flavotti setzte sich, langsam wurde er nervös. War es falsch gewesen, Brignone von Sebastian Wolfs Recherchen zu erzählen? Dass er den Deutschen nicht mochte, war offensichtlich. Trotz allem hatte er den Commissario informieren müssen, auch wenn die neuen Erkenntnisse sie nicht wirklich weiterbrachten. Aber mit anderen Spuren sah es ja schließlich noch schlechter aus, dachte Flavotti. Der Druck von ganz oben wuchs.

»Was ist denn eigentlich mit diesem Wolf?«, begann der Commissario.

»Wie meinen Sie das?« Es ratterte in Flavottis Kopf. Wieso sprach er jetzt über den Schriftsteller? Erwog er vielleicht doch, dass an der Oberto-Legende etwas dran war?

»Na, ich meine, was ist er für ein Typ? Erzählen Sie mal, Sie haben sich doch mit ihm angefreundet«, sagte Brignone mit einem verächtlichen Unterton.

»Also von angefreundet kann keine Rede sein«, entgegnete der Ispettore. »Wir haben uns getroffen, weil er mir von dieser Legende erzählen wollte und davon, dass er diese Zeitungsartikel von vor 100 Jahren gefunden hat.«

»Warum ist er damit eigentlich nicht zu mir gekommen?«

Flavotti überlegte, ob er die Wahrheit etwas beschönigen sollte, doch er entschied sich dagegen. »Er ging davon aus, dass Sie ihm nicht glauben würden, ja, dass Sie ihn nicht einmal ernsthaft anhören würden.«

»Es ist ja auch völliger Unsinn, den er erzählt.« Flavotti wollte etwas entgegnen, doch sein Chef bedeutete ihm zu schweigen. »Und sonst? Was ist er sonst für ein Typ?«

Flavotti dachte kurz nach. »Er ist sympathisch. Mehr kann ich gar nicht sagen. Ich kenne ihn ja nicht.«

Brignone schnaubte. »Dann will ich Ihnen jetzt mal was über diesen Mann sagen, junger Freund. Für mich ist er unser Tatverdächtiger!«

Flavotti schaute ihn verständnislos an. »Bitte was? Wie meinen Sie das?«

»Na, so wie ich es sage. Ich gehe davon aus, dass Herr Wolf die vier Menschen umgebracht hat«, sagte er mit einem triumphierenden Unterton.

Der Ispettore war sprachlos. Was für ein kruder Gedanke. »Wie kommen Sie denn darauf? Was macht ihn für Sie verdächtig?« Er musste sich zurückhalten, um nicht Worte wie »Blödsinn« und »totaler Quatsch« zu benutzen, immerhin war der andere ja sein Vorgesetzter.

»Überlegen Sie doch mal. Wann haben die Morde angefangen?«, sagte der und beantwortete die Frage gleich selbst: »Richtig, genau zu dem Zeitpunkt, als dieser Herr Wolf nach Montalto kam. Padre Crosetto wurde am selben Abend ermordet, an dem Wolf hier aufschlug. Ein komischer Zufall, oder?«

Das fand Flavotti nicht, im Gegenteil, er fand diesen Gedanken sogar ziemlich weit hergeholt. Er sagte nichts, was Brignone offenbar glauben ließ, er sei gerade dabei, seinen Mitarbeiter von seiner Theorie zu überzeugen.

»Und dann?«, fragte er. »Was passierte dann?« Flavotti sagte weiterhin nichts. »Richtig. Dann ermordete er Signora Garofani, eine alte Frau, die ihm nichts getan hatte, absolut nichts. Und weil er ja ein Schriftsteller ist und über eine reiche Fantasie verfügt, erfand der feine Herr Wolf einen Verdächtigen, diesen armen, völlig unschuldigen jungen Mann. Ihm wollte er die Morde in die Schuhe schieben.«

Flavotti war noch lange nicht überzeugt. »Gut«, sagte er. »Aber warum hat er dann, während ein Tatverdächtiger bei uns in der Zelle saß, einen weiteren Mord begangen? Damit war doch klar, dass Patrelli wohl kaum der Mörder der anderen beiden Opfer gewesen sein konnte.«

Brignone lehnte sich zurück. »Sie müssen sich in diese Leute hineinversetzen. Es ist doch klar: Einmal angefangen, konnte er einfach nicht mehr aufhören. Er fühlte sich sicher, weil er dachte, wir hätten absolut keine Ahnung, keine Spur. Beim vierten Mord steigerte er die Inszenierung, indem er die Leiche in das für Padre Crosetto reservierte Grab legte. Es gab ihm einen besonderen Kick, als die Leiche gefunden wurde – in Anwesenheit zahlreicher Trauergäste und uns, der Polizei.«

Flavotti starrte seinen Chef an. Dieser Mann meinte tatsächlich ernst, was er sagte. Mit einem sarkastischen Unterton antwortete er: »Und dann hat er die Geschichte mit den sieben Morden erfunden?«

Brignone interpretierte die Frage als Zustimmung. »Na ja, es war etwas anders. Er hatte vorher recherchiert und war auf die Legende gestoßen und kannte sicher auch bereits die Zeitungsartikel, die er Ihnen in der Bibliothek präsentierte. Das war alles von langer Hand geplant. Vergessen Sie nicht, der Mann ist ein raffinierter Schriftsteller.«

Der Ispettore rutschte auf seinem Stuhl hin und her. »Dann habe ich nur noch eine Frage: Was ist sein Motiv? Warum sollte er vier Mord begehen?«

»Sie müssen noch viel über die Psyche des Menschen lernen, Flavotti. Es geht ihm um den Nervenkitzel. Darum, uns hinters Licht zu führen. Vielleicht verarbeitet er das alles sogar demnächst in einem Roman.«

Flavotti seufzte. »Dann nur noch eine Sache: Wenn Wolf sich an die Vorgabe der alten Legende hält, quasi als Trittbrettfahrer – dann müsste er ja noch drei weitere Morde begehen, um sein Werk zu vollenden.«

Brignone sah ihn einen Augenblick an, nickte dann langsam und sagte: »Richtig. Deshalb werden wir ihn festnehmen, bevor er noch mehr Unheil anrichten kann.«

*

Filippo Rossetto saß am Steuer seines Autos und grübelte, während er zurück in Richtung Montalto fuhr.

Gerade hatte er Kommissar Brignone in dessen Büro besucht, um mit ihm über die Lage zu sprechen. Es war um die Fragen gegangen, wie man die Einwohner schützen konnte – ob man das Dorf eventuell evakuieren oder zumindest die Kinder und Jugendlichen irgendwo anders unterbringen sollte. Beide lehnten solche Pläne ab, weil sie fürchteten, dass dadurch erst recht Panik geschürt würde. Aus vielen Gesprächen der vergangenen Tage wusste Rossetto, dass die Menschen Montaltos beunruhigt waren. Das war nur allzu verständlich. Aber das Dorf verlassen wollte kaum jemand. Rossetto hatte den Commissario gebeten, die Polizeikräfte im Ort zu verstärken, und Brignone hatte zugesagt, statt zwei von nun an vier Carabinieri rund um die Uhr durch den Ort patrouillieren zu lassen. »Ich hoffe, dass sich das nicht in Imperias Unterwelt herumspricht«, hatte er gebrummt. Dieser Polizist war kein angenehmer Mensch, fand Rossetto. Doch was ihm vor allem während des Gesprächs klar geworden war: Die Polizei tappte offenbar völlig im Dunkeln. Außer ein paar Andeutungen, dass es eine interessante und überraschende Spur gebe, verbreitete Brignone keinerlei Hoffnungsschimmer, dass der Spuk bald ein Ende finden würde. Missmutig hatte Rossetto auf den Titelseiten der ausgelegten Zeitungen an einer Tankstelle Schlagzeilen wie »Horror-Dorf« gelesen!

Montalto brauchte Hilfe von außen, so viel war sicher. Und er wusste auch schon, wer diese Hilfe sein könnte: Signor Wolf. Er war zwar kein Polizist, aber ein bekannter Krimiautor, der doch sicher viel recherchierte, bevor er seine Bücher schrieb. Wenn man schnell handeln wollte, gab es keine bessere Lösung. Also beschloss Bürgermeister Rossetto, Wolf um seine Unterstützung zu bitten. Wenige Minuten später parkte er an der Verkehrsstraße und ging zielstrebig zur Casa Principessa. Als er klingelte, hörte er den Hund bellen, dann Schritte auf der Treppe, und schließlich öffnete Wolf die Tür.

»Herr Bürgermeister«, sagte er sichtlich überrascht. »Kommen Sie doch herein.«

Rossetto folgte ihm die Treppe hoch und sie setzten sich an den langen Tisch im abgedunkelten Wohnzimmer. »Was führt Sie zu mir?«

Rossetto druckste ein wenig herum und sagte dann: »Signor Wolf, schlimme Dinge passieren in unserem kleinen Dorf. Sie selbst haben ja eine der Leichen gefunden. Die Polizei ist ratlos. Bitte helfen Sie uns.«

Wolf blickte ihn verblüfft an: »Ich? Helfen? Wie stellen Sie sich das vor?«

Rossetto ließ nicht locker. »Sie sind Autor, Sie kennen sich aus mit polizeilichen Ermittlungen. Und der Eindruck ist leider weit verbreitet, dass die Polizei völlig überfordert ist.«

»Aber es ist doch etwas völlig anderes, ob man ein Buch schreibt oder professionell polizeilich ermittelt. Ich kann Ihnen da nicht weiterhelfen, beim besten Willen nicht.«

Es klingelte erneut. Wolf ging zur Tür. Kurz darauf hörte Rossetto zwei ihm bekannte Stimmen – Commissario Brignone und Ispettore Flavotti. »Meine Herren, guten Tag. Möchten Sie zu mir?«, sagte Wolf.

»Wohnt hier etwa sonst noch jemand? Wir müssen Sie sprechen. Dürfen wir hereinkommen?«, hörte Rossetto Brignone sagen. Die drei gingen nach oben.

Als Brignone Rossetto bemerkte, runzelte er die Stirn. »Was ist das denn für ein Treffen hier?«

»Mir ist neu, dass man private Besuche vorher bei der Polizei anmelden muss«, sagte Wolf gereizt.

Brignone warf ihm einen höhnischen Blick zu, wandte sich dann aber an Rossetto: »Sie gehen jetzt besser, Herr Bürgermeister.«

Nun wurde es Wolf offenbar zu viel. »Moment mal, wer sich in diesem Haus aufhalten darf, bestimme ich und nicht Sie.«

»Na gut, dann soll er bleiben und miterleben, was hier jetzt passiert.«

»Und was passiert hier?«, fragte Wolf.

Daraufhin richtete Brignone sich auf und sagte förmlich: »Herr Wolf, ich nehme Sie fest wegen des dringenden Verdachts, vier Morde begangen zu haben. Mein Kollege wird Ihnen Ihre Rechte vorlesen.«

Wolf schaute den Commissario sprachlos an. »Sie nehmen mich fest? Ich soll die Morde begangen haben? Wie kommen Sie denn auf einen so schwachsinnigen Gedanken?«

»Wir werden noch ausreichend Gelegenheit haben, Ihnen das zu erklären«, sagte Brignone. Er schnippte mit dem Finger: »Los, Flavotti.«

Der Ispettore hatte sich bisher still im Hintergrund gehalten und kein Wort gesagt. Jetzt informierte er Wolf über seine Rechte, vermied aber dessen Blick.

Auch der Bürgermeister hatte sich bisher zurückgehalten. Jetzt fragte er Brignone: »Commissario, ist das wirklich notwendig?«

Der Angesprochene sah ihn mit einem kalten Blick an. »Bei allem Respekt, Herr Bürgermeister, leider darf ich Ihnen keinen Einblick in unsere Ermittlungen geben. Ich muss Sie nun bitten, das Haus zu verlassen.«

»Könnten Sie meinen Hund zu Melanie Oberdorf bringen? Er muss ja versorgt werden«, fragte Wolf Rossetto. Der Bürgermeister nickte knapp.

*

Unten nahmen zwei Carabinieri den Verdächtigen in ihre Mitte und führten ihn zum Polizeiwagen. Die Kommissare folgten ihnen. Auf der Fahrt nach Imperia fiel kein Wort. Wolf sah Olivenbäume vorbeifliegen, einmal musste das Auto halten, weil ein paar Ziegen auf der Straße herumliefen. Später sah er das Meer blau in der Nachmittagssonne leuchten. Er entdeckte ein paar Jachten, kleine Segelschiffe und weit draußen auf dem Meer ein Frachtschiff, das vermutlich von Genua kam und in Richtung Westen fuhr. Es war, als träume er – einer dieser wirren Träume, in denen nichts Sinn ergab. Doch diesmal war es Wirklichkeit. Auf dem Kommissariat führten die beiden Carabinieri Wolf in die Zelle, in der vor wenigen Tagen Eugenio Patrelli gesessen hatte. Die Tür fiel ins Schloss, die Schritte der Polizisten entfernten sich und um Wolf war nur noch Stille.

*

Filippo Rossetto hatte sich unterdessen mit Jackie an der Leine auf den Weg zum »La Forchetta d'Oro« gemacht. Die Hündin folgte ihm nur widerwillig, schließlich war er für sie ein Fremder. Als Rossetto Melanie erzählte, was passiert war, fiel sie aus allen Wolken.

»Das ist doch völlig absurd«, rief sie.

Der Bürgermeister nickte. Aber konnten sie sich da wirklich so sicher sein? Er hatte selbst keinerlei Verdacht gegen Wolf gehegt, aber wenn die Polizei ihn festnahm, musste sie doch etwas gegen ihn in der Hand haben, oder? Während er nach Hause ging, wuchsen Zweifel in ihm.

*

Brignone saß zufrieden an seinem Schreibtisch und knetete seine Hände. Er war heute einen entscheidenden Schritt weitergekommen, davon war er überzeugt. Jetzt würde er diesen Herrn Schriftsteller erst mal in seiner Zelle schmoren lassen und morgen würde er ihn weichklopfen. Zugegeben, es gab keinen Beweis dafür, dass er der vierfache Mörder war, das war ein unübersehbarer Schwachpunkt. Aber es gab klare Indizien, die dafürsprachen, und bald schon würde er ihn zum Reden bringen. Der Commissario öffnete eine Schublade seines Schreibtisches, wühlte kurz darin herum und zückte eine Visitenkarte. Er wählte die darauf abgedruckte Telefonnummer. Als sich am anderen Ende jemand meldete, sagte er, ohne seinen Namen zu nennen: »Sie fragen mich doch immer wieder nach einer exklusiven Story. Heute habe ich eine für Sie. Aber nur, wenn Sie mir versprechen, dass Sie sie schön prominent verkaufen …«

KAPITEL 12

Melanie war den ganzen Abend ziemlich durcheinander gewesen. Zum Glück waren nicht sehr viele Gäste ins Restaurant gekommen, sodass sie sich zwischendurch zurückziehen konnte. Sie wollte Wolf helfen, und sie hatte auch eine Idee, wie. Es war schon nach 22 Uhr, als sie einen alten Freund anrief. Angelo Ferrari lebte in Genua und war ein bekannter Rechtsanwalt. Er hatte vor einigen Jahren mal versucht, bei ihr zu landen, es aber sportlich genommen, als sie Nein gesagt hatte. Er war ein Frauenheld, wie er im Buche stand – mit solchen Typen konnte sie nun mal nichts anfangen. Aber obwohl sie ihm einen Korb gegeben hatte, hatte sich seitdem eine Freundschaft zwischen ihnen entwickelt. »Hallo, Melanie, wie schön, von dir zu hören!«, hatte er sie am Telefon begrüßt. Sie war schnell zur Sache gekommen und hatte Angelo gefragt, ob er Sebastian helfen könne. »Natürlich, meine Liebe, natürlich. Erzähl mir, was du weißt.« Das war nicht viel, und so fuhr Angelo Ferrari am nächsten Morgen ziemlich unvorbereitet nach Imperia. Aber wie oft bot sich die Gelegenheit, einen so bekannten Mandanten zu vertreten? Ferrari war ein Anwalt, der stets im Interesse seiner Mandanten handelte. Aber wenn sich das mit den eigenen Interessen kreuzte – wer sollte etwas dagegen haben?

*

Als Wolf am nächsten Morgen aufwachte, wusste er zunächst nicht, wo er war. Erst langsam dämmerte es ihm. Er hatte eine schreckliche Nacht auf der unbequemen Pritsche in seiner Zelle verbracht, wirre Träume gehabt, in denen Commissario Brignone ein Serienmörder war, den er, Sebastian Wolf, jagte. Sein Kopf brummte. Er versuchte, sich zu konzentrieren. Wie würde es jetzt weitergehen? Sicher würde er heute Vormittag von Brignone verhört. Wie lächerlich dessen Vorstellung war, er könne ein vierfacher Mörder sein. Wie kam dieser Commissario nur auf diese Idee? Er musste verzweifelt sein. Dass sein junger Kollege von diesen Vorwürfen überzeugt war, konnte Wolf sich nicht vorstellen. Flavotti war viel zu klug für so einen Blödsinn. Wolf wälzte sich noch eine ganze Weile auf der Pritsche. In der Zelle gab es sonst nur einen Tisch mit einem Stuhl, ein kleines Waschbecken und eine Toilette ohne Deckel. Irgendwann brachte ihm ein Polizist ein karges Frühstück, aber immerhin tat der Kaffee gut.

Schließlich wurde die Zellentür wieder aufgeschlossen und ein Polizist forderte ihn auf mitzukommen. Kaum hatte Wolf am Tisch im Vernehmungszimmer Platz genommen, setzte sich der Beamte stumm in eine Ecke des Raumes. Wolf wartete. Ihm war klar, dass Brignone ihn absichtlich warten ließ, das gehörte zu den typischen Spielchen. Nach etwa zehn Minuten, in denen zwischen ihm und dem Beamten kein Wort gefallen war, wurde die Tür aufgerissen und Brignone stürmte in den Raum, gefolgt von Flavotti. Beide setzten sich ihm gegenüber an den Tisch. »Guten Morgen, Herr Wolf«, begrüßte der Commissario ihn mit einer kaum zu überhörenden Schadenfreude in der Stimme. »Ich hoffe, Sie haben wohl geruht?«

»Mit der berühmten italienischen Gastfreundschaft hat Ihre Zelle nicht viel zu tun«, antwortete Wolf.

»Das tut mir aber sehr leid.«

Flavotti verfolgte den Schlagabtausch, während er angestrengt auf die Tischplatte starrte und sich krampfhaft an einem Kugelschreiber festhielt.

»Wollen wir so reden oder bestehen Sie auf einem Anwalt?«, fragte Brignone.

Natürlich hatte auch Wolf schon an einen Anwalt gedacht, aber er hatte noch gar nicht die Möglichkeit gehabt, sich um einen zu kümmern. »Ich habe gar keinen«, sagte er.

»Doch, haben Sie. Signora Oberdorf hat über Nacht einen besorgt«, schaltete sich Flavotti ein. Sein Chef warf ihm einen bitterbösen Seitenblick zu. »Also?«

»Dann warten wir«, antwortete Wolf. Der Kommissar starrte ihn ausdruckslos an, stand dann auf und sagte: »Wie Sie wollen.« Dann verließ er den Raum und Flavotti folgte ihm.

*

Etwa 15 Minuten später meldete sich Angelo Ferrari in Brignones Büro. »Guten Tag, Commissario, ich bin der Anwalt von Signor Wolf.«

Brignone deutete ein Aufstehen an und bat den Besucher, sich zu setzen. Er kannte den Anwalt. Ferrari galt als einer der erfolgreichsten und raffiniertesten Advokaten ganz Liguriens, der von Politikern über hohe Wirtschaftsbosse bis zu Mördern alles vertreten hatte. Alle Achtung, dachte er bei sich, da hat aber jemand sehr schnell einen Eins-a-Anwalt organisiert. »Sie machen Ihrem Namen ja wirklich alle Ehre, so schnell, wie Sie hier sind.«

Ferrari lächelte scheel. »Ja, das höre ich immer wieder.«

So ein eitler Fatzke, dachte Brignone. Er musterte sein Gegenüber. Trotz der Hitze war Ferrari tadellos gekleidet – ein dunkelblauer Anzug aus dünnem Stoff, weißes Hemd, dunkelblauer Schlips, die grauen, glatten Haare reichten hinten über den Hemdkragen und der dicke Siegelring an der rechten Hand war nicht zu übersehen.

»Also, Commissario, was wird meinem Mandanten denn nun genau vorgeworfen? Ich hörte, es soll um die vier Morde in Montalto gehen?«

Der andere nickte. »Richtig. Herrn Wolf wird vorgeworfen, die vier Menschen, darunter einen kleinen Jungen, kaltblütig und vorsätzlich umgebracht zu haben.«

»Aha«, sagte Ferrari, »das ist ja spannend. Ich gehe davon aus, dass Sie Beweise oder zumindest stichhaltige Indizien für diese Anschuldigung haben, nicht wahr?«

Was bildete sich dieser Rechtsverdreher eigentlich ein, schoss es Brignone durch den Kopf. Doch er hielt sich zurück und antwortete nur lächelnd: »Aber natürlich.«

Das Gesicht des Anwalts zeigte keine Regung. Er senkte die Stimme etwas und sagte eisig: »Gut, das rate ich Ihnen auch. Sie verdächtigen hier einen weltweit erfolgreichen Schriftsteller. Die Medien in vielen Ländern werden Notiz von der Sache nehmen und sich ganz sicher das Verhalten und die Arbeit der hiesigen Polizei sehr genau anschauen. Sollten sich die Vorwürfe als haltlos herausstellen, dann …« Ferrari stieß Luft zwischen den Lippen hervor. Es war klar, was er damit sagen wollte – dass Brignone in diesem Fall Ärger drohen würde.

Der Kommissar begann noch stärker zu schwitzen und stand ruckartig auf, ohne auf Ferraris Worte einzugehen. Von diesem Rechtsanwalt würde er sich nicht ins Bockshorn jagen lassen, ganz gewiss nicht. »Kommen Sie mit«, sagte er und verließ den Raum. Nachdem er und Ferrari das Vernehmungszimmer betreten hatten, stellte er Wolf in betont geschäftsmäßigem Ton den Anwalt vor. Ferrari sah ihn abwartend an. »Natürlich«, sagte Brignone. »In ein paar Minuten komme ich wieder.« Er gab dem Polizeibeamten einen Wink und beide verließen den Raum. »Sie halten hier Wache«, sagte er zu dem Mann vor der Tür. »Niemand darf raus und niemand darf rein.«

*

Ferrari machte ein paar Schritte auf Wolf zu, und dieser stand auf. Die Männer schüttelten einander die Hände. »Ich wusste überhaupt nicht, dass ich einen Anwalt habe«, sagte Wolf.

Ferrari lächelte: »Ja, wir haben eine gemeinsame Freundin. Sie rief mich gestern Abend an und bat mich, in der Sache aktiv zu werden. Entschuldigen Sie bitte die Verspätung, aber ich komme aus Genua und der Verkehr kann manchmal heftig sein.« Sie setzten sich gegenüber an den Tisch. »Also, Signor Wolf, ich freue mich, Sie mal persönlich kennenzulernen, wenn auch die Umstände nicht gerade angenehm sind.«

»Die Freude ist ganz meinerseits«, antwortete Wolf. »Können wir gleich zur Sache kommen?«

Ferrari lächelte. »Klar. Also, bevor dieser dickliche Kommissar wieder hereinplatzt, frage ich Sie nur einmal: Haben Sie es getan? Haben Sie die vier Menschen ermordet?«

Wolf wusste, dass der Anwalt diese Frage stellen musste. Bei seinen Recherchen zu seinen Büchern hatte er mit vielen Anwälten gesprochen. »Natürlich nicht. Diese Vorwürfe sind völlig an den Haaren herbeigezogen. Ich glaube, der gute Commissario Brignone ist einfach dermaßen verzweifelt, dass er sich etwas zusammengedichtet hat.«

»Gut, gut«, sagte Ferrari und faltete die Hände auf der Tischplatte. »Ich habe noch keinerlei Einblicke in die Ermittlungen der Polizei und kann nicht beurteilen, worauf sie sich stützt. Haben Sie irgendwelche Ideen?«

Wolf zögerte, weil die Geschichte mit den früheren Morden natürlich irgendwie abenteuerlich klang, aber dann erzählte er sie seinem neuen Anwalt, denn der musste schließlich alles wissen.

»Und Sie haben diese Zeitungsartikel von vor 100 Jahren gefunden?«, fragte Ferrari.

»Ich war deshalb zweimal in der Universitätsbibliothek.«

Der Anwalt nickte zufrieden. »Ich vermute, Sie waren allein?«

»Beim ersten Mal ja. Beim zweiten Mal war Ispettore Flavotti dabei, allerdings in inoffizieller Mission.«

Ferrari klopfte mit der flachen rechten Hand leicht auf den Tisch. »Das ist sehr gut, sehr gut. Aber warum inoffiziell?«

Wolf berichtete ihm, dass Flavotti befürchtet hatte, sein Chef würde ihn und Wolf für verrückt erklären. Genauso war es dann ja auch gekommen. In diesem Augenblick flog die Tür auf und Brignone stürmte herein. Flavotti und der uniformierte Polizist folgten ihm. Während Letzterer sich wieder auf seinen Stuhl in der Ecke setzte, bat der Commissario den Rechtsanwalt, neben Wolf Platz zu nehmen. Er und Flavotti, der Ferrari kurz die Hand schüttelte, setzten sich gegenüber.

»Also, Herr Wolf, machen Sie es doch für uns alle einfach und gestehen Sie. Dann können wir das hier schnell beenden.«

Bevor Wolf etwas erwidern konnte, schaltete sich sein Anwalt ein. »Verehrter Herr Commissario, glauben Sie wirklich, dass Sie mit dieser Masche etwas erreichen? Sie haben doch gar nichts gegen meinen Mandanten in der Hand. Ich schlage vor, wir gehen jetzt und Sie melden sich, wenn Sie der Meinung sind, Sie hätten ernsthafte Beweise gefunden.«

Ferrari bluffte genauso, wie es Brignone tat. Er hatte noch keine Ahnung, worauf die Polizei ihren Verdacht stützte. Der Commissario spielte das Spiel natürlich nicht mit. »Werter Herr Anwalt«, antwortete er betont freundlich, »das wird leider nicht möglich sein. Herr Wolf wird unsere Gastfreundschaft auch weiterhin genießen und bald nach Genua ins Untersuchungsgefängnis gebracht werden.«

Ferrari wusste, dass er dagegen erst einmal nichts unternehmen konnte. Weitere Diskussionen wären pure Zeitverschwendung gewesen. Er stand auf, klopfte Wolf auf die Schulter und sagte: »Ich melde mich so bald wie möglich wieder. Ich hole Sie hier raus.« Mit einem kurzen Nicken in Richtung der Polizisten verließ er das Vernehmungszimmer.

»Tja«, sagte Brignone zufrieden und wischte mit der rechten Hand über die Tischplatte. Dann wies er den Uniformierten an, Wolf wieder in seine Zelle zu bringen.

*

Er hatte heute länger geschlafen als sonst. Doch schließlich stand er auf, duschte und ging in die Küche, um sich einen Kaffee zu kochen. Er füllte die Caffettiera mit Was-

ser und Kaffeepulver, setzte sie auf den Gasherd und entzündete mit einem Streichholz die Flamme. Im Brotkorb auf der Arbeitsplatte neben dem Herd lagen frische Maritozzi. Er nahm sich eins und biss hinein. Er legte das kleine Gebäckstück auf einen Teller und stellte diesen auf den großen Küchentisch. Bald sprudelte auch das heiße Wasser der Caffettiera und der duftende Kaffee war fertig. Er goss ihn in eine Tasse und setzte sich an den Küchentisch. Dann schnappte er sich die Zeitung, die noch ungelesen auf dem Tisch lag. Gerade als er den ersten Schluck Kaffee nehmen wollte, stockte er. Die Schlagzeile der Zeitung hatte es in sich: »Weltberühmter deutscher Autor wegen Mordverdacht festgenommen«. Er stellte die Kaffeetasse zurück auf den Tisch und begann zu lesen. »In dem kleinen Dorf Montalto Ligure in der Nähe der Kreisstadt Imperia wurde gestern der berühmte Schriftsteller Sebastian Wolf von der Polizei festgenommen. Dem deutschen Staatsbürger wird vorgeworfen, vier Einwohner des Dorfes ermordet zu haben, darunter ein sieben Jahre alter Junge. Wolf ist Autor von Bestsellern wie Das Lächeln des Mörders und Das schwarze Gewölbe. Er gehört zu den weltweit erfolgreichsten Krimiautoren, seine Bücher wurden in 24 Sprachen übersetzt, auch ins Italienische. Wie diese Zeitung aus zuverlässiger Quelle erfuhr, wurde Wolf gestern Nachmittag in seinem aktuellen Domizil in Montalto festgenommen.« Der Artikel setzte sich auf der zweiten Seite fort, wobei es dort vorrangig um die vier Morde ging. Er legte die Zeitung beiseite, griff zur Kaffeetasse und nahm einen Schluck. Na, schau an, dachte er. Die Polizei hatte also wieder einen Tatverdächtigen festgenommen, interessant. War das gut oder schlecht? Oder war es völlig belanglos? Er wusste es nicht. Aber er kannte den Tatverdächtigen:

Es war dieser Schriftsteller, der zurzeit in der Casa Principessa wohnte. Er nahm einen Bissen von seinem Maritozzi und überlegte. Zumindest vorerst glaubte die Polizei, sie habe den Täter geschnappt, und das hielt er für eine gute Nachricht.

*

Seit die Nachricht von der Festnahme des bekannten deutschen Krimiautors Sebastian Wolf die Runde machte, standen die Telefone des Kommissariats nicht mehr still. Alle paar Minuten riefen deutsche oder italienische Journalisten an, doch auch internationale Medien wollten Antworten. Brignone bestimmte eine Sekretärin dazu, diese Anrufe zu beantworten, was bedeutete, dass sie sie abwimmelte oder an die Polizei-Pressestelle in Genua weiterleitete, wo die Verantwortlichen ebenfalls nichts anderes taten, als die Anrufer zu vertrösten. Brignone befahl, keinen Anruf zu ihm durchzustellen. Als es doch einmal klingelte und nicht aufhören wollte, nahm er schließlich genervt ab und bellte ein »Ja« in den Hörer.

»Guten Tag, das Innenministerium hier, Büro des Staatssekretärs Machetti. Der Herr Staatssekretär würde Sie gerne sprechen.« Ehe er antworten konnte, hörte Brignone ein Knacken in der Leitung, dann war es still, bevor sich Alfredo Machetti meldete. »Mein verehrter Commissario, ich grüße Sie. Ich hoffe, es geht Ihnen gut. Aber da bin ich mir bei diesem Fahndungserfolg sicher.«

Der Angesprochene saß stramm auf seinem Schreibtischstuhl. »Danke, Herr Staatssekretär«, presste er heraus, nachdem er sich geräuspert hatte.

»Jaja, aber sagen Sie, ich gehe davon aus, dass Sie keine

Zweifel an der Schuld des Verdächtigen haben, nicht wahr? Ich meine, dieser Sebastian Wolf ist ja kein Unbekannter und seine Festnahme hat viel Aufmerksamkeit erregt. Selbst auf diplomatischem Wege hatten wir eine inoffizielle Anfrage aus Berlin. Es wäre nicht schön, wenn sich die ganze Sache am Ende als Luftblase herausstellen würde. Nicht schön für uns alle, nicht wahr, mein lieber Commissario?« Die Stimme des Staatssekretärs klang süßlich, genau die Tonlage eines gewieften Politikers, der sich alle Optionen offenhalten wollte.

Brignone schwitzte. »Aber natürlich, Herr Staatssekretär. Wenn wir einen solchen Schritt unternehmen, sind wir uns immer sehr sicher. Das gehört doch zur professionellen Polizeiarbeit dazu.«

»Gut, gut, mein Lieber, gut, gut. Ich wollte mich auch nur vergewissern und das aus Ihrem Mund hören. Habe natürlich vollstes Vertrauen in Sie, vollstes Vertrauen. Dann wünsche ich Ihnen alles Gute. Halten Sie mich auf dem Laufenden.«

Ehe Brignone antworten konnte, hatte der Staatssekretär aufgelegt.

Der Commissario lehnte sich zurück. Das Hemd klebte an seinem Körper. Er war sich doch sicher, oder? Er hatte diesen Wolf festgenommen, weil er fest von seiner Schuld überzeugt war, oder? Gut, der Verdächtige hatte bisher alles zurückgewiesen, und richtige Beweise gab es auch nicht. Noch nicht, aber die würde er schon noch finden. Aber die Indizien! Es passte alles zusammen. Es konnte doch gar kein Zufall sein, dass die Morde unmittelbar nach der Ankunft dieses Mannes in Montalto begonnen hatten. Dazu kam Wolfs Versuch, mit dieser skurrilen Legende von den früheren Morden falsche Spuren zu legen. Aber nicht mit ihm, nicht mit Alberti Brignone! Sein junger Kollege, ja, den hatte er überzeugen können. Der Junge musste eben noch viel lernen. Nein, für Commissario Brignone stand fest, dass Sebastian Wolf der Mörder war. Er zweifelte nicht daran, dass es diese Mordserie vor 100 Jahren gegeben hatte, immerhin hatten die Zeitungen darüber berichtet – aber es war nicht irgendein mysteriöser Täter, sondern es war Wolf, der diese Serie wiederholte. Der Grund würde sich finden, da gab es psychologische Gutachter, die das herausfinden würden. Schließlich hatte Brignone seine Selbstsicherheit wiedererlangt, die kurzzeitig durch den Anruf des Staatssekretärs ins Wanken gekommen war. Er griff zum Hörer, drückte auf einen Knopf und brummte: »Flavotti, in mein Büro.«

Als dieser auf dem Stuhl Platz genommen hatte, fragte er: »Was tun wir als Nächstes, Chef?«

»Wir sollten klären, ob Wolf für die Tatzeiten Alibis hat, und falls er welche angibt, überprüfen, wie glaubwürdig sie sind. In der Zwischenzeit veranlassen Sie, dass die Patrouillen abgezogen werden.«

Flavotti erhob Protest: »Wollen wir damit nicht noch warten? Falls Wolf nicht der Täter ist, läuft der Mörder weiterhin frei herum und könnte ungestört weitere Morde begehen.«

Der Commissario sah ihn scharf an. »Weitere Morde? Es wird keine weiteren Morde geben. Wolf hat diese alte Legende zum Vorwand genommen, um von sich selbst abzulenken. Da er aber nun dingfest gemacht ist, kann er nicht mehr weiter sein Unwesen treiben.«

»Und wenn er es nicht war? Dann stehen wir sehr schlecht da. Man wird der Polizei vorwerfen, fahrlässig gehandelt und dadurch weitere Morde in Kauf genommen zu haben.« »Wir dürfen uns jetzt nicht beirren lassen«, antwortete Brignone. Der Commissario stand auf. »Wir machen jetzt erst einmal Mittag und dann knöpfen wir uns diesen Wolf noch mal vor.«

*

Wolf blieb die nächsten Stunden allein in seiner Zelle. Besuch empfangen durfte er nicht. Die Zeit verging unendlich langsam, aber er versuchte, Ruhe zu bewahren. Er hatte keinen Zweifel daran, dass sich die Sache bald aufklären würde, aber bis dahin musste er eben Geduld haben. Dieser Commissario ging ihm wirklich auf die Nerven. Viel schlimmer war die Aussicht, dass es vermutlich noch mehr Morde geben würde. Schließlich besagte das Vermächtnis Obertos, dass sieben Menschen aus Montalto sterben mussten. Also fehlten noch drei. Wer immer das sein würde, ihr Tod musste verhindert werden. Er dachte darüber nach, ob es ein Muster gab, nach dem die potenziellen Opfer ausgesucht wurden. Der Padre, eine alte Frau, ein kleiner Junge und ein junger Friedhofsgärtner – da gab es einfach keine Verbindung. Die Polizei würde ihre Ermittlungen einstellen und die Patrouillen in Montalto wieder aufgeben. Das war aus ihrer Sicht nur logisch, denn sie glaubte ja, den Mörder gefasst zu haben. Nein, nicht *die* Polizei glaubte das, sondern Commissario Brignone, dieser Unglücksvogel. Sein Kollege Flavotti glaubte das nicht, da war sich Wolf sicher. Sein Verhalten während der Festnahme und des Verhörs war ziemlich eindeutig gewesen. Aber das half ihm jetzt nichts. Während die Polizei nichts tat und die Menschen in Montalto in Sicherheit wiegte, konnte der Mörder in Ruhe seinen nächsten Mord vorbereiten – und durchführen. Er,

Sebastian Wolf, konnte einfach nichts tun. Nur abwarten, bis es den nächsten Toten gab.

Am Nachmittag schloss ein Polizist die Zellentür auf und forderte ihn auf, mit in den Vernehmungsraum zu kommen. Dort warteten schon Brignone und Flavotti, der wieder jeden Blickkontakt vermied.

»Also, Herr Wolf«, begann der Commissario. »Es gibt vier Morde und Sie behaupten, damit nichts zu tun zu haben.«

»Das ist richtig«, sagte Wolf.

»Dann schauen wir uns doch mal Ihre Alibis für die Tatzeiten an, oder besser gesagt: Ihre angeblichen Alibis.«

Wolf ahnte, dass das ein heikler Punkt sein könnte, denn er war die meiste Zeit, seit er in Montalto angekommen war, allein gewesen. Trotzdem sagte er: »Nur zu, Herr Kommissar, fragen Sie.«

Brignone blätterte in seinen Akten. »Ah ja, hier ist es ja. Also: Wo waren Sie denn am 28. Juni zwischen dem frühen Abend und etwa Mitternacht?«

Das war einfach zu klären: »Ich bin an jenem Sonntagabend angekommen. Das dürfte irgendwann zwischen 18 und 20 Uhr gewesen sein, genau kann ich das leider nicht sagen. Ich habe das Haus nicht mehr verlassen an diesem Abend.«

»Kann das jemand bezeugen? Außer Ihrem Hund natürlich.« Brignone grinste und blickte Beifall heischend zu seinem Kollegen. Aber Flavotti reagierte nicht und Wolf überhörte den Spruch.

»Melanie Oberdorf brachte mir an diesem Abend etwas zu Essen vorbei, kurz nachdem ich angekommen war. Aber sie ging gleich wieder.«

»Aha. Sie kannten die Dame also schon?«

Wolf verneinte und berichtete, dass der Kontakt über seinen Freund Martin zustande gekommen war.

Brignone durchsuchte erneut seine Unterlagen. »Ah ja, dabei handelt es sich um einen Signor Martin Müller aus Amburgo, nicht wahr?« Wolf nickte und der Kommissar fuhr fort: »Schön und gut, aber für den restlichen Abend gibt es keine Zeugen, die bestätigen können, dass Sie in Ihrer Unterkunft waren?«

Wolf schüttelte den Kopf. »Da muss ich leider passen.«

Brignone nickte zufrieden.

»Gut, weiter im Text. Der nächste Mord geschah am 1. Juli. Was haben Sie an diesem Abend gemacht?«

»Das wissen Sie doch schon, Commissario. Ich war im ›La Forchetta d'Oro‹ und bin kurz nach Mitternacht nach Hause gegangen.«

»Richtig, richtig … Und dann wollten Sie uns diesen angeblichen Tatverdächtigen schmackhaft machen, der Signora Garofani umgebracht haben sollte.«

Wolf spürte, wie der Unmut in ihm wuchs. »So ein Blödsinn. Ich habe nur ausgesagt, dass ich ihn nachts gesehen habe, als ich zurück zur Casa Principessa ging.«

Darauf hatte Brignone offenbar gewartet. »Ein interessanter Punkt, Herr Wolf! Denn das bedeutet, dass Sie selbst zur möglichen Tatzeit in der Nähe des Tatortes unterwegs waren, Herr Wolf!« Der Commissario betonte »Herr Wolf« in einem süffisanten Ton.

Wolf musste zugeben, dass Brignone mit seiner Aussage leider recht hatte.

Der Commissario beugte sich über den Tisch und sagte mit leiser Stimme: »Und nun wird es noch besser, mein lieber Freund! Die dritte Leiche, diesen armen kleinen Jungen, haben Sie gleich selbst gefunden. Pardon, Ihr Hund natürlich …«

»Das ist richtig. Auf dem Rückweg vom Wasserfall, wo ich ein paar Stunden verbracht hatte.«

Brignone grinste breit. »Und – gibt es dafür Zeugen?«

»Nein, die gab es nicht«, musste Wolf eingestehen.

»Sieh an, sieh an. Niemand kann bezeugen, dass Sie unten am Wasser waren. Also könnten Sie ohne Probleme irgendwann an diesem Tag den kleinen Jungen brutal erdrosselt und ihn dann in dieser Hausnische versteckt haben, wo Sie ihn dann ganz zufällig später fanden.«

Ausgerechnet Flavotti kam Wolf zu Hilfe. »Aber, Commissario, warum sollte Signor Wolf so tun, als habe er die Leiche gefunden? Warum hat er sie dann nicht einfach in der Nische gelassen, bis sie jemand anders fand?«

Brignone sah seinen Kollegen abschätzig von der Seite an. »Danke für die Frage, Ispettore. Das kann ich Ihnen erklären: Herr Wolf hoffte, den Verdacht möglichst weit von sich selbst wegzuleiten, wenn er uns die Leiche selbst präsentierte. Es wäre ja nun gewiss nicht das erste Mal, dass ein Täter so handelt.«

Flavotti schwieg. Alles, was sein Chef bisher gesagt hatte, klang glaubwürdiger, als er erwartet hatte.

»Kommen wir zur vierten und letzten Leiche«, kündigte Brignone an. »Wie Sie Ernesto Gallo zur Schau gestellt haben, das war wirklich effektvoll, Respekt, Herr Wolf. Sie sind also morgens früh zum Friedhof gegangen und haben den jungen Mann erdrosselt und dann in das Grab gelegt.«

Wolf schüttelte heftig den Kopf. »Blödsinn, natürlich habe ich das nicht getan!«

»Über Ihr Motiv reden wir noch. Aber ich gehe davon aus, dass Sie auch für den Morgen der Beerdigung kein

Alibi haben?« Der Commissario blickte sein Gegenüber triumphierend an, aber diesmal erlebte er eine Überraschung.

»Doch, das habe ich«, antwortete Wolf.

»Sie haben ein Alibi für den frühen Morgen dieses Tages? Und wir reden nicht von Ihrem Hund?«

»Richtig, das habe ich. Jemand war nämlich bei mir, vom Abend zuvor bis zum Morgen.«

»Und wer soll das gewesen sein?«

Wolf blickte Brignone in die Augen und sagte: »Melanie Oberdorf.«

»Das werden wir natürlich überprüfen«, sagte der Commissario. »Und wenn Ihre Angaben falsch sind, sitzen Sie in der Scheiße, ganz tief in der Scheiße.« Er schnippte mit den Fingern und gab dem uniformierten Polizisten ein Zeichen, Wolf in seine Zelle zu bringen.

Als Wolf wieder auf seiner Pritsche lag, war er sich nicht mehr so sicher, dass er bald aus dieser stickigen Zelle herauskommen würde. Die Vernehmung hatte ihm offenbart, dass er für die Zeiten, in denen drei der vier Morde passiert waren, kein Alibi hatte und in der Nacht des zweiten Mordes ganz in der Nähe des Tatortes gewesen war. Und was den vierten Mord an Ernesto Gallo betraf, so war Melanie zwar tatsächlich bei ihm gewesen und würde das zweifellos auch aussagen. Aber es gab eine zeitliche Lücke, nämlich als sie nach Hause gegangen war, um sich umzuziehen. Rein theoretisch wäre es möglich gewesen, währenddessen zum Friedhof zu laufen, einen Mord zu begehen und anschließend wieder in die Casa Principessa zurückzukehren und dort auf Melanie zu warten. Er war sich sicher, dass Brignone das genauso sehen würde. Es blieb im Moment nur abzuwarten, dachte Wolf und seufzte. Die Stunden verstrichen und es wurde Abend. Ihm stand eine weitere Nacht auf der unbequemen Pritsche in seiner kargen Zelle bevor. Was würde wohl Melanie denken? Würde sie glauben, was die Polizei behauptete?

*

Alberti Brignone war zufrieden mit sich. Diesem arroganten Schnösel hatte er es gezeigt. Er würde ihn überführen, da war er sicher. Flavotti war seit der Festnahme des Verdächtigen auffallend still geblieben. Armer Tropf, dachte Brignone, du musst noch viel lernen. »Sie werden gleich nach Montalto fahren und diese Melanie Oberdorf wegen des Alibis befragen«, trug er ihm auf. Flavotti stand auf und ging wortlos zur Tür. »Und, Herr Kollege, seien Sie nicht so weich und freundlich, sondern nehmen Sie diese Frau in die Mangel, bis sie sich in Widersprüche verwickelt.«

*

Melanie hatte früh Schluss gemacht im Restaurant. Nach einer unruhigen Nacht hatte sie sich um Jackie gekümmert und vergeblich versucht, sich mit Arbeit abzulenken. Doch sie konnte nur an Sebastian denken, der jetzt wegen eines lächerlichen Verdachts in einer Gefängniszelle saß. Nachmittags ging sie eine Runde mit Jackie. Am Bürgermeisterhaus hatte sich eine kleine Schar Menschen versammelt. Sie erkannte Rossetto, der wirkte, als müsste er sich gegen Angreifer verteidigen. Als Melanie näher kam, begriff sie, dass der Bürgermeister offenbar eine improvisierte Pressekonferenz hielt, denn bei den Leuten, die ihn umringten, handelte es sich um Reporter mit Mikrofonen. Es gab auch zwei Fernsehkameras, der Bürgermeister des kleinen Örtchens Montalto Ligure würde also am Abend landesweit in die Wohnzimmer Italiens gesendet werden. Melanie blieb kurz stehen, konnte aber nur Bruchstücke verstehen. »… entsetzt … ein großes Unglück für unser kleines Dorf … hätte mir niemals vorstellen können … ein sympathischer Mann … Vertrauen in die Arbeit der Polizei …« Rossetto tat ihr leid. Andere hätten sich sicher gerne ins Rampenlicht gedrängt, aber der Bürgermeister wollte eigentlich nur ein ruhiges Leben leben. Sie kannte ihn gut genug, um das beurteilen zu können. Er hatte Melanie in dem Trubel nicht bemerkt, und so setzte sie ihren Weg fort.

Abends holte Sofia Jackie ab, um sich um sie zu kümmern. Kurz danach klingelte es erneut an der Tür. Als Melanie öffnete, stand ein junger Mann vor ihr. »Guten Tag, Signora Oberdorf. Sie erinnern sich bestimmt an mich, Ispettore Flavotti. Ich würde Sie gerne in der Sache Sebastian Wolf sprechen, darf ich kurz reinkommen?«

Melanie führte ihn in ihr Wohnzimmer. Als sie sich gesetzt hatten, fragte sie: »Also, Signor Flavotti, was möchten Sie wissen?«

»Sie sind besser bekannt mit Signor Wolf?«, fragte ihr Gegenüber.

Melanie gefiel, dass der junge Mann sich offensichtlich um Diskretion bemühte. Sie nickte.

»Und wie könnte man Ihre … nun ja, Beziehung zueinander beschreiben?«

»Beziehung wäre wohl zu viel gesagt. Wir haben uns ja erst vor Kurzem kennengelernt. Wir haben einen gemeinsamen Freund in Hamburg, Signor Müller, dem auch die Casa Principessa gehört. Über ihn haben wir uns kennengelernt.«

»Verstehe«, sagte Flavotti. »Und wie könnte man Ihr Verhältnis bezeichnen? Ich frage mal ganz konkret: Sind Sie ein Paar?«

Bei dem Wort »Paar« zuckte Melanie unweigerlich zusammen. Waren sie ein Paar? Darüber hatte sie sich noch gar keine Gedanken gemacht, dafür war es noch viel zu früh. Aber sie fühlte sich Sebastian sehr verbunden. »Also … ich … ja, wir haben zuletzt viel Zeit miteinander verbracht.«

»Und Sie haben auch bei ihm übernachtet? Ich frage, weil ich wissen muss, ob Sie in der Nacht vor dem Mord an Ernesto Gallo, dem Friedhofsgärtner, bei ihm waren.«

Melanie nickte. »Ja, ich kann Ihnen bestätigen, dass ich die Nacht mit ihm verbracht habe.«

Es schien ihr fast so, als atmete der junge Ispettore auf. »Sehr gut«, sagte er. »Und waren Sie ohne Unterbrechung bei ihm, bis zur Beerdigung?« Melanie überlegte kurz, dann sagte sie: »Nein, ich bin morgens nach Hause gegangen und habe mich umgezogen. Dann habe ich ihn wieder in der Casa Principessa abgeholt und wir gingen gemeinsam zum Friedhof.«

Flavottis Blick verdunkelte sich. »Wie lange waren Sie weg?«

»Ich denke, es dürften etwa 45 Minuten gewesen sein.«

Flavotti lehnte sich kurz zurück, dann stand er auf. »Ich danke Ihnen, Signora Oberdorf.«

Melanie erhob sich ebenfalls. »Hilft meine Aussage Sebastian?«, fragte sie.

Der Ispettore blickte sie freundlich an. »Das weiß ich leider noch nicht.«

*

Auf der Rückfahrt dachte er nach. Wolf hatte also für die ganze Nacht ein Alibi. Aber morgens gab es eine Lücke von 45 Minuten. Das würde reichen, um den Mord zu begehen. Er wusste, dass sein Chef sich auf diese 45 Minuten konzentrieren würde, zumal sie durchaus mit der wahrscheinlichen Tatzeit zusammenpassten. »Mist«, sagte er und schlug aufs Lenkrad. Er fuhr nach seiner Rückkehr nicht mehr aufs Kommissariat, sondern nach Hause. Brignone würde diese Nachricht erst morgen erfahren.

KAPITEL 13

Marino Russo hatte heute Abend Glück. Wie jeden Sonntag war er in die Taverna unten an der Straße gegangen, denn sonntags wurde hier seit jeher Poker gespielt. Zunächst hatte es so ausgesehen, als müsste der Pokerabend ausfallen, denn die Polizei hatte die Einwohner Montaltos aufgefordert, ihre Häuser nicht zu verlassen. Aber heute war bekannt geworden, dass dieser deutsche Schriftsteller die Morde begangen hatte. Es drohte also keine Gefahr mehr, man konnte sich wieder frei im Dorf bewegen, und so waren alle gekommen, die Woche für Woche an dem Spieleabend teilnahmen. »Trink nicht wieder so viel«, hatte Guiseppina, Russos Frau, ihm hinterhergerufen, als er sich auf den Weg gemacht hatte. Wie immer, wenn von ihr ein solch überflüssiger Spruch kam, hatte er nicht darauf reagiert. Überflüssig, weil sie genau wusste, dass ihr Mann zu viel trinken würde.

Um Mitternacht machte er sich schwankend auf den Heimweg. Auch zu dieser späten Stunde war es noch sehr warm. Die alten Steinwände der Häuser hatten die Hitze des Tages gespeichert und strahlten sie noch immer ab. Während er leicht torkelnd im gelblichen Zwielicht durch die Gassen ging, bald eine steile Treppe hochstieg und dann auf die nächste Gasse einbog, dachte er an seine bessere Hälfte. Hoffentlich war sie seinem Rat gefolgt und schon zu Bett gegangen. Allerdings hatte Guiseppina oft Schlafprobleme, wenn es nachts nicht abkühlte. So versank er in

Gedanken, als er hinter sich ein Geräusch hörte. Er blieb stehen und drehte sich um, aber es war niemand zu sehen. Na, du hast wohl tatsächlich ein Gläschen Limoncello zu viel getrunken, dachte er und ging weiter. Er hatte es ja schon fast nach Hause geschafft. Plötzlich hörte er schnelle Schritte hinter sich, aber ehe er sich umdrehen konnte, spürte er, wie ihm irgendetwas an seinem Hals die Luft abschnürte. Marino Russo erkannte zu spät, was geschah. Er versuchte noch, sich zu wehren, rang verzweifelt nach Luft. Dann verlor er das Bewusstsein.

*

Als Guiseppina Russo mitten in der Nacht aufwachte und feststellte, dass ihr Mann noch immer nicht zu Hause war, wurde sie wütend. Wo trieb dieser Kerl sich schon wieder herum? Sie würde ihn suchen und ihm mal ordentlich den Marsch blasen. Sie stand auf, zog ihr Nachthemd aus und ein Kleid an. Wo sollte sie mit der Suche beginnen? Die Taverna war sicher geschlossen und zu Marinos Freund Domenico konnte er auch nicht gegangen sein – Domenicos Frau würde ihrem Mann die Hölle heißmachen. Aber in einer so warmen Nacht lud jede Ecke in Montalto zum Verweilen ein. Guiseppina überlegte, welchen Weg ihr Mann nach Hause nehmen würde, und entschied sich für den kürzesten. Irgendwo auf dieser Strecke würde sie ihn finden, er würde gemeinsam mit seinem Kumpel unter dem Vordach eines verlassenen Hauses sitzen oder sturzbetrunken auf einer der Bänke.

Guiseppina stieg eine Treppe hinab und wollte eine Brücke überqueren, die sich über die Gasse spannte. Aber als sie die Brücke betrat, stutzte sie. Moment mal, was war das denn? Hing da nicht irgendetwas an der Brücke, etwas Großes? Guiseppina blieb stehen und versuchte, etwas zu erkennen, aber das gelang ihr nicht, denn das Geländer der Brücke bestand nur aus einer etwa kniehohen Mauer, und sie hatte Angst hinunterzustürzen. Also ging sie ein paar Schritte zurück und ein paar Stufen auf der Treppe hinunter, die sie gerade erklommen hatte. Und da sah sie es wieder, sie hatte sich nicht getäuscht: Im mattgelben Zwielicht einer Lampe hing etwas an der Brücke herunter. Es war ein Mensch, das erkannte sie sofort. Und dieser Mensch, der an der Brücke von einem Seil baumelte, das um seinen Hals festgezurrt war, war Marino – ihr Mann. Allerdings war er nicht betrunken, sondern tot.

*

Commissario Brignone saß schweigend auf dem Beifahrersitz, während Flavotti das Auto die kurvenreiche Straße entlangsteuerte. Es war stockdunkel, auf dieser Strecke gab es keine Straßenbeleuchtung. Olivenbäume und Büsche und die Felsen auf der rechten Seite leuchteten kurz gespenstisch im Scheinwerferlicht des Autos auf, ehe sie wieder im Dunkeln verschwanden. Die Steinmauern kamen in den Kurven bedrohlich nahe, denn Flavotti trat ordentlich aufs Gaspedal. In einer besonders scharfen Kurve rauschten sie an einem kleinen Holzkreuz vorbei – ein stilles Mahnmal an die Autofahrer, die ihre Fähigkeiten über- oder den Schwung in dieser Kurve unterschätzten. Plötzlich rannte ein Hase quer über die Straße und der Ispettore bremste leicht ab. Er spürte, dass es in seinem Chef rumorte, sagte aber nichts, um keine Explosion zu provozieren.

Schließlich erreichten sie Montalto. Der Ort lag im Dunkeln, lediglich an der Straße spendeten Laternen ein trübes gelbliches Licht. Ein Hund bellte irgendwo und die Kirchenglocke läutete zweimal. Noch war kein anderes Auto der Polizei zu sehen, aber das überraschte sie nicht, schließlich war Brignone als Erster informiert worden und hatte dann die anderen in Gang gesetzt. Sie würden bald kommen, hoffentlich. Flavotti parkte auf dem großen Parkplatz, auf dem auch Sebastian Wolfs Mercedes stand. Von hier aus mussten sie ein Stück gehen, denn die Adresse der Russos lag ziemlich genau in der Mitte des Ortes, egal, von welchem Eingang man startete. Brignone fluchte über den steilen Weg. Der kleine, unsportliche Mann schwitzte und keuchte, während er versuchte, mit Flavotti mitzuhalten. Den deutlich jüngeren Mann schien die Steigung kaum anzustrengen.

Als sie an der Haustür der Russos klingelten, dauerte es einen Moment, bis sie Schritte hörten. Dann öffnete eine ältere Frau. »Signora Russo?«, fragte Brignone noch immer keuchend. Als sie nickte, stellte Brignone sich und seinen Kollegen vor. Sie gingen ins Wohnzimmer und setzten sich. Gerne hätte Flavotti etwas zu trinken gehabt, aber die Frau wirkte derart in einem Trancezustand, dass er darauf verzichtete zu fragen. Guiseppina Russo erzählte, wie sie die Leiche ihres Mannes entdeckt hatte. Der Schock stand ihr noch ins Gesicht geschrieben. Einen Augenblick herrschte ein bedrückendes Schweigen, bis Flavotti die Frau behutsam bat, etwas über ihren Mann zu erzählen. Das Reden schien ihr zu helfen. Schließlich klingelte es wieder an der Haustür. Brignone hatte den Kollegen der Spurensicherung und der Gerichtsmedizin die Adresse der Russos als Treffpunkt genannt. Gemeinsam würden sie von hier aus zum Fundort der Leiche gehen. Flavotti öffnete ihnen.

Der ganze Tross begab sich zur Brücke, nur die Witwe blieb allein zurück. Zuerst betraten die beiden Polizisten und der Gerichtsmediziner die Brücke und begutachteten den toten Körper, so gut es ging. Das Seil war an einer alten verrosteten Rolle aus Eisen festgemacht, die wohl früher dazu gedient hatte, schwere Lasten hinunterzulassen.

»Was glauben Sie, Dottore?«, fragte Brignone.

»Ich kann noch nichts sagen. Von hier aus kann ich keine Verletzungen erkennen, ebenso wenig, ob er schon tot war, als das Seil um seinen Hals gelegt wurde und der Täter ihn hinunterbaumeln ließ. Nur Selbstmord schließe ich aus.«

»Hm«, machte Brignone.

Der Arzt war noch nicht fertig. »Aber nach all dem, was in diesem merkwürdigen kleinen Ort passiert ist, würde ich fast darauf wetten, dass wir am Hals dieses Mannes Spuren eines dünnen Seils finden werden und er nicht mit dem deutlich dickeren erdrosselt wurde, an dem er hängt. Ich befürchte, dass unser Mörder wieder zugeschlagen hat. Das wäre dann sein fünftes Opfer.«

Die Worte trafen Brignone wie ein Stich ins Herz. Natürlich hatte er von der ersten Minute, als der Nachtdienst ihn zu Hause angerufen und von dem Leichenfund in Montalto berichtet hatte, denselben Gedanken gehabt. Aber er war die ganze Zeit bis jetzt nicht bereit gewesen, ihn an sich heranzulassen. Denn das würde bedeuten, dass er sich getäuscht hatte – dass dieser Wolf nicht der Mörder sein konnte, denn er saß ja in seiner Zelle. Von dort aus aber konnte er unmöglich den Mord begangen haben. Und über die Konsequenzen dieser bitteren Wahrheit durfte er gar nicht nachdenken. Nur das schwache gelbliche Licht der Straßenlampe verhinderte, dass die Anwesenden erkennen konnten, wie blass der Commissario augenblicklich wurde, als Doktor Fabbri seine Vermutung aussprach. Er riss sich zusammen und bemühte sich, sich nichts anmerken zu lassen. Brignone winkte die Männer von der Spurensicherung heran, die bisher auf der Treppe gewartet hatten. »Gut, machen Sie Ihre Arbeit. Informieren Sie mich bitte morgen früh so schnell wie möglich.« Dann verabschiedete er sich von Fabbri, gab Flavotti ein Zeichen, und die beiden verließen die Brücke. »Wir fahren nach Hause, Flavotti«, sagte er. »Heute Nacht können wir ohnehin nichts mehr tun. Wir müssen erst die Ergebnisse der Kollegen abwarten.«

*

Er nahm den alten Füllfederhalter zur Hand, blätterte zur ersten unbeschriebenen Seite und schrieb: »10. Juli 2021. Obertos Vermächtnis wurde heute zum fünften Mal in diesem Jahrhundert umgesetzt.« Er schlug das Buch zu und lehnte sich zurück. Nur die Schreibtischlampe spendete ein schwaches Licht, ansonsten lag die Bibliothek im Dunkeln. Es war einfach gewesen, viel einfacher als beim letzten Mal. Der alte Mann hatte sich gar nicht gewehrt, und wenn doch, war er so schwach gewesen, dass er es nicht einmal gespürt hatte. Schwieriger war es gewesen, den toten Körper über die Brücke zu wuchten. Das Seil, an dem der Tote hing, hatte er schon vorher über die Spule gelegt und an den beiden Ösen befestigt. Von der Gasse aus hatte er sein Werk betrachtet. Er hatte gewartet, bis die Leiche aufgehört hatte, hin und her zu baumeln. Schließ-

lich war er zum nächsten Ausgang des Dorfes gelaufen und hatte Montalto verlassen. Alles war perfekt verlaufen, er war keiner Menschenseele begegnet. Wie gut, dass das Dorf sich wieder in Sicherheit wiegte, nachdem der angebliche Mörder gefasst worden war. Auch die Polizei war wieder abgezogen worden – sonst wäre es wohl viel schwieriger geworden, seine Aufgabe in dieser Nacht zu vollenden.

Nun gut, zwei noch. Zwei Aufgaben hatte er noch zu erledigen. Dann würde sein normales Leben weitergehen, endlich. Es hatte geendet, seitdem er vor sechs Jahren erfahren hatte, wozu er auserkoren worden war. Seitdem lebte er unter dem Druck seiner Aufgabe. Er hatte verstanden, dass er sich ihr nicht entziehen konnte. Aber in wenigen Tagen war alles vorbei. Doch sofort kam wieder der Gedanke in ihm hoch, den er seit Tagen zu verdrängen versuchte. Der immer stärker wurde, der ihn immer mehr bedrückte, ihn immer seltener losließ. Wie sollte er mit dem Wissen, was er getan hatte, leben? Konnte er überhaupt mit diesem Wissen leben? Hatte er eine Zukunft? Er legte das Buch zurück in den Tresor, verschloss ihn und verließ den Raum. Er ging in sein Zimmer und legte sich aufs Bett. Es war drückend warm in dieser Nacht. Erst als die Dämmerung schon langsam den neuen Tag ankündigte, fiel er in einen kurzen, bleiernen Schlaf.

*

Auch Commissario Brignone hatte eine unruhige Nacht. Musste es wirklich so warm sein? Er wälzte sich hin und her. Die Gedanken an den morgigen Tag ließen ihn nicht los. Es würde einem Wunder gleichkommen, wenn die

Todesursache bei dem fünften Mordopfer nicht »Erdrosseln durch ein dünnes Seil« lautete. Aber genau ein solches Wunder brauchte er jetzt so dringend. Er malte sich aus, was passieren würde: Er müsste seinen Tatverdächtigen auf freien Fuß setzen – oder besser: seinen bisherigen Tatverdächtigen. Was für eine Peinlichkeit. Er hatte einen bekannten Krimiautor unter Mordverdacht festnehmen lassen. Ausgerechnet einen Krimiautor. Sie würden über ihn herfallen, alle. Sie würden ihm vorwerfen, vorschnell gehandelt zu haben, zumal es nicht einen einzigen Beweis gegen Sebastian Wolf gegeben hatte, nur Indizien. Aber was hieß hier »nur Indizien«? Hatte nicht alles so schön zusammengepasst? Die Morde hatten angefangen, als Wolf nach Montalto gekommen war. Für drei der Tatzeiten hatte er kein Alibi, für eine nur ein lückenhaftes. Und er hatte ganz bewusst von sich abzulenken versucht mit der ausgefuchsten Fantasie eines Mannes, der mit solchen Geschichten sein Geld verdiente.

Das Motiv? Ja, das war die Schwachstelle seiner Theorie, das musste der Commissario sich eingestehen. Dabei hatte er sich das doch eigentlich schon zurechtgelegt: Dieser Wolf war Schriftsteller, und die hatten nun mal eine blühende Fantasie und manche auch eine krankhafte, perverse. So wie diese Engländerin, von der seine Frau einige Bücher gelesen hatte. Wie hieß sie noch gleich? Brignone dachte einen Augenblick nach, dann fiel es ihm wieder ein: Richtig, sie hieß Anne Perry und sie hatte im Alter von 15 Jahren die Mutter ihrer besten Freundin umgebracht. Oder dieser drogensüchtige Amerikaner, William S. Burroughs. Der hatte im Rausch seine Frau erschossen. Nun, das war als Unfall eingestuft worden – trotzdem: Es gab mehr als genug Beispiele, in denen reale

Todesfälle das Leben von Schriftstellern überschatteten. Apropos Drogen: Hatte Wolf vielleicht unter dem Einfluss irgendeiner Substanz gestanden? Vielleicht hatte er ja auch einen Komplizen? Aber bevor Brignone langsam doch noch in einen unruhigen und kurzen Schlaf fiel, musste er sich eingestehen, dass es dafür nicht einmal das kleinste Indiz gab.

*

Auch Mario Flavotti dachte in dieser Nacht viel nach. Was bedeutete dieser neue Mord? Zunächst einmal, dass Sebastian Wolf nicht der Mörder sein konnte. Das war eine gute Nachricht. Er hatte zu keinem Zeitpunkt daran geglaubt, dass Wolf die Morde begangen hatte, obwohl er zugeben musste, dass sein Chef bei der letzten Vernehmung durchaus überzeugend gewesen war. Hinzu kam das lückenhafte Alibi, das Melanie Oberdorf Wolf gegeben hatte. Doch die Vorstellung, dass dieser Mann vier Menschen ermordet hatte, war einfach zu absurd. Flavotti bemühte sich, sich nicht zu stark von seiner Sympathie für den Deutschen beeinflussen zu lassen.

Der nächste Gedanke war weniger erfreulich. Wenn Wolf nicht der Mörder war – wer war es dann? Und bestand dann nicht die Gefahr, dass es weitere Opfer geben würde? Wenn die Entdeckung Wolfs von den sieben Morden richtig war, würden konsequenterweise noch zwei folgen. Zwei Menschenleben, die es unbedingt zu retten galt. Wäre es nicht besser, Montalto zu evakuieren? Aber wie würde es dann weitergehen? Irgendwann müssten die Menschen ja doch wieder nach Hause zurückkehren und der Mörder müsste nur so lange warten und könnte dann seine Serie fortsetzen. Noch immer erschien es Flavotti unwahrscheinlich, dass sich jemand an dieser alten Legende orientierte. Aber es war die einzige Spur, die sie hatten. Und wenn es so wäre? Warum handelte der Täter so? War er ein Trittbrettfahrer? Oder hatte er ein anderes Motiv? All diese Gedanken tobten in Mario Flavottis Kopf, und als er endlich in einen unruhigen Schlaf fiel, dämmerte schon ganz zart der Morgen.

*

Sebastian Wolf, der noch nichts von dem neuesten Ereignis wusste, warf sich auf seiner schmalen Pritsche hin und her. Es war unerträglich stickig in dieser Zelle, und an Schlaf war nicht zu denken. Wie würde es weitergehen? Vermutlich würde er am nächsten oder spätestens am übernächsten Tag in das Untersuchungsgefängnis nach Genua verlegt werden. Der Anwalt, dieser Angelo Ferrari, machte einen kompetenten Eindruck, aber die Verlegung würde er kaum verhindern können. Dabei war doch alles, was dieser Brignone sich zusammenfantasiert hatte, einfach nur lächerlich. Die Sache würde sich aufklären, spätestens wenn … Wolf stockte der Atem: Ja, spätestens wenn es einen weiteren Mord geben würde. Und daran, dass es dazu kommen würde, zweifelte Wolf keine Sekunde. Ganz gleich, ob es sich bei dem Täter um einen kranken Trittbrettfahrer handelte oder er irgendeinen nicht weniger kranken Grund für seine Taten hatte – er würde wieder zuschlagen. Dieser Gedanke machte Sebastian Wolf fast wahnsinnig. Verfluchter Brignone, dachte er wütend und ballte die Fäuste. Er war kurz davor, in der dunklen Zelle zu randalieren, in der Hoffnung, der

Kommissar würde erscheinen und Wolf könnte ihn vor der drohenden Gefahr warnen. Aber das würde nichts bringen. Der Commissario war ja überzeugt, dass er den Täter geschnappt und eingebuchtet hatte. Es dauerte Stunden, bis die Müdigkeit Wolf schließlich am frühen Morgen übermannte und er für ein paar Stunden in einen flachen Schlaf fiel.

*

Melanie streichelte Jackie, die sich an sie drückte. »Es wird alles gut, meine Kleine, bald ist dein Herrchen wieder da.« Die Hündin war völlig verwirrt nach all dem, was geschehen war. Im Halbschlaf glaubte Melanie, Schritte und Stimmen zu hören. Nanu, waren die Patrouillen nicht abgezogen worden? Das wäre ein großer Fehler, fand sie, denn dass Sebastian ein Mörder war, hielt sie für völlig undenkbar. Das bedeutete aber auch, dass der Täter noch frei herumlief. Sie lauschte ein paar Minuten, aber draußen war jetzt alles still. Dann stand sie auf, ging zur Haustür und drehte den Schlüssel im Schloss um. Sicher ist sicher, dachte sie, während sie zurück zum Bett ging. Es dauerte eine ganze Weile, bis sie endlich einschlief. Schon sehr bald würde sich aufklären, dass die Vorwürfe gegen Sebastian haltlos waren – das war ihr letzter Gedanke.

*

Commissario Brignone saß wie gerädert an seinem Schreibtisch. Vor ihm lag der Bericht von Dottore Fabbri. Das Wunder war ausgeblieben. Es war genau so, wie er befürchtet hatte: Marino Russo war mit einem dünnen Seil erdrosselt und dann an dem dickeren an die Brücke gehängt worden. Die Ergebnisse der Spurensicherung fehlten noch, aber er war sich sicher, dass die Kollegen einmal mehr nichts gefunden hatten, was ihm weiterhelfen würde. Flavotti saß auf der anderen Seite des Schreibtisches und schwieg. »Nun sagen Sie es schon«, forderte Brignone seinen Untergebenen auf. »Dass ich mich offenbar getäuscht habe mit meiner Theorie, dass Wolf der Täter ist. Und dass Sie zu Recht skeptisch waren.«

Mario Flavotti war kein rechthaberischer Mensch, daher überraschte es Brignone nicht, dass der Ispettore nicht darauf einging und stattdessen sagte: »Die Frage ist, was wir jetzt tun.«

Es lag auf der Hand, Sebastian Wolf freizulassen. Als Flavotti diesen Gedanken aussprach, blickte ihn Brignone trotzig an. »Und was, wenn er einen Komplizen hat?«

»Das glauben Sie nicht im Ernst, Commissario. Es gibt nicht den leisesten Hauch eines Hinweises darauf.«

Brignone spürte, wie die Wut in ihm aufstieg. Was erlaubte sich dieser junge Mann da eigentlich? Er war unausgeschlafen, es war schon wieder unerträglich heiß, doch es gelang ihm gerade noch, sich zu zügeln. »Na gut«, sagte er, »wir werden nicht drum herumkommen. Lassen Sie ihn in 30 Minuten in den Vernehmungsraum bringen. Aber vorher veranlassen Sie, dass die Patrouillen wiederaufgenommen werden.«

*

Als sich die Tür seiner Zelle öffnete, glaubte Wolf, nun nach Genua gebracht zu werden. »Kommen Sie bitte mit«, sagte der Polizist auffallend freundlich. Die beiden Polizeibeamten warteten schon im Vernehmungsraum.

»Guten Morgen, die Herren. Heute ein großes Empfangskomitee?«, begrüßte Wolf sie und der sarkastische Tonfall war nicht zu überhören.

Brignone reagierte darauf nicht, sondern sagte: »Signor Wolf, guten Morgen, setzen Sie sich doch bitte.«

Nanu, dachte der Angesprochene, kein »Herr« Wolf heute?

Der Commissario schien mit dem zu ringen, was er zu sagen hatte. Wolf sah ihn erwartungsvoll an. Brignone räusperte sich. »Ähem, ja, also, Signor Wolf. Es hat sich herausgestellt, dass Sie wohl nicht als Täter infrage kommen. Sie können daher nach Hause gehen. Es tut uns leid, dass wir Ihnen Unannehmlichkeiten bereitet haben.«

Wolf schaute erstaunt erst zu Brignone, dann zu Flavotti, der diesmal seinem Blick nicht auswich, dann wieder zum Commissario. »Ach, das ist ja interessant. Und was hat Sie zu diesem Meinungswechsel bewogen?«

Wieder rang Brignone sichtlich nach Worten, doch Flavotti kam ihm zuvor: »Es gab in der vergangenen Nacht einen weiteren Mord in Montalto.«

Wolf vergaß die gute Nachricht über seine Freilassung. »Was? Wer?«

Flavotti klärte ihn auf: »Ein älterer Einwohner. Er hing an einem Seil von einer Brücke herunter.«

Während Brignone seinem Untergebenen einen scharfen Blick zuwarf, musste sich Wolf erst einmal sammeln. Dann spürte er die Wut in sich aufsteigen. »Was?«, rief er. Mehr brachte er nicht heraus. Es war also genau das passiert, was er befürchtet hatte. Während er in der Zelle gesessen hatte und die Polizei untätig gewesen war, hatte der Mörder ganz ungestört zum fünften Mal zuschlagen können. Und wer war daran schuld? Wolf beugte sich Brignone ein Stück über den Tisch entgegen und sagte: »Dafür tragen Sie die Verantwortung, Sie ganz allein! Wenn Sie sich nicht so dämlich angestellt hätten, so unsagbar dumm, dann würde dieser arme Mann jetzt womöglich noch leben.«

Brignone rutschte unruhig auf seinem Stuhl hin und her. »Also, Signor Wolf, das können Sie so doch nicht sagen. Ich …«

Wolf ließ ihn nicht ausreden. Dieser Stümper hatte genug Schaden angerichtet, fand er. »Halten Sie den Mund! Wie kann so jemand wie Sie eigentlich Commissario werden? Ich habe selten jemanden erlebt, der dermaßen seinen Beruf verfehlt hat.«

Bevor sein Chef etwas darauf entgegnen konnte, schaltete sich Flavotti ein. »Also bitte, Signor Wolf, das bringt doch nichts. Es ist passiert, was passiert ist, das können wir jetzt nicht mehr ändern. Wir müssen uns schleunigst wieder an unsere Arbeit machen, und Sie sind ein freier Mann.«

Der Ispettore hatte eine beruhigende Art, das musste Wolf zugeben. Daher fragte er nur: »Und was haben Sie jetzt vor?«

»Wir werden Ihnen sicher keine Einsicht in unsere Ermittlungsarbeit geben«, raunzte Brignone ihn an.

»Ermittlungsarbeit? Welche Ermittlungsarbeit denn bitte schön?« Wolf spürte, wie sein Blut schon wieder anfing zu kochen, doch Flavotti legte ihm die Hand auf den Arm und sagte nur: »Bitte …«

Wolf stand widerwillig auf und sagte in einem sarkastischen Tonfall: »Gut, meine Herren, dann danke ich Ihnen für die außerordentliche Gastfreundschaft der italienischen Polizei und empfehle mich.«

Erst als er das Wohnzimmer in der Casa Principessa betrat, holte er sein Handy aus der Hosentasche. Er hatte mehrere verpasste Anrufe. Doch anstatt die Nachrichten abzuhören, hatte Wolf erst einmal etwas Wichtigeres zu tun: Er nahm eine lange Dusche. Seit Tagen hatte er nicht mehr geduscht, und das bei diesen Temperaturen. Er genoss, wie das Wasser auf seinen Körper prasselte, und blieb eine Weile einfach unter der Brause stehen. Dann trocknete er sich ab, zog sich frische Shorts und ein T-Shirt an und legte sich aufs Bett. Wie gut es tat, eine bequeme Matratze zu spüren. Er schlummerte ein, kam aber nach wenigen Minuten wieder zu sich. Etwas fehlte. Richtig – Jackie war nicht da. Er vermisste seine kleine, stets quirlige Begleiterin. Bei Melanie war sie zweifellos gut aufgehoben. Er würde sie bald suchen gehen. Aber vorher musste er ein paar Anrufe erledigen. Und so holte er sich sein Handy und hörte die aufgezeichneten Nachrichten ab. Es waren sieben an der Zahl: Dreimal hatte sein alter Herr angerufen, je zweimal Martin und sein Verleger. Er sprach kurz mit seinem Vater, um ihn zu beruhigen, dann schickte er Martin eine Sprachnachricht. Sein Verleger wirkte aufgedreht, als Wolf ihn zurückrief. »Alles gut bei dir? Uns laufen die Journalisten hier die Bude ein, die Telefone stehen gar nicht still, wir kommen zu überhaupt nichts anderem mehr.« Berber berichtete weiter, dass er alles dementieren ließ und sich ansonsten zurückhielt. »Aber wir müssen der Presse unbedingt etwas geben, so bald wie möglich.« Wolf stimmte zu und versprach, sich wieder zu melden. Noch war ja nicht einmal bekannt, dass er wieder auf freiem Fuß war. Dann rief er Angelo Ferrari an. Sein Anwalt hatte ebenfalls noch keine Ahnung, dass er entlassen worden war. Wolf brachte ihn auf den neuesten Stand. »Dann hat sich mein Job ja erledigt«, erwiderte Ferrari. Wolf bedankte sich bei ihm dafür, dass er so schnell eingesprungen war.

Nach dem Gespräch wählte er die letzte Nummer auf seiner Liste – die von Melanie. »Sebastian? Wo bist du? Wie geht es dir?«

»Ich bin frei und rufe dich aus der Casa Principessa an.«

Es dauerte einen kleinen Augenblick, bis sie begriff, was er gesagt hatte. »Frei? Das ist ja fantastisch! Unglaublich, was die Polizei mit dir gemacht hat.«

Es tat gut, ihre Stimme zu hören, auch wenn sie ziemlich aufgewühlt klang. Er beschwichtigte sie, obwohl sie natürlich recht hatte. »Ach, die haben doch auch nur ihren Job gemacht.«

»Aber warum haben sie dich wieder laufen lassen?« Melanie hatte offensichtlich noch gar nichts von dem neuen Mord mitbekommen. »Oh Gott«, sagte sie, nachdem Wolf ihr davon berichtet hatte. Einen Moment hörte er nur ihr Atmen, dann fragte sie: »Wann sehen wir uns?«

»Heute Abend?« Sie verabredeten, dass Melanie in die Casa Principessa kommen würde.

»Hier wartet noch jemand sehr sehnsüchtig auf dich«, sagte sie.

»Jackie? Ich kann es kaum erwarten, sie wiederzusehen. Und natürlich dich«, fügte er hinzu.

Nachdem er das Gespräch beendet hatte, bereitete Wolf sich ein einfaches Nudelgericht zu. Nach dem Essen bemerkte er, wie müde er war – kein Wunder, er hatte zwei Nächte fast kein Auge zugetan. Er legte sich aufs Bett und schlummerte weg. Er versank in einen wirren Traum, in dem Commissario Brignone eine Leiche an einem Seil von einer Brücke herunterließ.

*

Commissario Brignone starrte auf die Aktenstapel auf seinem Schreibtisch. Inzwischen hatte er den Bericht der Gerichtsmedizin und den der Spurensicherung zu dem fünften Mord bekommen. Sie landeten auf den Unterlagen der anderen vier. Fünf Morde – und Brignone stand wieder ganz am Anfang der Ermittlungen. Alles in ihm sträubte sich dagegen, diese absurde Geschichte, die Wolf ihm aufgetischt hatte, zu glauben. Der Commissario fühlte sich ausgelaugt. Ich brauche dringend einen längeren Urlaub, dachte er. Wenn das hier alles vorbei ist, schnappe ich mir meine bessere Hälfte und wir fahren irgendwohin, wo es schön ist. Und kühler als hier. In Gedanken war er schon an ein unbekanntes Urlaubsziel entschwebt, als es plötzlich an der Tür klopfte und er unsanft in die Realität zurückgeholt wurde.

Seine Sekretärin steckte vorsichtig den Kopf herein. »Commissario, da ist Besuch für Sie«, sagte sie in einem Tonfall, der nichts Gutes verhieß.

»Wer?«, fragte er.

»Es ist Eduardo Vitale. Und offen gestanden, er wirkt aufgebracht.«

Brignone schluckte. Der Leitende Polizeidirektor aus Genua war eigens nach Imperia gekommen, das passierte nur selten. Der Commissario räusperte sich und versuchte, selbstsicher zu klingen, als er sagte: »Lassen Sie ihn bitte eintreten.«

*

Die erregte Stimme des Leitenden Polizeidirektors drang aus dem Büro des Commissarios. Nach etwa zehn Minuten riss Eduardo Vitale die Tür auf, schritt durch den Flur weiter zu Flavottis Büro und klopfte an. Als er den Raum betrat, schnellte der junge Beamte an seinem Schreibtisch in die Höhe. Vitale machte eine beschwichtigende Handbewegung und sagte: »Bleiben Sie sitzen, Herr Kollege. Ich wollte Ihnen nur kurz mitteilen, dass Commissario Brignone von dem Montalto-Fall abgezogen ist und ich ihn suspendiert habe. Bis wir Ersatz für ihn haben, übernehmen Sie verantwortlich die Ermittlungen. Halten Sie mich von nun an auf dem Laufenden und sorgen Sie um Himmels willen dafür, dass es in diesem kleinen Dorf keinen weiteren Toten gibt! Egal, wie Sie das anstellen.«

Bevor Flavotti etwas erwidern konnte, hatte Vitale den Raum schon wieder verlassen.

KAPITEL 14

Jackie war kaum zu bändigen, als ihr Herrchen die Tür öffnete. Sie stürzte sich auf Wolf, als hätte sie ihn jahrelang nicht gesehen. »Ich bin mir sicher, der Hund hat gespürt, dass etwas nicht in Ordnung war«, sagte er. Jackie jagte die Treppe hoch und gab Wolf endlich die Gelegenheit, Melanie in die Arme zu nehmen.

»Geht es dir gut?«, fragte sie, nachdem sie sich geküsst hatten.

»Besser denn je«, sagte er. »Aber komm doch mit nach oben, oder wollen wir hier unten den Rest des Tages verbringen?«

Sie beugte sich kurz nach links und sagte: »Moment.« Plötzlich hatte sie einen Korb in der Hand. Sie zuckte entschuldigend mit den Schultern: »Ein wenig zu essen. Ich konnte nicht anders.«

Er lachte und zog sie wortlos an der Hand die Treppe hoch. Sie setzten sich auf die Terrasse.

»Wie ist es dir ergangen? Was bildet sich dieser dämliche Kommissar eigentlich ein? Weißt du schon etwas über den neuen Mord? Wie soll es jetzt weitergehen? Wird der Ort evakuiert?«

»Tja, wenn du fragst, was jetzt werden soll – da habe ich auch keine Ahnung. Aber zum Glück bin ich ja nicht die Polizei und muss das nicht entscheiden.« Da klingelte Wolfs Handy. »Ja?«, meldete er sich.

»Signor Wolf? Hier ist Ispettore Flavotti.«

»Signor Flavotti, mit Ihnen habe ich ehrlich gesagt nicht gerechnet.«

Flavotti stockte. »Ähm, ja, es … Es tut mir wirklich sehr leid, was passiert ist. Ich habe keine Ahnung, was meinen Chef geritten hat, als er …«

»Oh, alles gut«, unterbrach Wolf ihn. »Ich weiß, dass Sie mich niemals als Verdächtigen gesehen haben. Aber Sie müssen tun, was Ihr Chef sagt.«

Der junge Polizist räusperte sich. »Jetzt nicht mehr, Signor Wolf. Brignone wurde von dem Montalto-Fall abgezogen und vom Dienst suspendiert. Vorläufig hat man mich mit der Leitung der Ermittlungen betraut, bis ein Nachfolger gefunden ist. Das wird wohl in ein paar Tagen, nach dem Wochenende der Fall sein.«

Das war eine echte Überraschung. »Ispettore, ich weiß gar nicht, ob ich Ihnen gratulieren oder Sie bemitleiden soll.« Der Satz tat ihm im selben Augenblick leid, denn wenn ein junger und noch recht unerfahrener Kriminalpolizist mit einem solchen Fall beauftragt wurde, brauchte er vor allem eins: Zuversicht. Deshalb schob er rasch nach: »Aber ich denke, die Sache ist bei Ihnen in guten Händen.«

Am anderen Ende der Leitung blieb es still, Wolf hörte nur schweres Atmen. Dann raffte sich Flavotti auf und sagte: »Signor Wolf, offen gestanden bin ich ziemlich ratlos. Was soll ich tun? Die einzige Spur, die wir haben, ist Ihre Recherche.«

Wolf spürte die Verzweiflung des jungen Mannes, der mit dem Fall ins kalte Wasser geworfen worden war.

»Signor Wolf, ich brauche Ihre Hilfe.«

»Ich bin Schriftsteller und kein Polizist, ich wüsste gar nicht, wie ich Ihnen helfen sollte, Signor Flavotti.«

Den Einwand ließ der Ispettore nicht gelten. »Aber Sie haben mich auf die Oberto-Legende gebracht. Ich wäre niemals allein darauf gekommen.«

Genau genommen war er ja von Valentina Ricci auf diese Spur gestoßen worden, dachte sich Wolf. Andererseits kannte er sich selbst zu gut und wusste genau, dass er ohnehin die Finger nicht von der Sache lassen konnte. So lange, wie der Mörder sein Unwesen in Montalto trieb, war auch kaum an der Arbeit für sein neues Buch über den Serienmörder von St. Pauli zu denken. Also – was hatte er schon zu verlieren? »Gut«, sagte er. »Wenn Sie glauben, dass ich Ihnen Unterstützung bieten kann, bin ich dabei. Was schlagen Sie vor?«

Er hörte Flavotti aufatmen. »Ich danke Ihnen, Signor Wolf, ich danke Ihnen sehr. Könnte ich vielleicht bei Ihnen vorbeikommen?«

»Und wann?«

»Am besten sofort. Wäre das möglich?«

Bis Flavotti vorbeikommen würde, blieb noch etwas Zeit, und so machten sich Wolf und Melanie mit Jackie zu einer Runde durch das Dorf auf. Auf den ersten Blick schien alles wie immer. Die Luft des warmen Abends stand zwischen den Häusern, durch geöffnete Fenster drangen die vertrauten Klänge der abendlichen TV-Shows, Katzen lagen mitten auf den Wegen und nahmen Reißaus, sobald sie Jackie erspähten, die sich die Einladung zur Jagd nicht entgehen ließ. Nur zweimal trafen sie auf andere Personen und beide Male handelte es sich um Patrouillen der Polizei, die jeweils zu zweit durch die Gassen schlenderten. Wolf zweifelte insgeheim daran, dass diese Kontrollen irgendetwas bringen würden, aber sie sorgten dafür, dass die Menschen von Montalto sich ein wenig sicherer fühlten.

Zwei Stunden nach ihrem Telefonat saß Ispettore Flavotti auf der Terrasse der Casa Principessa. Wolf und Melanie saßen ihm gegenüber. Die drei verspeisten das Essen, das Melanie mitgebracht hatte.

»Sie sollten sich auch eine Restaurantbesitzerin als Freundin suchen, dann hätten Sie immer etwas Gutes auf dem Teller. Es geht allerdings mit der Zeit auf die Hüften«, sagte Wolf und biss in einen Hähnchenschenkel.

Sein Gast griff dankbar zu. Er berichtete von der Suspendierung Brignones und von dem Auftritt des Leitenden Polizeidirektors, der natürlich auf dem Kommissariat nicht unbemerkt geblieben war. Kurz nachdem Vitale wieder abgerauscht war, war Brignone in sein Büro gekommen, hatte ihm die Ermittlungsakten wortlos auf den Schreibtisch gelegt und war gegangen. »Signor Wolf, ich möchte keine Geheimnisse vor Ihnen haben, was die Ermittlungen betrifft. Ich vertraue Ihnen, deshalb spreche ich ganz offen«, sagte er.

Wolf wog den Kopf hin und her und entgegnete dann: »Gut, wir brauchen absolute Offenheit. Aber Sie sollten nicht an die große Glocke hängen, dass ich Sie unterstütze – weder öffentlich noch in Polizeikreisen. Ich kenne zwar die Gepflogenheiten der italienischen Polizei nicht, aber ich gehe davon aus, dass es nicht den Regeln entspricht, wenn ein Außenstehender sich an Ermittlungen beteiligt, der zu allem Überfluss auch noch Ausländer ist.«

Flavotti nickte ernst und Wolf hatte den Eindruck, dass ihm die Brisanz der Situation bewusst war.

»Ihr können Sie vertrauen, darauf gebe ich Ihnen mein Wort«, ergänzte Wolf und nickte in Richtung Melanie.

Flavotti gab zunächst einen Überblick über das, was

über die fünf Morde bekannt war. Abgesehen davon, dass alle mit einem dünnen Seil erdrosselt worden waren, schien die Opfer nichts zu verbinden. »Aber es muss doch irgendeine Gemeinsamkeit geben«, sagte Wolf.

»Was, wenn der Täter sie nach einem bestimmten Schema auswählt, das für uns nicht zu erkennen ist?«, wandte Melanie ein.

Wolf sah sie an. »Das klingt plausibel. Immerhin bringt er seine Opfer stets auf die gleiche Art um, das deutet darauf hin, dass er nach einem Plan vorgeht. Warum sollte das nicht auch für die Opfer gelten?«

Flavotti nickte. »Richtig, das könnte durchaus sein. Das Problem ist, dass uns das nicht hilft, um mögliche weitere Opfer zu schützen, denn wir kennen ja diesen Plan nicht.«

Melanie überlegte laut: »Wir haben einen Padre, eine alte Frau, einen kleinen Jungen, einen jungen Mann und einen alten Mann.« Sie sah fragend in die Runde. »Sagt uns das etwas?«

Die anderen beiden schüttelten den Kopf.

Sie schwiegen einen Augenblick, dann sagte Wolf: »Wir wollen hier ja alles auf den Tisch bringen. Jede Beobachtung, jede Überlegung, auch wenn sie uns nicht wichtig erscheint, oder?«

Flavotti nickte. »Woran denken Sie?«

»Ich hatte Ihnen doch erzählt, dass ich gemeinsam mit Professor Battiglione im Lesezimmer dieses Gianluca Oberto war, erinnern Sie sich? Dort lagen Dokumente, die die Geschichte seiner Familie betrafen und die er für seine Dissertation benötigt.«

»Worauf wollen Sie hinaus – dass er ausgerechnet jetzt eine Doktorarbeit über seine Familie schreibt? Also just zu der Zeit, als die Morde passieren?«, fragte Flavotti.

An diese zeitliche Überschneidung hatte Wolf noch gar nicht gedacht. Das konnte ein Zufall sein oder auch nicht. »Ich weiß nicht«, sagte er. »So eine Doktorarbeit schreibt sich nicht in wenigen Wochen oder Monaten. Sie bedeutet einen großen Aufwand.«

»Wissen wir denn, wann Gianluca Oberto mit seiner Arbeit angefangen hat?«, warf Flavotti ein.

Wolf schüttelte den Kopf. »Das könnte durchaus schon vor zwei Jahren gewesen sein. Und wenn ich mich recht erinnere, erzählte Professore Battiglione mir, dass der junge Mann sich schon seit dem Beginn seines Studiums sehr für die Geschichte seiner Familie interessiert und auf sein Dissertationsthema hingearbeitet habe. Das wären also schon ein paar Jahre, mindestens fünf.«

Die drei schwiegen eine Weile. Ein Gedanke lag unausgesprochen zwischen ihnen.

Es war Melanie, die das Schweigen brach. »Könnte es denn sein, dass dieser Gianluca Oberto sich lange darauf vorbereitet hat, die Mordserien der vergangenen Jahrhunderte zu wiederholen?«

»Aber warum sollte er das tun?« Flavotti schüttelte den Kopf. »Man bringt doch nicht einfach Menschen um, weil das früher auch schon geschehen ist. Das ist doch absurd. Oder?«

Wolf überlegte. »Aus der Sicht eines Autors, der dabei ist, eine neue Story zu entwickeln, würden mir da mehrere Motive einfallen. Der Täter könnte gesteigertes, krankhaftes Geltungsbedürfnis haben. Oder er könnte sich gewissermaßen in der Tradition der früheren Täter sehen. Die zweite Möglichkeit wäre für eine gute Geschichte natürlich die beste.«

Flavotti sah ihn skeptisch an.

Wolf fuhr fort. »Mir ist noch etwas aufgefallen während meines Besuches in Genua. Auf dem Tisch lagen sieben dicke Bände mit Dokumenten aus vergangenen Jahrhunderten. Als ich mit Professore Battiglione den Lesesaal verließ, hatte ich plötzlich eine Art Eingebung und bat darum, einen Blick in die Liste der von Gianluca Oberto entliehenen Unterlagen werfen zu dürfen. Tatsächlich fehlte ein Band. Es handelt sich nicht um eine Sammlung von Dokumenten, sondern um ein Buch. Leider weiß ich nicht, wo sich dieses Buch befindet. Ich habe Battiglione nicht danach gefragt, aber es kam mir irgendwie merkwürdig vor. Ich kann mir nicht vorstellen, dass es erlaubt ist, solche alten und empfindlichen Unterlagen einfach aus der Bibliothek mitzunehmen.«

»Ich glaube, diesen Gianluca Oberto sollten wir uns mal anschauen. Kommen Sie mit?«, fragte Flavotti an Wolf gewandt. Dieser nickte und die beiden verabredeten sich für den kommenden Vormittag, um gemeinsam nach Genua zu fahren. Der Ispettore blickte auf seine Armbanduhr. »Oh, so spät ist es schon? Höchste Zeit, nach Hause zu fahren und sich aufs Ohr zu hauen.« Wolf geleitete ihn nach unten und öffnete die Tür. Flavotti sah ihn an und sagte zum Abschied: »Signor Wolf, danke, dass Sie mir helfen.« Er ergriff seine Hand und schüttelte sie. Im Weggehen sagte er noch: »Commissario Brignone hat unrecht mit dem, was er über Sie gesagt hat.«

Wolf schloss die Tür und blieb kurz stehen. Was, bitte schön, hatte dieser Kommissar über ihn gesagt? Er schüttelte unmerklich den Kopf und sagte leise zu sich selbst: »Ach, ist mir eigentlich auch egal, vollkommen egal.«

Auf dem Weg zurück zu Melanie machte er einen Schlenker zur Küche, holte eine Flasche Weißwein aus dem Kühlschrank, öffnete sie und begab sich mit zwei Gläsern auf die Terrasse.

»Netter junger Mann«, sagte Melanie, als Wolf sich wieder hingesetzt hatte.

Er nickte. »Doch jetzt zu uns. Wir haben uns immerhin ein paar Tage nicht gesehen ...« Er stand auf, beugte sich zu ihr herunter und küsste sie auf den Mund.

»Weißt du, was? Ich habe Lust auf ein bisschen Musik«, sagte sie und stand auf. Melanie ging ins Wohnzimmer an das Regal mit der Schallplattensammlung. Während Wolf an das Terrassengeländer trat, erklang die Musik.

Sebastian Wolf erstarrte. Er kannte diesen Song, er kannte ihn nur zu gut. Geigen trugen die schmalzige Melodie, die sich mehrmals wiederholte. Dann wurde sie leiser, als habe jemand den Lautstärkeregler betätigt, doch Wolf wusste, dass das Teil der Dramatik war, die dieses Lied ausstrahlen sollte. Schließlich begann ein Sänger zu singen, nein, eher zu sprechen. Wolf kannte jedes der Worte, die jetzt folgten: »Ti amo ...« Er stand bewegungsunfähig da und lauschte diesem Lied.

Inzwischen war Melanie auf die Terrasse zurückgekehrt und lachte: »Das ist zwar eine kitschige Schnulze, aber irgendwie liebe ich dieses Lied.« Während sie eine Textzeile mitsang, drehte Wolf sich langsam um. Melanie erschrak. Sein Gesichtsausdruck war vollkommen starr. »Was ist mit dir?«, fragte sie, während der Sänger weiterschmachtete. In diesem Augenblick schossen Wolf Millionen Gedanken, Gefühle, Erinnerungen durch den Kopf. Es war ihr Lied, Ellas und seins. Es waren heilige Erinnerungen, die er damit verband. Wunderschöne, schmerzhafte. Aber vor ihm stand eine wundervolle Frau. Die erste, für die er seit Ellas Tod Gefühle entwickelt hatte, tiefe Gefühle. Hatten

Martin und Anna nicht recht? Das Leben ging weiter, Ella war tot. Sie würde immer einen großen Platz in seinem Herzen haben, aber war es nicht falsch, wenn er sich für alle anderen verschloss? Hatte er nicht ein Recht zu leben, glücklich zu sein? Und war es nicht diese Frau, die vor ihm stand, diese wunderschöne, großartige Frau, die er gerade erst kennengelernt hatte und von der er jetzt schon glaubte, dass er sein Leben mit ihr verbringen könnte?

Just als der Sänger seine Stimme dramatisch erhob und sein »Ti amo« aus dem Wohnzimmer in die warme Sommernacht drang, die nur ihn und Melanie sah, ging Wolf wortlos auf sie zu, nahm sie in den Arm und tanzte mit ihr nach der Musik. Es fühlte sich gut an. Ellas Gesicht schien ihn anzulachen, ihm zu signalisieren, dass er das Richtige tat. Melanie schmiegte sich an ihn. Als das Lied endete und der zweite Song begann, löste sich Wolf von ihr, nahm sie an die Hand und zog sie sanft ins Schlafzimmer. Melanie ließ sich führen und streifte im Gehen ihre Schuhe von den Füßen. Bald lagen sie auf dem Bett und zogen sich gegenseitig aus. Der Abend war zwar schon vorangeschritten, aber die Nacht war noch zu jung, um sie ungenutzt verstreichen zu lassen. Im Kopf hatte er immer noch diese eine Zeile: »Ti amo«.

*

Am nächsten Morgen forderte Jackie als Erstes ihr Recht auf Streicheleinheiten ein. Davon, dass noch jemand bei ihrem Herrchen im Bett lag, ließ sie sich nicht stören. Im Gegenteil, wenn es zwei Menschen gab, die mit ihr spielten – umso besser. Wolf und Melanie tobten mit ihr ein paar Minuten herum.

»Gut geschlafen?«, fragte Melanie.

»Wie ein Stein. Kein Wunder nach den Nächten in der Zelle«, meinte Wolf.

Später frühstückten sie zusammen, dann brach Melanie auf. Jackie wollte sie gar nicht gehen lassen. »Ihr zwei habt euch schon richtig angefreundet«, stellte Wolf fest.

»Eifersüchtig?«, lachte Melanie. »Ach, ich nehme sie einfach mit zu mir, sie ist ja sonst doch wieder so lange allein.«

Wolf nickte. »Gute Idee – danke!« Schon zogen die beiden ab. Er trank noch einen Kaffee und machte sich dann ebenfalls auf den Weg.

Während er die Straße entlangfuhr, dachte er über Melanie nach. Was sollte aus ihnen werden? Hatten sie überhaupt eine Zukunft? Er wohnte in Hamburg, sie in Montalto. Würde die Entfernung zwischen ihnen ihrem Glück schaden? Sie war gebunden an ihr Restaurant, er war eigentlich frei, denn als Schriftsteller konnte man schließlich von überall aus arbeiten. Gut, für Lesungen und Ähnliches müsste er regelmäßig nach Deutschland fliegen, aber das erschien ihm machbar. Andererseits könnte sie auch ein Restaurant in Hamburg eröffnen. Gute italienische Küche war schließlich sehr beliebt bei den Deutschen. Er wischte die Gedanken beiseite. Es war doch viel zu früh, über solche weitreichenden Dinge nachzudenken. Aber in der letzten Nacht hatte sich bei ihm ein Schalter umgelegt, das spürte er.

Er parkte vor dem Kommissariat und ließ sein Verdeck hochfahren. Gerade als er ausstieg, kam Flavotti aus dem Gebäude. »Guten Morgen«, sagte der Ispettore, »deutsche Pünktlichkeit, alle Achtung.«

»Guten Morgen. Wollen wir mit meinem Wagen fahren?«, bot Wolf an, aber Flavotti schüttelte den Kopf.

»Besser mit meinem Dienstwagen, schließlich bin ich offiziell unterwegs.« Der Wagen parkte nur wenige Meter entfernt. Als sie auf der Autostrada Richtung Genua fuhren, sagte Flavotti: »Also, was meinen Sie, wie wollen wir vorgehen?«

»Schauen wir doch mal, ob dieser Gianluca Oberto zu Hause ist.«

Der Ispettore überholte einen langsamen Lkw. Als er sich wieder auf der rechten Fahrspur eingereiht hatte, sagte er: »Das ist eine heikle Sache. Sie wissen, wer die Obertos sind? Die reichste Familie Genuas, allerbeste Verbindungen, auch nach Rom. Gianlucas Vater Fabrizio Oberto ist ein erfolgreicher Immobilienhai und Investor. Er hat überall seine Finger drin, wenn irgendwo in Genua ein Stein bewegt wird. Und er gilt als möglicher nächster Bürgermeister.«

Wolf sah seinen Begleiter von der Seite aus an. »Haben Sie Bedenken? Möchten Sie lieber auf eine Befragung verzichten?«

Flavotti winkte ab. »Ich wollte Ihnen nur klarmachen, mit wem wir es zu tun haben.«

An der Via Garibaldi bog Flavotti einfach ab – trotz Fahrverbot. »Es hat Vorteile, wenn man bei der Polizei ist«, sagte er. Er hielt direkt vor dem Palazzo der Obertos. Sie stiegen aus und gingen zum Eingang. Es dauerte eine Weile, bis Flavotti neben dem riesigen schmiedeeisernen Tor die Klingel gefunden hatte.

»Hallo? Wer ist da?«, meldete sich kurz darauf eine Frau. Als der Ispettore sich vorgestellt hatte, ertönte ein Summton und eine ebenfalls schmiedeeiserne Tür, die in das Tor eingelassen war, öffnete sich. Die beiden Besucher gingen über den Hof, in dessen Mitte eine große antike Statue stand. Ein Sportwagen parkte in einer Ecke.

Die Haustür öffnete eine junge Hausangestellte. »Guten Tag. Worum geht es denn?«

Flavotti antwortete freundlich, aber bestimmt: »Buongiorno, Signorina, wir würden gerne Signor Oberto sprechen.«

»Oh, da muss ich Sie enttäuschen, Fabrizio Oberto ist um diese Zeit in seinem Büro. Ich muss Sie bitten, sich dorthin zu begeben.«

»Nein, nein, ich meine den jungen Signor, Gianluca.«

Das Mädchen sah ihn überrascht an und, wie Wolf fand, mit einem Hauch Misstrauen. »Ich muss erst nachsehen, ob der junge Signor zu Hause ist«, sagte sie.

Flavotti lächelte freundlich, wies aber auf den Sportwagen in der Ecke des Hofes und sagte: »Ach, ich denke schon, dass er zu Hause ist. Dort steht doch sein Auto.«

Das Mädchen tat so, als habe es das Auto erst in diesem Augenblick entdeckt. »Oh, jaja, dann ist der junge Herr sicher da. Treten Sie doch ein.«

Das war ein Volltreffer, denn ob es sich wirklich um den Wagen von Gianluca Oberto handelte, hatte Flavotti nicht wissen können. Wolf warf seinem jungen Begleiter einen anerkennenden Blick zu.

Das Mädchen führte sie durch eine große Halle, die ebenso mondän wie zurückhaltend wirkte. Obwohl hier alles nach Geld nur so roch, protzte Oberto nicht mit seinem Reichtum. Es genügte ihm offenbar, dass seine Besucher wussten, wie viel er hatte – zur Schau stellen musste er es nicht. Das kannte Wolf von manchen reichen Pfeffersäcken in Hamburg, in deren Villen an der Elbchaussee er manchmal eingeladen wurde. Die Angestellte führte sie eine breite Treppe hinauf, deren Geländer vergoldet und reich verziert waren. »Folgen Sie mir doch in die Bibliothek, dann hole ich anschließend Signor Oberto.« Schließlich öffnete sie eine große rote, mit goldfarbenen Mustern verzierte Tür, bat die Gäste hinein und zeigte auf einen Tisch, um den vier tiefe Sessel standen. »Setzen Sie sich.«

Als sie den Raum verlassen hatte, pfiff Wolf durch die Zähne. »Alle Achtung, diese Leute wissen zu leben. Ich glaube, ich habe den falschen Beruf gewählt. Ich hätte besser Millionär werden sollen.«

»Und ich erst«, entgegnete Flavotti und blickte sich staunend um. An drei Wänden standen Regale bis zur Decke, vollgestopft mit Büchern. Auf den ersten Blick schienen darunter viele alte Werke zu sein, darauf deuteten die Einbände hin. Vor der vierten Wand stand ein riesiger altertümlicher Schreibtisch, dahinter hing ein Bild, das einen Mann zeigte und einige Hundert Jahre alt sein dürfte. Neben dem Bild fiel Wolf ein in die Wand eingelassener Tresor auf.

Gerade als er etwas sagen wollte, ging die Tür auf und Gianluca Oberto trat ein. Er wirkte irritiert. »Guten Tag, meine Herren. Polizei? Womit kann ich Ihnen helfen?«

Erst als Flavotti und Wolf aufstanden, erkannte er den Schriftsteller, der mit dem Rücken zu ihm gesessen hatte. Wolf glaubte, Panik in seiner Miene zu erkennen. War dieser junge Mann immer so nervös?

Gianluca Oberto schien sich wieder zu fangen. »Ähm, ja, wir haben uns doch kürzlich schon kennengelernt. In der Universitätsbibliothek, wenn ich mich nicht irre?«, sagte er an Wolf gerichtet.

»Richtig, Signor Oberto. Ich war mit Ihrem Doktorvater, Professore Battiglione, in Ihrem Arbeitsraum, weil wir einen Blick auf die Dokumente, die Sie entliehen haben, werfen wollten.«

Oberto tat so, als fiele ihm der Grund für diese erste Begegnung gerade erst wieder ein, aber Wolf war sich sicher, dass das geheuchelt war.

»Setzen Sie sich doch bitte wieder, meine Herren«, sagte Oberto. Auch wenn er in seinen Jeans und dem hellblauen Hemd wie ein durchschnittlicher junger Mann wirkte, so waren seine gepflegten Umgangsformen nicht zu übersehen.

Die drei setzten sich in die tiefen Sessel, in denen man geradezu versank. »Waren Sie denn seit unserem letzten Treffen erfolgreich?«, fragte Wolf.

Sofort blitzte wieder diese Nervosität im Gesicht des jungen Mannes auf. »Ich verstehe nicht ganz«, entgegnete er. Gianluca Oberto hatte ein Bein über das andere gelegt, den Fuß auf dem Knie abgestützt. Das sollte vermutlich einen lässigen Eindruck erzeugen, aber weil der Fuß permanent hin und her wippte, gelang das nicht.

»Ich meine, waren Sie erfolgreich mit Ihren weiteren Studien?«

Der Fuß blieb für ein oder zwei Sekunden ruhig und wippte dann wieder los. »Ah, jaja, natürlich.« Dann wandte sich Oberto demonstrativ an Flavotti: »Darf ich Sie fragen, was die Polizei in unserem Haus sucht und warum Sie mich sprechen wollten, Commissario?«

Flavotti räusperte sich. »Ispettore.« Dann rutschte er etwas aus seinem tiefen Sessel nach vorne. »Sie haben doch sicher von den Morden in Montalto gehört, Signor Oberto?«

Der nickte. »Eine schreckliche Sache, Ispettore. Nur – was habe ich damit zu tun?«

Flavotti lehnte sich wieder in seinem Sessel zurück. »Nun, so würde ich das natürlich nicht sagen. Aber wir dachten, dass Sie uns vielleicht behilflich sein könnten.«

»Wie kommen Sie denn darauf?«

»Nun ja, ich dachte, weil Sie sich doch seit Jahren intensiv mit der Geschichte Ihrer Familie beschäftigen. Sie dürften also inzwischen als ein Experte gelten, was die Historie der Familie Oberto betrifft. Als der Experte schlechthin. Nicht wahr?«

»Oh, da mögen Sie durchaus recht haben. Aber wissen Sie, da mein Vater erwartet, dass ich in seine Firma einsteige, werde ich diese Forschungen mit dem Abschluss meiner Arbeit beenden müssen.«

An dieser Stelle mischte sich Wolf wieder ein. »Und Sie richten sich nach dem, was Ihnen Ihr Vater vorschreibt?«

»Sagen wir mal, mein Vater hat diesen Wunsch geäußert, das trifft es besser. Und in meiner Familie ist es nicht üblich, dass sich der Sohn dem Vater widersetzt. Das ist bei uns eine jahrhundertealte Tradition, an der auch ich sicher nicht rütteln werde.«

»Das heißt, Sie würden alles tun, um den Wünschen Ihres Vaters zu entsprechen?«

Gianluca Oberto sah Wolf an, aber sein Blick war nicht fest, sondern flackernd. »Alles? Was meinen Sie damit?«

»Nun ja, alles, jeden Wunsch eben«, erklärte Wolf.

Gianluca Oberto schaute Wolf kurz an und wandte sich dann wieder an Flavotti. »Herr Ispettore, Sie haben mich sicher nicht aufgesucht, um mit mir über mein Verhältnis zu meinem Vater zu reden. Haben Sie ein bestimmtes Anliegen? Wenn nicht, könnten wir dieses Gespräch vielleicht beenden? Ich muss nämlich bald los in die Universität zu einem Doktoranden-Seminar.«

Flavottis Stimme klang kühl, als er antwortete: »Da haben Sie natürlich recht, Signor Oberto. Was ich Sie fragen möchte: Haben Sie denn nun schon mal etwas von der Oberto-Legende gehört?«

Gerade schien Gianluca ein wenig Sicherheit gewonnen zu haben, aber jetzt wippte der Fuß schneller denn je. »Natürlich, Signor Flavotti. Das ist aber keine große Leistung – jeder, der sich mit der mittelalterlichen Geschichte unserer Region beschäftigt, stößt irgendwann darauf.«

Flavotti nickte. »Gut. Haben Sie Hinweise darauf, dass dieses angebliche Vermächtnis Obertos I. früher zu Todesfällen geführt hat?«

Wolf hüstelte und sagte: »Genauer gesagt zu einer Mordserie. Sieben an der Zahl, begangen im jeweils 22. Jahr eines Jahrhunderts.«

»Ich hatte Ihnen ja neulich schon in der Uni gesagt, Signor Wolf, dass ich solche Hinweise gefunden habe. Aber endgültige Beweise, dass es so etwas gab, sind mir nicht bekannt.«

»Das heißt?«

»Das heißt, dass es Dokumente gibt, die solche Mordserien erwähnen, aber zweifelsfrei belegt sind sie nicht.«

»In Montalto?«

»Ja, in Montalto.«

»Im 22. Jahr?«

Gianluca nickte. »Gut, Ispettore, leider kann ich Ihnen wohl nicht weiterhelfen. Wenn das alles wäre, sind wir hier fertig. Falls Sie noch Fragen haben, können Sie sich gerne an meinen Vater wenden. Sie kennen ihn ja sicher.«

Flavotti und Wolf erhoben sich, und Gianluca ging voraus Richtung Tür. »Wir finden allein hinaus, Signor Oberto«, sagte Flavotti. Als er schon an der Treppe angelangt war, wandte er sich nochmals an ihn: »Eine kleine Bitte hätte ich noch: Könnten Sie uns mitteilen, was Sie zu den jeweiligen Tatzeiten gemacht haben? Gibt es Zeugen dafür? Reine Routine.«

*

Kurz darauf saßen Wolf und Flavotti wieder im Auto. Sie waren sich einig: Gianluca Oberto hatte sich äußerst merkwürdig verhalten. »Aber wir haben nichts gegen ihn in der Hand«, sagte Flavotti.

Wolf nickte. »Bei seinen Verbindungen dürfte es kein Problem sein, jemanden zu finden, der ihm ein Alibi liefert. Damit kommen wir nicht weiter.«

Der Ispettore startete den Motor. »Und nun?«

»Nun fahren wir zur Universitätsbibliothek. Ich will noch mal in den alten Zeitungsartikeln nachsehen – vielleicht gibt es weitere Parallelen zu den aktuellen Fällen.«

Am Tresen des Lesesaals empfing sie der junge Angestellte, den Wolf schon kannte. »Das geht leider nicht so schnell, Signor«, sagte er. »Wir können Ihnen den Zeitungsband frühestens morgen vorlegen.«

Daraufhin zückte Flavotti seinen Dienstausweis und hielt ihn dem Angestellten unter die Nase. »In einer Stunde?«

Einige der Bibliotheksgäste blickten auf, und der Angestellte nickte eifrig.

»Geht doch«, sagte Flavotti.

Als sie wieder draußen vor der Tür standen, schaute Wolf seinen Begleiter grinsend an.

»Was?«, fragte dieser.

»Das hätte ich Ihnen gar nicht zugetraut, alle Achtung.«

Sie gingen in eine Seitenstraße, bestellten in einem Café kalte Getränke und saßen exakt eine Stunde später an dem

Tisch in der Bibliothek. Und siehe da, kaum hatten sie Platz genommen, rollte der Angestellte einen Wagen heran, auf dem der schwere Zeitungsband lag. Wolf wusste in etwa, an welcher Stelle sich die Artikel zu den Morden befanden. Sie lasen nach: Zuerst war der Padre ermordet worden, dann eine alte Frau. Als Drittes war ein Junge gestorben, schließlich ein junger und dann ein alter Mann.

»Ich fasse es nicht«, flüsterte Flavotti, »die gleiche Reihenfolge wie jetzt.«

Wolf blätterte weiter. »Mal schauen, wer die letzten beiden Opfer waren.« Er fand zunächst den Artikel über den sechsten Mord. »Eine jüngere Frau«, sagte er. »Hm, davon gibt es selbst in Montalto ein paar.« Und der letzte? Wolf blätterte weiter. Als er den Artikel gefunden hatte, stockte ihm der Atem. Er las Flavotti leise die entscheidende Textstelle vor: »Bei dem siebten Opfer dieser schrecklichen Mordserie, die den ganzen Ort in Angst und Schrecken versetzt, handelt es sich um den Hausherrn eines der größten Häuser von Montalto: der Casa Principessa.«

KAPITEL 15

»Wenn der Täter sich an die Reihenfolge von 1921 und früher hält, dann ist das sechste Opfer eine junge Frau. Wir müssen unbedingt versuchen, sie zu schützen«, sagte Sebastian Wolf, während er auf dem Beifahrersitz saß und auf das blaue Meer blickte. In der Ferne erkannte er einige kleinere Jachten, ein paar Segelschiffe und weit draußen gerade so eben am Horizont noch ein großes Schiff.

»Aber wie wollen wir das machen? Ich kann unmöglich den ganzen Ort räumen lassen. Selbst wenn man den großen Aufwand mal beiseitelässt – so ein Schritt würde unter den Leuten für Panik sorgen und Journalisten aus ganz Italien anlocken.«

Wolf schnaubte. »Aus allen Teilen der Erde, darauf können Sie wetten.«

Flavotti musste abbremsen, weil vor ihm ein langsamer Lkw fuhr. Als er wieder Gas gab und zum Überholen ansetzte, sagte er: »Und wenn ich nur alle jungen Frauen wegbringen lasse?«

Wolf schüttelte den Kopf. »Das würde nichts bringen, der Effekt wäre der gleiche. Außerdem wäre die Frage, was der Täter unter ›jung‹ versteht – bis 20 oder bis 30?«

Der Ispettore musste ihm recht geben. Eine Weile sagte keiner von beiden etwas, dann setzte Flavotti wieder an: »Wir müssen auch darüber reden, dass Sie in Gefahr sind. Der Bewohner der Casa Principessa ist schließlich möglicherweise das siebte Opfer.«

Natürlich hatte Wolf daran auch schon gedacht. Er versuchte, die Sache auf die leichte Schulter zu nehmen. »Richtig. Aber ich bin ja erst der übernächste, wir haben also noch Zeit mit den notwendigen Maßnahmen.« Als Flavotti nichts sagte, sondern angestrengt auf die Straße schaute, schob er nach: »Entschuldigung, das war geschmacklos. Natürlich müssen wir unbedingt verhindern, dass es zu Mord Nummer sechs kommt.«

Der Ispettore blickte ihn von der Seite an. »Und Mord Nummer sieben sollte auch unbedingt vermieden werden.«

Als sie beim Kommissariat vorfuhren, bat Flavotti Wolf in sein Büro, um die nächsten Schritte zu besprechen. »Wir können doch nicht einfach nichts tun und abwarten, bis der Täter wieder zuschlägt.«

»Erhöhen Sie die Präsenz der Polizei – überall im Ort«, schlug Wolf vor.

»Das werde ich veranlassen. Und ich werde die Bewohner von Montalto durch direkte Ansprache warnen lassen«, sagte Flavotti. Im selben Augenblick fiel sein Blick auf den Stapel Zeitungen, den die Sekretärin auf den Schreibtisch gelegt hatte. »Berühmter Autor unschuldig. Aber wer ist der Mörder?«, »Mord Nummer fünf. Polizei jagt noch immer den Täter« – so und so ähnlich lauteten die Schlagzeilen. Einige Blätter hatten die neueste Entwicklung auch kommentiert, und die Behörden kamen nicht gut dabei weg. Über einem Artikel stand: »Wer schützt uns vor dieser Polizei?« Flavotti hielt zwei Zeitungen in die Höhe, sodass auch Wolf die Schlagzeilen lesen konnte. »Ein ganz schönes Rauschen im Blätterwald«, murmelte er. »In den sozialen Medien sieht es noch schlimmer aus.« Auf einem Notizblock hatte die Sekretärin Presseanfragen notiert, darunter auch eine des größten staatlichen TV-Senders für die Hauptnachrichten am Abend.

»Sie werden noch zu einem echten Star«, sagte Wolf und grinste.

Aber Flavotti war nicht zum Lachen zumute. Der Ispettore griff zum Telefonhörer und wies die Sekretärin an, alle Presseanfragen abzulehnen und keine Journalisten durchzustellen.

Dann rief er nach einem Uniformierten. »Petrocelli! Eine Bitte: Geben Sie doch an Ihre Kollegen in Montalto durch, dass sie alle Zugänge in den Ort kontrollieren sollen.«

Der Polizist hatte die zwei obersten Knöpfe seines Hemdes geöffnet, anders war die Hitze nicht zu ertragen. »Mache ich, Ispettore. Aber dafür brauchen wir mehr Leute.«

»Wie viele?«, fragte Flavotti.

»Es gibt vier Zugänge zum Ort, also benötigen wir acht Kontrolleure. Wenn zusätzlich Patrouillen durch das Dorf laufen sollen, brauchen wir mindestens zwölf, besser 14 Männer.«

Flavotti nickte. »Okay, dann müssen wir von irgendwoher Verstärkung bekommen. Ich kümmere mich gleich darum.«

Als Petrocelli das Büro wieder verlassen hatte, sagte Wolf: »Ich bezweifle, dass wir damit wirklich alles abdecken. Der Täter scheint sich in dem Ort auszukennen und wird einen Weg finden. Es gibt zu viele verwinkelte Gassen, leer stehende Häuser und andere Verstecke.«

Flavotti schüttelte den Kopf und blickte finster drein. »Das ist mir bewusst, aber es wird ihm die Arbeit auf jeden Fall erschweren, wenn die Polizei präsenter ist.«

Wolf erhob sich aus seinem Sessel. »Gut, Ispettore, ich möchte Sie nicht von der Arbeit abhalten. Ich mache Ihnen einen Vorschlag: Warum ziehen Sie nicht zu mir in die Casa Principessa, bis der Spuk vorbei ist? Dann wären Sie direkt vor Ort und könnten sofort eingreifen und alles persönlich überwachen. Es gibt zwei freie Schlafzimmer.«

Flavotti überlegte. »Das macht Sinn. Und es wäre ein zusätzlicher Schutz für Sie. Wenn Ihnen das nichts ausmacht?«

Wolf schüttelte den Kopf.

»Gut, dann komme ich heute Abend.«

*

Am Nachmittag kehrte Wolf in die Casa Principessa zurück. Nach einer erfrischenden Dusche rief er im »La Forchetta d'Oro« an. Er musste nicht lange warten, bis er ihre vertraute Stimme hörte. »Hallo«, sagte er, »ich vermisse Jackie.«

Melanie tat empört.: »Waaas, du vermisst Jackie? Na, vielen Dank auch!«

»Und dich natürlich auch«, fügte er beschwichtigend hinzu.

»Das wollte ich aber auch gemeint haben. Heute Abend kann ich mich leider nicht frei machen, aber ich könnte gleich zu dir kommen und Jackie mitbringen.«

Der Gedanke, Melanie gleich in die Arme schließen zu können, gefiel ihm. Sie vereinbarten, dass sie wieder an die Wasserstelle unten im Tal gehen würden.

Als Melanie 20 Minuten später bei der Casa Principessa eintraf, war Wolf schon startklar. Jackie begrüßte ihr Herrchen so enthusiastisch, dass Wolf Melanie kaum Beachtung schenken konnte. Sie hatte wie immer ein kleines Fresspaket dabei. Ich muss aufpassen, dass ich mich nicht zu sehr daran gewöhne, dachte er, während sie gemeinsam den Weg zum Wasser spazierten. Es war heiß und sie waren wieder ganz allein am Wasserfall, sodass sie nackt ins Wasser gingen. Später rollten sie eine Decke aus und verputzten die mitgebrachten Sandwiches. Er erzählte Melanie, dass in den historischen Zeitungsartikeln der Bewohner der Casa Principessa als letztes Opfer der Mordserien genannt wurde.

Melanie sah ihn beunruhigt an. »Du musst sofort das Haus verlassen. Du darfst auf keinen Fall dort bleiben. Komm zu mir!«

Ein verlockender Gedanke, immer in ihrer Nähe zu sein, fand Wolf. Trotzdem lehnte er ihr Angebot ab. »Im Moment besteht noch keine Gefahr.«

»Weil erst noch Opfer Nummer sechs an der Reihe ist?«, fragte Melanie.

Er nickte. »Das ist eigentlich zynisch – meine Sicherheit bedeutet Gefahr für einen anderen Menschen.«

»Das ist ja nicht deine Schuld«, sagte sie.

Um sie zu beruhigen, erzählte er, dass am Abend Flavotti bei ihm einziehen würde.

»Und die Patrouillen werden verstärkt?«

Er nickte.

»Und die Dorfeingänge sollen bewacht werden?«

Er nickte erneut.

»Na gut«, sagte sie, aber wirklich überzeugt wirkte sie nicht. »Was wollt ihr wegen des potenziellen sechsten Opfers tun? Ich meine, jüngere Frauen gibt es ja mehrere in Montalto.« »Flavotti hat veranlasst, dass die Dorfbewohner noch mal eindringlich gewarnt werden, in der Dunkelheit ihre Häuser zu verlassen.«

»Welches Alter ist denn mit ›jung‹ gemeint?«, fragte sie.

»Keine Ahnung. Vielleicht zwischen 18 und Mitte oder Ende 20. Du bist jedenfalls nicht gefährdet.«

Melanie spielte erneut die Empörte: »Oh, Signor Wolf hat heute wohl den Schalk im Nacken. Na warte!« Sie stürzte sich auf ihn, und er tat so, als würde er sich wehren. Doch schnell wurde die spielerische Balgerei zärtlicher. Die Sonne brannte auf ihre nackte Haut, der Wasserfall rauschte unentwegt und sie vergaßen vollkommen die Welt um sich herum.

*

Wie sah es jetzt wohl in Montalto aus? Sicher war wieder Polizei im Ort. Alles andere wäre überraschend – der Täter war schließlich noch auf freiem Fuß. Er beschloss, am Abend früher loszufahren als ursprünglich geplant, um im Schutz der Dunkelheit die Lage nochmals zu erkunden. Es würde auch diesmal alles gut gehen. Eigentlich taten ihm alle Opfer leid, denn sie konnten ja nichts für das, was vor 900 Jahren geschehen war. Manchmal, in schwachen Augenblicken, wenn er allein war mit seinen Gedanken und Gefühlen, ja, dann würde er am liebsten alles hinschmeißen. Doch wer war er, dass er solche Gedanken hatte? Wer war er, dass er sich anmaßte, Mitleid mit den sieben Opfern zu haben? Wer war er, die Aufgabe infrage zu stellen? Er öffnete seine kleine Schale, holte den Spiegel, ein Stück zusammengerolltes Papier und ein Tütchen mit dem weißen Pulver hervor, schüttete vorsichtig etwas davon auf den Spiegel, nahm die Papierrolle und sog das Pulver auf. Er spürte, wie das Zeug durch seine Nase bis in den Rachen schoss. Er schüttelte ein paarmal den Kopf, öff-

nete eine Wasserflasche und nahm einen kräftigen Schluck. Jetzt war er wieder stark. Nichts würde ihn noch stoppen können.

*

Mario Flavotti stellte eine Sporttasche ab und blickte sich um. »Ihr Reich«, sagte Wolf und drehte sich einmal um sich selbst. Das Größere der beiden Schlafzimmer im oberen Stockwerk war sehr geräumig und verfügte über ein zwei mal zwei Meter großes, altes Holzbett. Als Flavotti sich daraufsetzte, stellte er fest, dass die Matratze hart war und nicht durchgelegen, wie er es erwartet hatte. Neben einem großen, alten Kleiderschrank und einer ebensolchen Kommode gab es eine Badewanne, die auf geschwungenen Goldfüßen frei im Raum stand. Das Wasser ließ man aus dem Maul eines vergoldeten Löwen mit beeindruckender Mähne ein.

»Falls Sie Lust auf ein Bad haben«, sagte Wolf.

»Vielleicht lasse ich die Wanne mit eiskaltem Wasser volllaufen und lege mich rein, wenn es nicht bald kühler wird.«

Nachdem Flavotti sich eingerichtet hatte, kam er hinunter in den ersten Stock, wo der Hausherr in der Küche ein Abendessen zubereitete. »Spaghetti Carbonara – eines der wenigen Gerichte, die ich ansatzweise beherrsche«, erklärte er und nickte Richtung Terrasse: »Setzen Sie sich ruhig schon draußen hin, das Essen ist sofort fertig.«

Flavotti ging hinaus und stellte fest, dass der Tisch bereits gedeckt war. Er trat an das Geländer und blickte über die Hausdächer auf die grünen Berge gegenüber. »Sie haben einen wundervollen Ausblick hier«, rief er in die

Küche. Da erschien Wolf mit zwei Tellern voller dampfender Nudeln.

»Wein?«, fragte er, nachdem er sie auf dem Tisch abgestellt hatte.

»Klingt zwar verlockend, aber besser nicht – ich bin ja praktisch im Dienst und sollte fit bleiben.«

Wolf stimmte ihm zu, räumte die Weingläser weg und füllte die Wassergläser. Dann wies er auf das Essen. »Guten Appetit.«

Sie plauderten über alles Mögliche, bis die Dunkelheit die letzten Reste der Abenddämmerung aufgesaugt hatte. Schließlich reckte Flavotti sich und sagte: »Ich glaube, es ist Zeit, einen Kontrollgang durch das Dorf zu machen.« Wolf bot an mitzugehen, schließlich musste Jackie ohnehin noch mal raus.

Flavotti hatte drei Zweierteams aufgestellt, die rund um die Uhr durch das Dorf patrouillierten. So klein, wie Montalto war, dauerte es nicht lange, bis sie der ersten Patrouille begegneten. Sie überquerte gerade eine Brücke über ihren Köpfen.

»Guten Abend, Ispettore«, sagte einer der beiden Polizisten.

»Guten Abend, Guiliani, alles okay?

»Ja, keinerlei Vorkommnisse. Man glaubt gar nicht, wie ausgestorben dieses Dorf ist.«

»Wann werden Sie abgelöst?«

»Um sechs Uhr morgen früh.«

»Das ist eine lange Nacht«, sagte Wolf.

»Ach, Dienst ist Dienst. Und wir müssen unbedingt dieses Schwein finden.«

Sie verabschiedeten sich, und die Carabinieri verschwanden am Ende der Brücke.

»Haben Sie Verstärkung bekommen?«, fragte Wolf. »Das Kommissariat von Imperia hat doch sicher nicht genug Kräfte, oder?«

Flavotti erklärte ihm, dass die Kollegen aus Sanremo angewiesen worden waren, ihn zu unterstützen. »Der Fall hat inzwischen höchste Priorität. Ich gehe davon aus, dass spätestens am Montag ein Nachfolger für Brignone gefunden ist, der das Kommando übernimmt.«

Flavotti wollte die Zugänge zum Dorf kontrollieren, und so gingen sie zunächst zu dem unteren, der an der Straße lag. Hier führte eine Gasse längs der Autostraße ins Dorf und nach einer scharfen Kurve in das Gassengewimmel von Montalto. Zwei Polizisten hielten Wache. Als sie ihren Chef erkannten, sprangen sie auf.

»Schon gut, schon gut«, sagte Flavotti. »Irgendetwas Ungewöhnliches?«

»Nichts«, lautete die Antwort. »In den letzten zwei Stunden sind hier zwei auswärtige Personen durchgekommen, die ins Restaurant wollten. Seit es dunkel ist, niemand mehr.«

Flavotti und Wolf gingen die Straße bergauf. Der Blick von hier reichte bis ins Valle Argentina; hin und wieder waren in der Ferne schwache, kleine Lichter zu erkennen – Scheinwerfer vorbeifahrender Autos, die sich die Straße hinauf- oder hinunterbewegten. Nach wenigen Minuten erreichten sie den Zugang zum Dorf, dem gegenüber wie auf einer Plattform der Parkplatz lag, auf dem Wolf seinen Mercedes geparkt hatte. Auch hier waren kaum Menschen vorbeigekommen, wie die beiden Polizisten, die hier Wache hielten, berichteten.

Schließlich gingen Wolf und Flavotti zurück zur Casa Principessa. Sie setzten sich wieder auf die Terrasse und genossen die Ruhe. Die Nacht war so warm, dass sie kaum noch Abkühlung zu bieten schien. Sie blickten auf die dunklen Hügel auf der gegenüberliegenden Seite des Tals, die schwach im Mondlicht zu erkennen waren. Grillen zirpten und irgendwo miaute eine Katze.

»Sie haben keinen Grund, unruhig zu sein. Das Dorf ist gesichert, die Bewohner wurden aufgefordert, in ihren Häusern zu bleiben, und zwar nicht allein, sondern mindestens zu zweit«, beruhigte Wolf den nervösen Flavotti.

Flavotti nickte. »Sie haben ja recht. Alle eingesetzten Polizeibeamten wissen, wo sie mich finden, und wir können uns jederzeit über unsere Funkgeräte verständigen. Im Moment ist nur Betrieb im Restaurant von Signora Oberdorf. Aber dort wird ja kaum jemand allein sein, und ich kann ihr nicht vorschreiben, das Lokal zu schließen.«

Wolf schaute besorgt drein. Dann sah er auf seine Armbanduhr. »Es ist bald Mitternacht, lassen Sie uns zu Bett gehen.«

*

Als er im Bett lag, fand Wolf keine Ruhe. Er wälzte sich hin und her, sodass Jackie auf den kleinen Sessel in der Ecke des Raumes floh. Er starrte in die Dunkelheit, die Wärme war lästig, alle möglichen Gedanken schwirrten ihm im Kopf herum. Dann fiel er in einen unruhigen Schlaf. Irgendwann wachte er wieder auf. Er sah auf seine Uhr: 2.25 Uhr. Ein brennender Durst hatte ihn geweckt. Er wuchtete sich aus dem Bett und tappte durch das Dunkel zur Tür. Er knipste den Lichtschalter an und kniff die Augen zusammen. In der Küche griff er nach der Wasserflasche auf dem Tisch, schraubte sie auf und trank gierig. Er wartete einen kleinen Augenblick und nahm einen weiteren Schluck. Wie gut das Nass in der Kehle tat, das kratzige Gefühl verschwand. Er nahm einen dritten kräftigen Schluck, verschloss die Flasche wieder und stellte sie zurück auf den Tisch. Daneben lag sein Handy. Er warf einen kurzen Blick auf das Display – Melanie hatte versucht, ihn zu erreichen. Sie hatte eine Nachricht hinterlassen. Erst rauschte es, dann hörte Wolf jemanden schwer atmen. Melanies Stimme war zu hören. Sie flüsterte: »Hallo, Sebastian … Ich rufe aus dem Restaurant an … Alle anderen sind schon weg … Irgendetwas stimmt hier nicht … Irgendwer ist hier … Wenn du das abhörst, kannst du rasch vorbeikommen?« Wieder atmete sie schwer. Wolf hatte den Eindruck, als wollte sie noch etwas sagen, aber dann war der Anruf beendet. Er erstarrte. Einen Moment dauerte es, bis er aus seiner schläfrigen Trance erwacht war und begriff, was er gerade gehört hatte. Der Anruf war um 1.12 Uhr eingegangen. »Nein, nein, nein, nein, nein, nein!«, rief er halblaut. Seine Hand zitterte, als er auf Rückruf drückte. Er hörte das Tuten in der Leitung. Melanie nahm nicht ab. »Scheiße!«, rief er. »Scheiße, Scheiße, Scheiße!« Panik machte sich in ihm breit. Er zog sich eine Hose über die Boxershorts und lief ins Wohnzimmer und die Treppe hinunter. Doch auf halber Höhe machte er kehrt und lief nach oben in das zweite Stockwerk. Flavotti! Der Ispettore war ja noch da. Er hämmerte gegen die Tür des Schlafzimmers und rief laut: »Flavotti, wachen Sie auf! Irgendetwas ist im Restaurant passiert, Melanie hat angerufen. Wir müssen hin, ich laufe vor.« Er wartete nicht auf eine Reaktion, aber er war sich sicher, dass Flavotti ihn nicht hatte überhören können, selbst wenn er einen sehr tiefen Schlaf hatte.

Dann rannte er los. Er lief den kürzesten Weg zum »La Forchetta d'Oro«, doch die Strecke kam ihm unendlich lang vor. Von den Polizeistreifen war nichts zu sehen. Erst wollte er einfach laut rufen, in der Hoffnung, irgendeiner der Polizisten würde ihn hören. Doch er brachte kein Wort heraus. Melanie, dachte er. Nein, nein, nein ... bitte, lieber Gott, nicht das! Nicht das! Schließlich erreichte er das Restaurant. Die bunten Glühbirnen draußen waren noch eingeschaltet. Das war ungewöhnlich, denn sie wurden stets ausgeknipst, wenn das Restaurant nicht geöffnet war. Er drückte die Klinke herunter und die Tür schwang auf. Im Schankraum unten brannten die Lichter, als herrschte Betrieb, aber es war niemand zu sehen. Er rief Melanies Namen, ohne eine Antwort zu bekommen. Er rannte hinter den Tresen, er schaute in den Raum, der hinten vom Schankzimmer abging. War sie vielleicht schon zu Hause und lag friedlich im Bett? Aber in dem Fall wären die Lampen ausgeschaltet und die Tür verschlossen. Wolf ging zur Treppe, die zur Terrasse hochführte. Er nahm immer zwei Stufen auf einmal und überquerte oben die kleine schmale Brücke, die über die Gasse unter ihr führte. Auch hier brannten noch alle Lampen, aber es war kein Mensch zu sehen. Oder doch. In der Mitte der Terrasse stand ein Stuhl und Wolf erkannte sofort, dass es Melanie war, die mit dem Rücken zu ihm saß. »Oh, Melanie, Gott sei Dank!«, rief er. »Ich dachte schon, dir sei etwas passiert!« Doch sie bewegte sich nicht. Wolf ging die vielleicht zwölf Schritte, bis er den Stuhl erreicht hatte, und fasste ihr von hinten an die Schulter. In diesem Augenblick kippte sie weg. Er konnte sie gerade noch auffangen, bevor sie vom Stuhl sank. Ihr Körper war schlapp und schwer und bewegte sich nicht. »Melanie?«, fragte er. Doch sie antwortete nicht, sondern starrte ihn mit weit aufgerissenen Augen an. Erst jetzt erkannte er, dass sie tot war.

Wolf traute seinen Augen nicht. Er glaubte, sich in einem seiner absurden Träume zu bewegen, die er manchmal hatte. Einen Moment lang stand er nur da und starrte auf sie hinab. Ihm wurde bewusst, dass er nicht träumte – sie war tot. Er sank vor ihr zu Boden. »Melanie, nein, nein, nein …« Er spürte einen unendlichen Schmerz in sich aufsteigen, einen Schmerz, der jede andere Empfindung überstrahlte und ihn der Fähigkeit beraubte zu denken. Er hockte vor dem Körper, der schlaff auf dem Stuhl saß. Er legte seinen Kopf in ihren Schoß, ergriff ihre noch warme Hand und weinte. Er hatte kein Gefühl dafür, wie lange er so verbracht hatte, aber plötzlich hörte er Schritte die Treppe hinaufkommen und über die Brücke laufen.

»Was ist passiert?« Es war die Stimme Flavottis. »Oh mein Gott«, rief er, als er Wolf und Melanie erreicht hatte. »Das kann doch nicht wahr sein! Ist sie …?«

Wolf blickte auf, nickte kaum merklich und beendete den Satz: »… tot.«

Flavotti schien genauso perplex wie er selbst, aber er fing sich schneller wieder, während Wolf noch immer auf dem Boden saß und Melanies Hand hielt. Der Ispettore lief hin und her. »Das kann doch nicht … Bleiben Sie hier, ich hole Verstärkung. Seien Sie vorsichtig, vielleicht ist der Täter noch irgendwo.« Dann lief er zur Brücke zurück und Wolf hörte ihn die Treppe hinunterlaufen.

*

Flavotti trat in die dunkle Gasse hinaus, das Herz schlug ihm bis zum Hals. In der Hektik hatte er sein Handy und das Funkgerät in der Casa Principessa vergessen. Ein unverzeihlicher Fehler, ärgerte er sich über sich selbst. Es gab zwei Streifen, er musste sie finden. Vielleicht war der Täter noch im Dorf. Er lief planlos nach links die Gasse hinauf. Sollte er nach Hilfe rufen? Aber dann würden die Einwohner aufmerksam und einen Menschenauflauf wollte er unbedingt vermeiden. Angst hatte sich ohnehin schon in Montalto breitgemacht, die musste man nicht unbedingt auch noch weiter schüren. Er lief weiter und traf schließlich auf eine der beiden Streifen, die gerade über eine Brücke ging.

»Haben Sie nichts gehört oder gesehen?«, fragte er.

Sie verneinten.

»Gut, informieren Sie die Kollegen und suchen Sie das Dorf ab. Jede Ecke, jeden Winkel. Ich versuche, Verstärkung zu bekommen, aber sie wird zu spät eintreffen, um den Täter zu schnappen, falls er sich noch im Dorf aufhält. Er muss eine Möglichkeit kennen, in den Ort zu gelangen, ohne die offiziellen Zugänge zu benutzen. Die Wachen dort sollen auf Position bleiben, vielleicht versucht er ja, über einen der Ausgänge zu fliehen.«

Flavotti lief zurück zum »La Forchetta d'Oro«. Ich muss mich um Wolf kümmern, dachte er. Aber vorher ging er im Schankraum zum Telefon hinter dem Tresen und rief das Kommissariat in Imperia an, um die Spurensicherung anzufordern. »So schnell wie möglich«, wies er den Kollegen an. Dann rannte er zur Casa Principessa, holte das Handy und das Funkgerät aus seinem Schlafzimmer im obersten Stockwerk und lief wieder zurück zu Sebastian Wolf.

Wolf saß noch immer vor der toten Melanie auf dem Boden und hielt ihre Hand. »Kommen Sie, Wolf, ich helfe

Ihnen hoch«, sagte er. Mühsam zog er Wolf auf einen Stuhl. Alle Kraft schien aus Wolfs Körper gewichen zu sein.

»Die jüngere Frau«, sagte er, mehr zu sich selbst als zu Flavotti. »Jetzt wissen wir, wen er sich ausgesucht hat. Aber warum ausgerechnet Melanie? Wie hat er es geschafft, an den Wachen vorbeizukommen? Dass er den Patrouillen ausweichen konnte, wundert mich nicht, aber er muss einen anderen Weg ins Dorf kennen.« Wolf schaute ihn an, und aus seinem Blick war jetzt nicht mehr nur Trauer zu lesen, sondern noch etwas anderes: Entschlossenheit. »Wir werden dieses Schwein finden. Wir müssen!«

Es war kurz vor dem Morgengrauen, als endlich Doktor Fabbri und das Team der Spurensicherung eintrafen. »Entschuldigen Sie, dass es so lange gedauert hat, Ispettore. Wie ich höre, haben Sie die Ermittlungen übernommen, weil der Commissario abgezogen wurde?«

Flavotti konnte aus Fabbris Tonfall nicht heraushören, ob er die Entscheidung gutheißen oder bedauern sollte. Er wusste nur: Fabbri und Brignone arbeiteten seit vielen Jahren zusammen. Er ging auf die Worte des Doktors nicht ein, sondern zeigte auf die Leiche.

Fabbri nickte Wolf zu. Dann beugte er sich zu der Leiche herunter und begann, sie mit einer Taschenlampe zu untersuchen. Schnell richtete er sich wieder auf: »Es wird Sie kaum überraschen, Flavotti: Auch dieses Opfer wurde offenbar mit einem dünnen Seil erdrosselt. Ich kann, zumindest auf den ersten Blick, keine Spuren eines Kampfes erkennen. Das muss ich natürlich noch genauer untersuchen, aber es scheint mir so, dass der Angriff überraschend von hinten kam, sodass eine Gegenwehr praktisch unmöglich war.«

In diesem Augenblick meldete sich einer der Polizisten über Funk. »Ja, haben Sie etwas gefunden?«, fragte der Ispettore.

»Absolut nichts, Chef, rein gar nichts. Was sollen wir tun? Bald kommt unsere Ablösung.«

Flavotti überlegte kurz und ordnete dann an: »Informieren Sie die Kollegen und sagen Sie ihnen, der Befehl lautet, dass sie weiterhin die Kontrollen machen und jeden, der das Dorf verlässt oder betreten will, überprüfen sollen.« Zu Wolf sagte er: »Sie sollten sich ausruhen. Lassen Sie uns in die Casa Principessa gehen.«

Wolf nickte. Als sie dort ankamen, begrüßte Jackie die beiden Männer lebhaft, als sei nichts geschehen.

»Ich muss nach Imperia aufs Kommissariat, komme aber so bald wie möglich zurück«, sagte Flavotti. »Bitte versuchen Sie, sich etwas auszuruhen, denn noch immer lebt ein potenzielles Opfer des Täters – und das sind Sie. Wir müssen überlegen, wie wir damit umgehen. Vorerst postiere ich zwei Wachen unten vor der Tür.« Dann ließ er Wolf allein und trat vor die Tür. Er funkte zwei Kollegen einer Streife an und bat sie, zur Casa Principessa zu kommen. Als sie ein paar Minuten später eintrafen, gab er ihnen die notwendigen Anweisungen.

»Warum bekommt der deutsche Buchautor Personenschutz?«, fragte einer der Polizisten. »Weil er möglicherweise das nächste Opfer ist«, erklärte Flavotti ihm. »Ich gehe zwar nicht davon aus, dass der Mordversuch in den nächsten Stunden oder überhaupt am Tag stattfinden wird, aber das wissen wir natürlich nicht. Sollte Signor Wolf das Haus verlassen, begleiten Sie ihn.«

KAPITEL 16

Dann stieg Flavotti in seinen Wagen und fuhr nach Imperia. Die Reaktionen auf Flavottis neue Stellung waren gemischt. Die einen mochten den jungen Ispettore und hatten ihn als stets freundlichen Mann kennengelernt. Die anderen sahen in ihm einen Karrieristen, dem es gelungen war, den eigentlichen Chef beiseitezuräumen. Alberti Brignone war kein beliebter Vorgesetzter, aber die älteren Kollegen, von denen einige viele Jahre mit ihm zusammengearbeitet hatten, hatten sich an ihn gewöhnt. Aber alle teilten die Meinung, dass ein junger Ispettore nach nur einem halben Jahr Erfahrung mit dieser Mordserie überfordert war. Flavotti sah es an ihren Gesichtern und ihm entging auch nicht das Tuscheln hinter seinem Rücken. Er setzte sich an den Schreibtisch in seinem Büro. Es war noch zu früh, um den Leitenden Polizeidirektor anzurufen, aber er musste ihn über den neuen Mordfall informieren. Das würde ein unangenehmes Gespräch werden, da war er sich sicher. Flavotti spürte, wie die Müdigkeit von seinem Körper und seinem Geist Besitz ergreifen wollte, aber er durfte ihr auf keinen Fall nachgeben. Er holte sich einen Kaffee und trank ihn im Stehen neben der Kaffeekanne. Er war zwar lauwarm – vermutlich ein Überbleibsel der Nachtschicht –, aber Flavotti schenkte sich eine zweite Tasse ein und nahm sie mit in sein Büro. Er setzte sich wieder und dachte nach. Die arme Melanie Oberdorf. Er hatte sie zwar kaum gekannt, aber sie war ihm sehr sympathisch gewesen. Und Wolf? Als er mit ihm das erste Mal bei der Zeugenbefragung in der Casa Principessa gesprochen hatte, war er so begeistert über die Begegnung mit einem so bekannten Autor gewesen, dass er sich gar keine Gedanken darüber gemacht hatte, ob er ihn nett fand. Inzwischen war ihm klar, dass er Sebastian Wolf mochte. Und er glaubte, dass das auf Gegenseitigkeit beruhte. Er empfand Mitgefühl für den Autor. Er wusste ja, dass die beiden Deutschen etwas miteinander verband.

Hätte er den Tod der Frau verhindern können? Hatte er wirklich alles getan, was möglich war? Hätte er vielleicht doch einfach das Dorf räumen lassen sollen? Natürlich, eine solche Entscheidung hätte gar nicht er treffen können, das hätte seine Kompetenzen weit überschritten. Aber er hatte nicht einmal den Vorschlag gemacht. Schließlich hatte er mehr Einblick in den Fall als die vorgesetzten Stellen in Genua. Flavotti spürte, wie ihm immer unwohler wurde. Er griff sich an den Hals, um seinen Hemdkragen zu lockern, und erst da merkte er, dass er noch immer die Jeans und das T-Shirt trug, die er vergangene Nacht in Windeseile angezogen hatte, als Wolf an seine Tür gehämmert hatte.

Er griff zum Telefonhörer, atmete tief durch und wählte die Nummer von Polizeidirektor Vitale. Als dieser sich meldete, berichtete er ihm, was vergangene Nacht geschehen war.

Vitale hörte überraschend gefasst zu, aber als Flavotti ihm berichtete, dass das nächste Opfer vermutlich Sebastian Wolf sein würde, wurde er unruhig. »Nicht auszudenken, wenn diesem Mann etwas zustößt, hier bei uns. Das würde uns alle Kopf und Kragen kosten. Also, Ispettore, Sie bekommen jede erdenkliche Hilfe, die Sie benötigen. In wenigen Tagen kommt Brignones Nachfolger und übernimmt die Leitung. Sehen Sie zu, dass bis dahin nichts passiert.«

Flavotti bat um acht bis zehn weitere Polizisten. »Ich verspreche Ihnen, mein Bestes zu geben.«

»Ich hoffe, das reicht«, brummte Vitale. »Halten Sie mich persönlich auf dem Laufenden, und zwar rund um die Uhr.«

Als er aufgelegt hatte, war Flavotti halbwegs erleichtert. Das Gespräch war weniger schlimm verlaufen, als er befürchtet hatte. Aber er wusste, dass der Druck, der auf ihm lastete, groß war. Er ahnte, dass ein Versagen in den kommenden Tagen seiner Karriere als Kriminalpolizist einen schweren Schlag versetzen konnte. Seiner Karriere, die doch noch gar nicht richtig begonnen hatte. Doch er riss sich zusammen, es war jetzt keine Zeit für Selbstmitleid.

*

Kaum war Flavotti gegangen, überfiel Sebastian Wolf erneut die Verzweiflung. Melanie! Gerade hatte er angefangen, sich wieder einer Frau zu öffnen, dieser Frau. Jahrelang war er sich sicher gewesen, dass das niemals wieder möglich sein würde – bis Melanie gekommen war. Jetzt war sie tot. Nein, das konnte gar nicht sein. Sie konnte nicht tot sein, durfte es nicht. Er rang mit sich, wollte die grausame Wahrheit nicht realisieren. Unruhig lief er durch das Haus. Er wusste nicht, was er tun sollte. Wie begann man einen Tag, an dessen Anfang seine Liebe ermordet worden war? Wie bewältigte man das? Wolf hatte keine Ahnung. Wie hatte er seine Figuren in solchen Momenten beschrieben, fragte er sich. Doch ihm fiel keine einzige seiner Romanfiguren ein. Außerdem handelte es sich um Kunstprodukte, nicht um die reale Welt.

Schließlich wählte er die Nummer seines Freundes Martin in Hamburg. Es war früh, also würde Wolf ihn wahrscheinlich noch zu Hause erreichen.

»Müller«, meldete sich Martin.

Sofort brach es aus Sebastian heraus: Er erzählte von Melanies Tod, davon, wie sehr ihr Verlust ihn schmerzte, und was sich in der kurzen Zeit zwischen ihnen entwickelt hatte. Die beiden sprachen lange miteinander. Wolf merkte, wie gut es tat, Martins vertraute Stimme zu hören.

Schließlich kam Wolf auf die Oberto-Legende und seine jüngsten Erkenntnisse zur geplanten Reihenfolge der Opfer zu sprechen.

»Du sagst, der Täter habe seine Opfer offenbar von Anfang an festgelegt. Dann müsste doch auch das siebte und letzte Opfer feststehen. Habt ihr eine Ahnung, wer das sein könnte? Die Person muss doch sofort unter besonderen Schutz gestellt werden.«

Wolf wusste, dass er nicht darum herumkam, seinem Freund die Wahrheit zu sagen. »Das letzte Opfer soll der Bewohner der Casa Principessa sein.«

»Bitte was?«, rief Martin entgeistert. »Bist du sicher?«

»Nun, wir können natürlich nicht wissen, ob der Täter aus irgendeinem Grund die frühere Reihenfolge missachtet. Aber da bis jetzt alles so ablief wie 1921, gehen wir davon aus.«

»Also eigentlich sollte ich das nächste Opfer sein«, sagte Martin.

»Ja«, antwortete Wolf kleinlaut.

»Sebastian, bitte tu mir einen Gefallen: Packe sofort alle deine Sachen zusammen, schnapp dir Jackie und verlass das Haus. Setz dich ins Auto und komm zurück nach Hamburg!«

»Nein, Martin, das werde ich nicht tun. Ich werde hierbleiben und dabei helfen, diesen Wahnsinnigen zu fassen. Das bin ich Melanie schuldig.«

»Und wie willst du das anstellen? Das hier ist das reale Leben, nicht eins deiner Bücher, mein Freund. Überlass das der Polizei.«

»Ich werde mich als Lockvogel zur Verfügung stellen. Auf diese Weise werden wir den Täter schnappen.«

»Verdammt, Sebastian, hoffentlich weißt du, was du tust. Wenn ich das alles Anna erzähle … Was sagt denn dein Ispettore zu deinem Plan?«

»Der weiß noch gar nichts davon.«

*

Als er das Gespräch beendet hatte, fühlte sich Sebastian Wolf etwas besser. Er gab Jackie Futter und ließ sie hinaus. Erst jetzt bemerkte er die Wachen vor der Tür. Er bat die beiden Polizisten, Jackie die Tür zu öffnen, wenn sie von ihrer Runde zurückkehrte, dann ging er wieder nach oben. Er war noch immer aufgekratzt, aber er spürte auch Müdigkeit, und so legte er sich auf das Bett. Er hatte keine Ahnung, wann Flavotti wiederkommen würde. Dann würde er dem Ispettore von seiner Idee erzählen. Der wäre bestimmt nicht begeistert, aber Wolf wollte sich auf keinen Fall davon abbringen lassen. Irgendwann, als er auf dem Bett lag, sah er plötzlich Melanie. Sie saß auf einem Stuhl, schaute ihn an und lachte. Der Stuhl hob ab, bewegte sich durch die Luft, höher und höher und flog schließlich am Horizont davon. Er rief, er schrie: »Komm zurück!«

Tatsächlich kam Melanie auf ihrem Stuhl nach einer Weile zurückgeflogen, landete direkt vor ihm, stand auf und küsste ihn. »Das ist doch alles nur ein böser Traum, mein Lieber«, sagte sie mit sanfter Stimme und ihm fiel ein riesiger Stein vom Herzen. In diesem Augenblick rief jemand nach ihm. »Signor Wolf? Signor Wolf?« Irgendetwas rüttelte an ihm, bis er die Augen öffnete. Vor ihm stand Mario Flavotti. »Sie haben ziemlich lange geschlafen«, sagte der Ispettore. »Das ist gut, ich hoffe, es geht Ihnen ein wenig besser.«

Wolf schüttelte den Kopf, um wach zu werden. Noch immer fühlte er sich benommen. Kein Wunder, im Schlafzimmer stand die schwüle Luft. »Wie spät ist es?«

»Fast vier Uhr Nachmittag.«

»Vielleicht sollte ich eine kalte Dusche nehmen«, sagte Wolf.

»Tun Sie das. Und ich habe uns etwas zu Essen mitgebracht aus meinem Lieblingsrestaurant in Imperia.« Flavotti verließ das Zimmer, und Jackie, die neben Wolf auf dem Bett gelegen hatte, lief ihm hinterher. Wolf blieb noch einen Moment liegen und hörte Flavotti in der Küche mit Geschirr klappern. Dann stand er auf und nahm eine Dusche. Er zog sich frische Wäsche an und ging auf die Terrasse. Als er hinaustrat, stellte er fest, dass aus dem strahlenden Blau des Himmels ein diesiges geworden war. »Es könnte demnächst Regen geben«, sagte Flavotti, der mit zwei Tellern Lasagne auf die Terrasse trat. Eine Schüssel mit Salat stand schon auf dem Tisch, dazu lag Besteck bereit.

Obwohl Wolf kaum Appetit hatte, verspeiste er die gesamte Portion. Die beiden Männer aßen schweigend. Als er fertig war, sah er seinen Gast, der eigentlich eher zum Beschützer geworden war, an und sagte entschlossen: »Also, reden wir darüber, wie wir uns dieses Schwein schnappen.«

*

Nummer 6! Nur noch einer, dann war die Aufgabe erfüllt und sie würden ihn in Ruhe lassen. Würden sie das wirklich? Würden die Geister der Toten, die Geister dieser Menschen, deren Leben er beendet hatte, ihn wirklich sein Leben leben lassen? Er dachte an die Frau. Sie hatte ein Lied gesummt, während sie die Tische gewischt hatte. Er kannte dieses Lied, irgendeine alte italienische Schnulze. In einem anderen Leben hätte er vielleicht in ihrem Restaurant gesessen, gut gespeist und anschließend den Koch gelobt.

Jetzt wartete nur noch eine Aufgabe auf ihn. Das Buch lag aufgeschlagen im Scheinwerferlicht vor ihm. Er nahm einen Füllfederhalter und schrieb: »7. Juli 2021: Das sechste Werk ist getan. Nur noch eine Aufgabe ist zu erfüllen, dann wird dieses Buch für die nächsten 100 Jahre geschlossen.« Er blies über die Schrift, um die Tinte zu trocknen, schloss das Buch und legte es zurück in den Tresor. Einmal noch, dachte er, einmal und dann war alles vorbei. Er sehnte das Ende herbei.

*

»Aber das ist doch viel zu gefährlich«, sagte Flavotti, als Wolf ihn in seine Pläne eingeweiht hatte. »Wenn das schiefgeht, haben wir unseren siebten Toten. Und zwar Sie, Signor Wolf.«

»Papperlapapp. Dazu wird es nicht kommen. Passen Sie auf: Der Täter muss die Casa Principessa durch die Haustür betreten. Wir ziehen die Carabinieri scheinbar wieder ab und der Täter wird das als Einladung verstehen, weil er glaubt, ich sei ahnungslos wie die anderen Opfer und würde ebenfalls nicht mehr bewacht. Tatsächlich lassen wir das Haus von Polizisten aus dem Verborgenen bewachen, und sobald er eingedrungen ist, schlagen wir zu und nehmen ihn fest, quasi auf frischer Tat.« Wolf klatschte so laut in die Hände, als er den letzten Satz aussprach, dass Jackie aufschreckte und knurrte.

In Flavottis Kopf ratterte es. Das schien wirklich eine Möglichkeit zu sein, auf den ersten Blick zumindest.

»Aber ich werde das niemals bei meinen Vorgesetzten durchkriegen, die werden das auf keinen Fall genehmigen«, brachte er als letztes Argument.

Darauf schien Wolf gewartet zu haben. »Das muss ja niemand wissen außer den Leuten, die unmittelbar beteiligt sind. Es ist wie im Fußball: Wenn wir gewinnen, fragt anschließend niemand mehr danach, mit welchen Mitteln wir das geschafft haben.«

»Und wenn wir verlieren?«

»Das wird nicht passieren. Das verspreche ich Ihnen.«

KAPITEL 17

Später am Nachmittag kam Flavotti zurück in die Casa Principessa. Er hatte alles so geregelt, wie er es mit Wolf besprochen hatte. »Jetzt können wir nur noch warten«, sagte er, während er mit seinem Gastgeber auf der Terrasse einen Cappuccino trank. »Wie geht es Ihnen?«, fragte er Wolf besorgt.

»Irgendwie begreife ich noch gar nicht, was passiert ist. Aber im Moment bin ich fokussiert darauf, dieses Schwein zu fassen.«

Wolf wirkte entschlossen, zum Glück, dachte der Ispettore. Er hielt selbst nichts von seinen eigenen Fähigkeiten als Tröster und war froh, dass Wolf offenbar bemüht war, der ganzen Situation den Anschein von Normalität zu geben. Auch wenn Flavotti jeden Augenblick damit rechnete, dass Wolf zusammenbrechen könnte.

»Warum sind Sie eigentlich Polizist geworden?«, fragte Wolf.

Flavotti beugte sich etwas vor, kräuselte die Augenbrauen und sagte in einem ironischen Ton: »Ich möchte helfen, die Welt ein bisschen gerechter zu machen.«

Wolf lächelte. »Wie selbstlos von Ihnen.«

»Na ja, ist auch nur die halbe Wahrheit. Die andere Hälfte ist weniger altruistisch.«

»Ja?«

»Der Staatsdienst bietet ein sicheres Auskommen. Außerdem habe ich mir sagen lassen, dass es bei den

Frauen gut ankommt, wenn man bei der Kriminalpolizei ist«, sagte er und grinste. »Und?«

»Das Gehalt könnte besser sein, aber das Geld kommt jeden Monat auf das Konto.«

»Ich meinte das mit den Frauen.«

»Ach so …« Flavotti spielte den Unschuldigen, gab aber zu: »Nein, leider nicht. Bisher zumindest nicht.«

»Zu hohe Ansprüche? Sie sind doch ein gut aussehender Mann«, sagte Wolf.

»Ja, möglicherweise. Bisher hat jede Beziehung nur kurz gehalten, und dann, bevor es wirklich ernst werden konnte, war Schluss.«

»Na, warten Sie ab, das kommt schon noch.«

Abends kochte Wolf Risotto. Nach dem Essen fragte er Flavotti, ob er noch einmal mit Jackie hinausdürfe.

»Ich denke nicht, dass Gefahr besteht, solange wir zu zweit sind und es noch hell ist.«

»Wann ziehen Sie Ihre Leute ab?«

»Die müssten bereits ihre Posten geräumt haben.«

So machten sie sich auf den Weg. Ohne es auszusprechen, vermieden beide die Strecke, die am »La Forchetta d'Oro« vorbeiführte. Von den Polizisten war nichts mehr zu sehen. »Wohin haben sie sich zurückgezogen?«, fragte Wolf.

»Wir haben ein kleines Zeltlager errichtet. Weit genug entfernt, damit der Täter sie nicht entdeckt, aber nah genug, damit sie schnell eingreifen können.«

»Und wie viele Männer halten sich rund um die Casa Principessa versteckt?«

»Insgesamt sechs.«

»Gut, dann sind es mit uns zusammen acht. Acht gegen

einen, der glaubt, dass er mich überrascht – und dabei in Wahrheit in die Falle tappt. Das muss doch einfach klappen.«

Sie gingen zurück zum Haus. Kurz darauf setzte die Dunkelheit ein.

»Zeit, schlafen zu gehen«, sagte Wolf. »Je früher wir dem Täter die Möglichkeit geben, mich zu ermorden, umso besser.«

Flavotti konnte darüber nicht lachen. Auch wenn die ganze Sache Wolfs Plan war und er die Hauptrolle spielte, so war doch er, Mario Flavotti, der Verantwortliche. Er hatte sich nicht einmal die Genehmigung seiner Vorgesetzten eingeholt, was in einem solchen Fall unbedingt geschehen musste. Ihm war klar, dass er den Kopf hinhalten müsste, wenn die Sache schiefging. Sebastian Wolf würde das aber gar nicht mehr erleben, weil er dann tot wäre.

*

Wolf betrat sein Schlafzimmer. Jackie legte sich wie immer aufs Bett. Glücklicher kleiner Hund, du bekommst von all der Aufregung nichts mit, dachte Wolf, während er sich auszog. Als er selbst auch im Bett lag, fiel ihm erst ein, dass er nicht schlafen durfte, sondern sich wach halten musste. Von einem tiefen Schlaf hätte allerdings ohnehin keine Rede sein können, denn die ganze Nacht ging ihm Melanie durch den Kopf. Er versuchte, diese Gedanken und seine Trauer zu verdrängen. Immer wieder wälzte er sich hin und her. Diese verdammte Hitze, dachte er. Jackie verzog sich nicht wie sonst in unruhigen Nächten, sondern legte sich ans Fußende. Sie spürt, dass mich etwas bedrückt, dachte Wolf.

Plötzlich hörte er ein Geräusch. Waren das Schritte? Schlich jemand durch das Haus? Er hielt den Atem an und lauschte. Da war wieder ein Geräusch. Es kam aus der Küche, ganz eindeutig. Dann hörte er leise Schritte auf dem Steinboden.

»Nicht erschrecken, ich bin es nur«, hörte er plötzlich Flavottis Stimme. »Ich habe mir nur etwas zu trinken geholt.«

Wolf entspannte sich. Jackie hatte überhaupt nicht reagiert, wahrscheinlich erkannte sie Flavotti längst an seinem Gang. Er starrte in die Dunkelheit. Es wurde immer schwerer, gegen die Müdigkeit anzukämpfen. Wolf bewunderte die Polizisten draußen, die auch nicht schlafen durften. Wie schafften die das bloß ...

Als er wieder aufwachte, dämmerte es. Jackie schnüffelte an seinem Gesicht, ansonsten war alles still. Er blieb noch eine Weile liegen, bis der Tag angebrochen und die Gefahr der Nacht vorüber war.

*

Nachdem Flavotti – der seine Rückkehr für den späten Nachmittag angekündigt hatte – nach Hause gefahren war, unternahm Wolf mit Jackie einen Spaziergang durch das Dorf, begleitet von zwei Carabinieri, die in ihren Uniformen sichtlich schwitzten. Wolf sah einige Einwohner vollgepackte Koffer und Taschen schleppen, vor allem Familien mit Kindern. Sie verließen offenbar das Dorf, zumindest vorübergehend, weil sie wohl auf den Schutz der Polizei nicht mehr vertrauten. Als er am Haus des Bürgermeisters vorbeikam, stand dieser gerade vor seiner Tür und diskutierte mit einigen

Männern und Frauen. »Antonio, wenn du dich sicherer fühlst, nimm deine Frau und dein Kind und fahr zu deiner Schwester nach Florenz. Wir hoffen ja alle, dass dieses Grauen bald schon vorbei sein wird«, hörte Wolf ihn sagen. Die Umstehenden tuschelten, was besser sei: bleiben oder gehen. Als Rossetto Wolf erkannte, winkte er ihm kurz zu. Er hatte wie versprochen über die Legende geschwiegen. Valentina Ricci, die sie erst auf diese Spur gebracht hatte, ebenso. Wolf verstand, unter welchem Druck der Bürgermeister stand. Umso höher rechnete er ihm an, dass er bislang nichts preisgegeben hatte, und er hatte auch keine Bedenken, dass sich daran etwas ändern würde. Die Veröffentlichung der Mutmaßungen zur Mordserie hätte die Unruhe im Dorf erst so richtig angeheizt. Überhaupt nicht auszumalen, wie die Zeitungen und das Fernsehen diese Sache ausschlachten würden.

Es war gerade einmal früher Mittag und die Zeit verging quälend langsam. Sebastian Wolf versuchte, jeden Gedanken an Melanie zu verdrängen, doch das gelang nicht. Immer wieder überkam ihn die Verzweiflung. Nachmittags legte er sich aufs Bett, doch er fand keine Ruhe. Um sich abzulenken, schaltete er das Radio ein. Es wurden ein paar aktuelle Hits gespielt, es gab verschiedene Interviews, und dann hörte er den Sprecher sagen: »Wir haben in den vergangenen Tagen regelmäßig über die mysteriöse Mordserie berichtet, die das kleine Dorf Montalto und ganz Ligurien erschüttert. Sechs Morde gibt es inzwischen zu beklagen, der letzte wurde vorletzte Nacht an einer deutschen Staatsbürgerin begangen, einer Restaurantbesitzerin, die viele Jahre in Montalto Ligure lebte. Hier bei mir im Studio ist jetzt mein

Kollege Giovanni Conte, der seit dem Bekanntwerden der Vorfälle für uns darüber berichtet. Giovanni, gibt es etwas Neues?«

»Nicht viel. Die Polizei hat das Dorf abgeriegelt, sodass wir Journalisten es nicht mehr betreten können. Aber durch Telefongespräche mit Einwohnern wissen wir, dass der Unmut über die Polizei ...« Wolf sprang auf, lief zur Stereoanlage und schaltete das Radio ab.

Schließlich klingelte es an der Tür und Jackie raste bellend die Treppe hinunter, um den Besucher zu begrüßen. »Sie haben ja gar nicht abgeschlossen«, beschwerte sich Flavotti, als er mit zwei Tüten bepackt auf die Terrasse trat.

»Hallo? Ich werde von Polizisten bewacht, wer sollte hier also eindringen?«

Der Ispettore reagierte nicht auf den Einwand, sondern deutete auf die Tüten. »Ich habe uns wieder etwas zu essen mitgebracht.«

Sie aßen gemeinsam und unterhielten sich über banale Dinge. Aber jeder spürte, dass der andere nicht wirklich bei der Sache war. Schließlich fragte Flavotti: »Glauben Sie, dass er heute Nacht kommt?«

»Ich weiß es nicht, Ispettore, ich weiß es nicht.«

»Und was, wenn er es heute nicht versucht?«

»Dann müssen wir abwarten, ob er morgen Nacht kommt. Irgendwann wird er kommen, da bin ich mir sicher.« Flavotti wirkte nicht glücklich über diese Antwort. »Vergessen Sie nicht, dass ich bald nur noch die Nummer zwei sein werde, wenn Brignones Nachfolger kommt. Und ehrlich gesagt, ich gehe nicht davon aus, dass der neue Commissario dieses Spiel mitspielt, das wir hier gerade spielen.«

Wolf erinnerte sich daran, dass es nicht selbstverständlich war, dass Flavotti auf seinen Vorschlag, ihn, das potenzielle siebte Opfer, als Lockvogel zu benutzen, eingegangen war. Flavotti hatte sich dieses Vorgehen nicht einmal von seinen Vorgesetzten absegnen lassen. Zwar würde er, Wolf, die volle Verantwortung übernehmen, aber das würde Flavotti, der den Fall leitete, kaum helfen. »Er wird kommen, dafür würde ich meine Hand ins Feuer legen«, versicherte Wolf.

Flavotti lächelte. »Das ist schon eine komische Situation: Sie hoffen darauf, dass Ihr potenzieller Mörder heute Nacht hier aufkreuzt, um Ihnen ein Seil um den Hals zu legen und Sie zu erwürgen.«

Nun musste auch Wolf lächeln.

Die Stunden bis zur Dunkelheit schritten nur quälend langsam voran. Der Himmel wurde immer grauer, das Licht immer trüber, die Luft stand still, kein Windhauch war zu spüren. »Die Ruhe vor dem Sturm«, sagte Flavotti. Als die Dunkelheit hereinbrach, gab Flavotti über sein Funkgerät den Befehl, dass sich alle seine Männer zurückziehen sollten.

»Jetzt heißt es also wieder: Augen offen halten und warten«, sagte Flavotti.

»Und dann zuschlagen«, ergänzte Wolf.

*

Es war unerträglich schwül. Draußen zuckten die ersten Blitze, noch vereinzelt und ohne das Donnergrollen. Doch dass ein Gewitter kam, war unübersehbar. Die Luft war geladen – genauso wie er. Sollte er sein Werk der heutigen Nacht verschieben? Nein, das kam gar nicht infrage.

Ein paar Blitze, ein bisschen Donner und ein wenig Regen würden ihn nicht aufhalten können. Heute Nacht war es endlich so weit. Darauf hatte er Jahre gewartet. Heute Nacht würde er sein Werk vollenden, die Aufgabe. Dann würde endlich Ruhe einkehren. Er öffnete die kleine Schatulle, nahm die Utensilien heraus und inhalierte das weiße Pulver.

Er war innerlich leer, als er im Auto saß und die Küstenautobahn entlangfuhr. Die Blitze über dem Meer wurden zahlreicher. Es würde nicht mehr lange dauern, bis das Gewitter hereinbrach. Aber noch stand die Luft still. Hatte er sich diesen Moment, diese letzte Nacht, nicht anders vorgestellt? Hatte er nicht geglaubt, er werde von Freude erfüllt sein, von einem Glücksgefühl, wie er es noch nie erlebt hatte? Doch nichts davon verspürte er. Er steuerte mechanisch sein Auto, gab Gas und bremste hin und wieder ab. Eigentlich war sie auch gut, diese Emotionslosigkeit, denn er musste sich konzentrieren, mehr denn je. Kein Zweifel, die Polizei war präsent in dem Ort. Es würde Kontrollen geben und irgendwelche anderen Maßnahmen. Aber die Polizei tappte ja vollkommen im Dunkeln. Sie konnte nicht wissen, ob er erneut zuschlagen würde. Zwar war es wahrscheinlich, dass sie damit rechnete, aber sie hatte absolut keine Ahnung, wer das nächste Opfer sein würde. Das war der eine seiner beiden großen Vorteile. Der andere war, dass er diesen verborgenen Weg in die Casa Principessa kannte, von dem niemand sonst wusste, schon gar nicht die Polizei. Sollten sie doch ihre Patrouillen durchs Dorf schicken oder was sie sich sonst ausgedacht hatten – niemand würde ihn entdecken, und ebenso konnte er, nachdem er seine Aufgabe erledigt hatte, unentdeckt wieder aus dem Dorf verschwinden. Die einzige potenzielle Gefahr lag in der kurzen Wegstrecke, die er von der Stelle, an der er über die Mauer kletterte, bis zur kleinen Hochzeitskapelle zurücklegen musste, doch er würde sich im Schatten der Dunkelheit bewegen und gut aufpassen. Längst wirkte auch das Kokain – er fühlte sich unbesiegbar. Selbstzweifel? Hatte er nicht.

Wie immer parkte er sein Auto ein paar Hundert Meter vor der unteren Einfahrt ins Dorf. Einen Teil der Strecke ging er entlang der Straße. Es war stockdunkel, aber die Dunkelheit wurde immer häufiger von Blitzen erhellt. Auch das Donnergrollen war jetzt zu hören und die Büsche und Olivenbäume bogen sich im zunehmenden Wind. Es würde nicht mehr lange dauern, dann würde es regnen. Nach etwa 200 Metern bog er ab. Einen Weg gab es hier nicht, aber er wusste genau, wie er laufen musste. In der Dunkelheit musste er aufpassen, dass er sich nicht zwischen den Büschen und Sträuchern verirrte. Es blitzte, und plötzlich gab es einen lauten Donnerschlag. Das Gewitter hatte Montalto erreicht. Er kratzte sich an den Sträuchern die Arme blutig, doch er spürte keinen Schmerz. Immer weiter bahnte er sich seinen Weg, bis er nach ein paar Minuten schließlich sein Ziel erreicht hatte. Er stand an der Mauer, auf der ein paar Meter über ihm die Gasse entlangführte, die ihn zur Kapelle leiten würde. Er holte aus seinem Rucksack das dicke Seil mit dem Haken, das er gleich über die Mauer werfen, und das zweite, viel dünnere Seil, das er bald um Sebastian Wolfs Hals legen würde. Er steckte es in die rechte Tasche seiner Jeans. Wieder blitzte es, gefolgt von einem gewaltigen Donner. Und dann, während er das dicke Seil ausrollte und sich den Haken so in die rechte Hand legte, dass er ihn gezielt in die Höhe werfen konnte, fielen die ersten Regentropfen. Er entnahm seinem Rucksack zwei Schlüssel und eine kleine Taschenlampe, die er in den Gesäßtaschen seiner Jeans verstaute.

Er maß mit einem Blick die Entfernung ab und warf den Haken. Er knallte oben gegen die Mauer, dort, wo sie als Gelände für die Gasse diente, aber er krallte sich nicht fest, sondern kam zurückgeflogen. Er sprang zu Seite, um den Eisenhaken nicht auf den Kopf zu bekommen. Was war los? So oft hatte er das Werfen geübt und es schließlich bis zur Perfektion beherrscht. Noch bei der Generalprobe hatte es problemlos geklappt. Warum jetzt nicht? War er etwa nervös? Bloß nicht unruhig werden. Er hob den Haken auf und legte sich den Griff wieder in der rechten Hand so zurecht, dass er in der perfekten Wurfposition lag. Im selben Moment begann es, wie aus Kübeln zu regnen. Dicke, kalte Tropfen prasselten auf ihn nieder, es blitzte und sogleich donnerte es laut. Er setzte erneut an und warf den Haken ein zweites Mal hoch. Diesmal verfing er sich oben am Geländer. Er zog am Seil, um festzustellen, ob der Haken auch fest genug war, um ihn zu halten. Das Seil straffte sich und ohne Umschweife begann er, im Regen an dem Seil hochzuklettern. Obwohl es nass war, schaffte er es in gewohnter Schnelligkeit, die Mauer zu erklimmen. Er ließ den Haken, wo er war. Die Wahrscheinlichkeit, dass in der nächsten Stunde irgendjemand an dieser Stelle vorbeikam, war gleich null, zumal bei dem Wetter. So konnte er später wieder herunterklettern, alles einsammeln und spurlos verschwinden.

Er horchte kurz, doch der Regen prasselte so laut auf das alte Pflaster, dass ohnehin nichts zu hören war. Ob die Polizeistreifen überhaupt noch unterwegs waren? Er lief die schmale Gasse entlang, auf der sich schon erste Pfützen bildeten. Er musste nur einmal abbiegen, und schon hatte er die Gasse erreicht, von der die steile Treppe in die Kapelle abging. Als er dort ankam, lief bereits ein kleiner Bach die Treppe hinunter. Er folgte ihm die paar Meter bis zur Mitte, holte den großen Schlüssel aus seiner hinteren Hosentasche, steckte ihn in das Türschloss und drehte ihn um. Als er gegen die Tür drückte, öffnete sie sich, und er betrat den Raum dahinter. Sorgfältig verschloss er sie wieder. Dann atmete er durch und schüttelte sich. Schon die wenigen Augenblicke, die er gebraucht hatte, um die Mauer hochzuklettern und zur Kapelle zu laufen, hatten ausgereicht, um ihn vollkommen zu durchnässen. Seine Haare klebten ihm auf der Stirn und er wischte sie mit der linken Hand nach hinten, während er mit der Taschenlampe in der rechten etwas Licht in den kleinen Raum brachte. Nun war es nicht mehr weit.

*

An tiefen Schlaf war nicht zu denken, auch diese Nacht nicht. Sebastian Wolf lag auf seinem Bett. Selbst in seinem meist einigermaßen kühlen Schlafzimmer war die schwüle Hitze unerträglich. Die Blitze hüllten sein Schlafzimmer in einen unheimlich wirkenden Schein. Jackie lag neben ihm, zum Glück verzichtete sie darauf, sich eng an ihn zu schmiegen, wie sie es sonst gerne tat, denn dazu war es auch ihr zu heiß. Dann wurde es plötzlich laut, als der Regen losprasselte. Bei der Lautstärke würde man einen Einbrecher gar nicht hören, dachte er. Aber der Plan war ja ohnedies, dass der Täter gar nicht in das Haus kam, sondern unten beim Versuch einzudringen, von den Polizisten festgenommen werden würde. Diese armen Kerle, dachte Wolf, bei dem Regen da draußen. Bald hörte Wolf ein Plätschern wie von einem kleinen Wasserfall. Sicher hatte sich bei den Regenmengen ein Bach gebildet und das Wasser floss in schnellem Tempo die Gasse hinunter. Wolf sah vor seinem inneren Auge einen Bach – den kleinen, steinigen Lauf unten beim Wasserfall, zu dem er immer mit Ella gegangen war. Und mit Melanie. Er sah Ella vor sich. Sie lächelte ihn an. Wo war Melanie? Er blickte sich um, aha, dahinten saß sie auf einem Stein und hielt ihre Füße ins Wasser …

Plötzlich schreckte Wolf auf. Irgendetwas hatte ihn aus seinem Traum geweckt. Aber was? Noch immer plätscherte der Regen draußen, wieder blitzte es zwei-, dreimal kurz hintereinander, gefolgt von einem Donnergrollen. Aber das war es nicht, was ihn in das Schlafzimmer, in die Realität zurückgeholt hatte. Dann sah er Jackie. Sie stand am Bettende, in einer angespannten Körperhaltung, der Schwanz steif in die Höhe, und bei den Blitzen konnte er erkennen, dass ihre Nackenhaare hochstanden. Und sie knurrte leise. Das war ein deutliches Zeichen, dass sie irgendetwas Ungewöhnliches wahrgenommen hatte. Und dieses Ungewöhnliche war nicht das Gewitter.

*

Er lief zur Hochzeitskapelle und stieg die steile Treppe hinab. Auf halber Höhe befand sich eine alte Holztür. Sie war verschlossen, und vermutlich hatte sich nie jemand gefragt, was sich dahinter verbarg. Er aber wusste, dass sie zu einem Raum unterhalb der Kapelle führte. Er zog den kleineren Schlüssel aus der Hosentasche, öffnete damit das Schloss und trat ein. In dem stockdunklen Raum umgab ihn plötzlich eine totale Stille. Von dem Regen war hier nichts mehr zu hören. Der muffige Geruch stieg ihm sofort wieder in die Nase, es war der Geruch von Jahrhunderten, der sich hier festgesetzt hatte. Er knipste die Taschenlampe an und folgte dem schmalen Gang bis zur Leiter, nahm den Griff der Taschenlampe in den Mund und kletterte vorsichtig die Sprossen hoch. Oben angekommen hielt er sich mit der linken Hand an der Leiter fest und holte mit der rechten erneut den kleineren der beiden Schlüssel aus der Gesäßtasche.

Er wusste genau, wo er war, denn er hatte diesen Gang vorher schon mehrmals erkundet und von den riesigen Spinnweben befreit. Dieser Gang führte von dem kleinen Raum unterhalb der Hochzeitskapelle direkt zur Casa Principessa und endete unter der Stelle im Vorraum, an der die alte Holztruhe stand. Er drückte die Deckenplatte über seinem Kopf nach oben, die zugleich die Bodenplatte der Truhe war. Als er sie so weit wie möglich hochgeklappt hatte, blieb sie in der Senkrechten stehen. Sie durfte auf keinen Fall wieder zurückklappen, denn das würde ein lautes Geräusch verursachen. Auch wenn Wolf vermutlich nicht herausfinden würde, dass der Krach aus der Truhe gekommen war, so wäre er doch wach. Doch sein Plan war es, ihn im Schlaf zu überraschen und die Schlinge um seinen Hals zu ziehen, bevor er eine Chance hatte zu reagieren. Hatte er es erst einmal derart im Griff, würde es seinem Opfer nicht mehr gelingen, sich zu befreien.

Nun steckte er den Schlüssel in das Schloss, drehte ihn um und hielt inne. Nein, sein Opfer hatte das leise

Geräusch, das das Aufschließen verursacht hatte, nicht gehört. Es lag um diese Zeit sicher im Bett und schlief, und sonst war niemand da. Er knipste die Taschenlampe aus und drückte den Deckel der Truhe nach oben. Er wusste, dass er seine ganze Kraft benötigen würde, um ihn hochzustemmen, denn die Truhe war aus massivem Holz, sicher einige Jahrhunderte alt, ihr Deckel mit schwerem Eisen beschlagen. Zum Glück war sie mit vier großen Eisenschrauben fest auf den Boden montiert und stand so an der Wand, dass er den aufgestellten Deckel anlehnen konnte, das hatte er bei seinen früheren heimlichen Besuchen in der Casa Principessa genau geprobt. Damals hatte das Haus allerdings leer gestanden. Er drückte den Deckel weiter nach oben und wusste, dass gleich ein weiterer heikler Moment bevorstand, denn er durfte nicht gegen die Wand knallen. Doch alles ging gut. Die Truhe war mehr als eineinhalb Meter breit und mindestens 80 Zentimeter tief, sodass ein Mann bequem durch sie hindurchpasste. Er erreichte die höchste Stufe der Leiter und konnte ganz einfach aus der Truhe steigen. Er stand im Vorraum der Casa Principessa im Erdgeschoss. Nach rechts führte die Treppe aus dem kleinen Raum nach oben in den ersten Stock, wo sein Opfer schlief.

Er lauschte, ob sich oben irgendetwas bewegte, aber es war nichts zu hören außer dem plätschernden Regen. Zwei kurze Blitze hintereinander erleuchteten die Treppe, dann war es wieder dunkel. Er wartete den Donner ab und ging dann ganz vorsichtig und so leise wie möglich die Treppe hinauf. Weil sie eine Kurve zog, konnte er nicht bis zu ihrem Ende schauen, aber es wäre ohnehin zu dunkel gewesen, um jemanden zu erkennen. Er schlich weiter hoch und hatte schließlich das Ende der

Treppe erreicht. Nun stand er im Wohnzimmer. Links befand sich die offene Küche, doch er musste nur geradeaus gehen, um zu den Stufen zu gelangen, die ins Schlafzimmer führten. Ein neuerlicher Blitz genügte ihm, um zu erkennen, dass die Tür offen stand. Wolf lag im Bett. Es waren nur er und sein Opfer in diesem Haus und gleich würde er zuschlagen, zum letzten Mal. Dann würde alles ein Ende haben.

*

Ob Flavotti auch etwas gehört hatte? Unwahrscheinlich, schließlich lag er ein Stockwerk höher in seinem Bett. Aber hatte er selbst eigentlich wirklich etwas gehört? Oder glaubte er es nur, weil Jackie auf irgendetwas reagiert hatte? Er kannte seinen Hund und wusste genau, dass ihr angeborener Jagdtrieb nur dann geweckt wurde, wenn sie irgendetwas wahrgenommen hatte. Befand sich der Täter im Haus? Aber das war doch unmöglich! Wie hätte er an den Polizisten vorbeikommen sollen, die unten im Schutz der Dunkelheit den Eingang bewachten? Trotzdem: Er vertraute Jackie. Er legte sich langsam zurück, lauschte angespannt in die Dunkelheit, hörte aber außer dem Regen nichts. Wieder blitzte es, das Schlafzimmer wurde ganz kurz in ein grelles, gespenstisches Licht gehüllt, ehe ein lauter Donner folgte. Jackie stand noch immer in voller Körperanspannung auf dem Bett und lauschte aufmerksam. Ihr Blick war starr in Richtung Tür gerichtet, das rechte Knie war angewinkelt – die Jagdpose. Blitz und Donner schien sie gar nicht zu bemerken.

Was sollte er tun? Für den Fall, dass der Mörder ins Haus gelangte, gab es gar keinen Plan, denn damit hatte niemand gerechnet. Wolfs Herz klopfte, er spürte seinen Puls rasen, aber er hatte überhaupt keine Angst, auch wenn ihm bewusst war, dass sich nur wenige Meter entfernt von ihm ein Unbekannter heranschlich, der bereits sechs Menschen ermordet hatte und der nun auch ihn umbringen wollte. Blitzschnell überlegte er, den Eindringling herankommen zu lassen, so nah wie möglich, und ihn dann zu überraschen. Hoffentlich schlägt Jackie nicht zu früh Alarm, dachte er. Da legte Jackie schon los. Ihr Bellen klang schrill. Für eine Sekunde erhellte ein Blitz das Schlafzimmer. Es gab keinen Zweifel – Wolf hatte eindeutig die Silhouette eines Menschen in der Tür stehen sehen. Für einen Moment war er wie gelähmt. Die Silhouette verschwand, als es wieder dunkel wurde. Wolf machte sich auf alles gefasst, immerhin hatte er es mit einem sechsfachen Mörder zu tun. Doch niemand warf sich auf ihn oder ging ihm mit einem Seil an die Gurgel. Er hörte plötzlich jemanden die Treppe hinuntertrampeln. Bevor er reagieren konnte, hatte Jackie schon die Verfolgung aufgenommen. Als Wolf ins Wohnzimmer gelangte, bellte sie aufgeregt unten im Vorraum. Er machte die paar Schritte zur Treppe und lief hinunter. Er hatte erwartet, dass die Haustür offen stehen würde – in diesem Fall hätte der Täter doch den Polizisten direkt in die Arme laufen müssen. Stattdessen sah er zu seinem Erstaunen, dass der Deckel der Truhe geöffnet war und an der Wand lehnte. Hatte Martin nicht gesagt, sie sei verschlossen und vermutlich seit Jahrzehnten, wenn nicht länger, nicht mehr geöffnet worden? Er begriff zunächst nicht, was es mit der offenen Truhe auf sich hatte. Er lief zurück, ein paar Treppenstufen wieder hoch und rief laut: »Er ist hier, er ist im Haus.«

Der Ispettore kam die Treppe heruntergestürzt. »Wo?«

»In der Truhe!«, rief Wolf. Er lief zur geöffneten Truhe hinunter, blickte hinein und traute seinen Augen nicht: Eine Leiter führte durch eine Öffnung im Boden der Truhe in einen Gang hinunter. Über diesen Weg musste der Eindringling gekommen und so musste er auch wieder geflohen sein. Verdammt, war das dunkel. Er brauchte Licht, um dort hinunterzusteigen, andernfalls drohte er, sich das Genick zu brechen, und außerdem hatte er ja keine Ahnung, was nach der Leiter kam. Er brauchte eine Taschenlampe – aber woher sollte er sie so schnell nehmen? Plötzlich hatte er eine Eingebung. Er riss die Haustür auf und rief in die Dunkelheit nach den Polizisten. Einer kam sofort angelaufen. »Taschenlampe!«, rief er. Er rechnete damit, dass Polizisten, die nachts Wache schoben, mit einer ausgestattet waren, und er täuschte sich nicht. Der überraschte Polizist nestelte sie aus seiner Seitentasche der Hose und gab sie ihm. »Flavotti, nehmen Sie die andere. Und folgen Sie mir!« Dann lief er ins Haus zurück zur Truhe, knipste die Lampe an und sah hinunter. Aha, die Leiter war nicht sehr lang, darunter lag ein Weg. Er nahm den Griff der Lampe in den Mund und kletterte auf die erste Sprosse. Sie schien stabil zu sein, aber er musste vorsichtig sein. Er stieg weiter hinab und sah über sich Flavotti, der ihm folgte, ebenfalls mit einer Taschenlampe im Mund. Unten angekommen nahm Wolf die Lampe in die Hand und leuchtete den Raum aus. Er war sehr klein und es ging nur ein Weg von ihm ab. »Hierher!«, rief er zu Flavotti und lief los. Es war ein mit dicken Holzbohlen abgestützter Gang, in dem er aufrecht laufen konnte. Es gab keine Spinnweben, der Gang musste vor Kurzem benutzt worden sein. Flavotti keuchte hinter ihm. Schneller, sie mussten schneller sein, denn der Mörder hatte einen Vorsprung, den sie aufholen mussten – sonst würde er unerkannt verschwinden. Und er hatte den Vorteil, dass er im Gegensatz zu seinen Verfolgern den Weg kannte und wusste, was danach kam.

Nach kurzer Zeit endete der Gang in einem Raum, der deutlich größer war als der unter der Casa Principessa. Nur eine Treppe führte aus ihm heraus, aber an ihrem Ende war eine geschlossene Tür. Mist, dachte Wolf, wenn diese Tür verschlossen ist, hat er uns abgehängt.

*

Was war passiert? Was war schiefgegangen? Er hatte im Türrahmen gestanden, als ein Blitz kurz das Zimmer erhellte, und plötzlich war das Opfer aufgesprungen. Wieso war da ein Hund gewesen? Hatte er ihn bemerkt und angeschlagen? Das hätte nicht passieren dürfen. Er überlegte einen Wimpernschlag lang, ob er sich auf den anderen stürzen sollte. Doch darauf war er nicht vorbereitet, das hatte er nicht trainiert. Seine Waffe war die Überraschung seiner Opfer, damit hatte er sie alle besiegt. Der offene Kampf aber war nicht seine Sache. Er hatte keine Zeit, über seine nächsten Schritte nachzudenken. Er drehte sich um und lief, so schnell er konnte, die Treppe hinunter. Dieser kleine Mistköter holte ihn ein, aber er konnte ihn natürlich nicht aufhalten. Er sprang auf die oberste Sprosse der Leiter und kletterte hinunter. Sollte er nicht die Truhe verschließen? Zu spät! Der andere kam schon die Treppe heruntergestürzt. Er hörte ihn irgendetwas rufen, während er die Sprossen hinabhastete. Dann rannte er durch den Gang, bis er den Ausgang auf der anderen Seite erreicht hatte. Hinter sich hörte er Geräusche und Stimmen. Sie waren hinter ihm her! Er sprang auf die Treppe in der Kapelle und nestelte den Schlüssel der Tür aus der Gesäßtasche seiner Jeans. Doch er war so aufgeregt, dass er ihm aus der Hand glitt und zu Boden fiel. Er hob ihn auf und wollte ihn ins Schloss stecken, doch er hörte, wie seine Verfolger den Gang erreichten. Statt die Tür abzuschließen, rannte er in Panik los.

*

Flavotti fluchte, während er Wolf hinterhereilte. Er hatte in der Eile sein Funkgerät im Schlafzimmer vergessen und daher nicht die Kollegen informieren können, dass sie sich ebenfalls auf die Jagd machen sollten. Er hatte in der Hektik nicht einmal den Polizisten vor der Tür erklärt, was passiert war. Inzwischen hatte er das Ende des Ganges erreicht. Er trat durch die Tür und blickte sich um. Da war eine Treppe, mehr konnte er nicht erkennen. »Wo sind wir?«, fragte er außer Atem.

»Das ist die kleine Hochzeitskapelle, die unterhalb der Casa Principessa liegt. Es gibt hier einen Geheimzugang zur Casa, von dem wir nichts wussten.«

»Der Täter aber schon«, antwortete Flavotti. »Was jetzt?«

»Ich schlage vor, Sie gehen nach oben und versuchen, ihn zu finden. Informieren Sie Ihre Kollegen.«

»Und Sie?«

»Ich nehme den Weg nach unten. An dieser Stelle kann er ja nur in eine der beiden Richtungen gelaufen sein. Hoffen wir mal, dass er nicht noch ein solches Versteck hat.«

»Okay«, sagte Flavotti und rannte los. Oben kam er kurz darauf wieder zur Casa Principessa, wo er auf die sechs Polizisten traf, die den Eingang bewacht hatten.

»Was ist passiert? Wie konnte er unbemerkt ins Haus gelangen?«, fragte einer.

»Durch einen geheimen Tunnel, das erzähle ich Ihnen später. Jetzt müssen wir ihn schnappen. Informieren Sie auch die anderen Kollegen, sie sollen sofort herkommen und vor allem die Dorfausgänge absperren.« Dann lief Flavotti wieder los.

Wolf rannte die Stufen bis zum Ende der Treppe hinunter, die auf eine Gasse führte. Das Wasser stürzte in einem reißenden Bach die Treppe hinunter, und im Nu hatte er nasse Füße. Rechts oder links? Er hatte keine Ahnung, aber wählte instinktiv die linke Seite. Wie weit war der Mörder schon entfernt? Er würde ihn kaum einholen können, bevor er einen Dorfausgang erreicht hatte, das war klar. Würde er ihnen also entwischen? Würde sich eine solche Chance nochmals ergeben?

*

Er rannte weiter. Gleich erreichte er die Stelle, an der der Haken mit dem Seil hing. Seine Rettung! Von hier aus konnte er entschlüpfen, ohne dass sie ihn sehen würden. Doch im selben Augenblick schoss ihm ein anderer Gedanke durch den Kopf. Er hatte versagt. Er hatte versagt vor seinem Urahnen Oberto, vor der Geschichte, der Familie, vor dem Vater. Er hatte es als erster Auserwählter in den 900 Jahren nicht geschafft, die Aufgabe zu erfüllen, das Vermächtnis der Rache. Er wusste, was sein Vater stets gesagt hatte: In diesem Fall wäre er nicht würdig, eines Tages das Familienoberhaupt zu werden. Welche Schande! Er selbst war oft von Selbstzweifeln geprägt gewesen, früher, bevor der Vater ihm das weiße Pulver gegeben hatte, das ihn so stark und unbezwingbar machte. Aber jetzt? Im Buch stand, dass derjenige, der die Aufgabe nicht erfüllen konnte, nicht mehr würdig sei zu leben. Was sollte er tun? Plötzlich war ihm alles glasklar. Er rannte wieder los.

Er nahm die nächste Gasse nach links und rannte weiter in den Ort hinein. Von hier aus war es nur ein Katzensprung zur Kirche San Giovanni Battista. Der Platz hatte auf der rechten Seite der Kirche dieses große Fenster, das etwa zehn Meter breit war. Natürlich war es kein richtiges Fenster, aber die kleine, vielleicht 80 Zentimeter hohe Mauer und der Querbalken aus Steinen, der die beiden Enden verband, wirkten zusammen wie ein Fensterrahmen, durch den man ins Tal hinabblicken konnte. Er sprang auf die Mauer und blickte herunter. Hier ging es rund zwölf Meter steil abwärts und unten war blanker Felsen – wer hinunterstürzte, hatte keine Chance zu überleben.

*

Wolf rannte durch das Gassengewirr, bis er den menschenleeren Platz vor der Kirche erreichte. Als es blitzte, erkannte er, dass jemand im strömenden Regen auf der Mauer stand. Er blieb stehen und japste nach Luft. Der andere hatte ihn noch gar nicht bemerkt. Er stand mit dem Rücken zum Platz und blickte ins Tal. Wolf ging langsam über den Platz. An einigen unebenen Stellen stand das Wasser. Als er sich bis auf etwa zehn Meter genähert hatte, rief er: »Hallo!«

Rasch drehte sich die Gestalt um. »Kommen Sie nicht näher!«, rief eine männliche Stimme.

Die Stimme kam Wolf bekannt vor, aber er konnte nicht sagen, zu wem sie gehörte. »Kann ich Ihnen irgendwie helfen?«, rief er in den Regen.

»Nein, das können Sie nicht, Signor Wolf«, hörte er die Stimme sagen. In diesem Augenblick erleuchtete wieder ein sehr heller und langer Blitz den Platz, dem ein Donner folgte. Und jetzt erkannte Wolf den Mann: Es war Gianluca Oberto.

»Hallo, Signor Oberto«, rief er und machte einen Schritt auf ihn zu.

»Bleiben Sie, wo Sie sind«, rief dieser hektisch.

Wolf stoppte. »Okay, okay, kein Problem. Verraten Sie mir, was Sie da machen?«

»Ich werde gleich springen.«

»Und warum sollten Sie das tun?«

»Weil ich versagt habe, Signor Wolf.«

Der kannte die Antwort zwar schon, aber er fragte dennoch: »Und wobei haben Sie versagt, Gianluca?«

»Ah, Sie erkennen mich?«

Wolf nickte. »Natürlich.« Wieder blitzte es. Nachdem der Donner verhallt war, setzte Wolf erneut an: »Worin haben Sie denn versagt, Gianluca?«

»Meine Aufgabe war es, Sie umzubringen, Signor Wolf.«

»Ja, ich weiß. Aber es ist schiefgegangen.« Wolf fühlte sich inzwischen, als stehe er unter einer Dusche. Das Wasser hatte seine Hose und sein Shirt völlig durchnässt. Gianluca Oberto lachte höhnisch auf: »Ja, so kann man das auch formulieren. Ihr dämlicher Hund hat dazwischengefunkt.«

»Und warum wollten Sie mich umbringen?«

»Das wissen Sie ganz genau, Signor Wolf. Sie haben mich doch längst durchschaut. Sie wissen, dass ich es bin, der das Vermächtnis meines Vorfahren erfüllen muss.«

»Sie müssen?«

Ein neuer Blitz mit Donner, dann antwortete Gianluca: »Natürlich muss ich.«

»Aber warum?«

»Warum, warum. Weil ich auserwählt wurde, es zu tun, vor vielen Jahren schon.«

Schnelle Schritte näherten sich. Es war Flavotti, der auf den Platz gelaufen kam, völlig außer Atem. Auch ihm lief das Wasser aus den Haaren und der Kleidung. Er blickte verwirrt zu Wolf. Der gab ihm ein Handzeichen, und der Ispettore blieb in einigen Metern Entfernung stehen.

»Er soll nicht näher kommen, sonst springe ich runter«, rief Gianluca hektisch.

»Keine Sorge, er kommt nicht näher«, versuchte Wolf, ihn zu beruhigen. Kurz sagte keiner etwas, dann setzte Wolf wieder an: »Sie wurden auserwählt, mich zu ermorden?«

»Ja.«

»Und die anderen sechs auch?«

»Ja.«

»Von wem?«

»Von meiner Familie. Vom Familienrat, dem Rat der Saeculares. Und von meinem Vater.«

»Aber warum? Warum sollte eine so reiche und bekannte Familie den Auftrag erteilen, sieben Menschen umzubringen? Menschen, die ihr absolut nichts getan haben?«

»Aber Signor Wolf, das wissen Sie doch längst. Weil es das

Vermächtnis unseres Vorfahren Oberto so will, und das ist unserer Familien seit Jahrhunderten heilig.« Gianluca schien das Interesse an dem Gespräch zu verlieren. Er drehte sich halb auf der schmalen Mauer um und blickte nach unten.

»Was haben Sie vor, Gianluca?«, fragte Wolf.

»Was ich vorhabe? Wonach sieht es wohl aus?«

In diesem Augenblick waren erneut Schritte zu hören. Zwei Polizisten, die vor der Casa Principessa Wache geschoben hatten, traten aus dem Tunnel, der von der anderen Seite her auf den Platz führte.

»Sie sollen nicht herkommen, oder ich springe sofort!«, schrie Gianluca.

Diesmal gab Flavotti ein Handzeichen, und die beiden blieben in einiger Entfernung stehen.

»Warum wollen Sie denn springen? Das ist Ihr Tod«, sagte Wolf.

»Ach wirklich?«, fragte Gianluca spöttisch. »Ich werde springen, weil ich versagt habe. Versagt, vollkommen versagt.«

Trotz allem, was Gianluca ihm angetan hatte, verspürte Wolf für ihn fast so etwas wie Mitleid. Was war geschehen? Wer hatte ihn dermaßen manipuliert, dass aus einem jungen Mann mit besten Zukunftsaussichten ein solches Monster geworden war, ein sechsfacher Mörder? Da drehte Gianluca sich um …

*

Hier war er nun also. Der Tod rief ihn zu sich und er würde sich nicht dagegen wehren. Was würde der Vater sagen, wenn er erfuhr, dass sein Sohn sich in den Tod gestürzt hatte? Würde er sich schämen? Sicher würde er das. Da nun klar war, dass er hinter den Morden steckte, würde auch das Geheimnis der Familie Oberto bekannt werden. Sie würden auch alle Mitglieder des Rates der Saeculares verhaften. Eine 900 Jahre dauernde Geschichte ging zu Ende, und das war seine Schuld. Er hörte den anderen etwas sagen, er schien »Nein, nicht!« zu rufen … Alles drehte sich, der Regen prasselte auf ihn nieder, es blitzte und donnerte. Und dann fiel er in die Tiefe. Erleichterung machte sich in ihm breit, ließ ihn leicht werden, gab ihm das Gefühl zu fliegen.

KAPITEL 18

Wolf und Flavotti saßen erschöpft im Wohnzimmer der Casa Principessa. Sie hatten ihre völlig durchnässten Sachen gegen trockene gewechselt. Der Ispettore hatte den Einsatz per Funk abgebrochen und seine Männer nach Hause geschickt. Den diensthabenden Kollegen hatte er angewiesen, den Gerichtsmediziner nach Montalto zu bestellen. Der Regen hatte inzwischen nachgelassen, das Gewitter hatte sich verzogen. Die beiden Männer schwiegen eine ganze Weile. Dann sagte Wolf: »Die Gefahr ist vorbei. Ich denke, wir können davon ausgehen, dass es keinen weiteren Mord mehr geben wird.«

Flavotti nickte. »Ja, und der Haupttäter hat sich seiner Strafe entzogen. Aber es gibt noch mindestens einen weiteren Schuldigen, den wir uns holen müssen.«

Sebastian Wolf zog die rechte Augenbraue hoch. »Sie meinen Gianlucas Vater, Fabrizio Oberto, der ganz zufällig der reichste und einer der einflussreichsten Männer Genuas ist? Na, viel Spaß.«

Doch der Ispettore war entschlossen, den Drahtzieher zu überführen. Sein Sohn war nur ein Instrument in seinen Händen gewesen.

»Und wie wollen Sie vorgehen? Sie müssen Oberto zu einem Geständnis bringen oder unwiderlegbare Beweise finden. Das wird sehr schwierig werden.«

Flavotti nickte stumm. Wolf rubbelte sich mit einem

Handtuch die Haare trocken. »Ich habe aber eine Idee«, sagte er.

Flavotti sah ihn skeptisch an. Inzwischen hatte er Bekanntschaft mit Wolfs Ideen gemacht. Auch wenn der Mörder gefunden war, so würde er dem Leitenden Polizeidirektor Vitale einiges erklären müssen. »Und wie sieht Ihre Idee aus?«

»Wir fahren in aller Frühe nach Genua und statten Signor Oberto einen Besuch ab. Wir müssen ihn zu einem Geständnis verleiten.«

Flavotti schüttelte heftig den Kopf. »Nein! Nein, auf keinen Fall. Ich muss mich mit meinen Vorgesetzten besprechen und die Sache Brignones Nachfolger überlassen, der heute oder morgen kommen soll. Nein und nochmals nein. Das kostet mich Kopf und Kragen, wenn es schiefgeht.«

»Aber nur, wenn es schiefgeht. Wir müssen ihn zu einem Geständnis bringen, dann können Sie ihn verhaften. Wir müssen mit ihm sprechen, bevor er von anderswoher erfährt, dass sein Sohn tot ist und wir sein Geheimnis kennen.«

*

Kurz darauf machten sich Flavotti und Wolf auf den Weg nach Genua zum Palazzo der Obertos in der Via Garibaldi. »Es wird alles gut gehen, das versichere ich Ihnen«, versuchte Wolf, seinen jungen Begleiter zu beruhigen. Nach einer längeren Diskussion hatte er sich mit seiner Idee doch durchgesetzt. Sie mussten unbedingt Fabrizio Oberto überführen. Er war der Drahtzieher der Morde, da war sich Wolf ganz sicher, und Flavotti stimmte ihm zu. Sie parkten direkt vor dem großen schmiedeeisernen Tor und klingelten. Es dauerte eine Weile, bis sich eine Frauenstimme meldete. Es war das Hausmädchen. Flavotti stellte sich vor und forderte sie auf, ihn hineinzulassen.

»Signor Oberto frühstückt gerade«, lautete die schnippische Antwort.

Flavotti ließ nicht mit sich reden. »Öffnen Sie die Tür oder wir stürmen das Gebäude!«

Darauf ertönte das Summen des Türknopfes. Sie gingen über den Innenhof zur Haustür, an der das Mädchen wartete. »Guten Morgen, kommen Sie bitte in die Bibliothek. Ich hole den Hausherrn.« Sie führte die Besucher die große, breite Marmortreppe hinauf, öffnete die Tür zur Bibliothek, die die beiden Männer schon kannten, und bat sie hinein. »Nehmen Sie bitte dort Platz«, sagte sie und wies wie beim letzten Mal auf die tiefen Sessel.

Nach einigen Minuten betrat der Hausherr den Raum. Er schien ehrlich verwundert über den Besuch. »Guten Morgen, meine Herren. Was verschafft mir die Ehre, die Polizei so früh am Tag empfangen zu dürfen?«

Wolf musterte den Mann, dessen Alter er auf etwa 60 Jahre schätzte. Die grau melierten Haare waren nach hinten gegelt, der kleine Schnauzbart saß akkurat. Er sah für sein Alter in seiner modischen Jeans und dem hellblauen Poloshirt recht sportlich aus. Und er verströmte ein Selbstbewusstsein, das durch nichts zu erschüttern schien. Interessant, wie unterschiedlich Vater und Sohn waren, dachte Wolf.

Oberto, der sich inzwischen in einen der Sessel gesetzt hatte, spürte, dass sein Gegenüber ihn musterte. »Sie müssen meinen sportlichen Freizeitlook entschuldigen, ich hatte um diese Zeit nicht mit Besuch gerechnet«, sagte er und lächelte freundlich.

Diese Freundlichkeit war nur Fassade, dachte Wolf, dahinter steckte ein Löwe, der jede Sekunde zum Sprung ansetzen konnte.

»Also, was führt die Polizei zu mir?«, fragte der Hausherr.

Der Ispettore stellte zuerst sich vor und dann Wolf.

»Ah, der Herr ist gar nicht von der Polizei?« Oberto tat so, als würde er kurz nachdenken. »Wolf ... Wolf ... Moment: Sind Sie *der* Signor Wolf? Der Autor aus Deutschland?« Der Angesprochene nickte nur. »Sie haben kürzlich bereits meinen Sohn besucht, das hat er mir erzählt. Haben Sie ein besonderes Interesse an der Geschichte Liguriens? Wollen Sie vielleicht sogar Ihren nächsten Roman hier spielen lassen?« Fabrizio Oberto versuchte offenbar, dem Gespräch den Anschein einer belanglosen Plauderei zu geben.

Doch ehe Wolf antworten konnte, meldete sich Flavotti wieder zu Wort: »Signor Oberto, wir sind hier, um über Ihren Sohn zu sprechen.«

Jetzt spielte Oberto den Erstaunten. »Über Gianluca? Wieso, was ist mit ihm? Soll ich ihn holen lassen? Er liegt noch im Bett, Sie wissen ja, die jungen Leute heutzutage ...«

Flavotti ging gar nicht auf seine Worte ein, sondern fragte stattdessen: »Haben Sie ihn heute schon gesehen?«

Der andere schüttelte den Kopf: »Wie ich schon sagte, er liegt noch im Bett. War sicher letzte Nacht in einem Club oder so etwas.«

»Nein, das war er nicht.«

»Wie meinen Sie?«

»Er war letzte Nacht nicht in der Disco, sondern in Montalto, und er hat versucht, Signor Wolf umzubringen. So, wie er zuvor schon sechs andere Menschen ermordet hat.«

Obertos Gesicht verdunkelte sich kurz, doch er bewahrte Haltung. »Meine Herren, was reden Sie denn da? Ist Signor Wolf vielleicht dabei, eine neue Geschichte, einen neuen Roman zu entwickeln? Das klingt für mich ganz danach.« Er erhob sich halb und sagte: »Ich hole jetzt meinen Sohn, und wir können diese albernen Vorwürfe richtigstellen.«

»Setzen Sie sich«, sagte Flavotti mit einer Strenge, die sowohl Oberto als auch Wolf überraschte.

Oberto ließ sich tatsächlich wieder in den Sessel zurückfallen. Aber er schien nicht gewillt, sich diesen Ton von einem kleinen Polizisten gefallen zu lassen. »Sagen Sie, wie reden Sie eigentlich mit mir? Sie behelligen mich am frühen Morgen und benehmen sich wirklich unverschämt. Sie haben offenbar vergessen, mit wem Sie es zu tun haben.«

Doch Flavotti ließ sich nicht einschüchtern, wie Wolf mit Genugtuung feststellte. Er war sich sicher, dass der kleine dicke Kommissar Brignone spätestens jetzt zusammengebrochen wäre. Doch dessen junger Stellvertreter sagte stattdessen: »Signor Oberto, Ihr Sohn Gianluca ist tot. Er hat sich vergangene Nacht umgebracht.«

Aus Obertos Gesichtsausdruck wich im selben Moment jede Arroganz. »Das ... das kann nicht sein. Das ist doch Blödsinn!«

»Nein, ist es nicht. Es ist die Wahrheit.« Fabrizio Oberto schien noch nicht richtig zu begreifen, was er gerade gehört hatte. Flavotti berichtete in kurzen Worten, was vergangene Nacht geschehen war.

Oberto war längst kreidebleich im Gesicht geworden. Er schenkte sich aus einer Karaffe, die auf dem Tisch stand, Wasser in ein Glas ein, nahm einen langen Schluck und schien sich wieder etwas zu fangen. »Was erzählen Sie denn da von einem Mordversuch an Signor Wolf? Warum sollte mein Sohn ihn ermorden wollen? Und was ist das für ein Quatsch mit den angeblichen sechs Morden in diesem kleinen Kaff?«

Nun meldete sich Wolf zu Wort. »Signor Oberto, das hat gar keinen Zweck mehr. Wir wissen alles. Wir wissen von der alten Legende, wir wissen, dass sie seit Jahrhunderten fortgeführt wird als Vermächtnis, wie Sie und Ihresgleichen es nennen. Wir wissen, dass Sie Ihren Sohn beauftragt haben, die Morde zu begehen. Wir wissen, dass Sie ihn als Instrument benutzt, nein, missbraucht haben.« Oberto sah ihn an, als komme Wolf von einem anderen Stern. Auch Flavotti wirkte erstaunt. Bevor Oberto irgendetwas entgegnen konnte, setzte Wolf noch einen drauf: »Nur eins wissen wir nicht: Wo ist das Buch?«

Fabrizio Oberto wirkte wie vor den Kopf geschlagen. »Das Buch? Woher wissen Sie …«

Die Antwort machte Wolf klar, dass er auf der richtigen Spur war. »Das alte Buch, Sie wissen genau, wovon ich rede!«

Fabrizio Obertos Widerstand schien gebrochen. Er starrte einen Augenblick vor sich hin ins Leere und stand dann langsam auf. Als Flavotti das sah, wollte er ruckartig aufspringen, doch Wolf gab ihm ein beschwichtigendes Zeichen, sodass er sitzen blieb. Oberto ging langsam in Richtung seines Schreibtisches und zeigte dabei auf die Wand dahinter. »Es liegt dort, in dem Tresor. Ich hole es.« Er stellte sich vor den Tresor, der neben dem alten

Bild irgendeines Vorfahren hing, und drehte am Zahlenrad. Dann öffnete er die schwere Stahltür, doch Wolf und Flavotti konnten nicht erkennen, was er herausnahm. Plötzlich fuhr Fabrizio Oberto herum und hielt eine Pistole auf Flavotti und Wolf gerichtet. »Sie kommen sich wohl sehr klug vor, nicht wahr, meine Herren? Sie glauben doch nicht ernsthaft, dass ich mich hier so mir nichts, dir nichts von einem dahergelaufenen Polizeibeamten und einem Krimiautor überführen lasse?« Er ging ein paar Schritte auf die beiden zu und richtete die Waffe abwechselnd auf den einen, dann auf den anderen. »Ich habe Beziehungen auf der ganzen Welt, ich kann jederzeit problemlos untertauchen. Mein Vermögen ist so angelegt, dass ich immer und von überall darauf zugreifen kann. Was wollen Sie also?« Der Schock über den Tod seines Sohnes schien schnell verflogen zu sein.

Flavotti machte eine beschwichtigende Handbewegung. »Halt, Signor Oberto, das ist doch keine Lösung. Man wird Sie auf der ganzen Welt jagen, Sie werden Ihr restliches Leben auf der Flucht sein. Legen Sie die Waffe auf den Boden und treten Sie ein paar Schritte zurück.« Oberto lachte höhnisch: »Sie wollen mir Befehle geben? Ach, wissen Sie, zwei Tote mehr oder weniger – das macht doch jetzt auch nichts mehr. Abgesehen davon: Ich habe keinen einzigen Menschen umgebracht, das war mein Sohn.«

»Aber Sie haben ihn dazu angestiftet. Sie sind genauso schuldig. Wie haben Sie das gemacht? Wie haben Sie ihn zu einem willfährigen Instrument gemacht?« Während Flavotti mit Oberto redete, überlegte Wolf fieberhaft, wie sie aus dieser Situation wieder herauskommen konnten. Es wirkte auf ihn nicht so, als habe Oberto irgendeinen Plan, aber genau darin bestand vielleicht die größte Gefahr – dass er wie ein in die Enge getriebenes Raubtier zum tödlichen Gegenangriff ansetzte. Wie konnte man verhindern, dass er schießen würde?

Offenbar hatte Flavotti die gleiche Idee wie er. Sie mussten Oberto in ein Gespräch verwickeln, so lange wie möglich. Vielleicht würde es dann einen Augenblick geben, in dem er unachtsam war, und sie ihm die Waffe entreißen konnten. Wenn nur diese Sessel nicht so tief wären.

Während er nachdachte, hörte Wolf Flavotti sagen: »Erzählen Sie uns doch etwas über die Hintergründe. Warum wurde die Legende belebt? Warum wurde Ihr Sohn auserwählt, die Morde zu begehen? Es war ja eine echte Meisterleistung, das alles zu planen. Ich finde, wir haben verdient, das zu erfahren, bevor Sie uns erschießen.«

Das macht er sehr gut, dachte Wolf. Er versucht, ihn bei seiner Eitelkeit zu packen. Das funktioniert fast immer. Zumindest in meinen Büchern. Tatsächlich schien Oberto anzubeißen.

»Natürlich war das eine Meisterleistung, der Plan wurde über viele Jahre vorbereitet. Und alles musste im Geheimen ablaufen. Mein Sohn Gianluca wurde vom Familienrat für diese Ausgabe auserwählt, als er zwölf Jahre alt war. An seinem 21. Geburtstag habe ich es ihm offenbart.«

»Und? Hat er sich gewehrt?«

»Nun, sagen wir es so: Er war am Anfang nicht begeistert. Aber wie hätten Sie reagiert, wenn man Ihnen an Ihrem 21. Geburtstag erklärt hätte, Ihre Aufgabe werde es sein, sieben Menschen zu opfern?«

»Zu opfern?«

»Darum ging es doch die ganze Zeit. Das Vermächtnis unseres Vorfahren Oberto I. an seine Nachfahren lautete, in jedem 22. Jahr eines Jahrhunderts sieben Einwohner von Montalto Ligure zu opfern. Als Rache für das, was ihm angetan worden war.«

»Sie meinen die Verweigerung des ius primae noctis?«

»Genau. Darauf geht ja die Gründung Montaltos überhaupt zurück.«

Fabrizio Oberto wirkte inzwischen wieder ziemlich gefasst. Wolf wusste nicht, ob das ein gutes oder ein schlechtes Zeichen war. Aber das Gespräch, in das Flavotti ihn verwickelt hatte, gab ihnen vielleicht die Gelegenheit, ihn in einem Moment der Unachtsamkeit zu überwältigen. Also weiter so, mein guter Flavotti. Als wenn er telepathische Fähigkeiten hätte, fragte dieser: »Wie haben Sie denn Ihren Sohn schließlich überzeugen können?«

»Ach, er ließ sich bald mitreißen von der großen Idee, die hinter der Legende steckt. Ich habe ihn auch zu Mitgliedern unseres Familienclans geschickt, die an verschiedenen Orten auf der ganzen Welt leben. Sie halfen dabei, ihn zu überzeugen. Leider erwies sich mein Sohn trotzdem als sehr sensibel und schwach, daher musste ich später auf andere Weise nachhelfen, um ihn zu dem starken, jungen Mann zu machen, der er sein musste, um seine Aufgabe zu bewerkstelligen.«

»Wie meinen Sie das?«

»Kokain. Ein Wundermittel.«

»Sie haben Ihren eigenen Sohn unter Drogen gesetzt?«

»Wenn Sie das sagen, klingt das so profan. Es war doch für eine große Aufgabe, vergessen Sie das nicht!«

Irgendwie hatte dieser Mann jetzt einen irren Blick, fand Wolf. Aber vielleicht kam ihm das nur wegen der irren Sachen, die er von sich gab, so vor. »Und woher kannte Gianluca die Gewohnheiten seiner Opfer?«

»Was glauben Sie denn? Er hatte sechs Jahre Zeit, um sich die passenden Personen auszusuchen und sie genau zu studieren. Er hatte sechs Jahre Zeit, um jeden Winkel, jede Gasse, jedes Versteck in Montalto auszukundschaften. Er musste ja nach einem Plan vorgehen, denn die Opfer waren durch die Legende vorgegeben.«

An dieser Stelle entfuhr es Wolf: »Je eine ältere Frau und ein älterer Mann, eine jüngere Frau und ein jüngerer Mann, ein Kind, der Padre und der Bewohner der Casa Principessa.« Oberto nickte und blickte zu Wolf: »Sie selbst sind ja nur ein Zufallsopfer. Eigentlich sollte das Opfer Signor Müller aus Amburgo sein. Dass Sie zur Zeit der Opfergänge dort wohnen würden, konnte Gianluca ja nicht ahnen.«

»Und sich auch nicht darauf vorbereiten. So wusste er beispielsweise nicht, dass ich einen Hund habe, der nachts Alarm schlug, als er sich in die Casa Principessa schlich. Woher kannte er übrigens den geheimen Gang von der Hochzeitskapelle in das Haus?«

»Der existiert schon seit Jahrhunderten. Und der Schlüssel für die Truhe in der Casa Principessa wurde über Generationen in unserer Familie weitergereicht. Wann er in unseren Besitz gekommen ist und wie, kann ich nicht sagen. Es war immer das Familienoberhaupt, das in seinem Besitz war.«

»Das sind Sie.«

Fabrizio Oberto nickte. »Genug geredet. Sie wissen jetzt, was Sie wissen wollten. Nur leider nutzt Ihnen dieses Wissen nichts mehr, denn Sie werden gleich tot sein.« Er ging einen Schritt auf die beiden zu, die immer noch in den Sesseln saßen, und zielte mit der Waffe auf Flavotti.

Mir muss unbedingt etwas einfallen, dachte Wolf. »Eine Frage habe ich noch!«

»Ja, und welche? Los jetzt, ich habe nicht ewig Zeit«, sagte Oberto genervt, während er weiterhin die Waffe auf Flavotti gerichtet hielt, der wie gebannt in den Lauf starrte.

»Das Buch«, sagte Wolf. »Wo befindet sich denn nun das Buch?«

Oberto blickte ihn an. »Woher wissen Sie überhaupt davon? Es liegt eigentlich aus konservatorischen Gründen in einer Art Giftschrank in der Universitätsbibliothek verwahrt. Aber vor zwei Jahren haben wir es hierhergeholt. Es liegt im Tresor«, sagte Oberto und machte eine kurze Bewegung mit dem Kopf. »Aber jetzt reicht es mir wirklich mit dem Gequatsche.«

Genau in diesem Augenblick klopfte es an der Tür, und ehe Oberto irgendetwas sagen konnte, öffnete sie sich und das Hausmädchen trat ein. »Signor, möchten Sie vielleicht ...« Doch beim Anblick ihres Chefs, der mit einer Pistole auf seine Besucher von der Polizei zielte, stockte sie. »Ich ... Ich ...« Oberto schaute überrascht zu ihnen und war für einen Moment abgelenkt. Wolf fuhr aus seinem Sessel hoch und hechtete in dessen Richtung. Die Pistole fiel Oberto aus der Hand auf den Boden.

Geistesgegenwärtig sprang auch Flavotti auf und nahm sie an sich. »Schluss jetzt mit den Spielchen«, sagte er und richtete die Waffe seinerseits auf den Hausherrn. Der stand wie erstarrt mitten im Raum. »Rufen Sie die Polizisten, die unten vor der Tür warten«, befahl Flavotti dem Hausmädchen, das wie eine Salzsäule in der Tür stand. Als sie nicht reagierte, rief er streng: »Los, machen Sie schon!« Daraufhin verschwand sie.

Flavotti hielt die Waffe auf Oberto gerichtet. »Los, setzen Sie sich in einen Sessel und machen Sie keine Zicken«, sagte er. Oberto setzte sich fast wie in Trance.

Während Flavotti Oberto genau im Auge behielt, ging Wolf zum Tresor und blickte hinein. Er sah ein großes, offenbar sehr altes Buch, holte es heraus und legte es auf den Schreibtisch. Er schlug es auf und blätterte darin. Die älteren Einträge waren auf Lateinisch verfasst, die späteren auf Italienisch. Auf den letzten der beschriebenen Seiten standen die Einträge Gianlucas aus den vergangenen zwei Wochen. Auch den Eintrag über Melanie fand er. Nur einer fehlte: sein eigener. In diesem Augenblick hörten sie unten Poltern und Stimmen, dann kamen Schritte die Treppe hinauf.

»Nehmen Sie diesen Mann fest«, befahl Flavotti, als die Polizisten den Raum betraten. »Wenigstens ihn haben wir dingfest gemacht. Er wird seine Strafe bekommen«, sagte Flavotti, nachdem Oberto abgeführt worden war.

»Ja, und das wird für die Medien ein ganz großes Ding werden. Und Sie haben ihn zur Strecke gebracht. Herzlichen Glückwunsch!«, sagte Wolf.

Flavotti wusste genau, wem er diesen Erfolg zu verdanken hatte, und antwortete: »Danke, aber Sie wissen selbst, dass Sie die entscheidenden Hinweise gegeben haben.«

Wolf hob abwehrend die Hände: »Ich weiß von gar nichts, Ispettore. Und es wäre mir lieber, wenn meine Rolle nicht an die große Glocke gehängt wird. Ich finde, Sie haben Ihre Sache wirklich ganz hervorragend gemacht. Niemand hat Ihren Chef, Commissario Brignone, vermisst.«

Während sie die große Marmortreppe hinuntergingen, sagte Flavotti: »Jetzt habe ich nur eine Frage, Signor Wolf.«

»Und die wäre?«

»Woher wussten Sie von diesem Buch? Darüber haben wir doch nie gesprochen.«

»Ich wusste es gar nicht wirklich. Es war ein Bluff. Mir war während meines Besuchs bei Professore Battiglione, als ich ja auch Gianluca kennengelernt hatte, bei der Durchsicht der von ihm entliehenen Unterlagen aufgefallen, dass in der Liste unter den Dokumentenbänden auch ein Buch aufgeführt war. Ich hatte es aber nicht auf dem Stapel mit den Unterlagen und Dokumenten gesehen, den er in seinem Lesezimmer aufbewahrte. Daher war ich davon ausgegangen, dass er es mitgenommen hatte. Aber worum es sich bei diesem Buch handelte – ich hatte keine Ahnung.«

Flavotti schüttelte den Kopf und lächelte. »Wenn es mit Ihren Büchern mal nicht mehr so gut laufen sollte, können Sie gerne bei uns anheuern, Signor Wolf.«

*

»Und was wirst du jetzt tun? Willst du jetzt endlich mit deinem neuen Buch anfangen?«

»Nein, Martin, derzeit ist an Schreiben nicht zu denken. Ich packe morgen früh meine Sachen und fahre zu meinem Vater. Anschließend komme ich nach Hause.«

»Ist vielleicht das Beste«, sagte Martin Müller. Es war Abend und Wolf hatte seinen Freund in Hamburg angerufen, um ihm die neuesten Entwicklungen zu erzählen. Der Spuk hatte ein Ende, der Täter und seine Hintermänner waren gefasst oder würden gefasst werden. Wolf war sich sicher, dass noch mehrere Mitglieder dieser Familie verhaftet werden würden. »Und wie geht es dir?«

»Ich fühle mich leer, vollkommen leer, Martin.«

»Du weißt, Anna und ich sind für dich da, wann immer du uns brauchst.«

»Danke, Martin, das weiß ich zu schätzen. Das bedeutet mir sehr viel.« Die Freunde verabschiedeten sich. Wolf holte seinen Koffer und legte seine Sachen hinein. Als er fertig gepackt hatte, fiel sein Blick auf seine Schreibmaschine. Er hatte sie nicht einmal aus dem Kasten genommen. Sein Verleger würde auf den Mörder von St. Pauli noch warten müssen. Wolf machte sich etwas zu essen und legte sich dann aufs Bett. Es war noch früh am Abend, die Dämmerung hatte noch nicht einmal eingesetzt. Jackie kuschelte sich an ihn, glücklich, dass ihr Herrchen zurück war. Er schlief bald ein, völlig erschöpft. Es war ein tiefer Schlaf ohne einen der Träume, die ihn sonst häufig plagten.

Am nächsten Morgen stand er früh auf. Er brachte zuerst seinen Koffer zum Auto, das noch immer auf dem Parkplatz stand. Jackie hüpfte um ihn herum. Wie immer spürte sie, wenn es auf eine Reise ging. Wolf ging den kurzen Weg durch die stillen Gassen zurück zur Casa Principessa. Er machte eine letzte Runde durch das Haus. Er hatte hier nur zwei Wochen gelebt, aber es kam ihm wie Monate oder Jahre vor. Er blickte auf das Bett, in dem er mit Melanie gelegen hatte, und im selben Augenblick kam ihm Ella in den Sinn, mit der er auch so viele Erinnerungen an dieses Haus verband. Aber er war zu keiner Trauer fähig, er war noch immer innerlich so leer, wie er es seinem Freund Martin am Abend zuvor geschildert hatte. Er legte den Schlüssel der Truhe auf den Deckel. Martin würde entscheiden müssen, was er mit dem Geheimgang zur Hochzeitskapelle machen würde. Dann nahm er seine Schreibmaschine, verließ die Casa Principessa das letzte Mal und verschloss die Tür. Jackie lief diesmal brav neben ihm her bis zum Auto. Er verstaute die Schreibmaschine und öffnete das Verdeck per Knopfdruck. Es war schon wieder warm, selbst um diese frühe Uhrzeit. Der Himmel war noch leicht diesig, aber es kündigte sich ein weiterer sonniger Tag an. Wolf startete den Motor und fuhr auf die Straße. Er hatte sich entschieden, die Strecke über den Berg zu nehmen, auf der er gekommen war. Jackie lag still in ihrem Korb auf dem Rücksitz, während er die Straße bergauf durch den Ort und hinausfuhr. Die Sonne ging in seinem Rücken auf, als ob sie ihm zum Abschied zuwinkte. Nach der letzten Kurve im Ort tauchte am rechten Straßenrand ein altes, zerbeultes Schild auf, auf dem nur noch verschwommen drei Worte zu lesen waren: »Ce vediamo presto« – »Bis bald«.

EPILOG

Der Regen prasselte an das Wohnzimmerfenster, das die ganze Wand ausfüllte. Typisches Hamburger Schietwetter, dachte Sebastian Wolf. Nun ja, jetzt, Anfang Januar, konnte man mit nichts anderem rechnen. Er klappte den Laptop zu, auf dem er die neuesten Nachrichten gelesen hatte, und stand aus seinem Sessel auf, in dem er gerne Bücher las oder über Kopfhörer Platten hörte. Es war der erste Sonntag im neuen Jahr. Weihnachten hatte er bei seinem alten Herrn verbracht, Silvester hatte er sich geschenkt und war allein zu Hause geblieben. Ihn hatte diese aufgesetzte gute Laune, die sich an diesem Tag überall wie ein Virus ausbreitete, schon immer genervt. Es war eine ruhige Zeit gewesen um den Jahreswechsel, nachdem er zwei Wochen vor Weihnachten sein neues Romanmanuskript bei seinem Verleger abgeliefert hatte. Er hatte sich bald nach der Rückkehr aus Montalto in die Arbeit gestürzt, denn so konnte er am besten vergessen, was passiert war. Rudolf Berber hatte ihn wenige Tage später angerufen. »Mein Lieber, allererste Sahne, wirklich. Wie dein Mörder St. Pauli unsicher macht, Wahnsinn! Du wirst mit jedem Buch besser. Das wird ein Hammererfolg, das schwöre ich dir. Wir werden das ganz groß aufziehen, wirst schon sehen.«

Auch Martin, der ja stets als Erster das Manuskript zu lesen bekam, war begeistert gewesen. Er hatte aber vor allem gelobt, wie sensibel Wolf die Figur des Kommissars gezeichnet hatte. »Ich glaube, darin finden sich Erfahrungen, die er in Montalto gemacht hat«, hatte er zu Anna gesagt. Heute Abend war Wolf bei ihm und Anna zum Essen eingeladen, darauf freute er sich schon. Jackie, die in ihrem Körbchen lag, würde ihn natürlich begleiten.

Wolf ging in sein Arbeitszimmer. Zeit, ein paar Neujahrsgrüße zu beantworten, dachte er lustlos. Kaum hatte er sich an seinen Schreibtisch gesetzt, fiel sein Blick auf einen Brief mit einer Adresse in Imperia, Italien. Er lag schon seit zwei Tagen hier, aber Wolf hatte ihn noch nicht geöffnet. »Also gut«, sagt er halblaut vor sich hin, nahm einen Brieföffner zur Hand und schlitzte den Umschlag auf. Er wusste anhand des Absenders, wer ihm geschrieben hatte: Ispettore Mario Flavotti. Wolf hatte sich davor gedrückt, den Brief zu öffnen. Er war eine Erinnerung an ein dunkles Kapitel seines Lebens, das ein halbes Jahr zurücklag und das er seitdem zu vergessen versuchte. Aber dieser junge Flavotti war ein prima Kerl, der es nicht verdient hatte, ignoriert zu werden. Er entfaltete das Blatt und begann zu lesen.

»Lieber Sebastian Wolf, nun ist es schon ein halbes Jahr her, dass wir gemeinsam Gianluca Oberto als Mörder überführt haben. Ich weiß, dass diese Sache mit einem schlimmen und schmerzhaften persönlichen Verlust für Sie zu Ende gegangen ist – dem Tod von Melanie Oberdorf. Es gab eine würdige Beerdigung für sie, es sind fast genauso viele Trauergäste gekommen wie bei Padre Crosetto. Auch die Beisetzungen der anderen Opfer waren sehr schön, wenn man dieses Wort dafür verwenden darf.

Sie sind ja abgereist, ohne sich nochmals bei mir zu melden und sich zu verabschieden. Dafür habe ich volles Verständnis. Ich an Ihrer Stelle hätte es vermutlich genauso gemacht. Ich verstehe, dass Sie einfach nur wegwollten.

Ich hoffe, Sie haben inzwischen wieder in die Normalität Ihres Lebens zurückgefunden. Außerdem warte ich natürlich auf Ihr neues Werk. Haben Sie es bereits fertig?

Montalto wurde von den sechs Morden erschüttert. Viele Bewohner stehen noch heute unter Schock, aber die Zeit wird Gras über die Ereignisse wachsen lassen. Signora Valentina Ricci, die Ihnen ja damals von der Oberto-Legende erzählte, ist übrigens im Oktober friedlich eingeschlafen.

Vielleicht haben Sie es in den Zeitungen gelesen, dass neben Fabrizio Oberto auch alle anderen Mitglieder des Rates der Saeculares verhaftet wurden. Auf alle warten lange Haftstrafen wegen Anstiftung zum Mord. In einigen Ländern erregten die Verhaftungen viel Aufsehen, wie auch bei Ihnen in Deutschland.

Was mich betrifft, so darf ich mich seit einigen Monaten Commissario nennen und mich als neuer Leiter des Kommissariats bezeichnen. Damit bin ich gleich zwei Karrierestufen nach oben gestolpert. Das habe ich Ihnen zu verdanken! Brignone ist nicht mehr zurückgekehrt, sondern in Frührente gegangen. Ich bin mir sicher, er ist mit dieser Lösung sehr zufrieden.

Mein lieber Sebastian Wolf, ich danke Ihnen für Ihre Unterstützung, ohne die der Fall niemals aufgeklärt worden wäre! Sie können gar nicht ermessen, wie wichtig mir das ist. Falls Sie jemals wieder in unsere Gegend kommen, melden Sie sich doch bitte bei mir. Ich würde mich über ein Wiedersehen sehr freuen. Ihr Mario Flavotti

PS: Die Beförderung hat sich nicht nur finanziell gelohnt. Falls Sie sich an unser Gespräch auf der Terrasse erinnern.«

Sebastian Wolf musste schmunzeln – der junge Flavotti hatte also neuerdings eine Freundin. »Ein feiner Kerl bist du. Ich wünsche dir viel Glück«, murmelte er leise vor sich hin und faltete den Brief zusammen. Aber über eine Sache war er sich sicher: Er würde nie wieder in dieses Dorf Montalto Ligure zurückkehren. Nie wieder! Mit diesem skurrilen Ort verband er einfach zu viele Erinnerungen. Schöne Erinnerungen, die umso mehr schmerzten. Er blickte aus dem Fenster in den grauen, regenverhangenen Hamburger Himmel, dann stand er auf und rief: »Komm, Jackie, Zeit für einen schönen Spaziergang. Der Regen kann uns doch wohl nicht abhalten, oder?«

Weitere Titel finden Sie auf den folgenden Seiten und im Internet:

WWW.GMEINER-VERLAG.DE

Sibilla Bellini
Süßer Tod am Lago di Garda
Kriminalroman
384 Seiten, 12,5 x 20,5 cm,
Broschur
ISBN 978-3-8392-0907-3

Nach ihrer Scheidung und einem Burn-out kehrt die mailändische Profilerin Ricarda Antonini mit ihrer 13-jährigen Tochter Mia in ihre Heimat am Gardasee zurück – entschlossen, ihr Leben neu zu ordnen. Doch die Ruhe währt nicht lange, denn ein Serienmörder versetzt die Region in Angst und Schrecken, sodass sie von ihrem Bruder, Kommissar in Brescia, in den Strudel der Ermittlungen gezogen wird. Entsetzt erkennt Ricarda Parallelen zu ihrem letzten Fall. Handelt es sich um einen Trittbrettfahrer – oder steckt mehr dahinter?

GMEINER SPANNUNG

WWW.GMEINER-VERLAG.DE
Wir machen's spannend

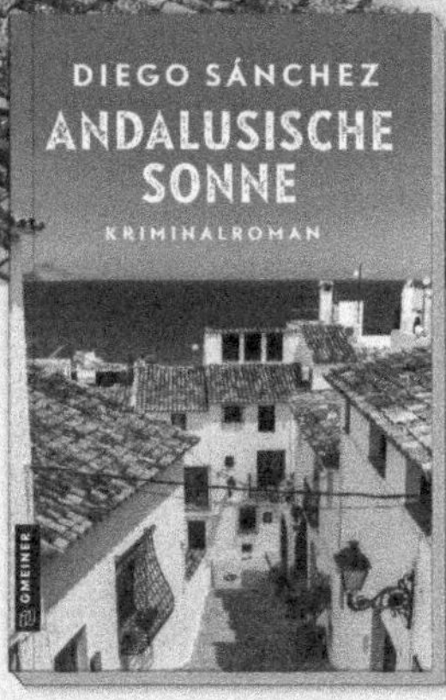

Diego Sánchez
Andalusische Sonne
Kriminalroman
304 Seiten, 13,5 x 21 cm,
Premiumklappenbroschur
ISBN 978-3-8392-0844-1

Ein Serienmörder versetzt die Costa del Sol in Angst und Schrecken: Er hinterlässt Leichenteile, die mit rätselhaften Botschaften versehen sind. Comisario Pedro Ximénez jagt den Täter vor einer fiebrigen Sommerkulisse aus Hitze, Flamenco und dem pulsierenden Leben Andalusiens. Zwischen weißen Dörfern, luxuriösen Villen und malerischen Stränden entfaltet sich ein düsteres Spiel voller Geheimnisse, Leidenschaft und Verrat. Ein Krimi, der Spannung mit der Magie Andalusiens verbindet – Urlaub für die Sinne!

GMEINER SPANNUNG

WWW.GMEINER-VERLAG.DE
Wir machen's spannend